El sueño oscuro y profundo

El sueño oscuro y profundo

Craig Russell

Traducción de Santiago del Rey

Rocaeditorial

Título original: *The Deep Dark Sleep*

Primera edición: septiembre de 2013

© de la traducción: Santiago del Rey
© de esta edición: Roca Editorial de Libros, S. L.
Av. Marquès de l'Argentera 17, pral.
08003 Barcelona
info@rocaeditorial.com
www.rocaeditorial.com

© del diseño de la cubierta: Mario Arturo
© de la imagen de portada: The Mitchell Library Archives, Glasgow

Impreso por LIBERDÚPLEX, S.L.U.
Crta. BV-2249, km 7,4, Pol. Ind. Torrentfondo
Sant Llorenç d'Hortons (Barcelona)

ISBN: 978-84-9918-615-3
Depósito legal: B-16.798-2013
Código IBIC: FF; FH

A mi madre, Helen

Prólogo

Joe *Gentleman* Strachan llevaba, al parecer, mucho tiempo sumido en un oscuro y profundo sueño.

Joe *Gentleman* había dormido ese oscuro y profundo sueño mientras yo estaba hundido hasta las corvas en el sangriento lodazal de Italia; mientras los aviones de la Luftwaffe pasaban rugiendo en lo alto para remodelar el plan urbanístico de Clydebank; mientras Stalin, Roosevelt y Churchill se repartían Europa entre los tres, dando de paso una idea a los señores del crimen de Glasgow, los Tres Reyes, para hacer un reparto similar de la segunda ciudad del Imperio británico. Los fuegos artificiales de Dresde, Hiroshima y Nagasaki no sirvieron tampoco para alterar el plácido sopor de Joe.

Ni siquiera el constante ir y venir que se desarrollaba justo por encima de él (el batir de las hélices de los remolcadores y de los enormes buques construidos en los astilleros del Clyde) había logrado que se agitara en su lecho, puesto que el profundo, el oscuro sueño que Joe *Gentleman* dormía era el inalterable reposo que únicamente puedes hallar en el fondo del Clyde cuando te han arrullado para tu definitivo descanso con un contundente solo para instrumento de percusión, cuando te han arropado cómodamente con unas cadenas del puerto y te han deslizado por la borda de un bote nocturno en medio del profundo canal del río.

Pero, ya digo, yo me pasé —como todo el mundo— los años de la guerra sin saber nada del reposo de Joe. Ojalá hubiera seguido así.

Capítulo uno

Para empezar, a mí la idea de escarbar en el pasado me resultaba muy poco atractiva, perteneciendo como pertenecía a esa generación dotada de un pasado tan vistoso como pintoresco, gracias al pequeño festival pirotécnico organizado en nuestro honor en Europa y Extremo Oriente. El colorido de mi propia historia había sido ya de por sí bastante estridente, y yo, debía reconocerlo, le había añadido con los años unos cuantos brochazos más por mi cuenta. En una ocasión, había visto una película sobre un tipo que despertaba en medio de la nada sin recordar quién era ni de dónde venía, y a quien le angustiaba enormemente esa laguna biográfica. Yo, a decir verdad, habría dado un mundo por padecer esa clase de amnesia.

Lo de escarbar, o más exactamente, dragar, en el pasado de Joe Strachan había sido literal, no una metáfora. El río Clyde debía de ser la vía fluvial más ajetreada del mundo, pues cualquier trasatlántico, buque de carga, navío de guerra, cascarón o paquebote herrumbroso que viera uno cabeceando por los mares del planeta tenía una elevada probabilidad de haber sido concebido y armado en sus orillas. Y eso implicaba que el lecho de los canales navegables tenía que mantenerse despejado en anchura y profundidad con la acción constante de una mugrienta procesión de dragas de limpieza.

Cuando un cráneo y un enredo de huesos, acompañados de algunos andrajos y una pitillera de oro, fueron izados de las turbias aguas por una cinta transportadora a la superficie del Clyde, bien pudo decirse que se había dragado literalmente el pasado. Un pasado que mejor habría sido dejar donde estaba.

Los tripulantes de las dragas del Clyde eran tipos bastante flemáticos. Tenían que serlo. Su botín era, principalmente, el sedimento mugriento y aceitoso que se acumulaba en el fondo de los canales y que despedía una pestilencia capaz de asquear a un escarabajo pelotero; pero incluía también desde enormes cornamentas de alce y troncos fosilizados procedentes de un bosque prehistórico inundado, hasta somieres, piezas de motor, bebés abortados y metidos en pesados maletines, armas criminales arrojadas para eliminar pruebas y cualquier objeto imaginable que pudiera lanzarse por la borda de una embarcación.

Los despojos del difunto señor Strachan no eran en modo alguno los primeros restos mortales rescatados del Clyde y, ciertamente, no serían los últimos. Pero había una significativa diferencia entre los cadáveres flotantes recuperados por la Sociedad Humanitaria de Glasgow y la policía portuaria de dicha ciudad, y aquellos extraídos del fondo del río por los tripulantes de las dragas; esa diferencia consistía básicamente en la intencionalidad. Para que un cuerpo se hundiera y se mantuviera sumergido hacía falta un lastre: normalmente, los bolsillos llenos de piedras o un envoltorio de cadenas. Así pues, los cuerpos que sacaban a la superficie las dragas eran los que habían sido sumergidos con la intención de que se perdieran de una vez por todas.

Como el de Joe *Gentleman* Strachan.

Me imagino la escena: los tripulantes de la draga tomándose un respiro para decidir qué hacer mientras la calavera del todavía anónimo Joe les dirigía una gran sonrisa desde la cubeta llena de lodo grasiento de la cinta transportadora. Seguramente, discutieron si arrojaban otra vez los huesos al río; sin duda se habría producido una riña por la pitillera de oro. Pero me atrevo a aventurar que alguien en ese viejo cascarón estaría lo bastante curtido y poseería la suficiente sensatez como para intuir que las iniciales «JS» grabadas en semejante pedazo de oro podían significar un montón de problemas. En todo caso, tomaron la decisión de informar a la policía de Glasgow.

En un principio, el hallazgo de esos restos me pasó totalmente desapercibido; a mí y a la gran mayoría de los ciudadanos. De hecho, solo mereció un par de líneas en una columna de últimas noticias del *Glasgow Evening Citizen*. La trascendencia, ya se sabe, es algo que suele incorporarse a los acontecimientos a posteriori. Por acumulación. El significado de aquellos huesos, el del lugar donde reposaban y el de la pitillera con monograma pasaron inadvertidos unos días. Al fin y al cabo, no era tan infrecuente encontrar restos humanos en el Clyde. Más de un pescador bebido o de un poli de ronda cegado por la niebla habían calculado mal las medidas del muelle; y también los remolcadores naufragados y algún que otro caso de botadura calamitosa habían contribuido a poblar aquellas aguas. Y por descontado, el submundo delictivo hacía un uso sistemático de la capacidad del río para ocultar trapos sucios.

En cuanto a mí, yo tenía muchas otras cosas en la cabeza en aquel mes de septiembre de 1955. Estábamos en las postrimerías del verano más caluroso de Glasgow del que hubiera noticia, lo cual, hay que reconocerlo, tampoco es una gran hazaña: como ser el mayor amante de Yorkshire, la persona más alegre de Edimburgo o el filántropo más generoso de Aberdeen. Aun así, el verano del 55 había superado de largo al anterior, y las temperaturas, según la ofuscada prensa local, llegaron a ser tan altas que derretían el asfalto. En todo caso, más allá de la veracidad de las estadísticas térmicas, recuerdo ese verano por su atmósfera acre y pegajosa. El espeso y viscoso aire olía a metal recalentado, y el reluciente cielo se veía veteado por los densos humos impregnados de partículas de las fábricas y los astilleros. Hiciera el tiempo que hiciera, el elemento básico de Glasgow era el carbón, e incluso en mitad de la calle te sentías como si caminaras por la nave de una fundición.

Y ahora estábamos cambiando de estación. El verano empezaba a transformarse en otoño, estación que raramente se daba en esta ciudad: el clima del oeste de Escocia estaba proverbialmente suavizado por la corriente del golfo, de manera que el tiempo solo pasaba, por lo general, de ligeramente cálido y húmedo en verano a ligeramente fresco y húmedo en invierno. La industria pesada de la ciudad, con su constante expectoración de humo, le prestaba además a Glasgow un clima urbano único fuera cual fuese la estación, con lo que el otoño quedaba confinado normalmente al calendario y a esos amasijos parduscos de hojas empapadas que taponaban las alcantarillas. Este año, sin embargo, al haber sido precedido por un verano tan notable, el otoño dejaba sentir su presencia.

Los padres fundadores de la ciudad, una pandilla benevolente, habían decidido aliviar el hacinamiento en míseras casas de vecindad, al que habían condenado a la mayoría de glasgowianos, con la creación de grandes parques abiertos al público. Y este año había sido el primero en el que yo había visto un incendio de colores rojos y dorados en las copas de los árboles.

Claro que un montón de cosas eran distintas ese año.

Por primera vez desde que había alquilado mi oficina en Gordon Street, la estaba utilizando como mi centro principal de trabajo. Acababa de resolver tres casos de divorcio y uno de desaparición, y me estaba ocupando de la seguridad en el transporte semanal de las nóminas de uno de los astilleros. Me sentía especialmente satisfecho de este último contrato. Jock Ferguson, mi contacto en la policía de Glasgow, había respondido por mí; lo cual no era poca cosa, considerando que él conocía la relación que yo había mantenido con gente como Jonny Cohen *el Guapo*, o como Martillo Murphy, ambos figuras principales del clan de aficionados al pasamontañas. Pero Ferguson y yo formábamos parte de esa lúgubre masonería de posguerra cuyos miembros se reconocían entre sí, sencillamente, por haber sobrevivido a la picadora de carne. Yo no sabía cuál había sido la historia de Jock, ni se lo preguntaría jamás, como tampoco él me preguntaría la mía, pero sí sabía que debía de parecerse más a la oscura Edad Media que al Siglo de las Luces.

Igual que la mía.

También sabía que Ferguson me consideraba un tipo recto..., al menos comparativamente. Había habido una época en la que yo habría respondido por él con parecida seguridad. Lo veía como uno de los pocos polis de Glasgow por quien podía poner la mano en el fuego y asegurar que no se hallaba bajo soborno ni practicaba ninguna clase de doble juego. Pero mi fe en él se había deteriorado hacía cosa de un año y, de todas formas, incluso en mis mejores momentos, no tenía demasiada tendencia a ver el lado bueno de la gente.

Haber obtenido ese contrato para la entrega de las nóminas era importante sobre todo porque había hecho un gran esfuerzo para mantenerme alejado de los Tres Reyes: Cohen, Murphy y Sneddon, el triunvirato de gánsteres que controlaban todo cuanto valiera la pena controlar en la ciudad, aun cuando la paz entre ellos fuese tan frágil como la castidad de una corista. No había realizado más que unos pocos trabajos para ellos y, a menudo, no del todo legales, pero me habían permitido establecerme en Glasgow al ser desmovilizado. Y ese tipo de misiones, además, encajaban mejor conmigo en aquel entonces, todavía bajo la sombra de la montaña de mierda de los tiempos de guerra que acababa de dejar atrás.

Ahora, en cambio —así lo esperaba—, las cosas habían empezado a cambiar. Yo estaba empezando a cambiar.

Me había preocupado, eso sí, de hacer saber a todos aquellos que debían saberlo que me estaba encargando del transporte de las nóminas de una empresa en particular, y que era capaz de desarrollar una prodigiosa memoria si alguien intentaba asaltarnos. Mi mensaje era: que nadie ponga las manos en mi territorio, o si no…

Seguro que mi aviso tenía a los tres jefes criminales más temidos de Glasgow temblando de pies a cabeza. En realidad, casi me esperaba —y me temía— alguna propuesta para hacer la vista gorda, pero hasta el momento no se había producido ninguna. Igual que Jock Ferguson, cada uno de los Tres Reyes sabía que yo era un tipo recto. Comparativamente, al menos.

En todo caso, como decía, el hallazgo de un montón de huesos en la cubeta de una draga no removió al principio las aguas tranquilas de la conciencia colectiva glasgowiana. Aunque una semana después, empezó a salpicar. A salpicar a base de bien. Los periódicos no hablaban de otra cosa:

HALLADO EN EL RÍO EL CUERPO
DEL LADRÓN DE LA EXPOSICIÓN IMPERIO.
TRAS 18 AÑOS, RESUELTO EL MISTERIO
DE LA DESAPARICIÓN DE JOSEPH STRACHAN.
EL BOTÍN DEL AUDAZ ROBO DE LA EXPOSICIÓN
DE 1938 TODAVÍA NO HA SIDO RECUPERADO.

Joe *Gentleman* Strachan era anterior a mi época. Claro que también lo eran Zeus y Odín, y yo había oído hablar de los tres. El mundillo del hampa de Glasgow tenía más mitos y leyendas que la antigua Grecia, y Strachan se había convertido en una imponente figura en el folclore de aquellos que pretendían ganarse la vida de un modo deshonesto.

Mientras leía el artículo recordé que había oído susurrar su nombre con veneración a lo largo de los años; pero como mi relación con la segunda ciudad del Imperio británico se había iniciado solo al concluir la guerra, cuando fui desmovilizado, Strachan nunca había sido una figura destacada de mi educación sentimental. Me constaba, no obstante, que antes de la guerra se habían producido una serie de robos, los mayores de la historia de Glasgow, que habían culminado con el perpetrado en 1938 en la Exposición Imperio. Todos ellos atribuidos a Joe *Gentleman*. Atribuidos, aunque nunca se hubiera probado.

También había oído decir que si Strachan hubiera seguido dando vueltas por estos pagos (aunque no fuera pendiendo del extremo de una soga, por el asesinato de un policía), seguramente habría sido el Cuarto Rey de Glasgow. O tal vez, incluso, el único Rey de Glasgow, mientras que Cohen, Murphy y Sneddon habrían tenido que conformarse con un simple feudo bajo su corona. Pero resultaba que se había producido ese robo de espectacular audacia, con el saldo de un policía muerto, y que Joe *Gentleman* había desaparecido repentinamente sin dejar rastro. Lo mismo que el botín de cincuenta mil libras.

Nadie había creído entonces que Strachan estuviera muerto; más bien pensaron, de acuerdo con el halo mítico y heroico de su creciente leyenda, que había entrado en el Valhalla del hampa de Glasgow, lugar que muchos tomaban por un chalé de lujo en la costa de Bournemouth o de algún sitio parecido.

Todo lo cual no tenía, a decir verdad, nada que ver conmigo y revestía escaso interés.

Hasta que recibí una visita de Isa y Violet.

Capítulo dos

Nunca las ve uno venir. O al menos se diría que yo nunca las veo venir. Hasta que Isa y Violet alegraron mi oficina con su hermoso parecido, el año me había ido bien. Muy bien.

Contaba con una lista de clientes y con un impecable libro de contabilidad que presentar ante el inspector de Hacienda o ante el inquisitivo policía de turno para demostrar que mi actividad era totalmente legal. Bueno, como mínimo mucho más que uno o dos años atrás. Y el tipo de casos de los que me ocupaba exigían más de mis meninges (tampoco demasiado, a decir verdad) que de mis puños; vamos, que no me obligaban a liarme a trompazos en cualquier callejón con un matón de poca monta.

Lo cual era bueno. Últimamente, había hecho un verdadero esfuerzo para no acalorarme más de lo debido.

Uno puede traerse de la guerra cosas muy diversas. Muchos hombres volvieron con enfermedades venéreas contagiadas por las putas de Alemania o de Extremo Oriente, que transmitieron a su vez (sin cobrar) a sus fieles esposas. Otros regresaron con una colección de trofeos robados a los cadáveres. Yo volví con un temperamento explosivo y una tendencia a expresarme con elocuente brutalidad física. La verdad era que en ocasiones me había dejado llevar un poco por el entusiasmo. Una vez que me disparaba, resultaba difícil pararme. Mientras servía en la Primera División Canadiense en Europa, mis superiores habían alentado abiertamente ese rasgo; pero ahora que habíamos vuelto a la vida civil, las autoridades se mostraban muy quisquillosas si recurrías a las habilidades que ellas mismas te habían inculcado. Un motivo más, en todo caso, para restringir al máximo mi relación con los Tres Reyes. Esa relación me había introducido en el único mundo que yo era capaz de entender a la sazón cuando, prácticamente, no comprendía otra cosa; un mundo en el que todos hablaban el mismo idioma: la violencia. Y yo lo hablaba con toda fluidez.

Así, mientras que Sherlock Holmes había utilizado el intelecto y una gorra de cazador de ciervos para resolver sus casos, yo había empleado más bien los músculos y una cachiporra flexible. Y para ser franco, había llegado a disfrutarlo un poquito más de la cuenta y quería alejarme de ello. Algo se había roto en mí durante la guerra, y era consciente de que, si quería arreglarlo, habría de evitar toda esa mierda en la que había estado chapoteando. El problema era que, cuando unos tipos como los Tres Reyes te agarraban, no te soltaban fácilmente.

Pero, aun así, lo había llevado bastante bien hasta el momento. Y entonces se presentaron Isa y Violet en mi oficina.

Isa y Violet eran igualmente menudas e igualmente preciosas, y estaban igualmente dotadas de unos grandes ojos azules. Cosa nada sorprendente: eran gemelas idénticas. Eso lo deduje nada más verlas. Es el tipo de detalle que la gente espera que captes cuando eres un detective.

Y ahora ambas estaban sentadas, muy serias y algo remilgadas, frente a mí.

Ya en otra ocasión en mi carrera, me había tropezado profesionalmente con unos gemelos; aunque aquella había sido una historia muy distinta. El tropiezo con ese par de hermanos a juego —Tam y Frankie McGahern— estuvo a punto de costarme la vida, motivo por el cual había desarrollado una aversión supersticiosa hacia los hermanos idénticos. Mientras las jóvenes entraban y tomaban asiento, atisbé a hurtadillas sus exactos traseros, tersos como melocotones, y decidí ser más pragmático y menos maniático.

Se presentaron ellas mismas, simultáneamente, como Isa y Violet, aunque tenían diferentes apellidos, y yo deduje que, bajo los guantes grises, llevaban sendas alianzas. Ambas tenían la tez pálida, el óvalo en forma de corazón, la nariz pequeña, ojos azules y unos labios carnosos, pintados exactamente con el mismo tono carmesí. El pelo, oscuro y ondulado, les caía hasta la mitad de las delicadas orejas, ornadas con grandes pendientes de perlas falsas. Incluso lucían idénticos trajes grises de aspecto lujoso: chaqueta entallada y falda de tubo que se ceñían justo allí donde a mis manos les habría gustado ceñirse.

Cuando hablaban, cada una terminaba la frase de la otra sin romper el ritmo de lo que iban diciendo y sin mirarse siquiera.

—Nos han dicho que es usted... —empezó Isa; o quizás era Violet—... detective privado —remató Violet, o Isa, sin interrupción.

—Necesitamos su ayuda...

—... es por nuestro padre.

—Supongo que habrá leído todo lo publicado sobre él...

—... en los periódicos.

Sonreí, confuso. Lo cierto era que me había desconcertado un poco su aparición. Las dos eran muy guapas. Bueno, exactamente igual de guapas. Y eran gemelas. La típica fantasía lujuriosa, que surgiría espontáneamente en mi imaginación ante un conjunto de bellas curvas, se veía multiplicada vertiginosamente, hasta tal punto que me vi obligado a cortar las especulaciones sobre qué otras actividades estarían dispuestas a llevar a cabo por turnos.

—¿Su padre? —pregunté con ceño profesional.

—Sí. Papá.

—Verá, nuestro apellido de solteras...

—... es Strachan —concluyeron a la vez.

Incluso entonces me costó un segundo caer en la cuenta. Les prestaría atención.

—¿Se trata de los restos hallados en el Clyde? —cuestioné.

—Sí —respondieron otra vez a coro.

—¿Se refieren a Joe *Gentleman* Strachan?

—Nuestro padre se llamaba Joseph Strachan. —Las dos caritas con forma de corazón adoptaron una expresión más severa.

—Pero ustedes apenas debieron de conocerlo. Según he leído, Joe Strachan lleva desaparecido casi dieciocho años.

—Nosotras teníamos ocho... —dijo Isa, o Violet.

—... cuando papá tuvo que marcharse.

—Nunca lo hemos olvidado.

—Estoy seguro —asentí sagazmente.

Cuando te pagan para averiguar cosas, la sagacidad es una virtud que hay que demostrar a la menor ocasión. Por la misma razón que cuando uno va al médico, quiere que este exhiba un dominio magistral de su arte (aunque, a decir verdad, la mecánica del cuerpo humano lo deje tan perplejo como a todo el mundo). Yo deseaba impresionar a las gemelas diciendo igual que en las películas: «Entonces ustedes quieren que averigüe...», anticipándome a su petición.

Pero no me funcionaba el truco, porque no tenía ni la menor idea de qué podrían querer de mí, aparte de descubrir quién había lanzado al agua a papá. Y no podía tratarse de tal cosa, pues la policía ya estaba volcada en esa investigación. Además, todavía seguía pendiente el caso del policía muerto: el agente que, dieciocho años atrás, había aparecido en el lugar de los hechos en el peor momento posible. Quienquiera que hubiera arrojado a Joe *Gentleman* por la borda sabría tal vez quién se había cargado a aquel poli de barrio. La policía de Glasgow no se caracterizaba por su inteligencia, y si el caso había sido demasiado para ellos dos décadas atrás, no me los imaginaba ahora sacando nada en claro. Y yo aún sacaría menos.

—Bien, ¿y qué puedo hacer por ustedes? —Apagué por un instante la bombilla de mi omnisciente sagacidad.

Ellas alzaron sus bolsos simultáneamente, se los pusieron en el regazo, los abrieron y sacaron sendos fajos idénticos de billetes, que colocaron en silencio sobre el escritorio. Ambos fajos, que hacía un momento abultaban en sus bolsos, tuvieron un efecto similar en mis ojos, que poco faltó para que se me salieran de las órbitas. Los grandes billetes del Banco de Inglaterra estaban nuevecitos. Y eran de veinte: un billete de un valor demasiado elevado para ponerlo, digamos, en el mostrador de un tugurio de pescado con patatas. Por un instante creí que se trataba de un anticipo y, a juzgar por el grosor de los fajos, ya me veía trabajando en exclusiva para las gemelas los próximos tres años.

—Cada año recibimos esto...

—El 23 de julio...

—Mil libras exactamente. Cada una de nosotras.

No pude resistir la tentación de coger un fajo con cada mano, solo para tantearlos, obedeciendo a un impulso similar al que había sentido al ver entrar a las dos hermanas.

—¿Durante cuánto tiempo? —pregunté moviendo los fajos como si los sopesara.

—Desde que papá se marchó. Nuestra madre recibía el dinero para nosotras todos los años y luego, cuando cumplimos dieciocho, nos llegó directamente a nosotras.

—¿Su madre también recibe dinero para ella?

—Mamá falleció hace un par de años...

—... pero antes, recibía la misma cantidad.

—... mil libras al año.

—Lamento la pérdida que han sufrido... —farfullé.

Tras una pausa apropiada, solté un largo silbido.

—Tres mil libras al año es una cantidad considerable —añadí. Lo era sin lugar a dudas, especialmente en una ciudad donde el salario medio oscilaba en torno a las siete libras semanales—. ¿Y dicen que siempre llega el 23 de julio?

—Sí. Con un día o dos de diferencia...

—... si cae en domingo...

—... por ejemplo.

—¿Es la fecha de nacimiento de ustedes? —pregunté.

—No —dijeron simultáneamente, y percibí una idéntica reticencia en el rostro de ambas.

—Entonces, ¿qué tiene de significativo el 23 de julio?

Las gemelas se miraron antes de responder.

—El robo...

—... en 1938...

—... en la Exposición Imperio.

—Fue el sábado 23 de julio cuando tuvo lugar el robo...

—¿Capta usted la dimensión...

—... de nuestro enigma? —preguntaron ambas jóvenes.

Yo me arrellané en mi butaca y entrelacé los dedos frente a mí —sagazmente—, mientras pensaba en cuánto me gustaría verles los enigmas. La verdad era que me estaba debatiendo en mi interior: ya había adivinado a primera vista que Isa y Violet eran gemelas y sentía que, por un día, debería haber bastado con esa deducción holmesiana. Aunque en el rostro de ambas percibía una decepción idéntica.

—Nosotras entendíamos que papá hubiera tenido que irse...

—... después de todos aquellos líos...

—... pero sabíamos que cuidaba de nosotras...

—... al ver que nos mandaba dinero todos los años...

Entonces comprendí. El hallazgo de los restos del hombre en el río significaba que Joe *Gentleman* Strachan había permanecido dieciocho años en un estado de reposo definitivo. Y que yo supiera, en el fondo del Clyde no había servicio de correos.

—¿Así que ustedes quieren saber quién les ha estado enviando el dinero, si no era su padre?

—Exacto —dijeron Isa y Violet a una.

—A menos que los restos humanos que han encontrado no sean de su padre... —insinué.

Dos cabezas idénticas se menearon con idéntica y lúgubre certeza.

—La policía nos enseñó la pitillera...

—... la reconocimos las dos a la primera...

—... la recordábamos con toda claridad...

—... y nuestra madre siempre decía que papá no iba a ninguna parte sin su pitillera.

—Pero ¿esa es la única prueba? —pregunté.

—No...

—... encontraron ropas...

—... podridas y hechas jirones...

—... pero pudieron descifrar las etiquetas...

—... y eran de los sastres de papá...

—... y nuestro padre siempre fue muy puntilloso con los establecimientos donde compraba la ropa...

—¿Qué me dicen de los archivos dentales? —inquirí. Ambas me miraron confundidas, sin comprender, cosa que no debería haberme sorprendido. Aquello era Glasgow, al fin y al cabo.

—Nuestro padre era alto...

—... un metro ochenta...

—... y la policía dice que los huesos de las tibias correspondían a una persona de esa estatura.

Asentí. Un metro ochenta era mucho para Glasgow. Yo mismo era alto en esta ciudad y medía exactamente lo mismo. Les tendí a regañadientes los fajos. Isaac Newton había formulado la idea de que cualquier masa, ya fuese una taza de café o una montaña, e incluso la Tierra, poseía su propio campo gravitacional. Siempre me parecía, no obstante, que el dinero ejercía una fuerza irresistible que no guardaba proporción con su masa. Y yo, como cuerpo sometido a atracciones gravitacionales, era cualquier cosa menos inamovible.

—He de decirles, señoras —comenté—, que no es aconsejable que anden por las calles de Glasgow con esa suma de dinero encima.

—¡Ah, no pasa nada! —exclamó Isa—. El marido de Violet, Robert, nos ha traído en coche. Nos disponemos a depositar el dinero en el banco Clydesdale que queda a la vuelta de la esquina.

—Pero hemos pensado en venir a verlo a usted primero.

—Bueno —dije—, supongo que el punto de partida ha de ser el dinero mismo. Al parecer, es el único indicio tangible que tenemos por ahora. ¿Dicen que les llega por correo?

Otro gesto simultáneo de asentimiento, seguido de otra zambullida coordinada en los bolsos que se concretó en dos sobres marrones vacíos depositados en mi escritorio. Cada uno de ellos ostentaba una dirección distinta, pero ambas con la misma letra. El matasellos era de Londres.

—¿Estas son sus direcciones actuales?

Más aquiescencia armónica.

—¿Y no han mantenido ningún contacto con el remitente?

—Desde luego que no.

—Entonces, ¿cómo averiguó el remitente sus nuevas direcciones? ¿Qué me dicen de su madre? Quien esté enviando estos pagos debe de haber sido informado del matrimonio de cada una de ustedes. ¿No podría ser que su madre supiera, en realidad, de quién se trataba?

—No, no. Ella estaba tan sorprendida como nosotras…

—… las dos nos casamos el mismo año, y los siguientes envíos llegaron a nuestras nuevas direcciones…

—… con un extra de quinientos más para cada una de nosotras.

—Debo decirles, señoras, que todo esto da la impresión de corresponder a un padre arrepentido por su ausencia. Sobre todo si se tiene en cuenta el significado de la fecha. ¿Están totalmente seguras de que era su padre quien apareció en el río?

—Tan seguras como podemos estarlo.

—Nuestra madre decía que ella nunca había creído que el dinero procediera de papá.

—¿Ah, no? —me sorprendí—. ¿Por qué pensaba eso?

—Decía…

—… continuamente…

—… que si papá hubiera seguido vivo, estuviera donde estuviera, habría enviado a buscarnos. Para vivir como una familia.

—Tal vez le resultaba imposible —insinué.

No mencioné que había oído hablar de las proezas amatorias de Joe *Gentleman*: era improbable que las gemelas fuesen la única familia que él tenía.

—No digo imposible porque estuviera muerto, sino porque no pudiera arriesgarse a volver a Glasgow, dado que la policía lo andaba buscando. Tres mil libras al año es una cantidad muy elevada, y no creo, con el debido respeto, que puedan tener ustedes un benefactor anónimo tan dadivoso.

Ellas fruncieron el entrecejo y yo simplifiqué mi vocabulario para situarlo al nivel de aquella ciudad. A veces utilizo términos más sofisticados de lo conveniente.

—¿Está diciendo usted que no cree que fuese papá quien apareció en el río? —Isa habló por las dos con una firmeza que yo no había apreciado hasta entonces en ellas. Quizás era la mayor. La precedencia en minutos y hasta en segundos tenía su importancia para los gemelos, según había oído decir. Pero tampoco estaba seguro de que no fuera Violet.

—La verdad, no lo sé —respondí—. Díganme, ¿ha intentado alguna de ustedes rastrear los envíos para averiguar de dónde proceden?

—Hasta ahora lo hemos llevado con mucha discreción…

—… pensando que era papá…

—… no queríamos remover las cosas…

—… ni hacer nada que pusiera a la policía sobre su pista.

—Eso es comprensible, supongo —dije, y añadí con un tonillo del tipo «hablemos con toda claridad»—: Entonces, ¿ustedes quieren que averigüe quién les ha estado enviando el dinero?

—En efecto.

—¿Aunque ello me conduzca hasta su padre, a quien buscan por los crímenes más graves que puedan imputarse a nadie?

Ceños idénticos un instante. Y al fin un «sí» enérgico.

—Antes de continuar —observé—, les advierto que si los restos hallados al fondo del Clyde no eran de su padre y mis pesquisas me llevan hasta él, habré de notificárselo a la policía.

Se miraron una a otra, y luego se volvieron hacia mí.

—Teníamos entendido que es usted...

—... discreto...

—... que no se lleva demasiado bien con la policía.

—¿Ah, sí? —Me incliné hacia delante—. ¿Y quién se lo ha dicho?

—Hemos preguntado por ahí...

Las estudié un momento. Más allá de su numerito de gemelas preciosas y atolondradas, no dejaban de ser las hijas de un legendario gánster de Glasgow. Ya me imaginaba de dónde habían sacado referencias mías.

—Hacer la vista gorda ante alguna que otra infracción técnica de la ley es una cosa, señoras. Pero distorsionar el curso de la justicia, dejar de informar sobre una grave fechoría o encubrir un robo a mano armada y un asesinato es otra cosa muy distinta. En todo caso, no me dedico a quebrantar la ley. —Lo dije con tanta convicción que hasta yo lo creí.

—Nuestro padre está muerto, señor Lennox...

—... nosotras queremos saber quién nos envía el dinero.

Me tomé unos instantes para pensar en todo cuanto me habían dicho. Finalmente, se me encendió la bombilla.

—Bien, desean que averigüe quién les ha estado enviando dinero porque, si no se trata de su padre, esa persona debe de tener un motivo muy serio para desprenderse de tales cantidades. Ustedes creen que dicha persona quizá lo haga por sentimiento de culpa. Si de veras era su padre quien estaba en el fondo del río, alguien tuvo que mandarlo allí, ¿no es eso?

Lo dije como si lo hubiera tenido claro desde el principio.

—Nosotras solo queremos saber quién nos lo envía.

—Y luego, ¿qué? ¿Avisarán a la policía? Me atrevo a aventurar que ustedes no han importunado al fisco respecto a estos pagos. Pero la policía se pone muy quisquillosa cuando se trata del botín de un robo a mano armada. ¿Qué piensan hacer? Debo advertirles que si lo que planean es una especie de venganza personal, no estoy interesado.

—Nosotras solo queremos saber quién nos lo envía —repitió Isa. Esta vez había un punto acerado en su voz, y las dos caritas con forma de corazón tenían de nuevo un aire muy severo.

—¿Los matasellos que figuran en los sobres son siempre de Londres? —pregunté con un leve suspiro, mientras ellas deslizaban los fajos en sus bolsos respectivos.

—No siempre...

—... en ocasiones de Edimburgo...

—... y una vez de Liverpool.

—¡Vaya! —Fruncí el entrecejo para impresionarlas antes de soltar la frase crucial—: Les prevengo, señoras, de que esta investigación puede salirles cara. Quizá me vea obligado a hacer muchos viajes (todos los gastos, desde luego, serán justificados con los recibos correspondientes). Y llevará tiempo. Quienquiera que les esté enviando ese dinero aprecia sin lugar a dudas su anonimato. Y el tiempo, me temo, cuesta dinero.

—¿Bastará con esto...?

Ambas volvieron a sacar los fajos de billetes, empezaron a extraer billetes nuevecitos de veinte libras y los fueron depositando sobre el escritorio. Al final, cada muchacha había colocado ante mí seis retratos de la reina.

—¿... para empezar?

—Si necesita más, solo tiene que comunicárnoslo.

Observé las doscientas cuarenta libras. La irresistible fuerza había encontrado un cuerpo sensible a su gravitación.

—Vamos a ver qué puedo averiguar —dije, y sonreí con mi sonrisa más obsequiosa—. Me parece, señoras, que me están pagando para mirarle el dentado a caballo regalado. Acaso harían mejor dejando las cosas como están. —Pero yo ya había cogido los billetes. Y había decidido para mi coleto que, si Isa y Violet no habían importunado al fisco, sería diplomático por mi parte hacer lo mismo.

—Nosotras solo queremos saber quién es... —indicó Violet.

—... pero no queremos que sepan que lo sabemos —añadió Isa—. Después ya decidiremos qué hacemos.

—Eso podría resultar difícil —opiné.

Me preguntaba a dónde me llevaría el asunto y pensé si no debería haberme resistido un poco más a la fuerza gravitatoria.

—Yo soy un investigador. Me dedico a hacer pesquisas. Y la gente suele enterarse cuando andas preguntando sobre ella. Propongo que manejemos las cosas paso a paso. ¿Podría ver uno de los envoltorios con los que llega el dinero?

Isa me tendió la faja de papel. Era sencilla, sin marca alguna y de cierre adhesivo.

—No es de ningún banco —observé—. La única manera de rastrear este dinero sería pidiendo a la policía que comprobara los números de serie. Pero supongo que eso no vamos a hacerlo. —Puntué mi suspiro con una sonrisa amable—. Déjenme ver qué consigo averiguar. Preguntaré un poco por ahí.

—Gracias, señor Lennox —dijeron a la par.

—¿Pueden dejarme una fotografía de su padre? No me la voy a quedar. Solo la necesito el tiempo necesario para sacar una copia, y se la devolveré.

Isa, o Violet, meneó la cabeza.

—No tenemos ninguna fotografía de papá…

—A él no le gustaba que lo retrataran…

—Y después, cuando desapareció, las pocas fotos que había de él también desaparecieron…

—Ya veo —dije pensando que los fantasmas no roban fotografías—. ¿Y podrían darme el nombre de las personas con las que se relacionaba su padre antes de desaparecer?

—Nosotras nunca conocimos a los colaboradores de papá.

—Pero están los nombres que encontramos…

—… detrás del escritorio…

—¿Qué nombres? —pregunté.

—Era una lista que papá había hecho…

—… hacía muchos años…

—… se había caído detrás del escritorio…

—La encontró mamá, limpiando…

—Había algunos nombres allí…

—¿Le serviría?

—Me sirve cualquier cosa que me dé un punto de partida para empezar a investigar —dije, aunque no podía imaginarme a Joe *Gentleman* anotando en un papel la lista de sus cómplices en el robo de la Exposición Imperio.

Me acerqué a la ventana de mi despacho mientras los tacones de las gemelas resonaban todavía en la escalera. Gordon Street, a mis pies, y la entrada de la Estación Central, en la acera de enfrente, rebosaban de gente. Como era antes de mediodía, no había restricciones de aparcamiento y, en efecto, un coche se hallaba estacionado justo frente a la puerta de mi edificio: un Ford Zephyr recién salido de fábrica, negro y lustroso. Un hombre elegantemente vestido se apoyaba contra el guardabarros fumando un cigarrillo; no llevaba sombrero, y observé que tenía una mata de pelo oscuro y tupido. El traje parecía caro y hecho a medida para adaptarse a los musculosos hombros que abultaban bajo la tela. En cuanto las gemelas salieron, tiró el cigarrillo al suelo y les sostuvo obedientemente la puerta. Bien, ese era Robert, el marido de Violet. Incluso desde cuatro pisos más arriba, se veía que debía de ser «mañoso» con los puños, como dirían mis colegas más turbios.

Me sorprendí preguntándome qué parte de su atavío habría sido costeada gracias a la generosidad del anónimo benefactor de su esposa, y qué parte procedería de ingresos que eludían al fisco. No podía distinguirle la cara y no sabía, pues, si me lo había tropezado alguna vez en mis tratos con los círculos sociales menos recomendables de Glasgow.

Cuando se alejaron, volví a sentarme ante mi escritorio con el entrecejo fruncido, aunque sin saber por qué lo fruncía. O quizá sí lo sabía: llevaba mucho tiempo marcando distancias con los Tres Reyes. Todavía recibía de ellos algún encargo ocasional, y no era fácil rechazar una petición de Willie Sneddon, Jonny Cohen *el Guapo*, o de Martillo Murphy. Este último, en particular, no soportaba que nadie le dijera que no, y tenía un mal genio que un psicópata habría considerado impropio. Era más que evidente que este caso, afectando como afectaba al famoso —o infame, dependiendo desde qué lado mirases una escopeta de cañones recortados— Joe *Gentleman* Strachan, iba a arrastrarme otra vez a aquel mundo.

Pero no era eso siquiera: había algo más en el runrún intranquilo del fondo de mi cerebro. Mantuve fruncido el entrecejo un rato más.

Luego saqué del cajón el dinero que las gemelas me habían entregado y lo conté. Volví a contarlo. Desarrugué el entrecejo.

Capítulo tres

Antes de la guerra, más o menos por la época en que la carrera de Joe *Gentleman* Strachan estaba en su apogeo, yo había sido un diligente alumno del prestigioso colegio Rothesay Collegiate, de New Brunswick, en la costa atlántica de Canadá, de donde Glasgow quedaba muy, pero que muy lejos. Bueno, no más que Vancouver. Una de las materias en la que había descollado era historia. Luego, sin pausa ni vacilación, respondí a la llamada del rey y corrí a defender, contra un canijo sargento austriaco, el Imperio y la madre patria, que había abandonado antes de que me quitasen siquiera los pañales.

Una cosa curiosa sobre la realidad de la guerra era que perdías de golpe todo tu entusiasmo por la historia. Ver morir a los hombres en el barro, dando gritos, llorando o llamando a sus madres, te embotaba las ganas de memorizar fechas de batallas y de conocer los momentos gloriosos de los conflictos pasados. Si la guerra me había enseñado algo sobre la historia, era que no había en ella ningún futuro.

Seguramente por eso, pese al impresionante fajo de billetes que tenía en el cajón de mi escritorio, decidí postergar la investigación sobre el robo más audaz de la historia de Glasgow y sobre el pintoresco aunque peligroso personaje que lo protagonizó. Desde luego, necesitaba la lista de nombres que Isa y Violet me habían prometido para poder imprimir alguna orientación a mis pesquisas, pero la verdad era que yo sabía por dónde empezar y que prefería aplazarlo un par de días.

El día antes de que se presentaran las gemelas, había recibido una llamada intrigante, en la que me solicitaban una entrevista. La voz masculina al otro lado del teléfono tenía ese acento relacionado normalmente con Kelvinside: nasal, afectado y de vocales tortuosamente articuladas para compensar con disimulo el acento de Glasgow. Yo había residido en esta ciudad un par de años antes de haber llegado a la conclusión de que *Kay Vale-Ray* no era ninguna cantante de un club nocturno poco recomendable, sino que se trataba de una compañía de caballería.

El comunicante en cuestión, siempre expresándose con frases alambicadas y abundancia de polisílabos, se identificó como Donald Fraser, abogado, y me dijo que me agradecería que pasara a verlo por su oficina, en Saint Vincent Street, para tratar «un asunto sumamente delicado». No estaba en condiciones, añadió, de «divulgar telefónicamente» nada más. Renuncié a exigir más detalles y accedí a reunirme con él. Como investigador privado había descubierto que algunas personas se morían de ganas de contarte su historia (y el único motivo de que se pusieran en contacto contigo era contártela), pero también había aprendido que necesitaban su tiempo para sincerarse, y que en cierto modo esperaban que tú los sonsacaras. Lo cual a mí se me daba bastante bien. De hecho, había pensado más de una vez que mi destreza habría podido emplearse con igual provecho si me hubiese licenciado como especialista en enfermedades venéreas. Seguramente, habría tenido que escuchar historias menos sórdidas.

No le había insistido a Fraser para que me facilitara más información por otro motivo, y era que me resultaba conocida la firma en la que trabajaba como abogado. Para un investigador privado, los abogados de la ciudad constituían una fuente clave de trabajos legales: procesos de divorcio, sobre todo, para los cuales la ley escocesa requiere que un miembro intachable de la sociedad como yo testifique que una persona ha hecho uso con quien no debería de un miembro no tan intachable en tales y tales circunstancias.

Cuando se fueron Isa y Violet, me quedaban aún un par de horas libres antes de mi cita con Fraser. Levanté el auricular y le rogué a la operadora que me pusiera con Bell 3500, el número de la jefatura de policía, en Saint Andrew's Square, y luego pedí que me pasaran con el inspector Jock Ferguson.

—¿Te apetece una empanada y una pinta? —le pregunté.

—¿Qué quieres, Lennox? —Se oía de fondo el tableteo de una máquina de escribir. Me imaginé a un fornido *highlander* de mejillas rubicundas tecleando con dos dedos: el entrecejo fruncido y la lengua asomada por la comisura de los labios.

—¿Qué quiero? El placer de tu compañía, desde luego. Y una empanada y una pinta. Pero no me obligues a concretar todavía... Primero tengo que mirar la carta del Horsehead.

—¿El Horsehead? —bufó Ferguson.

—No me preguntes por qué, pero siento el deseo de maltratar mi sistema digestivo.

—Ya. Y el mío, por lo visto. ¿Por qué no nos ahorras la indigestión y me dices sin rodeos lo que quieres?

—Un poco de charla, nada más. ¿Nos vemos allí en media hora?

Ferguson asintió con un gruñido y colgó. Dar palique no era precisamente su fuerte.

Escocia contaba con dos pasatiempos nacionales, los únicos asuntos que despertaban verdadera pasión en el alma escocesa: el fútbol y el consumo de alcohol. Cosa curiosa, eran tan rematadamente malos en lo primero como extraordinarios en lo segundo. Igual que los irlandeses, parecía que los escoceses llevaran inscrita en su ser una sed prodigiosa. Siendo presbiterianos, sin embargo, sentían la necesidad de atemperar, contener y regular cualquier cosa considerada placentera, encajándola dentro de unos estrictos horarios. La ingesta matinal de alcohol solo estaba permitida legalmente, pues, entre las once y las dos y media. Por las tardes, los bares podían abrir únicamente desde las cinco hasta las nueve y media. Y los domingos, abstinencia.

Existían, por supuesto, clubs de todo tipo que se las arreglaban para esquivar las normas, pero los escoceses en general habían aprendido a consumir cantidades impresionantes de alcohol a una velocidad pasmosa. Por ese motivo, cuando entré en el Horsehead a la una, el bar estaba a rebosar. Apenas podías moverte y había tanto humo en el ambiente que te escocían los ojos. Era el típico pub céntrico de Glasgow a la hora del almuerzo, o sea, gorras de lana mayormente, entreveradas con algún que otro traje de raya diplomática. Divisé a Jock Ferguson y me abrí paso entre el océano de bebedores. A trancas y barrancas, llegué a la barra y apoyé los codos.

—¿Cómo va, Jock? —dije jovialmente y en voz bien alta, para hacerme oír pese al alboroto reinante. No nos dimos la mano. Nunca nos la dábamos—. ¿Llevas mucho esperando? —Observé que no tenía ninguna bebida delante. Me estaba aguardando para pedir la primera ronda. Me imaginé que yo pagaría la segunda y la tercera.

—Unos minutos —replicó, agotando de nuevo con esas dos palabras su capacidad para dar palique.

El barman, Big Bob, envuelto detrás de la barra en una niebla de humo de tabaco, manejaba los grifos de cerveza igual que un ferroviario movería las palancas de una garita de señales. Como siempre, llevaba las mangas de la camisa por encima de sus antebrazos tatuados de Popeye. Capté su atención, y nos sirvió dos pintas de la más fuerte.

—Tráenos un par de empanadas para acompañar, Bob —grité cuando nos puso los vasos delante.

—Bueno —dijo Ferguson, dando el primer sorbo a su cerveza y saboreándolo un instante—, ¿a qué viene esto?

—¿Tiene que haber un motivo? Es solo por departir. Quizás en parte para agradecerte que me ayudaras a conseguir ese contrato en los astilleros.

—Ya me habías dado las gracias. —Me miró con suspicacia. Claro que, siendo inspector de la policía de Glasgow, era más o menos así como miraba a todo el mundo.

—¿Tú estás metido en esa historia de Joe Strachan, Jock? —le pregunté con tono informal—. Esos huesos que han dragado del fondo del Clyde, ¿sabes?

Ferguson dejó su cerveza en la barra, y comentó:

—¿Por qué habría de interesarte a ti Joe *Gentleman* Strachan, Lennox? Es muy anterior a tu época.

—Pues parece que ha vuelto a salir a la superficie. Literalmente. ¿O me equivoco? ¿Hasta qué punto estáis seguros de que esos restos son de Joe *Gentleman*?

Ferguson se giró para mirarme de frente y subió el volumen de sus suspicacias. Y yo sentí un hormigueo en las muñecas, como una premonición del frío tacto de las esposas.

—Bueno, Lennox. Sospecho que esto es algo más que simple curiosidad ociosa. Sea cual fuere el motivo de tu interés por Strachan, te aconsejo que te lo guardes por completo. Es un tema que toca de lleno la sensibilidad de muchos policías de Glasgow.

—Ya lo entiendo, Jock —dije haciéndome el ingenuo—. Pero es una pregunta inocente y razonable: ¿era Strachan o no?

—Sí, el cuerpo era de Strachan —afirmó soltando un suspiro.

—No debía de quedar gran cosa después de casi veinte años en el fondo del Clyde —observé esforzándome otra vez para adoptar indiferencia. Laurence Olivier no habría sentido amenazado su prestigio como actor.

—Había lo suficiente para identificarlo. ¿Debo repetirlo? ¿Oficialmente?

—Tranquilo, Jock. Pero es que me han pedido que confirmara que es Joe *Gentleman* el fiambre que tenéis en el depósito.

—¿Y quién te lo ha pedido? Creía que ibas a dejar toda esa mierda. ¿Estás trabajando otra vez para los Tres Reyes? Mira, Lennox, he dado la cara por ti en ese trabajo. Si se te ocurre...

Lo interrumpí alzando enfáticamente una mano y meneando la cabeza con indignación.

—No, Jock, nada de eso. No puedo decirte quién es mi cliente, pero no es ninguno de los Tres Reyes ni nadie tan turbio.

—Secreto profesional, ¿eh? —Ferguson soltó un bufido desdeñoso—. Dime al menos si quienquiera que sea no es una persona de interés para nosotros.

—Créeme —contesté con mi tono más encantador—. Mis clientes no han roto un plato en su vida.

—¡Ah, las gemelas! —El policía arrugó el entrecejo, tratando de recordar sus nombres—. Isa y Violet, ¿verdad?

Lo miré estupefacto.

—Tendré que aprender a ser un poco más críptico —murmuré—. ¿Tanto se me ve el plumero?

—Si no estás trabajando para un criminal, ha de tratarse de la familia. Y las hijas de Joe Strachan son las únicas parientes a quienes les podría importar el tema. Han tenido la ventaja de no haberse criado con su padre. Mira, Lennox, te lo advierto: deja este asunto de inmediato. Por mucho que te paguen las chicas de Strachan, no vale la pena.

—¿Por qué tanto drama?

—Porque hay un policía muerto, por eso. Y porque el nombre de Joe Strachan tiene mucha historia detrás. De la peor especie. Tú has tenido algún tropiezo con el comisario McNab...

—¿Con Willie McNab? Sí, ya lo sabes. Es el presidente de mi club de admiradores, aunque últimamente lo veo muy calladito. Lo habré decepcionado.

—Ya, qué gracioso. Escúchame bien, Lennox: si llega a los oídos del comisario que estás husmeando sobre el asunto Strachan, te colgará las pelotas de las orejas.

—¿Y por qué tanto interés de su parte?

—Por el agente Charles Gourlay, el joven policía abatido de un disparo por los ladrones de la Exposición Imperio. Ya conoces a McNab y sabes que aplica siempre el principio de ojo por ojo, diente por diente cuando atacan o asesinan a un policía.

—Justicia bíblica, sí. Su vengativo espíritu deja a Moisés con sus plagas contra el faraón como un simple aficionado.

—Exacto. Bueno, resulta que Gourlay no era un poli de barrio cualquiera. Entonces, en 1938, el propio McNab no pasaba de ser un joven agente. Y Gourlay era amigo suyo, compañero de copas de la Logia Masónica, de la Orden de Orange y vaya usted a saber de qué más. El comisario se tomó muy a pecho el asesinato de su amigo policía. Para él, se convirtió en una obsesión personal encontrar a Strachan y verlo caer por la trampilla en Duke Street o en la prisión de Barlinnie. Ahora que Strachan ha aparecido en el fondo del Clyde, McNab siente como si a él y al verdugo se les hubiera privado de la oportunidad de hacer justicia.

—Pero quizá no fue Strachan quien mató al agente. Tal vez el que se ventiló a Gourlay, se lo ventiló también a él.

La cara de Ferguson se ensombreció bruscamente.

—Escucha, Lennox, tú y yo tragamos nuestra buena dosis de mierda durante la guerra. Los dos sabemos lo que significa estar en un sitio donde la vida humana vale muy poco. Pero nunca más vuelvas a hablarme del asesinato de un policía en esos términos. Nadie «se ventiló» al agente Gourlay. Fue asesinado mientras cumplía con su deber: asesinado a sangre fría por un matón que sabía que iba desarmado y no podía defenderse. Yo no soy Willie McNab, pero siento lealtad por mis compañeros.

—De acuerdo, Jock..., no pretendía ofender. —Alcé las manos para aplacarlo. Había sido una torpeza por mi parte expresarme de ese modo. El cuerpo de policía de Glasgow constituía un grupo muy unido y extremadamente susceptible cuando se trataba de alguno de los suyos. Daba igual si tu colega recibía sobornos, bebía más de la cuenta o no era un tipo de fiar. Bastaba con que fuese un poli de la ciudad. Por encima de todo, tú cuidabas de los tuyos. Y esperabas lo mismo a cambio.

—De todas formas, te das cuenta de que es posible, ¿verdad, Jock? Tal vez Strachan no fue el asesino.

—Pero él estaba detrás de todo el asunto. Él lo planeó, reunió a la banda y dirigió la operación. Tenía el mando. Por tanto, fue instigador y encubridor del crimen. Al morir ese agente, Strachan se puso automáticamente la soga al cuello; no importa quién apretara el gatillo. Además, hubo un testigo. Y dijo que había sido el tipo más alto de la banda el que había disparado.

—¿Un testigo?

Un par de bebedores apartaron de un empujón a Ferguson, y él puso mala cara. Habíamos mantenido la conversación casi a gritos para oírnos, y ahora adoptó una expresión exagerada de hastío. Pero yo deduje que estaba utilizando la interrupción para decidir si esquivaba o no (y cómo) la pregunta.

—El conductor del furgón —dijo al fin—. El tipo declaró que eran cinco ladrones. Todos se tapaban la cabeza con calcetines, pero uno de ellos era alto, mientras que los demás no pasaban del metro sesenta. Lo cual, a mi modo de ver, apunta sin lugar a dudas a Strachan como autor de los disparos. A lo mejor no es tan misterioso que Joe *Gentleman* acabara durmiendo ese oscuro y profundo sueño: él le puso la soga alrededor del cuello a cada uno de los miembros de la banda. Y quizás ellos se lo hicieron pagar.

—¿Cómo sabes que se trataba de Strachan siquiera? Yo creía que nunca llegó a saberse quiénes integraban la Banda de la Exposición Imperio.

—Strachan... —Ferguson volvió a hacer una pausa mientras Big Bob nos ponía delante dos platos, cada uno de ellos con una pequeña empanada redonda de carne situada en el centro de un viscoso charco de grasa—. Strachan desapareció justo después del robo. Se esfumó. Y no era, precisamente, un tipo que no destacara.

—¿Eso es todo? Joder, Jock. Nosotros sabemos que estaba en el fondo del Clyde. Es lo menos destacable que se me ocurre. Podría ser pura coincidencia que lo hubieran tirado por la borda, coincidiendo más a menos con el robo.

—Tienes razón: no conocemos la identidad de los otros miembros de la banda. Pero eso mismo apunta a Joe *Gentleman*. Él era un obseso de la seguridad. Nunca pudimos atrapar a ese hijo de puta porque nadie se iba de la lengua si trabajaba con él; nadie conocía por anticipado dónde iba a darse el golpe, ni cuándo, ni quién formaba parte del equipo. Si algo puedo decir en su favor es que, a la hora de planear y ejecutar robos a gran escala, era el mejor. Nadie se le aproximaba siquiera. Aunque no hubiera desaparecido, él habría encabezado la lista de sospechosos por el golpe de la Exposición Imperio. Una lista de un solo nombre. Además, ese golpe fue únicamente una parte del asunto: el de la Triple Corona.

—¿La Triple Corona? —Yo ya conocía la historia, pero a veces ser un forastero ayudaba: podías alegar ignorancia, y la gente te acababa contando más de lo que había pretendido.

—Así lo llamaban los más veteranos: los que tenían años suficientes para recordarlo. Fueron tres robos de gran magnitud cometidos en rápida sucesión, pero planeados hasta el último detalle. Y hay muchas probabilidades de que estuvieran vinculados con otra serie de pequeños golpes que tuvieron lugar unos meses antes. Ensayos previos, dicen, con el fin de preparar a la banda para los grandes golpes.

—¿Y el más importante de los grandes fue el robo de la Exposición Imperio?

—Los blancos de los tres robos eran muy distintos, pero todos se llevaron a cabo con precisión militar. El primero fue el banco Nacional de Escocia, en Saint Vincent Street: veinte mil libras en nóminas y vete a saber cuánto más se llevaron de las cajas de seguridad. Después, un furgón que transportaba el dinero de los salarios al astillero Connell, en Scotstoun: la clase de operación de la que tú te encargas ahora. Los muy cabrones llevaban uniformes de policía en ese robo. Treinta y dos mil. Y luego se sacaron el premio gordo: la Exposición Imperio. Cincuenta mil.

Solté un largo silbido y, probablemente, me mostré más impresionado de lo que me convenía ante Ferguson. Ciento dos mil libras en total era una suma enorme de dinero, más aún en el Glasgow de antes de la guerra. No era de extrañar que todo el mundo hubiera dado por sentado que Joe *Gentleman* había escenificado su desaparición. Con ese dinero podías emprender una lujosa vida en cualquier parte, y todavía te sobraría para comprar el silencio de los demás. Era más que suficiente, también, para poder enviar tres mil al año: pura calderilla.

—¿Y tú estás seguro de que fue siempre la misma banda?

—Completamente. No pretendo hablar mal de tus amistades, pero no me imagino a Martillo Murphy ni a Jonny Cohen desplegando todo ese estilo y ese talento.

—Como te he dicho, ya no tengo mucho trato con ellos. Cada vez menos. Pero entiendo qué quieres decir.

Y era cierto: la banda de Jonny Cohen era de lo más eficiente en los robos a mano armada, pero sus golpes no pasaban de ser una menudencia en comparación con lo que Ferguson me había descrito. Observé que no había mencionado a Willie Sneddon. De los Tres Reyes, este era el único con grandes ambiciones. Y con grandes influencias también. Sneddon no había llegado a ser condenado por ningún crimen, y su imperio personal incluía ahora tantas empresas legales como ilegales.

—Ya te he comentado, Lennox, que el nombre de Strachan tiene mucha historia detrás. Y dejó todo un reguero de rencores y cuentas pendientes. Si sabes lo que te conviene, no te metas en esto. Diles a Isa y a Violet que, realmente, era papá quien estaba durmiendo ese oscuro y profundo sueño en el fondo del río; y luego quédate el dinero y olvídate del tema.

—¿Y si no fuera él? —insistí—. ¿Y si lo que tenéis son los huesos de otro hombre?

—Es Strachan sin duda. Pero si no lo fuera, todavía con más razón deberías mantenerte alejado. Si ese hombre está vivo, no te conviene en absoluto buscarlo, ni mucho menos encontrarlo. Él es una verdadera leyenda entre la escoria de Glasgow. Pero no hay que fiarse de esas chorradas sobre Joe *Gentleman*. Créeme, conozco el historial del auténtico Strachan y he leído los expedientes: era un despiadado cabrón de primera. Hazme caso, Lennox: no te metas en esto si sabes lo que te conviene. Algunos esqueletos es mejor dejarlos en el armario…, o en el fondo del Clyde, ya puestos.

—Escucha, Jock. No estoy interesado en profundizar más de lo necesario. Únicamente, debo confirmarle a la familia que fue a Strachan al que encontraron. Nada más. —No mencioné que también estaba buscando a la persona que enviaba aquellas grandes sumas a las gemelas—. Proporcióname alguna pista para seguir avanzando, o el nombre de alguien que pueda orientarme.

Ferguson se quedó observándome largo rato con esa mirada suya tan gélida y vacía. Nunca sabías muy bien si pretendía calibrarte, penetrando en tu alma con su mirada de poli y desvelando tus secretos más recónditos, o si estaba sopesando simplemente si tomar pescado o costilla de cerdo para cenar.

—Lo que voy a hacer —dijo al fin con hastío— es darte un nombre. Pero a mí no me metas en esto, Lennox.

Sacó una libreta y garabateó algo con un cabo de lápiz.

—Billy Dunbar —dijo y, arrancando la hoja, me la dio—. Esta es la última dirección que tengo de él. Era especialista en cajas fuertes, aunque también intervenía a veces en asaltos a mano armada. Solía andar con Willie Sneddon en su momento, cuando este todavía no contaba gran cosa. Dunbar había pasado diez años en la cárcel por uno de sus primeros trabajos, pero ya no volvieron a condenarlo nunca más. Fue uno de los detenidos después del robo de la Exposición.

—¿Crees que formaba parte de la banda?

—No. Tenía una coartada irrebatible. No era el típico cuento de «estaba con mis tíos; pregúnteles a ellos». No. Una coartada auténtica. Y jamás había habido ningún vínculo entre Joe Strachan y él. Claro que, por otra parte, nunca era posible demostrar que Strachan tuviera relación con nadie. Lo cual no impidió que algunos miembros del departamento de Investigación Criminal albergaran sospechas. Dunbar, además, estaba haciendo un verdadero esfuerzo para reformarse. Pero, en fin, no dejaba de ser un delincuente conocido... De modo que durante unas cuantas horas lo pasó bastante mal.

—Me lo imagino. —Con un agente muerto de por medio, el pequeño detalle de que fueses inocente no te salvaba de una buena paliza si la policía sospechaba que poseías aunque fuese una pizca de información—. Dices que andaba con Willie Sneddon antes de que este se volviera un pez gordo. ¿Y respecto a Martillo Murphy...? ¿Hay alguna conexión por ese lado?

—No, que yo sepa. Me parece muy improbable. Como Sneddon, Billy Dunbar es un ultraprotestante. El único contacto que estaría dispuesto a mantener con un católico sería, si acaso, con una navaja en la mano.

—¿Y dices que ahora se ha reformado?

—Sí, desde antes de la guerra. O al menos no lo han pillado. Pero, por lo me han dicho, no atracaría hoy en día ni un salón de té.

Asentí, desechando la imagen de un grupo de enmascarados huyendo con veinte libras en monedas de media corona y una caja de Darjeeling. Aunque se me ocurrió que los salones de té, seguramente, también habían sido objeto de asaltos en Glasgow. ¿Y qué otro lugar no hubiera sido asaltado? Para los ladrones de la ciudad, todos los negocios que manejaban dinero en efectivo eran un blanco legítimo. En una ocasión, un antiguo cajero de banco, reconvertido en agente de policía, me contó que uno de los motivos de su cambio de profesión se debía a que ahora, como policía, tenía muchas menos probabilidades de tropezarse con el cañón de una pistola.

—Quizá ni siquiera siga en Glasgow —prosiguió Ferguson—. Alguien me dijo algo así como que estaba trabajando en una hacienda rural como guía de caza. O como guardabosque.

—Debe de destacar entre sus colegas. Será, seguramente, el único guardabosque con una escopeta de cañones recortados. ¿Se te ocurre alguien más que pudiera darme una pista, Jock? ¿Qué me dices del testigo?

Un estallido de carcajadas del corrillo de obreros que teníamos detrás ahogó mis palabras. Jock me indicó por señas que no me había oído.

—¿Qué hay del testigo del que me has hablado: el conductor del furgón?

—No recuerdo ahora su nombre —dijo suspirando—. Te llamaré para decírtelo. Y sabes qué, deberías hablar del asunto con Archie McClelland. —Se refería al policía retirado al que yo había contratado para el transporte de las nóminas—. Él estaba en el cuerpo entonces. Seguro que puede contarte algo. Bueno..., creo que me debes otra pinta.

Sonreí con resignación, me volví hacia Big Bog, que estaba en la otra punta de la barra, y agité mi vaso vacío.

Llegué puntualmente a mi cita con Donald Fraser, el abogado. Decepcionado, observé que era tal como me lo había imaginado por su voz: taciturno y sin el menor rasgo de interés. Se trataba de un tipo alto, anodino como solo pueden serlo los abogados y los gerentes de banco, vestido con un traje caro de sarga azul que parecía deliberadamente pasado de moda; era de un tejido demasiado grueso para la época del año, además, y mostraba los codos lustrosos de tanto apoyarse sobre un escritorio. La cúpula del cráneo del individuo estaba tan gastada como sus codos, y el cuero cabelludo le relucía entre el ralo cabello negro. Los brillantes ojitos que me miraban a través de unas gafas de fina montura metálica tenían una expresión que, supuse, pretendía apabullar o intimidar. Pero conmigo no funcionó. Empleó la mitad del diccionario para indicarme que tomara asiento, cosa que hice, quitándome el sombrero y colocándomelo en una rodilla.

—Me facilitó su nombre de modo fortuito el señor George Meldrum, un colega mío —dijo Fraser.

—Conozco al señor Meldrum —respondí sin añadir que me extrañaba que tuviese relación profesional con él. Todo el mundo había oído hablar de George Meldrum, por supuesto: era el abogado defensor más rimbombante de Glasgow y había representado a los miembros más destacados del hampa, siendo su principal cliente Willie Sneddon, uno de los Tres Reyes. Meldrum era esa clase de bicho untuoso que maltrataba siempre que podía a la gente, pero que ante Sneddon desplegaba un servilismo que habría avergonzado a cualquier lameculos con algo de dignidad.

—Agradezco su recomendación —dije, como si de veras lo sintiera.

—Bueno... —El tono de Fraser indicaba que no se había tratado de una recomendación, sino más bien de un recurso ingrato pero inevitable—. El señor Meldrum me asegura que puedo confiar en su discreción. En especial en lo que se refiere al lado más desagradable de ciertas investigaciones.

—Ya, ya... —Adiviné que el abogado esperaba que yo empezara sin más a sacarle brillo a mi porra de cuero y acero—. Confío en que comprenda que yo me muevo siempre dentro de los límites de la ley, señor Fraser.

—Desde luego —respondió enfáticamente, con un atisbo de dignidad ofendida—. No se me ocurriría esperar otra cosa. Ni estaríamos manteniendo esta conversación si no lo creyera así.

—¿Por qué no me explica qué quiere que haga? Eso que no deseaba «divulgar telefónicamente» —especifiqué devolviéndole la empingorotada frase que me había lanzado cuando me llamó.

—¿Es usted americano, señor Lennox? Lo digo por su acento...

—No. Soy canadiense. Hijo de escoceses, pero criado en Canadá.

—¡Ajá! —exclamó con aprobación, como si considerara más respetable la latitud de mi infancia. Existía, en efecto, un fuerte vínculo fraternal entre escoceses y canadienses, hecho que podía apreciarse en las colas de tres manzanas de «glasgowianos ansiosos por dejar de serlo» que se formaban frente al consulado canadiense, en Woodlands Terrace. En contraste, los británicos miraban con desagrado la vulgaridad arribista de los norteamericanos, en particular por la insolencia con la que habían salvado a Gran Bretaña de la derrota durante la guerra y de la bancarrota en la posguerra—. ¿Como el actor Robert Beatty? —inquirió Fraser con entusiasmo—. Mi esposa es una gran admiradora suya.

—No exactamente. Beatty es de Ontario. Yo me crié en New Brunswick, en el Canadá atlántico.

—¡Oh! —exclamó el abogado, algo decepcionado. Al parecer, yo tenía la latitud correcta, pero no la longitud.

Abrió una carpeta beis y me deslizó un retrato en blanco y negro de gran tamaño por encima del escritorio. Un rostro extraordinariamente apuesto me dirigía desde la foto una sonrisa de cien vatios. La reconocí en el acto.

—Este no es Robert Beatty —comenté.

—No... Es el actor americano John Macready —aclaró mi interlocutor, como si yo no lo supiera—. El señor Macready se encuentra actualmente en Glasgow, participando en una película que está rodándose en Escocia. La mayor parte del rodaje se realiza en los Highlands: es una historia de aventuras, según he podido colegir. El actor volará de vuelta a Estados Unidos a final de mes, aproximadamente, desde el nuevo aeropuerto de Prestwick. Hasta entonces, reside en el hotel Central que, según tengo entendido, se ubica justo enfrente de sus oficinas, señor Lennox.

—¿Y dónde entro yo en todo esto?

—Mi bufete está asociado con Hobson, Field & Chase, de enorme prestigio, en Londres. Ellos, a su vez, representan en el Reino Unido los intereses de los estudios que están llevando a cabo la producción de la película, ambientada, como le decía, aquí, en Escocia, en la cual actúa el señor Macready.

—Muy bien. ¿Y cuál es el vicio de ese caballero?

—No sé si lo entiendo a usted... —replicó el abogado, frunciendo el entrecejo.

—¿Ah, no? Deduzco que está usted buscando un escolta para Macready. Según mi experiencia, esa gente suele necesitar una gobernanta más que un guardaespaldas. ¿Cuál es la debilidad del actor? ¿Alcohol, prostitutas, jóvenes apuestos o narcóticos? ¿O todos los citados?

Fraser me miró con profundo desagrado, cosa que más bien me complació y me indujo a devolverle la sonrisa con toda la insolencia que pude. Aquel abogado de ojitos brillantes me necesitaba más a mí que yo a él, supuse. Alguien, a quien no podía negarle un favor, le había pedido que metiera la punta del pie en las alcantarillas. Ese, creía sin duda, era el lugar al que pertenecía un tipo de mi calaña.

—No hace ninguna falta ponerse vulgar, señor Lennox.

—Sí, ya sé que no hace falta..., pero acierto, ¿verdad? Usted quiere que haga de niñera a Macready hasta que tome su vuelo.

La expresión de repugnancia en su mirada no remitió.

—En realidad, no. Los estudios han enviado a dos de sus empleados de seguridad para encargarse de ello.

—Humm. ¿Por qué tengo la sensación de que estoy aquí para arreglar un entuerto cuando ya es demasiado tarde?

—Su capacidad para intuir cosas de este género parece muy desarrollada, señor Lennox.

—¿Qué quiere que le diga? Llevo una vida interesante y variada. Al parecer, he acertado: John Macready ha hecho algo cuestionable y se encuentra bajo un arresto domiciliario de cinco estrellas hasta que puedan sacarlo del país. Mientras tanto, usted está buscando a un especialista en atar cabos sueltos. ¿Hasta qué punto están sueltos?

—Mucho, me temo. El señor Macready es todo un «ídolo», como creo que dicen nuestros amigos americanos. Tiene *sex appeal*, lo cual resulta muy rentable a la hora de vender entradas. Se ha ganado fama de donjuán incorregible y se lo ve siempre del brazo con las actrices más bellas de Hollywood.

—Eso me consta. Pero el hecho de que usted me lo recuerde indica que el embrollo en el que el actor está metido tiene algo que ver con la verdad, o la falsedad, de esa fama.

Fraser se dirigió a un robusto archivador y lo abrió con una llave que llevaba en el bolsillo. Sacó un sobre marrón y me lo tendió antes de volver a sentarse tras su enorme escritorio.

—Se dará usted cuenta de que nos encontramos en una situación muy seria y delicada...

Abrí el sobre y me preparé antes de sacar las fotografías.

—¡Dios mío...! —musité, aunque no en suficiente voz baja como para que Fraser no me oyera.

—En efecto... —La voz del abogado se había henchido de maliciosa satisfacción—. Me había impresionado con ese aire cínico de estar de vuelta de todo, señor Lennox, pero observo que la cosa tiene un límite. Supongo que ha reconocido a quién aparece en las fotografías con el señor Macready...

Las observé en silencio. Durante unos instantes me resultó difícil asimilar aquello. El joven caballero que aparecía en las imágenes agachado bajo Macready no parecía tener los mismos problemas, obviamente, para asimilarlo todo.

—No sigo las crónicas de sociedad, pero claro que lo reconozco. Es el único hijo y heredero del duque de Strathlorne, ¿no? Creo que es un noble linaje que se remonta a... —Ojeé las fotos lo más aprisa posible, aunque no lo bastante para evitar que se me revolviera el estómago—. ¿Chantaje? —pregunté por fin.

—Sí. En la práctica, sí. La persona que tiene en su poder las fotografías no oculta su identidad y se cuida mucho de formular sus exigencias de tal forma que puedan parecer una amenaza. De hecho, alega muy convencido que la divulgación de estas imágenes es un asunto de interés general.

—¿A menos que alguien se las compre?

—Exacto.

—No me imagino al *Picturegoer* o al *Everybody's* sacando a la luz esta escena bajo el título: «Estrella de Hollywood penetra el círculo íntimo de la alta sociedad». La otra... parte, digamos, tiene aún más que perder. ¿Cómo es que no lo chantajean a él?

—La otra «parte», como dice usted, y su familia no conocen la existencia de estas fotos. Todavía. Supongo que comprenderá que las repercusiones serían muy graves. Ellos cuentan con el poder suficiente para que no aparezca en la prensa británica la menor alusión al asunto. Los medios de comunicación americanos, en cambio, le sacarían el máximo partido. No necesito señalarle, estoy seguro, que la sodomía y el ultraje a la moral pública constituyen graves delitos. Haría falta mucha sangre fría para atreverse a chantajear a un miembro de la familia real, aunque se trate de un miembro periférico.

Fraser recogió las fotografías del escritorio y volvió a meterlas en el sobre.

—Comprenderá, señor Lennox, que tiene ahora en su conocimiento una información que muy pocos llegarán a tener jamás. Si le cuenta a alguien lo que ha visto, yo negaré tajantemente la existencia de las fotografías (las cuales, ya se lo adelanto, no permanecerán en esta oficina) y, dado el estatus de la otra parte implicada, se ganará usted la animadversión de personas e instituciones infinitamente más peligrosas que aquellas con las que se relaciona en la actualidad.

Era la amenaza más prolija que me habían hecho en mi vida. Pero resultó eficaz.

—No sé si quiero verme implicado —murmuré. La verdad era que no estaba seguro—. Esto queda muy lejos de mi terreno.

—Entiendo perfectamente que se sienta así. Estoy autorizado a hacerle un pago de cincuenta libras si decide no aceptar el encargo. A cambio, le pediré que me firme una declaración comprometiéndose a no comentar nada de lo hablado.

—¿Cincuenta libras? —Sonreí, incrédulo—. Por favor, no dude en llamarme siempre que tenga un trabajo rechazable.

—Si acepta el encargo, estoy también autorizado a hacerle un pago en efectivo de mil libras, en el bien entendido de que cobrará otras cuatro mil al recuperar los negativos. Y debo añadir que, realmente, agradeceríamos su ayuda profesional en este asunto, señor Lennox.

Solté otro de esos largos silbidos que las grandes sumas de dinero parecen suscitar en mí.

—¿Cinco mil? No lo entiendo. ¿No sería más barato pagar al chantajista?

—¿Acaso cree que el dinero que ha exigido es una cantidad similar? Estas fotografías podrían alcanzar en el mercado un precio astronómico. Y naturalmente, un chantajista es un chantajista; no importa cómo lo presente él. No me imagino ni por un momento que el asunto vaya a concluir para siempre si cumplimos sus demandas iniciales. Pero incluso si no hubiese demandas adicionales, no contaríamos con la garantía de que todas las copias y todos los negativos hubiesen sido destruidos. Para lo que nosotros le retribuimos, señor Lennox, es para que efectúe el pago, recupere los negativos y se asegure de que las copias en su totalidad, aparte de las que tengo aquí, son destruidas.

—¿Y el chantajista?

—Con franqueza, señor mío, nosotros desearíamos que el responsable de estas fotografías llegue a ser consciente, plena e inequívocamente, de la seriedad de nuestros propósitos.

—Comprendo. —El halo de rectitud del abogado empezaba

a desvanecerse: después de todo, parecía que iba a tener que sacarle brillo a mi porra—. No sé qué le habrá contado George Meldrum, señor Fraser, pero yo no soy un matón a sueldo. Aunque estoy seguro de que el señor Meldrum, dadas su relaciones, conoce a mucha gente mejor cualificada para este tipo de trabajo...

Fraser alzó una mano y me dijo:

—Esta no es tarea para un matón, señor Lennox. Me han asegurado que es usted un exoficial y un hombre de considerable inteligencia, que suele darle, además..., un enfoque enérgico a su trabajo. Usted ha visto las fotografías y se da cuenta de la gravedad de la situación. Necesitamos a alguien capaz de conducirse con decisión, pero también con discreción. Bueno, señor Lennox, ¿le pago cincuenta o mil libras?

Contemplé su anodino rostro un instante.

—Tengo trabajo ahora mismo. Otros compromisos.

—Espero que olvide todo lo demás hasta que haya recuperado los originales de las fotografías.

—Eso me es imposible. Me encargo del traslado de unas nóminas cada viernes.

—Seguro que puede encontrar a alguien que lo sustituya.

—No. Me ocupo de ello personalmente. Y estoy investigando otro caso. Ya he cobrado un anticipo; no debería robarme mucho tiempo, pero no puedo abandonarlo. Aun así, podría encargarme de su asunto, siempre dependiendo de las pistas que me facilite, pero no dejaré de lado mi cartera de clientes.

Últimamente, usaba mucho la expresión «cartera de clientes», en lugar de «trabajos»: sonaba más profesional. Más parecido a un abogado que a un fontanero.

—De todas formas, el manejo de esos otros casos es problema mío, no suyo.

—Me temo que nosotros lo veríamos como un problema nuestro.

—¿Nosotros?

—Los estudios, mis colegas de Londres y yo mismo, desde luego. Usted tratará directamente conmigo, señor Lennox. —Se inclinó sobre el escritorio y me tendió una tarjeta—. Puede localizarme en uno u otro de estos números durante las veinticuatro horas del día. Si ha de informarme de algo, quiero saberlo de inmediato.

—Desde luego. Escuche, señor Fraser, estoy plenamente dispuesto a asumir el caso, pero le repito que no puedo comprometerme a trabajar en ello en exclusiva.

Me observó unos segundos con sus brillantes ojitos de picapleitos.

—Muy bien —aceptó, como consintiendo a un niño, aunque advertí entonces que no le quedaba otro remedio. Quienes formaran parte de aquel «nosotros» estaban desesperados.

—¿Ha dicho que conoce la identidad del chantajista?

—Paul Downey. Es fotógrafo, por así decir. Y al parecer, aspirante a actor. Ahora ha desaparecido y ha dejado instrucciones para que todas las «ofertas para su exclusiva», como él dice, sean remitidas a un apartado de correos de la oficina postal de Wellington Street. —Hurgó otra vez en el sobre—. Aquí tiene su última dirección conocida y una fotografía de él. Relativamente reciente según me han hecho saber.

Observé la foto. Downey era un joven de poco más de veinte años y tenía el aire celtibérico de un católico de Glasgow: pelo oscuro y tez pálida. Había algo vagamente afeminado en su apariencia: el pelo un poquito demasiado largo, aunque no al estilo *Teddy boy*; los ojos grandes y claros, una boca delicada y el mentón redondeado.

—El señor Downey también es un... —Fraser dejó la palabra flotando en el aire—. Está metido en ese mundo.

—Ya... —Reflexioné un momento—. ¿Y dice que la otra parte implicada no conoce la existencia de las fotos?

—Correcto.

—¿Cuánto tiempo exactamente va a permanecer Macready en Glasgow?

—Le queda ya muy poco que hacer en el rodaje propiamente dicho, pero ha de llevar a cabo otras tareas antes de su regreso: tareas de carácter técnico y publicitario. Definitivamente, está previsto que regrese a su país a principios del mes próximo. Tiene reservado un vuelo de la British Overseas que sale de Prestwick.

—Si quiero avanzar en la investigación, tendré que hablar con él. Supongo que lo entiende, ¿no, señor Fraser?

—Ya me imaginaba que le haría falta, señor Lennox. Por eso he preparado este programa detallado del resto de su estancia en Escocia. Su ayudante personal es la señorita Bryson. Aquí lo tiene… —Me entregó una hoja de papel—. ¿No hay manera, supongo, de soslayar la necesidad de que aborde usted directamente el asunto con el señor Macready?

—Me temo que no. Esas fotos que me ha enseñado no fueron realizadas deprisa y corriendo. Huelen a montaje premeditado. Quienes las tomaron sabían lo que se hacían. Y teniendo en cuenta con quién se estaba divirtiendo Macready, deduzco que eran plenamente conscientes de lo que estaba en juego. Tendré que hacerle a Macready algunas preguntas incómodas.

—Ya sé que esto que voy a decirle no le interesa ni lo incumbe, señor Lennox, pero, en mi opinión, por desagradable que resulte para cualquier persona honrada ese aspecto de su vida, John Macready es un buen hombre.

—Estoy seguro de que es un devoto feligrés. Por lo que he podido apreciar en las fotografías, no cabe duda de que sigue al menos un principio cristiano. —El abogado frunció el entrecejo inquisitivamente—. Me ha parecido que cree sinceramente que «es mejor dar que recibir».

Capítulo cuatro

Quería averiguar más sobre Donald Fraser y, antes de volver a mi oficina, decidí llamar a Jock Ferguson desde la cabina telefónica de la esquina de Blythswood Square. Era la típica cabina reglamentaria de Glasgow: el exterior revestido toscamente de densa pintura roja que se desconchaba allí donde había empezado a abombarse; y el interior impregnado con el hedor reglamentario a orines rancios, cosa que me obligó a mantener entornada la pesada puerta. Por alguna razón que se me escapa, los glasgowianos han sufrido siempre una confusión que les impide distinguir la diferencia léxica entre «urinario», por un lado, y «cabina telefónica», «umbral de banco», «piscina» o «abrigo del aficionado de delante» en un partido de fútbol.

Tuve suerte y encontré a Jock en su despacho. Le pregunté si sabía algo de Donald Fraser, y él me dijo que nada, pero que indagaría por ahí. Quiso saber a su vez por qué se lo preguntaba, y le conté la verdad: que Fraser era un abogado de la ciudad, que quería contratarme, y que yo, simplemente, deseaba comprobar sus antecedentes antes de aceptar. Ferguson me llamaría más tarde para contarme lo que hubiera averiguado. También me dejó claro que la próxima vez que lo invitara a almorzar habría de ser en un sitio de más categoría que el Horsehead.

Volví a pie a mi oficina. El tiempo seguía demasiado caluroso para la época del año: bochornoso más bien, que era el único tipo de calor que hacía en Glasgow. Incluso en mitad de la ola de calor del verano, había sido como si la ciudad hubiera abierto sus poros y se hubiera puesto a sudar a mares. Algo de esa humedad, en todo caso, se me quedaba pegado en las narices y en el pecho: la vieja sensación que me asaltaba siempre que se avecinaba una buena niebla.

Al entrar en la oficina, vi que había llegado el correo de la tarde. Había un sobre que contenía una sola hoja de papel con una lista de nombres. Sin firma, sin una nota ni nada que indicara quién la había mandado. Isa y Violet no eran tal vez tan ingenuas como parecían.

De los nombres, solo reconocí tres, uno de los cuales resultaba ser el primero de la lista. Confié por un instante en que el Michael Murphy que la encabezaba no fuera el que me había venido a la cabeza de inmediato. Copié su nombre, junto con los demás, en mi libreta de notas.

MICHAEL MURPHY
HENRY WILLIAMSON
JOHN BENTLEY
STEWART PROVAN
RONALD MCCOY

Cinco nombres. Habían sido cinco los ladrones implicados en el robo de la Exposición Imperio. Pero uno de esos cinco era el propio Strachan; y suponiendo que el Michael Murphy de la lista fuera el Michael Murphy que yo estaba pensando, no podía creer que él hubiera formado parte de la banda.

Durante su visita a mi oficina, una de las gemelas, Isa —o quizás era Violet— me había dejado un número de teléfono. Llamé. Era Isa, a fin de cuentas. Le pregunté si el Michael Murphy de la lista era Martillo Murphy; ella me dijo que no lo sabía seguro, pero que era posible. Su padre había conocido a Murphy.

—¿Cuál era la relación de su padre con él? —pregunté.

—Papá conocía a todos los hermanos Murphy. Me parece que hacían algún trabajo para él. De vez en cuando. Mamá decía que eso fue antes de que Michael Murphy prosperase y se volviera importante por propio derecho. Pero él venía a veces de visita. Yo no recuerdo haberlo visto en casa; pero, claro, era muy pequeña entonces.

—¿Y Henry Williamson? —Ese nombre me había llamado la atención; no parecía típico de Glasgow.

—Era un buen amigo de papá. Tampoco lo vi nunca. Según decía mamá, papá lo conocía desde hacía mucho. Desde la guerra. La Primera Guerra Mundial, quiero decir.

—¿Su padre combatió en la Primera Guerra Mundial?

—Sí. Fue un héroe, ¿sabe?

—No se me habría ocurrido que su padre tuviera la edad suficiente para haber participado.

—Fue cerca del final de la contienda.

—¿Y allí conoció a Williamson?

—Eso creo.

—¿Williamson también pertenecía al mundo del crimen?

Hubo un breve silencio. Me pregunté si la habría ofendido al recordarle los orígenes de la fortuna de su padre.

—No lo sé. Sinceramente —respondió al fin—. No creo que el señor Williamson hubiera ido nunca a la cárcel ni nada semejante, pero no lo sé con seguridad. Dejó de venir a casa cuando papá se marchó. Pero antes se veían continuamente.

—¿Sabe dónde puedo localizarlo o dónde vive?

—No. Lo único que sé es que lo conocía de la guerra. Pero no creo que él fuese de Glasgow.

—Ya…

Repasé los otros nombres con Isa. Yo conocía un par de ellos; es decir, advertí que los conocía cuando ella me dio algunos detalles. Ambos eran ladrones, tipos violentos. Empezaba a pensar que había muchas probabilidades, a fin de cuentas, de que tuviera en mis manos los nombres de la Banda de la Exposición Imperio. Pero ¿realmente iba a ser tan fácil? En el año 38, la policía debía de haber manejado la misma lista de nombres, pero no le echó el guante a un solo ladrón.

Ya únicamente me quedaba preguntar por John Bentley.

—Tampoco lo conocí. Mamá decía que había oído mencionar su nombre a papá hablando con los demás. Solo eso.

Antes de visitar a Willie Sneddon, llamé por teléfono y pedí cita. Me atendió una secretaria.

Así se habían puesto las cosas para tratar con Sneddon: secretarias, citas concertadas, reuniones en oficinas…

El tipo era con diferencia el más pérfido y peligroso de los Tres Reyes. Lo cual era mucho decir teniendo en cuenta que Martillo Murphy no se había ganado su apodo por sus destrezas de carpintería precisamente. Pero lo que volvía a Sneddon más peligroso que nadie era su cerebro. Cada año aparecían varios Willie Sneddon en los barrios bajos de Glasgow: gente que, pese a la falta de estímulos, poseía la inteligencia natural suficiente para abrirse paso y salir de las alcantarillas. Más de la mitad de ellos no lo conseguiría: la obsesiva conciencia de clase británica ponía barreras en su camino a cada paso. Los demás lo lograrían contra todo pronóstico y se convertirían en cirujanos, en ingenieros, o incluso en ese tipo de magnates de los negocios que se han hecho a sí mismos.

Y un par de individuos, como Willie Sneddon y Joe *Gentleman* Strachan, utilizarían el cerebro para ejercer un dominio de terror entre el hampa de la ciudad. Sneddon era demasiado poco importante veinte años atrás para llamar la atención de Strachan; pero si este no hubiese desaparecido, seguro que los caminos de ambos se habrían cruzado tarde o temprano. En el sentido de «esta ciudad no es lo bastante grande para los dos hombres».

Pero sus caminos no llegaron a cruzarse, y Willie Sneddon había encontrado pista libre para tratar de dominar el submundo criminal de Glasgow, cosa que había logrado, para gran frustración de los otros dos Reyes, Murphy y Cohen. En principio, se habían repartido la ciudad a partes iguales, aunque la parte de Sneddon había resultado ser más igual que las otras. Él era el más joven de los Tres Reyes y había llegado más lejos y mucho más deprisa que los otros dos. Y todo el mundo sabía que la carrera de Sneddon hacia la cima no había concluido.

Igual que Strachan, Sneddon se había cuidado especialmente de ver solo la prisión de Barlinnie desde lejos cuando pasaba con su Jaguar por la A8. Había tenido, cómo no, algunos encontronazos con la policía de Glasgow, pero su reputación no había sufrido ningún borrón indeleble. Gracias a su relación con el untuoso abogado George Meldrum y a su liberalidad a la hora de repartir sobres marrones llenos de billetes, no había estado jamás entre rejas. Corría el rumor incluso de que era amigo del comisario McNab, dado que ambos eran miembros de la Orden de Orange, de los francmasones y de vaya usted a saber qué otra sociedad secreta del tipo «montemos un ritual estrafalario para demostrar cuánto odiamos a los fenianos».[1]

Sneddon, además, era rico. Casi inexplicablemente rico. Tenía más dinero que los otros dos Reyes juntos, más de lo que nadie habría sido capaz de justificar. Yo, personalmente, nunca había visto mucha diferencia entre los hombres de negocios y los gánsteres, dejando aparte que, seguramente, me habría fiado más de la palabra de un gánster. Sneddon combinaba la crueldad despiadada del jefe de una banda criminal con la codicia y la perspicacia de un magnate de los negocios, y era esa particularidad, a mi modo de ver, la que lo convertía en una fiera de otro tipo, en un depredador situado en lo alto de la cadena alimentaria: en un superdepredador, como los llaman los zoólogos.

Las cosas estaban cambiando deprisa para Sneddon. En los últimos años había reinvertido la mayoría de sus ganancias ilícitas en negocios legales. Estos habían empezado siendo meras tapaderas, pero él había descubierto con el tiempo que, aunque los beneficios no fueran tan elevados como los de sus actividades ilegales, los riesgos eran mucho menores. En la actualidad dirigía una próspera empresa de importación totalmente legal, una agencia inmobiliaria y tres concesionarios de coches, además de poseer acciones de uno de los principales astilleros de reparación del Clyde.

Y pagaba íntegramente sus impuestos con toda puntualidad. Escrupulosamente.

Ahora, pues, Willie Sneddon (de quien se contaba que una vez, en uno de sus gestos más imaginativos, le había hervido los pies a uno de sus rivales hasta que se le desprendió la carne a trozos, simplemente porque el criminal en cuestión había hablado de «dejar que Sneddon se cueza en su propia salsa»), ahora, como digo, se codeaba con terratenientes, con dueños de astilleros, con magnates y altos cargos de las grandes empresas.

Pero, según se decía, aún mantenía a su servicio a Deditos

1. Término despectivo referido a los católicos de origen irlandés. *(N. del T.)*

McBride, su torturador en jefe, así como a un séquito de matones trajeados al estilo de los *Teddy boy*, entre los que figuraba *Singer*,[2] un mudo apodado así irónicamente. A veces me preguntaba cómo se las habría arreglado Deditos McBride —un tipo tan sobrado de músculos y crueldad como falto de cerebro y sutileza— para adaptarse a aquel nuevo entorno comercial. Me lo imaginaba ataviado con bombín y traje de raya diplomática, y llevando su cortapernos (el que usaba para arrancarles los dedos a las víctimas poco locuaces) en un maletín.

La secretaria de Sneddon intentó aplazar mi cita hasta el día siguiente, pero yo tiré de mi encanto y tenté la suerte, diciéndole que se trataba de un asunto acuciante y de gran importancia, aunque solo le robaría diez minutos de tiempo. Ella me pidió que aguardase mientras consultaba a su jefe y, cuando volvió a ponerse al aparato un minuto más tarde, me dijo que Sneddon podía recibirme en un cuarto de hora.

El teléfono sonó casi en cuanto colgué. Era Jock Ferguson.

—He preguntado por ahí sobre Donald Fraser. Es un tipo tan *kosher* como un carnicero de Tel Aviv. Se ocupa sobre todo de derecho contractual. No me habría imaginado que llevara también casos de divorcio. —Ferguson había asumido la hipótesis más obvia; yo decidí no desengañarlo.

—Creo que está llevando este caso como un favor. Un favor personal a un cliente. ¿Has averiguado algo más sobre él?

—No hay nada que averiguar. Se educó en el Fettes College de Edimburgo y, durante la guerra, estuvo en la Guardia Local, esa organización de defensa local integrada por voluntarios y dedicada a la vigilancia de costas y puntos estratégicos del Reino Unido. La mala vista le impidió alistarse en el ejército regular, al parecer. Su padre había sido oficial en la Primera Guerra Mundial.

—Vaya, Jock, tu departamento de inteligencia es mucho mejor de lo que pensaba.

—No creas. Uno de los veteranos de aquí, el comisario en

2. *Singer*, en inglés, significa «cantante». *(N. del T.)*

jefe Harrison, conoció a Fraser durante la guerra. Son amigos, por lo visto. Así que deduzco que es de fiar.

—Perfecto. Gracias, Jock. Es lo único que quería saber.

—¿Y qué tal van tus pesquisas sobre el robo de la Exposición? ¿No te ha soltado nadie una patada en los dientes?

—Todavía no. Pero ya que estamos...

—Me lo temía. —Ferguson suspiró al otro lado de la línea.

—Ya que estamos... —proseguí—, ¿qué sabes de Henry Williamson y John Bentley?

—Esta es fácil —dijo Ferguson—. Nada. Nunca he oído hablar de ellos. Bueno, conozco a un par de Williamson, pues no es un apellido infrecuente, pero ninguno de ellos está relacionado con ese mundillo y menos aún que pudieran haber conocido a Joe Strachan. Y no recuerdo que ninguno de los dos se llame Henry. Podría preguntar, supongo, pero entonces quizá me invites a otra empanada Horsehead, y sospecho que se llaman así por la carne de rocín viejo con la que está hecha, y no por el nombre del bar.

—De acuerdo. La próxima vez será en un restaurante italiano...

Ya lo había llevado en alguna ocasión a Rosseli's. En Glasgow, la comida italiana era tan exótica como la que más, y Jock se había pasado cinco minutos hurgando recelosamente con el tenedor en sus espaguetis. Cuarenta minutos y dos botellas de Chianti barato después, parecía habérsele desarrollado un verdadero entusiasmo por la cocina italiana. O al menos tanto entusiasmo como Jock Ferguson era capaz de mostrar. A un tipo como él no podías imaginártelo rodeándole los hombros al camarero con un brazo y entonando *O sole mio*.

—¿Sabes alguna cosa más concreta sobre ellos? —me preguntó—. Para que sepa por dónde empezar a averiguar.

—Bueno, creo que Williamson fue compañero de armas de Joe Strachan en la guerra. En la Primera Guerra Mundial. —Acababa de decirlo cuando oí al otro lado de la línea algo tan inusitado como el ruido de un váter en el barrio de Dennistoun: Ferguson riéndose.

—¿Dónde está la gracia?

—¿Un compañero de armas? —exclamó—. ¿Es una manera educada de decir un compinche de deserción?

—Creía que Strachan tenía una hoja de servicios deslumbrante —comenté—. Su hija me dijo que fue un héroe de guerra.

Más risas.

—Mira, Lennox, Strachan era capaz de convencer a quien quisiera de las chorradas más increíbles. ¿Sabes por qué todos lo llamaban Joe *Gentleman*?

—He oído decir que vestía ostentosamente y que le gustaban los lujos y la buena vida. Claro que cuando procedes de Gorbals, un papel higiénico que no te deje el trasero manchado de tinta ya cuenta como un lujo, supongo.

—Strachan no vestía con ostentación, Lennox. Vestía bien. Sabía escoger la ropa, sabía cuándo, cómo y dónde llevarla. Era al cien por cien de Gorbals, como dices, pero podía hacerse pasar por cualquier otro tipo de persona del círculo social que fuera. De hecho, lo creas o no, fue esa capacidad la que indujo en un principio al departamento de Investigación Criminal a sospechar que era él el responsable del golpe de la Exposición y de los otros grandes robos.

—¿Ah, sí? ¿Por qué?

—Una cajera mencionó por casualidad que había atendido a un *gentleman* alto, bien vestido y bienhablado, un par de semanas antes de que el banco fuese atracado. El tipo había ido a cobrar un giro postal, pero ella recordaba que el caballero le había formulado muchas preguntas. Luego, al investigar los otros robos y pedir a los testigos que hicieran memoria, varios de estos recordaron a un *gentleman* alto, bienhablado y bien vestido que había mantenido algún tipo de contacto con ellos unas semanas antes del golpe.

—¿Y la descripción encajaba con Strachan?

—Realmente, era algo distinta cada vez, pero había suficientes semejanzas. Fue por casualidad como salió todo a relucir: a nadie se le había ocurrido sospechar, porque un *gentleman* no perpetra delitos. ¿Y sabes dónde aprendió Strachan ese truco de salón? Pues en el ejército, al final de la Primera Guerra Mundial.

—Entonces, ¿llegó a estar en el servicio activo? Me habían dicho que se presentó voluntario a los quince años…

Ferguson soltó un bufido desdeñoso y me explicó:

—Joseph Strachan no era de los que se presentan voluntarios. Durante la mayor parte de la guerra no tenía la edad suficiente, pero cuando ya estaba concluyendo, lo llamaron a filas. Todavía no había sonado el último disparo, y el joven Strachan mostró su iniciativa largándose de permiso sin causarles a sus superiores la molestia de autorizarlo.

—Fue entonces cuando desertó…

—Más que desertar… Strachan poseía una peculiar habilidad para imitar voces, acentos, gestos…

—¿Quieres decir que lo que perdió el mundo del espectáculo lo ganó el arte del robo a mano armada?

Un breve silencio. Me imaginé a Ferguson poniendo cara de impaciencia: no estaba acostumbrado a que lo interrumpieran.

—En fin, podía hacerse pasar por cualquiera. Por personas de la clase o la nacionalidad que fuera: escocesas, inglesas, galesas… Cuando desertó, no puso pies en polvorosa y procuró pasar desapercibido, como habría hecho la mayoría. ¡Ah, no! El joven Strachan birló además un par de uniformes de alférez para hacerse pasar por un oficial de permiso. Engañó a todo el mundo. Se pasó seis semanas acumulando deudas en la cantina militar y en los burdeles.

—¿Seis semanas? Me sorprende que aguantara tanto. Hacerte pasar por un oficial simulando un acento distinguido me parece factible episódicamente. Pero no es solo cómo hablas, sino las conversaciones que has de mantener para resultar creíble.

—Sí… Me imagino que tú eres un experto en la materia, Lennox. —Ferguson no trató de ocultar la inflexión desdeñosa de su voz—. Siendo como has sido oficial y alumno de un colegio elegante… ¿Qué me estás diciendo?, ¿que Strachan inevitablemente se habría delatado al usar la cuchara equivocada, o al sujetar mal la taza de porcelana?

—Simplemente, no veo cómo un matón de Gorbals podía resultar convincente en el papel de un oficial educado en un colegio privado.

—Pues te equivocas. Por eso lo llamaban Joe *Gentleman*, ya te lo he dicho. Era capaz de adoptar un papel sin pensárselo siquiera. Puedes imaginártelo quizá como un palurdo de Gorbals, pero era un palurdo avispado. No solo imitaba el acento, sino que sabía cómo moverse. Aunque hubiera dejado el colegio a los trece años, saltaba a la vista que era un cabronazo con mucho cerebro. Cuando no estaba apuntándole a la cara al cajero de un banco, tenía las narices metidas en algún libro. Sentía la obsesión de aprender cosas. Y por eso, según cuentan, se salió con la suya en esa comedia del oficial de permiso. Sabía qué debía decir en cada momento. Se rumorea que llegó a conocer a Percy Toplis, el famoso criminal e impostor a quien se le atribuyó la responsabilidad de un amotinamiento de las tropas británicas durante la Primera Guerra Mundial, y que fue de ese tal Toplis de quien sacó la idea de interpretar el papel de un oficial.

—Pareces saber mucho sobre la vida de Strachan, Jock.

—Es que era toda una leyenda entre los veteranos del departamento. Yo creo que inspiraba una especie de respeto reticente, ya me entiendes. Pero eso se acabó cuando mataron a tiros a aquel agente. O sea que, sí, no es difícil saber un montón de cosas sobre Strachan si eres un poli de Glasgow. A lo cual hay que añadir que el comisario McNab no ha parado de contarme historias sobre él desde que sacaron esos huesos del río.

Pensé un momento en el interés personal de McNab en Strachan. Presentía que iba a tener que moverme con mucho tiento alrededor del comisario: como esos peces piloto que nadan junto a los tiburones sin llevarse una dentellada.

—Si fue un desertor durante la guerra, ¿cómo es que no acabó delante de un pelotón de fusilamiento? —pregunté.

—No sé gran cosa sobre eso, pero deduzco que debió de salvarse a base de labia. Algo que se le daba muy bien, según dice todo el mundo. Y tenía a su favor las estadísticas: hubo más de tres mil condenados a muerte, pero solo unos trescientos fueron fusilados.

Asentí lentamente mientras asimilaba la información. Los británicos habían sido, durante la Primera Guerra Mundial, casi tan entusiastas disparando a los suyos como disparando al enemigo. Muchos de los que acabaron atados a un poste y abatidos por un pelotón eran soldados con un notable historial militar, cuyos nervios habían sido triturados por unos mandos incapaces de reconocer la llamada «fatiga de combate», ese síndrome mental traumático que nada tiene que ver con la cobardía. Y muchos otros soldados eran niños aterrorizados que habían mentido sobre su edad para servir al rey y a la patria. Uno de los momentos más gloriosos del Imperio británico se produjo cuando fusilaron a un «cobarde» que acababa de cumplir dieciséis años.

—Se rumoreaba, por lo visto —prosiguió Ferguson—, que Strachan había eludido un consejo de guerra sumarísimo y un pelotón de fusilamiento porque se había ofrecido a realizar labores de reconocimiento. Ya me entiendes, salir de las trincheras tú solo por la noche y arrastrarte por el barro para averiguar lo que pudieras sobre la posición del enemigo: alambre de espino, puestos de ametralladoras, ese tipo de cosas. Quizá de ahí sacaron sus hijas la idea absurda de que había sido un héroe de guerra. Era una misión peligrosa, sin duda, pero tenías menos probabilidades de recibir un disparo arrastrándote así, de noche, que atado a un poste frente al pelotón. En fin, ¿ya has ido a ver a Billy Dunbar..., ese tipo cuya dirección te he dado antes?

—Todavía no.

—También tengo el nombre del testigo del que hemos hablado: el conductor del furgón. Pero no vas a sacar gran cosa de él.

—¿Por qué?

—Pues porque Rommel se te adelantó. Si quieres encontrarlo, tendrás que ir al desierto del norte de África y escarbar en la arena. Al parecer, una mina alemana mandó su cabeza hacia Tobruk y su trasero hacia el ecuador.

—Fantástico. Gracias por comprobarlo, de todos modos. Hay otra cosa más, Jock...

—¡Ah, no me digas que quieres algo más! ¿Cómo es que no me sorprende?

—Es otro nombre que necesito comprobar. ¿Podrías ver si tienes algo sobre un tipo llamado Paul Downey? Creo que es actor. Y fotógrafo a tiempo parcial.

—Por qué no, ¡qué diantre! No tengo nada más que hacer que satisfacer tus caprichos. ¿Algo que ver con lo de Strachan?

—No, no. Es un caso completamente distinto. El hijo de alguien que anda con malas compañías, ese tipo de embrollo.

—¿Dices que es actor?

—Eso me han dicho. O fotógrafo, o ambas cosas.

—De acuerdo, ya lo buscaré. Pero te lo advierto, Lennox: voy a cobrarme todos estos favores. La próxima vez que te pida una información espero obtenerla a la primera. Sin rodeos.

—Me parece justo —mentí, aunque de modo convincente.

—Y otra cosa, Lennox.

—Dime.

—Te las has arreglado muy bien últimamente para no meter las narices donde no debes. No vuelvas a hundirlas en la mierda, porque te sale lo peor que llevas dentro. ¿Me entiendes?

—Te entiendo, Jock. —¡Vaya si lo entendía!

Mi última reunión con Willie Sneddon había tenido lugar en un burdel, provisto también de un local de peleas a puño limpio, que acababa de adquirir por entonces. No le faltaba creatividad a la hora de combinar rubros distintos. El lugar en el que ahora me encontraba, sin embargo, era harina de otro costal.

Las oficinas de Paragon Importación y Distribución estaban cerca del muelle Queen's, en un enorme palacio comercial de ladrillo rojo que el hollín había transformado en un negro oxidado. Era el tipo de lugar que los victorianos habían construido como si fuese una catedral mercantil, y a mí me recordaba a los inmensos almacenes decorados que había visto en Hamburgo al final de la guerra.

La oficina era enorme y estaba revestida de paneles de una madera noble tan exótica y lustrosa que daba la impresión de que habría sido más barato empapelar las paredes con billetes de cinco libras. Sneddon se encontraba sentado tras un descomunal escritorio de marquetería que habría merecido ser botado en el Clyde como un portaaviones. Encima, había tres teléfonos: uno negro, uno marfil y uno rojo. El resto de los objetos que decoraban el escritorio parecían de anticuario. A un lado, reposaba un pequeño montón de libros; y justo frente a él, sobre el papel secante, había una pila de carpetas.

Willie llevaba un lujoso traje de espiga gris, camisa de seda y corbata de color borgoña. Yo nunca lo había visto vestido con nada que no pareciese de Savile Row. Su presencia física, en conjunto, inspiraba recelo automáticamente. No era muy alto y tenía un aire más bien fornido sin resultar corpulento: pura fibra y músculo, como si estuviera hecho únicamente de soga de barco. Esa impresión y la fea cicatriz de un navajazo en la mejilla derecha te revelaban que la violencia surgía con toda naturalidad de aquel hombre.

Me pregunté qué pensarían de aquella cicatriz sus nuevas y distinguidas amistades.

—¿Qué coño quieres, Lennox? —soltó a modo de saludo. Supuse que *Cómo ganar amigos e influir en las personas* de Dale Carnegie no debía de figurar entre los libros de su escritorio.

—Ha pasado mucho tiempo —dije tomando asiento sin que me invitara a hacerlo—. Parece que las cosas le van muy bien, señor Sneddon.

Él me miró en silencio. Su capacidad para dar palique convertía, en comparación, a Jock Ferguson en un charlatán.

—Quería saber si podía echarme una mano —proseguí jovialmente, sin arredrarme—. Usted era amigo de Billy Dunbar. Me gustaría saber si podría indicarme dónde encontrarlo. Parece haberse borrado del mapa.

—¿Billy Dunbar? —repitió frunciendo el entrecejo—. ¿Por qué cojones iba a saberlo? No he tenido noticias suyas desde hace más de diez años. Billy Dunbar... —Se detuvo un momento, pensativo—. ¿Para qué coño quieres a Billy Dunbar?

—Es solo una idea. Quizá descabellada. La policía lo atrapó y le dio una buena tunda en el año 38 a cuenta del robo de la Exposición Imperio. Quería hablar con él del asunto.

Un destello cruzó fugazmente el rostro de Sneddon antes de que respondiera. Pero no me dio tiempo de descifrarlo.

—¿Para qué? —preguntó—. ¿Tiene algo que ver con la aparición de Joe *Gentleman* Strachan en el fondo del Clyde?

—Bueno, sí..., de hecho, sí.

—¿Y qué tienes tú que ver con esa historia?

—Me han contratado para investigar. Para que me asegure de que el cuerpo encontrado era realmente de Strachan.

—¿Y por qué coño no habría de serlo? Tiene sentido; encaja con el momento de su desaparición.

—¿Usted conoció a Strachan?

—No. Había oído hablar de él, claro. Era el tipo con más cojones en aquel entonces..., pero nunca llegué a conocerlo. ¿Y por qué crees que podría no ser Strachan el que encontraron?

—No he dicho que lo crea. Pero me han pedido que me cerciore. Quería hablar con Billy Dunbar y he pensado que acaso usted tendría una dirección más reciente de él.

—Deja al margen a Billy. Era un buen elemento, un tipo de fiar. Pero decidió reformarse hace un montón de años y quería que lo dejaran en paz. Los polis le dieron la mayor paliza de su vida, y él no les contó nada. Vamos, ellos andan siempre repartiendo puñetazos, pero aquello fue distinto. Lo que hicieron con Billy y algunos otros fue auténtica tortura, qué cojones. Pero él no tenía nada que contarles.

—Ya veo. ¿Y seguro que no sabe dónde podría encontrarlo?

—¿Cuántas veces he de repetírtelo, joder?

Me puse de pie.

—Siento haberle molestado, señor Sneddon.

Él permaneció sentado en silencio. Fui hacia la puerta.

—¿Quieres mi opinión? —me dijo desde la otra punta de la inmensa alfombra. Me di media vuelta.

—¿Sobre qué?

—Sobre cómo podría resolver el gobierno la crisis de Chipre... ¿Sobre qué cojones crees, joder? Sobre Joe *Gentleman*.

—De acuerdo —dije, vacilante.

—Esa persona que encontraron en el fondo del río no era Joe *Gentleman* Strachan.

—¿Por qué lo dice? Me ha parecido entender que usted no lo conoció. ¿Qué lo induce a pensar que no era él?

—Yo ocupé su lugar, Lennox. Si Joe Strachan no hubiera desaparecido, sería él quien estaría sentado aquí, y no yo. Era una jodida leyenda en esta ciudad. Y el robo de la Exposición Imperio es la clase de golpe con la que sueña cualquier bocazas de mierda. Un trabajo de manual.

—Pero se cargaron a un policía —dije mientras trataba de imaginarme qué manuales leían los hampones de Glasgow.

—Sí..., ahí fue donde se jodió todo. Escucha, Lennox: después de la guerra, yo me puse al frente de todos los asuntos que manejaba Strachan. O al menos de los que nosotros conocíamos. Ese tipo lo tenía todo planeado, era puro cerebro. Yo soy capaz de ponerme en su lugar. Porque me he puesto en su lugar, para que me entiendas. Supongamos, entonces, que yo soy Joe *Gentleman*. Ahí me tienes: acabo de dar los tres mayores golpes de la historia y, como tú dices, el último se ha saldado con un policía muerto. Incluso si el agente no hubiera caído durante el atraco, la policía me va a andar detrás como la mierda en el faldón de una camisa. Cuestión de orgullo, ¿entiendes? Ningún poli desea que su territorio se recuerde como el escenario del mayor robo realizado jamás con éxito.

»Bueno, como te digo, ahí me tienes, después de ese trabajo, con un montón de dinero que no hace falta lavar y con todo cuanto hubiera en ese furgón de seguridad. Pero resulta que me he ventilado a un policía y que lo tengo jodido para seguir en Glasgow. He contado con otros cuatro hombres para hacer el trabajo. Tal vez fue uno de ellos quien se ventiló al poli; tal vez fui yo. En todo caso, probablemente mi nombre es el único que la policía va a averiguar. Así pues, divido el botín, quedándome una parte más grande, porque he de empezar de cero en otro lugar. Quizás uno de mis hombres arma un escándalo. Yo me lo cargo, lo visto con mi ropa, le meto en el bolsillo la pitillera con mis iniciales que todo el mundo sabe que llevo siempre encima y lo tiro al río. Si no lo encuentran, perfecto. Si lo encuentran, la policía pensará que no vale la pena seguir buscándome.

—Veo que lo ha pensado detenidamente, señor Sneddon.

—Sí, así es. He tenido tiempo para hacerlo, precisamente, porque Strachan desapareció. O sea que, sí, lo he pensando bien. Sobre todo porque siempre me he mantenido un poco alerta por si el muy cabrón volvía a salir a la superficie..., aunque no como han salido esos huesos, claro está. Pero ahora... —Alzó las manos para mostrar lo que lo rodeaba—. Ahora estoy dejando atrás todo eso. Me he convertido en un hombre de negocios, Lennox. Mis hijos podrán hacerse cargo de mis bienes sin tener que tragarse toda la mierda que la policía ha tratado de endosarme a lo largo de estos años. Si Joe *Gentleman* Strachan regresa de la tumba, será un problema de Murphy y Cohen, pero mío, no.

—¿Tan seguro está de que no ha muerto?

Sneddon se encogió de hombros y replicó:

—Como he dicho, yo nunca me tropecé con él. No lo conocí. Pero por lo que sabía sobre él, me inclino a pensar que era demasiado escurridizo para acabar asesinado por uno de los suyos. Demasiado escurridizo y demasiado peligroso. Por cierto, tampoco creo que Billy Dunbar tuviera nada que ver con él. Me parece que andas desencaminado, además.

—Bueno, gracias por dedicarme tiempo, señor Sneddon. Creía que usted podía ayudarme a localizar a Dunbar.

—Pues resulta que no. Y vete al carajo.

Dejé a Sneddon en su palacio comercial, preguntándome si también concluía así sus reuniones del Rotary Club.

Glasgow poseía tres estaciones de tren principales; cada una de ellas, un colosal edificio victoriano: las estaciones de Queen Street y Saint Enoch, y la Estación Central. Las tres se encontraban a poca distancia a pie, aunque asumían distintos destinos. Si todos los caminos llevaban a Roma, todas las vías de ferrocarril conducían al centro de Glasgow. Cada estación conectaba con su equivalente de Londres, enlazando así las dos ciudades más importantes del Imperio británico: Queen Street asumía el tráfico de King's Cross; Saint Enoch, el de Saint Pancras y la Estación Central, el de Euston; y cada una de ellas tenía adosado un enorme y magnífico hotel.

Mi oficina estaba en Gordon Street, justo enfrente de la Estación Central y de la imponente mole del hotel Central, incrustada en el conjunto. Este hotel era el tipo de establecimiento donde resultaba más probable tropezarse con una estrella de cine o un miembro de la realeza que con una persona normal de Glasgow, lo cual no dejaba de ser irónico, teniendo en cuenta que me disponía a interrogar a una estrella de cine sobre su tropiezo con un miembro menor de la realeza. El hotel Central había cobijado bajo su techo a personajes tales como Winston Churchill, Frank Sinatra y Gene Kelly; para no hablar del gran Roy Rogers y de su caballo *Trigger* que disponía, al parecer, de una suite para él solo.

La recepcionista llamó a la suite de Macready y me indicó que aguardara, pues alguien bajaría a buscarme. Yo me dispuse a esperar en el impresionante vestíbulo de mármol.

Al telefonear desde mi oficina para concertar la cita, había hablado con una joven de acento americano y tono tan gélido que el Polo Norte habría parecido cálido en comparación. Ella ya esperaba mi llamada; Fraser debía de haberla preparado.

Acababa de hundirme hasta los sobacos en el mullido cuero rojo de un sillón y estaba hojeando un periódico cuando oí de nuevo aquella voz glacial. Al alzar la vista, me hallé bajo la frígida mirada de una diosa nórdica de unos veinticinco años con una silueta perfecta. Las ondas de su pelo rubio claro parecían naturales, en lugar de ser el resultado de una permanente, y los carnosos labios pintados de rojo intenso acentuaban el tono azul Prusia de los ojos. Llevaba un traje de chaqueta gris y una blusa blanca que realzaban sus curvas. Y sus piernas parecían tan interminables que me sorprendió ver que se detenían en el suelo. Me sorprendí a mí mismo contemplándola de arriba abajo. Ella, a su vez, me sorprendió contemplándola, y el hielo de sus ojos azules descendió varios grados más.

—¿Señor Lennox? —preguntó con inequívoco desagrado, como si hubiera hundido el fino tacón en los excrementos de un perro.

—Yo soy Lennox —dije arreglándomelas para no añadir «y tu rendido servidor».

—Yo soy Leonora Bryson, la ayudante del señor Macready.

—Afortunado Macready... —murmuré con una sonrisa que una ramera habría encontrado grosera, y me zafé con un esfuerzo considerable del sillón de cuero rojo.

—Sígame, señor Lennox —indicó ella, girando sobre sus tacones.

Sonaba como una orden, aunque la verdad era que seguirla podría haberse convertido muy bien en mi segundo pasatiempo favorito. Tenía una cintura de avispa que realzaba la maravillosa turgencia de los muslos y del trasero. Y me quedo corto. Lamenté de veras que llegáramos al ascensor. El ascensorista que nos abrió la puerta de acordeón era un glasgowiano raquítico de rostro arisco y macilento que, cuando la señorita Bryson entraba en el camarín, me sostuvo la mirada una décima de segundo. «¡Ay, sí, hermano —pensé mientras nos mirábamos—. Ya lo sé!»

Salimos del ascensor, y Leonora Bryson me guio por un laberinto de pasillos revestidos de lujosos paneles de madera. A mí no me preocupaba encontrar el camino de vuelta: me bastaría con seguir el rastro de babas que iba dejando. Las puertas que íbamos dejando atrás estaban tan espaciadas que se deducía que allí se encontraban las suites del hotel. Deteniéndose ante una de ellas, la señorita Bryson abrió sin llamar aquella plancha de roble de cincuenta kilos y accedimos a una habitación enorme. A solo un par de kilómetros, un espacio semejante habría dado cabida a tres familias. Esa era una de las cosas de Glasgow que más me habían llamado siempre la atención: no solo que existiera un inmenso abismo entre ricos y pobres, cosa que percibías prácticamente en cualquier ciudad de Gran Bretaña, sino que allí se diera a mucha mayor escala, de un modo más estentóreo y brutal. La riqueza en Glasgow era vulgar y ostentosa —cosa nada británica—, como si tratara de hacerse oír acallando la ensordecedora pobreza general. Yo no era izquierdista, pero, a pesar de la revolucionaria política asistencial implantada en la posguerra por el viejo Clement Attlee, a veces toda aquella injusticia me enfurecía.

En el salón de la suite había un par de gorilas: tipos corpulentos que vestían trajes chillones, camisas todavía más chillonas y corte de pelo a lo marine. Obviamente, eran los guardaespaldas enviados por la productora. Se los veía totalmente fuera de lugar en Glasgow; habría jurado que su bronceado de California desaparecía a ojos vistas. Un hombre, posiblemente tan alto y fornido como los propios gorilas, se puso de pie cuando entramos. En voz baja, con tono amistoso pero firme, les dijo que nos dejaran solos. Mi nórdica doncella de hielo salió con ellos.

—¿Señor Lennox? —John Macready lució la misma sonrisa de cien vatios que le había visto en la foto publicitaria. Le estreché la mano—. Siéntese, por favor. ¿Le sirvo una copa?

Yo le dije que un *whisky* escocés estaría bien, pero que un *bourbon* todavía estaría mejor.

—No sabía que era americano, señor Lennox.

—No. Soy canadiense. Pero prefiero el *whisky* de centeno.

Me tendió un pesado trozo de cristal lleno de licor y hielo.

—¿Canadiense? ¡Ah…! No acababa de identificar su acento. —Macready se había sentado frente a mí. Iba meticulosamente bronceado, ataviado y acicalado —manicura incluida—, incluso hasta cierto grado artificioso: una irrealidad agravada por el hecho de que era extremadamente apuesto. Ahora redujo los vatios de su sonrisa—. Sé que ha sido contratado por el señor Fraser. Supongo que él se lo habrá contado todo.

—Me ha contado todo cuanto necesito saber sobre el chantaje, si se refiere a eso, señor Macready.

—¿Y las fotografías? ¿Se las mostró?

—Me temo que tuvo que hacerlo.

Me sostuvo la mirada abiertamente, sin el menor atisbo de vergüenza.

—Doy por supuesto que comprende usted qué podría significar para mi carrera que esas fotos fueran publicadas.

—La naturaleza misma de las fotografías implica que no pueden hacerse públicas. Cualquier periódico o revista que las sacara en sus páginas, aunque fuera con bandas negras estratégicamente situadas, sería procesado según la ley de Publicaciones Obscenas. Pero no radica ahí el peligro. Lo que sí puede hacer un periódico es proclamar que se halla en posesión de las fotografías y describir su contenido en términos generales. Le corresponde entonces a usted negar tales afirmaciones, cosa que no puede hacer porque, aunque sean impublicables, son plenamente admisibles como prueba ante un tribunal en un juicio por libelo. Y también, hay que añadir, en un proceso criminal. Estará enterado, supongo, de que los actos reflejados en las fotos son ilegales bajo la ley escocesa.

—También bajo las leyes americanas, señor Lennox.

—Sí, pero los escoceses sienten un especial entusiasmo por llevar este tipo de casos a juicio. Es el celo presbiteriano.

—Créame, señor Lennox, estoy perfectamente enterado. Macready no es un nombre artístico; soy de origen escocés. Mi padre y mi abuelo eran diáconos de la iglesia presbiteriana de Virginia Occidental.

—¿Su padre tiene conocimiento de...? —Me devané los sesos, buscando un término apropiado, pero me quedaba atascado a medio camino entre «inclinación» y «problema». Macready captó mi incomodidad y soltó una risita amarga.

—Mi padre nunca lo ha hablado conmigo, ni yo con él, pero

no me cabe duda de que lo sabe. Pese a mi hoja de servicios en la guerra, mi éxito en la gran pantalla y la riqueza que he acumulado, lo único que veo en sus ojos cuando me mira es una gran decepción. Y una gran vergüenza. Y como ha señalado usted, señor Lennox, mis preferencias sexuales me convierten por alguna razón en un criminal. Pero quiero dejarle esto absolutamente claro: no me avergüenzo en modo alguno de lo que soy, de quién soy. Es mi naturaleza, no un rasgo criminal ni una perversión sexual. No me he convertido en lo que soy porque alguien me toqueteara de niño, ni porque padezca una libido ilimitada que no se vea capaz de contener un solo género. Dicho sea de paso, esta última descripción sí puede aplicarse a un famoso héroe de aventuras de capa y espada.

—Pero los estudios...

—Ellos están al corriente. Hace años que lo saben. Les inquieta, desde luego, pero no por ningún retorcido concepto de moralidad sexual. Lo único que les importa es el impacto que podría tener en la recaudación de taquilla. En la última línea del balance. Le aseguro que Hollywood tiene una visión mucho más liberal del mundo que el condado de Fayette, de Virginia Occidental..., o que Escocia. Mi homosexualidad es un secreto a voces en los círculos de Hollywood, señor Lennox. Pero se mantiene bien oculta a las multitudes que hacen cola frente a los cines de Poughkeepsie, Pottsville o Peoria. El personaje que aparece en la pantalla como «John Macready» es una falsedad..., pero una falsedad en la que han de creer los espectadores.

Reflexioné en lo que me había dicho, y le respondí:

—No estoy aquí para juzgarlo, señor Macready. Con franqueza, me tiene sin cuidado qué hace la gente tras una puerta cerrada, con tal de que no se perjudique a nadie. Y pienso, en efecto, que la policía podría ocupar su tiempo en cosas más importantes. Pero usted es una estrella de Hollywood y la otra parte implicada es el hijo de uno de los aristócratas más destacados de Escocia. Se trata de una situación muy seria.

Hice una pausa y di un sorbo de *whisky*. Era un *bourbon* añejo, intenso, y deduje que no procedía de las reservas del hotel. Me encontraba a solo cuatro manzanas y a un millón de kilómetros del Horsehead.

—A la otra parte..., ¿le ha explicado la situación? —pregunté.

—No, todavía no. Me han aconsejado que no lo haga, pero creo que tiene derecho a saberlo.

—Yo me atendría al consejo que le han dado, señor Macready. La..., la categoría del joven caballero en cuestión es un factor que seguramente puede favorecernos. No creo que las autoridades vayan a dejarle las manos libres a la prensa. Es muy posible que la amordacen con una nota-DE.

Macready me miró sin comprender.

—Una nota-DE es una orden promulgada por el Gobierno para impedir la publicación de noticias que podrían perjudicar los intereses nacionales.

—Nada como la libertad de prensa... —comentó Macready con exagerada ironía, mientras daba un sorbo de *bourbon*.

—Bueno, es un sistema que quizás acabe agradeciendo.

—¿No sería eso un motivo para informar a «la otra parte»? Así podríamos parar toda la historia antes de que haya empezado.

—Creo que hemos de reservarnos esa carta por ahora. Es una posibilidad a la que tal vez hayamos de recurrir. Pero entraña sus riesgos: podría ser que el Gobierno decidiera que no es un asunto tan importante como para emitir una nota-DE. Si fuera así, ese joven estaría tan rematadamente jodido como nosotros.

La frase me salió espontáneamente, sin tiempo para pensarla, pero Macready no pareció darse por enterado. Di otro sorbo, avivando el calorcillo que sentía en el pecho.

—¿Por qué tanto revuelo a propósito de Iain, de todos modos? —preguntó el actor, llamando por primera vez por su nombre a «la otra parte»—. Yo ya sabía que era una especie de aristócrata, pero ignoraba que estuviera tan bien relacionado...

—Su padre es uno de los grandes duques de Escocia. Y primo (Dios sabe en qué grado) de la reina. La madre de la reina es escocesa, ¿entiende? Lo cual lo convierte a él, aunque sea muy abajo en la línea de sucesión, en un miembro menor de la familia real. La realeza es muy importante aquí, señor Macready. Es simbólica. Curiosamente, estoy investigando otro caso que se remonta a 1938, año en que se celebró en

Glasgow una gran exposición en honor del Imperio. Bueno, el Imperio ha desaparecido por completo, y por eso la monarquía se vuelve aún más importante. Nosotros, los canadienses, nos aferramos a ella para demostrar que no somos americanos. Todavía. Y los británicos se aferran a ella porque es lo único que les queda del pasado. Si los británicos perdieran su monarquía, tendrían que afrontar lo que más temen.

—Que es…

—El futuro. O quizá, simplemente, la realidad del presente. La monarquía se está convirtiendo en un monumento nacional, como Stonehenge. Y exactamente igual que Stonehenge, no sirve para una mierda en el presente, pero resulta bonito contemplarla y es una excusa para regodearse en el pasado. Usted, señor Macready, acaba de mearse en Stonehenge: así es como lo verá la gente. Por ello, me parece mejor mantener al margen a «la otra parte» todo el tiempo que podamos. Ellos tal vez lo arrojarían a usted a los leones.

—De acuerdo. Pero ¿qué hacemos ahora?

—Trataré de localizar al tipo que tiene las fotografías y utilizaré mi encanto natural para convencerlo y recuperar los negativos. Pero antes debo formularle algunas preguntas…

Y eso hice.

Leonora Bryson me acompañó de nuevo al ascensor cuando terminamos. Yo di el paso que ambos esperábamos que diera, pero ella me dijo que estaba muy ocupada; su tono traslucía que seguiría ocupada el resto del siglo. Impertérrito, le solté mi mejor «otra vez será» con aire filosófico, aunque decidí no darme por vencido tan fácilmente. Algunas mujeres merecían más el esfuerzo que otras. Y yo tenía tres semanas por delante.

Capítulo cinco

Regresé a mi oficina y me pasé una hora o dos ultimando los detalles de un par de casos de divorcio en los que había estado trabajando. Era papeleo más que nada: la triste y sórdida burocracia de una ruptura marital. O de una aventura extramarital. O de ambas cosas. Repasé cansinamente las declaraciones habituales del encargado del hotel, de la doncella, de cualquier otro testigo que corroborase que había visto al señor X en la cama con la señorita Y. Naturalmente, era todo un montaje: yo me encargaba de prepararlo para algún abogado especialista en divorcios, y los testigos salían con veinte libras en el bolsillo una vez que habían firmado sus declaraciones. El divorcio en Gran Bretaña era complicado y deprimente. Pero en Escocia, que contaba con sus propias leyes sobre este tema, recibía todavía una vuelta de tuerca más gracias a la moral presbiteriana de la que había hablado con Macready.

Pensándolo bien, resultaba toda una ironía que estuviera investigando ahora cómo había urdido alguien el mismo tipo de montaje que yo preparaba habitualmente. Pero se daban dos diferencias: que en esta ocasión se había tratado del señor X y del señor Y, y que al menos uno de ellos no participaba en el montaje.

A primera hora de la tarde, ya había terminado de atar los cabos sueltos. Ahora podría dedicarme por entero a mis otros tres trabajos: el transporte de las nóminas del día siguiente, el asunto de Isa y Violet y el caso John Macready. Entre los tres, iban a acaparar todo mi tiempo.

Llamé a varias personas que conocían bien los bajos fondos y les pregunté por Henry Williamson. Nadie lo conocía. No sé por qué, pero ese nombre, más que los restantes que figuraban en la lista, se me había quedado grabado. Tal vez fuera porque estaba relacionado con el historial de Joe *Gentleman* Strachan durante la Primera Guerra Mundial, que seguía constituyendo un enigma. ¿Por qué creían sus hijas que había sido un héroe de guerra cuando, según Ferguson, su comportamiento habría podido calificarse de cualquier cosa menos de heroico?

Eran casi las siete cuando llegué a mi casa, tras haber cenado en Roselli's, como solía hacer muchas veces en el camino de vuelta. Me alojaba en la planta superior de un caserón situado en Great Western Road, que era una casa familiar subdividida. Mi casera, la señora White, vivía con sus dos hijas, Elspeth y Margaret, en la planta baja.

La señora White —Fiona White— era una mujer muy atractiva. No exactamente para que se te salieran los ojos de las órbitas, como en el caso de la deslumbrante Leonora Bryson; la suya era más bien una belleza descuidada y cansada. Tenía unos preciosos ojos verdes que deberían de haber destellado, pero nunca lo hacían; los pómulos eran como los de Katherine Hepburn. Llevaba el oscuro pelo cortado recatadamente y vestía con gusto pero sin imaginación. El hecho de que la señora White pareciera siempre descuidada y cansada se debía al infortunado encuentro durante la guerra entre un torpedo alemán y un destructor británico que formaba parte de una flota de escolta. El resultado había sido que el destructor se encontró, en cuestión de minutos, en el fondo del Atlántico, llevándose consigo a toda la tripulación, salvo a un puñado de oficiales y marineros.

Cuando me mudé a esa casa, me había parecido que la señora White y sus hijas aún aguardaban a que el padre y marido regresara tras cumplir con su deber y que se tomaban su retraso con filosofía: con esa misma filosofía con la que sobrellevaban los británicos todos los retrasos y las carestías de la posguerra. Pero el teniente George White dormía un sueño todavía más oscuro y profundo que Joe *Gentleman* Strachan. Él no volvería jamás a casa.

Yo me sentía a mis anchas en aquella morada, con la salvedad de que nunca había invitado a ninguna mujer a subir a mis habitaciones. Me salía caro vivir allí, pero me había apegado a la pequeña familia White. Y sobre todo, albergaba desde hacía mucho tiempo el deseo de apegarme bíblicamente a Fiona White.

La atracción, me constaba, era mutua, pero con muchas reticencias de su parte. Me dirán quizá que soy un tipo melindroso, pero cuando una mujer se odia por sentirse atraída hacia mí, mi ego se resiente lo suyo. Lo curioso era (y a mí me confundía enormemente) que Fiona White lograba sacar toda la galantería que había en mí. Algo realmente insólito, porque, en general, mi único gesto de galantería consistía en pedirle a la joven de turno que me recordara su nombre antes de pasar a mayores en la parte trasera de mi Austin Atlantic.

Había muchas cosas en mí que eran complicadas, pero mi relación con las mujeres no figuraba entre ellas.

O tal vez sí.

Había descubierto que cuando miraba a Fiona White, sentía algo que las demás mujeres no me hacían sentir. Deseaba protegerla, hablar con ella. Estar con ella, así de sencillo. Verla reír. Extraños sentimientos que no necesariamente implicaban desabrocharme la bragueta.

Quizás había sido una estupidez, pero yo le había comunicado mis sentimientos. Había sido en un momento en que estaba especialmente sentimental, después de haberle dado a otra persona una gran suma (el dinero siempre me conmueve) por la sencilla razón de que pensaba que lo merecía más que yo. Así pues, tras haberle sacado brillo a mi reluciente armadura, había llamado con resolución a la puerta de la señora White y le había dicho que quería hablar con ella. Nos sentamos en la exigua cocina de su piso y, prácticamente, parloteé yo solo... Le hablé de lo que la guerra nos había hecho a ambos, de lo que sentía por ella, de mi deseo de dejar el pasado atrás, mejor dicho, de que ambos dejáramos el pasado atrás: tal vez podríamos restañarnos mutuamente las heridas, ayudarnos a sanar...

Ella me escuchó en silencio, con un atisbo de esa chispa que debería de haber habido en sus verdes ojos. Y cuando concluí mi declaración, sostuvo mi mirada sin vacilar y me comunicó que debía desalojar mis habitaciones y abandonar su casa.

Yo me lo tomé como algo menos que un «quizá». Traté, desde luego, de convencerla, pero ella permaneció resueltamente en silencio y se limitó a repetir que me agradecería que abandonara mis habitaciones en dos semanas. Me quedé, debo reconocerlo, no poco abatido. Y esa reacción en sí me resultó reveladora sobre los sentimientos que ella me inspiraba. Aunque resultara difícil creerlo, a veces me había tropezado con mujeres que se las arreglaban para no encontrarme irresistible. Pero esto me escocía mucho más.

No fue hasta el día siguiente que oí una débil llamada en mi puerta. La señora White entró y, permaneciendo rígidamente de pie, procedió a comunicarme que no tenía por qué buscarme un nuevo alojamiento, a menos que ya hubiera encontrado otro, y que deseaba disculparse por haber sido tan brusca. Me sentí aliviado al oírlo, aunque su manera de formularlo fue de una impersonalidad apabullante. Ella siguió diciendo que, aun cuando advertía que mis palabras habían sido bienintencionadas, le resultaba del todo imposible considerar la idea de un «caballero amigo».

Había una agitación casi jadeante en su modo de hablar, y yo le contemplaba la curva del cuello sobresaliendo de los volantes blancos de su blusa roja. Sentía el impulso acuciante de abalanzarme sobre ella y besarle el vello de la nuca, pero decidí que sería mejor conservar mi contrato de alquiler. Cuando terminó, me preguntó si estaba de acuerdo; yo asentí y ella me estrechó la mano con la ternura de un gerente de banco.

Pero la escena no dejaba de ser significativa. Comprendí que me estaba diciendo que no quería que me marchara; y, a decir verdad, sus protestas en el sentido de que jamás podría desarrollarse nada entre nosotros no habían sonado del todo convincentes.

Con el transcurso de los meses, nos habíamos amoldado poco a poco a una situación en la cual yo pasaba de vez en cuando una velada en compañía de Fiona y sus hijas, viendo la televisión que yo mismo había comprado tiempo atrás para la casa (sugiriendo que sería más conveniente dejarla en la planta baja). También había organizado alguna que otra excursión al zoo de Edimburgo o al museo de arte Kelvingrove, siempre con Fiona escoltada por sus dos hijas.

En fin, estaba trabajando a largo plazo.

Entretanto, no dejaba de surgir el picor de costumbre que me obligaba a rascar, y yo rascaba como es debido, aunque ahora lo hacía con más discreción que antes. Siempre había intuido que la señora White me juzgaba como un tipo algo turbio, basándose en indicios de lo más endeble: como por ejemplo, que la policía hubiera aporreado mi puerta una vez en plena noche y me hubiera sacado esposado de mis habitaciones, o que una joven dama de la que hacía poco me había separado se hubiera presentado allí y me hubiera montado una escenita. Ahora, pues, procuraba mantener en secreto mis enredos en la medida de lo posible.

La mayor dificultad para ello radicaba en que, según mis deducciones, Fiona White había tomado nota desde el principio de las ocasiones en las que yo no dormía en casa. Tras nuestra conversación íntima, me cuidé muy mucho de no pasar ninguna noche fuera, salvo si la había avisado de antemano, alegando que salía de viaje por motivos de trabajo. Lo cual casi nunca era cierto.

Para ser sincero, volver a casa después de estar con una mujer no me molestaba. Era la diferencia entre los hombres y las mujeres, suponía yo: ellas querían que permanecieras a su lado después de la intimidad. Lo cual, para el escocés medio, venía a ser como si le pidieran que se quedase en el estadio tres horas más cuando ya había terminado el partido. Lo que ellos querían de verdad era largarse cuanto antes para emborracharse con sus amigos mientras les hacían un resumen de las jugadas más interesantes.

Yo me preciaba de ser un poco más considerado y sensible, y desde luego más discreto, pero sí tenía la costumbre de encontrar siempre un motivo para volver a casa. El hecho de que, normalmente, me quedara al menos el tiempo necesario para fumar un par de Players me situaba sin más en las filas de los románticos incurables y de los amantes europeos.

Dicho lo cual, la mera idea de despertarme por la mañana teniendo a Fiona White en la almohada de al lado me parecía totalmente distinta. Y en cierto modo, desconcertante.

Así pues, cuando volví esa noche a las siete, en lugar de subir directamente a mis habitaciones, llamé a la puerta de las White y me puse a ver la televisión con ellas. Fiona me había sonreído al abrirme: un destello de porcelana entre sus labios recién pintados. Últimamente sonreía más. Me invitó a pasar, me senté con ella, Elspeth y Margaret, y vi *La familia Grove* con una taza de té apoyada en el brazo del sofá. A mi alrededor se veían los signos de mi creciente intrusión: el propio televisor, una lámpara de pie nueva y, en el rincón, una radiogramola Regentone que había adquirido por cincuenta y nueve guineas e instalado allí, alegando que era demasiado grande para mi apartamento. Todo eso hacía que me sintiera a gusto y, a la vez, presa de una sorda inquietud. Si alguien hubiera entrado en aquella sala, habría tenido la impresión de hallarse ante una escena absolutamente normal, con todos los elementos esenciales de una familia normal.

Deliberadamente, centímetro a centímetro, iba ocupando el hueco dejado por un oficial de la Marina muerto. No sabía bien por qué lo hacía. Cierto que les tenía cariño a las niñas, y que mis sentimientos por Fiona eran mucho más profundos que los que me había inspirado cualquier otra mujer, salvo una de ellas, si acaso. Pero si me hubiera sentido lo bastante recuperado, lo bastante equilibrado para intentar llevar una vida normal, ¿por qué no había salido de Glasgow y dejado atrás toda la basura en la que me había enfangado, tomando de una vez aquel barco a Halifax, en Nueva Escocia?

Mi idilio doméstico se vio interrumpido por el timbre del teléfono que compartíamos en el exiguo vestíbulo que había al pie de la escalera. Atendió la llamada la señora White y enseguida me llamó con una expresión algo ceñuda.

—Hola —dije cuando ella regresó a la sala y cerró la puerta.

—¿Lennox? —No reconocí la voz. Tenía un acento de Glasgow, pero no tan fuerte como la mayoría de la gente y, además, mezclado con algún otro matiz.

—¿Quién es?

Solo Jock Ferguson y unas pocas personas más conocían mi número privado. Quienes querían verme sabían que tenían que llamarme a mi oficina o localizarme en el Horsehead.

—Eso no importa. Anda buscando información sobre Joe *Gentleman*, ¿cierto?

—Está muy bien informado. Y muy rápidamente, no cabe duda. ¿Quién le ha dicho que estoy interesado en Strachan?

—¿Busca información, sí o no?

—Solo si vale la pena.

—Hay un pub en Gorbals: Laird's Inn. Lo espero allí en media hora.

—No pienso ir a verlo sin previo aviso ni a la Taberna del duque, ni al Culo del montañés ni al Emboscada entre los brezos. Dígame sin más lo que tenga que decirme.

—No pienso hacer eso. Quiero cobrar por la información.

—Ya le mandaré un giro postal.

—Tiene que reunirse conmigo.

—De acuerdo. Mañana por la mañana, a las nueve en punto, en mi oficina. —Colgué antes de que pudiera protestar y marqué el número particular de Jock Ferguson.

—¿Qué demonios ocurre, Lennox? El fútbol está a punto de empezar. El internacional.

—Os voy a ahorrar el trabajo a ti y al locutor de la BBC, Jock. Ganará Escocia por un gol hasta el último cuarto de hora, y entonces arrancará una derrota de las mismísimas fauces de la victoria, dejándose meter tres goles seguidos, y tú te pasarás las próximas dos semanas diciendo como todo el mundo: «Nos han robado el partido». Escucha, Jock, ¿a quién le has contado que yo andaba preguntando por Joe Strachan?

—A nadie. Bueno, solo a los pocos policías a los que he tenido que pedir información, como ya te he explicado. ¿Por qué?

—Acaba de llamarme un tipo tratando de atraerme a Gorbals, si es que puede usarse «atraer» y «Gorbals» en la misma frase. Me ha dicho que sabía que estoy buscando información sobre Strachan y se ha ofrecido a vendérmela.

—No vas a ir, ¿verdad?

—Como soléis decir los glasgowianos, no llegué al Clyde en una barca cargada de bananas. Le he dicho que vaya a mi oficina mañana a las nueve. Dudo que se presente. Solo quería saber si podía tratarse de alguien con quien hubieras hablado.

—Tal vez tus clientas se han ido de la lengua.

—No. Yo también lo he pensado, pero no lo creo. Gracias de todos modos, Jock.

Colgué y regresé a la sala de estar.

—No piensa salir, ¿verdad, señor Lennox? —dijo Fiona White cuando volví a sentarme junto a las niñas.

—¡Ah...! No, no. Lo siento. Era un asunto de trabajo, pero no sé cómo han conseguido este número. Mañana lo averiguaré.

—Comprendo —musitó ella, volviéndose hacia la televisión. Habría jurado que había una leve sonrisa en sus labios.

Y

Tenía razón al temerme una emboscada. Me levanté temprano para dirigirme a mi oficina, pero en cuanto salí de casa sentí como si me agarrasen del cuello. Aunque no se trataba de un matón que iba a por mí, sino del clima de Glasgow: septiembre daba paso a octubre y un viento frío de Siberia, o peor aún, de Aberdeen, había llegado a la ciudad y entrado en colisión con el aire cálido, formando una espesa niebla. Y la niebla en Glasgow no tardaba en convertirse en un humo tóxico denso y asfixiante de color verduzco-grisáceo-amarillento.

Esta ciudad había sido el corazón industrial del Imperio británico durante un siglo. Las fábricas soltaban gruesas columnas de humo hacia el cielo y, por si fuera poco, las grasientas emanaciones de cien mil chimeneas miserables se combinaban para formar una difusa masa caliginosa sobre toda la urbe. Si se sumaba a ello la niebla, el día se convertía en noche y te quedabas sin aliento. Literalmente.

No me entretuve mucho en sopesar si iba en coche a la oficina. Había adoptado, en general, el principio de que si no veía el coche desde la puerta, no era buena idea conducir. Lo mismo valía para los autobuses; lo cual me dejaba la opción del metro, los trolebuses o el tranvía. Los tranvías eran el transporte más fiable en medio de una niebla tóxica, hasta el punto de que se formaban largas colas de coches detrás de ellos: era el único modo de orientarse entre aquellos miasmas; aunque, con frecuencia, los conductores acababan encontrándose en la terminal de tranvías, y no allí adonde creían que iban.

Caminé por Great Western Road, siguiendo la línea del bordillo para no desviarme e ir a parar a mitad de la calzada, y finalmente encontré una parada de tranvía. Distinguí la silueta de una ordenada cola junto a ella y, como siempre ocurre en Glasgow, observé que aquella colección de extraños charlaban unos con otros como si se conocieran de toda la vida.

Cuando me hallaba a poco más de un metro del final de la cola (la máxima distancia a la que veías en medio de la niebla), sentí un impacto en la parte baja de la espalda. Iba a girarme en redondo, pero una mano me agarró del brazo y me lo retorció. Después de todo, la niebla tenía un cómplice.

—Ni se le ocurra darse la vuelta… —Reconocí la voz en el acto: la que había oído por teléfono. La misma extraña mezcla de acentos, pero esta vez con un tono autoritario y tranquilo—. Si me ve la cara, tendré que matarlo. ¿Lo ha entendido?

—No es tan complicado —dije. En la niebla te veías privado en gran parte de la visión pero, supuestamente, se te aguzaban los demás sentidos. Me sorprendía que no hubiera percibido cómo se me acercaba el tipo por detrás.

—Debería haberse presentado a nuestra cita de anoche, Lennox. Vamos a retroceder lentamente hacia el callejón que hay a mi espalda. Si se mantiene calladito y no arma alboroto, no le sucederá nada adverso.

«Adverso.» La peculiaridad de su vocabulario y de su acento se manifestaba a cada paso.

—Lo único que pretendo es hablar con usted. Nadie tiene que acalorarse ni salir herido.

—Entiendo que es una pistola lo que me ha puesto en la espalda —dije—, y no un ejemplar enrollado de *Reveille*. Déjeme ver la pistola o no obedeceré.

—Buen intento, Lennox. Yo levanto la pistola y usted trata de sujetarla. Hagamos una cosa: yo aprieto el gatillo y usted observa cómo salen volando entre la niebla un fragmento de su espina dorsal y quizá un trozo de hígado. ¿Así se convencería?

—Con eso bastaría, desde luego… Pero pensándolo bien, creo que aceptaré su palabra.

Habían pasado más de diez años desde el final de la guerra, pero todavía había en circulación una enorme cantidad de pistolas, sobre todo en Glasgow. El fuerte golpe que había sentido en la zona lumbar no era ningún farol, y mi nuevo amigo poseía la tranquila seguridad que solo se adquiere con la experiencia, de modo que decidí portarme bien. Al menos mientras pareciera que podía salir de allí entero.

El tipo me arrastró hacia atrás, y la vaga silueta de la cola del tranvía desapareció otra vez en medio de la niebla. Entramos en una travesía lateral, apenas una callejuela, y me obligó a retroceder unos veinte metros antes de hacerme volver contra la pared de ladrillo. El suelo era de adoquín: esos típicos adoquines negros y relucientes de la ciudad que resonaban bajo los tacones de mis zapatos, pero no bajo los de aquel hombre. Igual que cuando se me había acercado, parecía moverse silenciosamente.

—Ponga las manos contra la pared a la altura de la cabeza.

Obedecí, aunque traté de calcular por el sonido de su voz a qué distancia se encontraba de mí. Si quería pegarme un tiro en la nuca, ahora era el momento.

—Anoche me indicó por teléfono que tenía una información por la que valía la pena pagar —dije—. Le comunico que me parece un poco agresiva su técnica de venta.

—Guárdese los chistes, Lennox, y quizá podamos cerrar el trato de una vez.

—Agresivo pero persuasivo —murmuré, todavía intentando calcular la distancia. Decidí al fin que la situación no se prestaba probablemente a una maniobra repentina—. De acuerdo, amigo. ¿A qué viene todo esto?

—Está metiendo las narices en el asunto Strachan. Quiero saber por qué.

—Soy un tipo curioso por naturaleza —bromeé. Él me devolvió la broma con un puñetazo en los riñones. A causa del impacto me di en la mejilla contra la pared y me quedé bruscamente sin aliento. Con los dedos hundidos en las ranuras del ladrillo, respiré entrecortadamente aquella húmeda niebla impregnada de alquitrán. El tipo me dio tiempo para recobrarme.

—Voy a repetirle la pregunta, Lennox, pero si vuelve a pasarse de listo, acabará meando sangre un mes. ¿Entendido?

Asentí, todavía incapaz de hablar, aspirando trabajosamente con los pulmones doloridos.

—Va a dejar todo el asunto Strachan, ¿me oye? Se va a apartar para siempre de esa historia. Si no, acabará también en el fondo del Clyde. Y ahora, quiero saber por qué ha estado preguntando por Joe Strachan. ¿Qué significa él para usted?

—Trabajo —mascullé—. Nada más. Me han contratado para investigar.

El dolor en el costado era muy intenso y me provocaba náuseas. Sentía palpitaciones en la cabeza. El tipo sabía lo que se hacía, pero yo intuía que si le seguía la corriente y no cometía una estupidez, saldría vivo del aprieto.

Aunque la verdad era que ya me había tocado los cojones. De mala manera. Hasta el punto de que me estaban entrando unas ganas locas de portarme mal. Y cuando yo me ponía en esa tesitura, era como si me despojara de golpe de diez años de vida civil y retrocediera a un estado en el cual no le convenía verme a nadie.

—¿Quién lo ha contratado? —preguntó, olvidando imprimirle a la erre un timbre céltico. Quienquiera que fuese estaba haciendo un gran esfuerzo para disimularlo.

Solté un largo jadeo, me puse la mano en el costado, allí donde me había dado el puñetazo, y me incliné de lado.

—Voy a vomitar... —Me agaché, apartándome un poco de la pared, con la mano apoyada contra ella. Oí un paso amortiguado hacia atrás. El tipo debía de estar calibrando si me sentía mal de verdad o se trataba de una maniobra. Me incliné aún más y di unas arcadas. Le vi los zapatos: ante marrón de suela blanda. Por eso no lo había oído acercarse. Tenía los pies firmemente plantados en el suelo: no había la menor vacilación en su actitud. Si intentaba algo, el tipo estaba preparado.

Pero lo hice igualmente.

Me impulsé con la mano que había mantenido apoyada en la pared, y me lancé a la carga con el grito más estridente que pude: era a él a quien le preocupaba llamar la atención, pero a mí, no. Distinguí que era un tipo de mi edad, de fuerte complexión; desde luego no se trataba de Joe *Gentleman*, ni en espectro, ni en carne y hueso. Con toda mi atención centrada en la pistola, no obstante, no pude captar sus facciones. Él se hizo ágilmente a un lado, anticipándose a mi acometida, pero yo le lancé un puñetazo que le rozó la mandíbula. Me respondió con una patada que me dio en la espinilla y me mandó sobre los adoquines.

Empecé a rodar en cuanto aterricé en el suelo para no ofrecer un blanco fácil, pero el tipo no disparó. Mientras intentaba levantarme, observé que la pistola trazaba un arco en la niebla y que iba a asestarme un trallazo brutal en la sien. Paré gran parte del golpe con el antebrazo izquierdo e intenté vanamente agarrar la pistola con la otra mano, al tiempo que le lanzaba un taconazo a la ingle. Fallé, pero le di en el vientre, y el tipo se dobló sobre sí mismo. Cuando se produce una pelea con una pistola de por medio, lo decisivo es apoderarse de ella; intenté quitársela otra vez. En lugar de resistirse, como habría hecho instintivamente la mayoría de la gente, él me empujó mientras yo estiraba, y estrelló el cañón de la pistola contra mi mejilla, aprovechando mi propio impulso. Obviamente, habíamos ido a la misma escuela de buenos modales. Noté algo húmedo en la piel y sentí que el mundo se bamboleaba un instante.

El tipo se incorporó tambaleante. Vi que alzaba la pistola para apuntar. Yo estaba a medio levantarme y me lancé hacia un lado, rodando varias veces antes de ponerme de pie de un salto y salir corriendo. Había perdido el sentido de la orientación a causa de la niebla, pero me pareció percibir que corría cuesta arriba y supuse que estaba adentrándome todavía más en el callejón, lejos de la avenida principal. La niebla me ocultaba. Aunque también a él, claro; y sus zapatos, a diferencia de los míos, no hacían ruido sobre los adoquines.

Corrí a ciegas unos metros y, deteniéndome, me pegué a la pared. Avancé con sigilo, lo más silenciosamente que pude. Encontré un umbral tapiado, me apretujé dentro y aguardé a que sonara el primer disparo, esperando que, con un poco de suerte, fuera hacia mi posición anterior, y no hacia donde me encontraba ahora. Pero no hubo ningún disparo.

Solo había conseguido echar un vistazo fugaz a la cara de aquel individuo, y en ese momento sus facciones estaban contraídas por un gruñido de dolor. Me había dado el tiempo justo para detectar que tenía el pelo oscuro y un rostro recio y anguloso. Estaba prácticamente seguro de haberle entrevisto una fea cicatriz en la frente. No lo conocía de nada.

Seguí apretujado en el hueco de la puerta tapiada, aguzando el oído para captar cualquier sonido. En medio de la niebla, en las mejores circunstancias, puedes sentirte aislado, recogido en ti mismo, como si hubieran apagado el interruptor y no existiera nada más allá de un metro o un metro y medio. Pero esta vez no estaba solo: había otro vagabundo cerca persiguiéndome con una pistola. En cualquier momento podía irrumpir en mi diminuto círculo de percepción, y entonces todo dependería de quién reaccionara más rápido. Aunque por la misma razón, el tipo bien podía estar ahora a medio camino de Paisley.

Aguardé inmóvil, escrutando la niebla con mis cinco sentidos, dispuesto a saltar sobre cualquier cosa o persona que surgiera de ella. Nada. Me pasé por la mejilla el dorso de la mano y comprobé que tenía sangre. Me dediqué a pensar en aquel individuo: en su fingido acento, en su destreza con los puños y la pistola... Aunque se tratara de un gánster, tenía que ser uno que hubiera pasado por una clase de entrenamiento que solo podías obtener en un grupo de comandos o similar. Tres minutos se convirtieron en cuatro; luego en cinco. Supuse que se había escabullido, sabiendo que venir a por mí con esa niebla era tan peligroso para el cazador como para el cazado. Pero esperé un minuto más. El tipo había demostrado ser un hombre de sangre fría, y los de esa calaña suelen tener mucha paciencia.

Estaba a punto de echar a andar hacia la avenida principal cuando lo vi. Apareció frente a mí, como si se hubiera materializado súbitamente a partir de la propia niebla. Era más una silueta que otra cosa, y no me vio acurrucado en el umbral.

Avanzaba muy despacio, barriendo el callejón neblinoso con la automática, como si fuese una linterna. Mi escondite en el hueco del umbral quedaba fuera de su campo visual. Deslicé la mano en el bolsillo de mi chaqueta, olvidando que hacía meses que no llevaba encima mi porra de mango flexible. Este era el tipo de rival al que no convenía enfrentarse con las manos desnudas. Sopesé mis posibilidades, pero en esa fracción de segundo de indecisión, su silueta se esfumó callejón arriba.

Transcurridos unos instantes, me agaché, me desaté los cordones y me quité los zapatos. Con uno en cada mano, me alejé tan rápida y sigilosamente como pude hacia Great Western Road, dejando que mi compañero de baile siguiera explorando el callejón. Pero me prometí a mí mismo que volveríamos a bailar en otra ocasión.

Y la próxima vez, el baile lo dirigiría yo.

Iba calzado de nuevo como es debido cuando llegué a casa. Pensé que, debido a la niebla, la señora White no me vería cruzar el sendero desde la ventana del salón, y albergaba la esperanza de subir inadvertido a mis habitaciones para adecentarme. La suerte quiso, empero, que ella abriera la puerta justo cuando me disponía a entrar.

—¡Señor Lennox! —exclamó, consternada por mi apariencia—, ¿qué le ha ocurrido, por el amor de Dios?

—Esta niebla del demonio —rezongué—. Disculpe mi lenguaje... He tropezado con el bordillo y me he ido directo contra una farola. —Era una excusa perfectamente creíble: se producirían docenas de accidentes similares a lo largo de la mañana.

—Venga a la cocina —me ordenó, agarrándome con firmeza del brazo—. Tendré que echarle un vistazo a esa herida.

Yo estaba atontado y obedecí sin rechistar. Ella cogió una silla de la mesa de la cocina y me hizo sentar. Se me escapó una mueca de dolor.

—¿Tiene alguna otra herida? —me preguntó.

—Me he caído después de darme el golpe en la cara..., y se me ha clavado el canto del bordillo en el costado. Pero es la herida de la mejilla más que nada... —Confié en que se lo tragara. Fiona White ya me había visto con algunos trofeos de batalla; una de las veces, otorgados por el mismísimo cuerpo de policía de Glasgow. Ese era, me constaba, el principal motivo por el que deseaba guardar las distancias conmigo, el motivo que me convertía a sus ojos en un «personaje turbio».

Preparó una solución de antiséptico y agua hervida y me la aplicó en la herida. Observé que el líquido se teñía de rosa cuando volvió a empapar la gasa.

—Quizá debería pedir que le den unos puntos —dijo frunciendo el entrecejo. Se situó frente a mí y se inclinó para examinar la herida desde ese ángulo. Aproximó su cara a la mía. Y yo percibí una leve fragancia a lavanda y sentí su aliento en mis labios. Sus ojos se detuvieron en los míos. Bruscamente avergonzada, se incorporó y volvió a adoptar un aire práctico; pero algo había habido en la mirada que acabábamos de intercambiar. O tal vez no. Yo estaba dolorido y atontado, y tenía una confusión del demonio en la cabeza por muchas razones; la propia Fiona White entre ellas, claro.

—No se preocupe —dije—. Bastará con un esparadrapo.

—Realmente, creo que tendrían que vérselo. Es en el mismo sitio... —Dejó que la frase muriera en sus labios.

—¿Que mis cicatrices? Lo sé. Pero todas están completamente curadas ya. Un simple arañazo no me causará problemas. —Le sonreí y me vi recompensado con una punzada de dolor en la mejilla y con un reguero de sangre fresca que me bajó hasta el borde del maxilar. Ella chasqueó los labios y volvió a aplicarme el apósito. Me alzó la mano para que lo sujetara en su sitio mientras la señora White sacaba un rollo de esparadrapo de un cajón y cortaba tres trozos.

—¿Cómo se las hizo? Las cicatrices, quiero decir —preguntó, incómoda, mientras usaba los trozos de esparadrapo para fijar una gasa nueva. Giré un poco la cabeza, y ella, chasqueando otra vez los labios, me la volvió a colocar bien con dos dedos. Era la primera vez que me hacía una pregunta personal.

—Escogí mal el cirujano plástico —expliqué—. Él me aseguró que le había hecho la nariz a Hedy Lamarr y la barbilla a Cary Grant, pero lo único que había hecho de verdad eran las orejas de Clark Gable.

—En serio…

—Realmente, son cicatrices de cirugía plástica. Tuvieron que remendarme porque me alcanzó la metralla de una granada de mano alemana. —No le conté que habría podido ser mucho peor si uno de mis hombres no se hubiera llevado la mayor parte de los efectos de la explosión. A mí me había abierto un boquete en la cara, pero los médicos lograron recomponerme; en cambio, los intestinos del soldado derramados por el barro rebasaban la destreza de cualquier cirujano.

El especialista en cirugía plástica que me arregló la cara, de hecho, hizo un trabajo bastante decente: lo único que me había quedado había sido una redecilla de leves y pálidas cicatrices en la mejilla derecha. Y mi sonrisa parecía algo torcida debido a los nervios dañados, aunque solo para darme un aire todavía más ávido y lobuno, como podía atestiguar Leonora Bryson.

Mientras se preparaba el té, Fiona White me trajo un par de aspirinas y un vaso de agua. Pasamos a hablar de cosas intrascendentes, sobre todo de la niebla y los problemas que siempre ocasionaba; pero en mitad de la conversación noté un peso en el estómago y una sensación de náuseas. Había mentido a mi patrona sobre lo ocurrido por el mejor de los motivos, y Dios sabía que la mayoría de las veces no necesitaba una buena razón para mentir. Pero no me gustaba mentirle a ella.

Mas esa no era la verdadera causa de la sensación que tenía en la boca del estómago. Acababa de eludir a un tipo muy peligroso armado con una pistola: la misma persona que me había telefoneado allí la noche anterior. Y era evidente que me había esperado frente a la casa, sabiendo que yo me dirigiría a mi oficina para comprobar si se presentaba a nuestra cita.

Lo cual significaba que sabía dónde vivía. Y eso implicaba, a su vez, que Fiona White y las niñas corrían peligro.

—¿Le sucede algo, señor Lennox? —preguntó la señora White—. ¿Se encuentra peor? Creo que deberíamos llamar a un médico.

Negué con la cabeza. Me debatí unos instantes sobre si debía sincerarme con ella. Si lo hacía, la alarmaría y conseguiría sin duda que mi contrato de alquiler quedara cancelado de una vez por todas. Pero ella tenía derecho a saberlo.

—Debo hacer una llamada —dije.

Me levanté y salí al vestíbulo para usar el teléfono.

Mientras esperábamos a que llegara Jock Ferguson, me senté con Fiona White y le conté con toda exactitud lo que me había ocurrido y por qué. Por alguna razón, incluso le hablé francamente del dinero que recibían Isa y Violet todos los años en el aniversario del robo de la Exposición Imperio, y le aclaré que este hecho se lo había ocultado a la policía porque debía atenerme al secreto profesional. También le expliqué que tenía otro caso de gran relevancia entre manos que podía llegar a provocar todo tipo de dificultades, pero que mi pequeña samba en la niebla no tenía ciertamente nada que ver con esa investigación.

Ella permaneció sentada escuchándome en silencio, con las preciosas manos entrelazadas sobre el delantal y la cara seria y tranquila, aunque por lo demás inexpresiva. Yo me escuchaba con asombro: me consideraba la persona más reservada que conocía (incluso mantenía secretos ante mí mismo) y nunca hablaba con nadie de mi trabajo; mas ahí estaba desahogándome con mi casera.

Sabía que debería haberme callado. Desde mi fuero interno, me estaba gritando a mí mismo que me callara de una vez, pero no podía parar. Hablé a borbotones, ansiosamente, y una vez que la puse en antecedentes sobre lo ocurrido, le expliqué que mi gran preocupación ahora era que ese hombre y sus posibles compinches supieran dónde me alojaba. Le dije que recogería algunas de mis cosas y me mudaría a otro sitio, al menos de momento, pero que seguiría pagándole el alquiler. Entendería, añadí, que ella prefiriese que me trasladara de modo permanente por todas las molestias que le había causado, y le dije que acataría sus deseos, pero que entretanto quería que el inspector Ferguson conociera lo ocurrido, pues quizás él podría conseguir que mantuvieran vigilada la casa y…

Me quedé sin nada más que decir, o sin aliento, o ambas cosas. Y lo rematé todo con un: «Lo lamento…».

—¿A dónde irá? —preguntó ella con un tono indescifrable.

—No lo sé. A un hotel, seguramente. Estaré bien, no se apure.

—Ya… —Imposible descifrar todavía su tono o su rostro.

Sonó el timbre. Le dije que no se moviera. Abriría yo.

Me sorprendió que Ferguson hubiera venido solo. Se lo presenté a la señora White, aunque ya lo había visto alguna que otra vez, cuando él —en raras ocasiones— me había visitado y ella había salido a abrir.

Le expliqué a Jock toda la historia.

—Entonces, ¿era el tipo que te llamó anoche?

—Eso parece, Jock.

—¿Quieres presentar una denuncia por asalto?

—No. Eso podría complicar las cosas. Lo que quiero es que la señora White no sufra ningún percance por este asunto.

—Ah, ¿quieres que coloque a un guardia frente a la puerta sin que haya una denuncia oficial que lo justifique?

—Podrías buscar una excusa, Jock. Un sospechoso que anda merodeando por la zona, o algo por el estilo.

—Lennox, has dicho que el tipo iba armado. No podemos dejar que haya gente recorriendo Glasgow con una pistola.

—Ya. Supongo que eso rebajaría el tono de la ciudad…

Ferguson me echó una mirada.

—De acuerdo —acepté—. Lo comprendo. Pero antes de que empecemos a buscar, dime por qué has venido solo.

—¿Qué quieres decir?

—Ya lo sabes. No te has traído ni a un agente de barrio.

Él miró a Fiona White y sonrió.

—¿Nos disculpa un momento, señora White? —Y volviéndose hacia mí, me indicó—: Vamos arriba. Te ayudaré a preparar la maleta…

Y

Mi abrigo se había llevado la peor parte en la reyerta: tenía un feo desgarrón en la costura de una sisa, y me habían quedado unas manchas negras de alquitrán en una manga y en la parte trasera al resbalar por los adoquines. El sombrero, uno de mis mejores Borsalino, aún estaría tirado en algún rincón de la calleja. No me había manchado el traje, pero quería cambiármelo de todos modos, igual que la camisa, tal como deseas hacer siempre después de una pelea.

Jock Ferguson esperó fumando en la sala de estar mientras yo me lavaba, me cambiaba y recogía mis cosas. Plantado ante el lavamanos, me miré en el espejo. Una zona de piel más pálida rodeaba los esparadrapos de la mejilla, pero no había inflamación y no tenía tan mal aspecto. Supuse que había sangrado lo suficiente como para que no se formara un cardenal.

Una curiosa característica de mi personalidad era mi inclinación a vestir con elegancia. Siempre compraba la ropa de mejor calidad que podía permitirme con mis ingresos. Y a menudo, prendas que no podía permitirme. Metí en la maleta una docena de camisas, pues no quería tener que volver a recoger más, dos trajes, cuatro corbatas de seda y media docena de pañuelos. También incluí un par de zapatos nuevos de ante marrón con suelas de goma, que eran el último grito en calzado. Había decidido arrancar una hoja de mi carné de baile.

Cuando terminé el equipaje, le di un grito a Ferguson desde la habitación para saber si seguía ahí y disculparme por mi tardanza; él replicó con un gruñido. En realidad, mi intención era comprobar dónde estaba y asegurarme de que no iba a entrar mientras yo cogía del estante mi ejemplar de *La vida futura* de H.G. Wells y lo arrojaba dentro de la maleta. Luego me puse a gatas y, metiendo el brazo bajo la cama, alcé dos tablas sueltas e introduje la mano en el hueco. Saqué un bulto envuelto en un hule, lo guardé entre los pliegues de una camisa vieja y lo dejé en la maleta junto al libro.

—Bueno, Jock —dije cuando reaparecí en la sala de estar—, vamos a aclararlo. ¿Por qué estás volando solo?

Por primera vez desde que nos conocíamos, Jock Ferguson parecía incómodo.

—Tengo que preguntarte una cosa, Lennox —dijo con firmeza—. Aparte de mí, ¿has hablado con alguien más de tu interés por Joe *Gentleman* Strachan?

—¡Ah...! Veo que tus pensamientos van por el mismo camino que los míos. La respuesta es no; tengo entre manos otro caso y me he dedicado a él desde la última vez que hablamos. No he comentado el asunto Strachan con nadie más. —Por supuesto que sí: había hablado con Willie Sneddon, pero yo sabía que si este hubiera querido asustarme, habría sido más directo. También sabía que Sneddon siempre mantenía la boca cerrada. En todo caso, me pareció mejor que Ferguson no supiera que había contactado con uno de los Reyes.

—Es lo que pensaba... —dijo lúgubremente. Estaba sentado en el borde del sofá, echado hacia delante, con los codos apoyados en las rodillas.

—Y tú solo has hablado con algunos de tus compañeros; y acto seguido, alguien me asalta y me amenaza. Te preocupa eso, ¿no?

—Es que no se entiende. —Meneó la cabeza—. Puedo comprender que te hayan hecho una advertencia, porque hay policías decididos a localizar al resto de la banda... Pero apuntarte con una pistola...

—No nos anticipemos, Jock. Me parece improbable que haya sido un policía. En cualquier situación, siempre cabe otra posibilidad. Tú mismo lo has sugerido: mis clientes, Isa y Violet. Tal vez ellas le han explicado a alguien que pensaban contratar a un detective para investigar la aparición de los restos de su amado padre. Ellas mismas me dijeron que habían estado preguntando por ahí y que había salido a relucir mi nombre. Es posible, simplemente, que alguien se haya enterado y haya sumado dos más dos.

—¿Y...? —preguntó Ferguson, leyéndome el pensamiento.

—Violet tiene un marido que parece sabérselas todas.

—¿Nombre?

—Robert... —Traté de recordar los apellidos de casadas de las gemelas. Me había acostumbrado a llamarlas para mis adentros Isa y Violet Strachan—. Robert McKnight. ¿Te suena?

—Así de pronto, no. Ya averiguaré. Discretamente. Entretanto, yo en tu lugar procuraría pasar desapercibido, Lennox.

—Haré lo posible. Mientras yo me vuelvo invisible como

Greta Garbo, ¿puedes encargarte de que alguien vigile a la señora White? Y darle a ella un número de teléfono por si acaso...

—De acuerdo, Lennox. Ya pensaré en algo: un sospechoso que anda merodeando por el barrio, como decías. Pero no se te ocurra entrar furtivamente por la parte trasera si necesitas volver a buscar algo. Y otra cosa, Lennox...

—¿Sí?

—La verdad es que estás abusando. De mi buena voluntad, quiero decir. Podrían ponerme de patitas en la calle si llegaran a saber que he encubierto un asalto a mano armada.

—Te lo agradezco, Jock. Si este asunto acaba mereciendo una condecoración, ten por seguro que llevará tu nombre.

Fiona White estaba esperando en el vestíbulo con los brazos cruzados y una expresión severa.

—¿De veras es necesario todo esto? —preguntó cuando puse mis maletas junto a la entrada.

—Es más seguro. No quiero que usted y las niñas se vean envueltas en esta historia. No creo que nadie se atreva a aparecer otra vez por aquí, pero lo mejor es que me traslade.

—Le guardaré sus habitaciones, señor Lennox. Doy por sentado que esto solo será temporal.

—Me gustaría que lo fuera, señora White.

Por un momento nos quedamos los tres sumidos en un silencio embarazoso. Ferguson le dio una tarjeta donde había anotado su número particular y el de la jefatura de policía de Saint Andrew's Square.

—Haré que el agente que patrulla por el barrio venga a echar un vistazo de vez en cuando —dijo—. Pero si ve a alguien sospechoso por las inmediaciones, llámeme de inmediato.

—Yo la llamaré para darle mi número en cuanto me haya instalado —añadí por mi parte. Ella asintió rígidamente. Ferguson y yo llevamos las maletas a mi coche.

Todavía había una niebla infernal. O tal vez en el infierno se quejaban de que había tanta niebla como en Glasgow. Dejé las maletas en la entrada de mi oficina y estuve en mi escritorio hasta que oscureció y tuve que encender la lámpara. Las demás oficinas empezaban a vaciarse, y yo me fui fumando medio paquete de cigarrillos mientras reflexionaba de nuevo en mi patética situación. La cara me dolía como una hija de puta cada vez que me la rozaba levemente con los dedos, aunque por lo que veía reflejado en la ancha hoja de mi abrecartas, no se me había inflamado. El costado, a la altura de la zona lumbar, me seguía doliendo horriblemente, pero la suya ya no era una actuación en solitario: todos los golpes y los tirones de la refriega en el callejón cantaban ahora al unísono.

La niebla se veía cada vez más oscura por la ventana de mi oficina. Decidí que no sería sensato aventurarse por las calles en busca de un hotel. Ya empezaba a imaginarme los dolores adicionales con los que me despertaría después de dormir en el suelo encerado de mi reducida oficina. Y pensándolo bien, la idea de hacer mis abluciones en el lavabo compartido con las otras cuatro oficinas de mi planta y de la planta inferior, no me resultaba tampoco muy atractiva.

En un impulso, levanté el teléfono. Me sorprendió que la persona por la que había preguntado aceptara mi llamada.

—Hola —dije sin conseguir ocultar el cansancio en mi tono de voz—. Soy Lennox. Escuche, estoy en mi oficina, justo enfrente de su hotel. Quiero pedirle un favor... ¿Podría reunirse conmigo dentro de diez minutos en el salón-bar?

Leonora Bryson se presentó con retraso. Nada que objetar. Existe un protocolo para estas cosas: una mujer no puede dejarse ver esperando a un hombre en un bar. Eres tú quien ha de esperar. Y las mujeres como Leonora Bryson saben bien, además, que cualquier hombre las esperará todo el tiempo que ellas deseen.

Al fin apareció en el salón-bar del hotel Central, vestida con una falda de riguroso corte, chaqueta a juego y una blusa de color azul claro. Un atuendo que en la mayoría de las mujeres habría resultado deslucido y gris, pero que a ella le quedaba más sexy que un bikini a Marilyn Monroe. Desde luego consiguió llamar la atención al entrar; yo habría jurado que incluso el busto de mármol del rincón ahogaba una exclamación. Aunque la había esperado en la barra, le propuse que ocupáramos una de las mesas. Le pregunté qué quería tomar. No me sorprendió que pidiera un daiquiri, pero me dejó boquiabierto que el barman glasgowiano supiera cómo prepararlo.

—Tiene pinta de venir de la guerra, señor Lennox —dijo señalando la gasa de mi mejilla con la copa de su daiquiri. No percibí el mismo hielo en su voz, pero tampoco la menor calidez.

—Ah, ¿esto? Sí, una estupidez realmente… He tropezado en la niebla. —Me abstuve de aclararle que el tropiezo había sido con un fornido matón provisto de una pistola.

—Sí, ya sé… —afirmó animándose repentinamente—. En San Francisco también hay una niebla tremenda a veces. Pero esta es increíble. No es solo espesa: es que está teñida de color verde.

—La colorean para los turistas. San Francisco… ¿Es usted de allí?

—No. Soy de la Costa Este; de Connecticut.

—Entonces el sitio donde se crio estaba mucho más cerca de mi ciudad natal que de Hollywood. Yo crecí en New Brunswick.

—¿De veras? —dijo con un interés tan ínfimo que habría sido necesario un telescopio gigante para detectarlo—. ¿De qué quería hablar conmigo, señor Lennox?

—Necesito un sitio donde dormir esta noche…

Todavía no había pronunciado la última sílaba cuando la temperatura descendió un millar de grados.

—No, no… —Alcé las manos—. No me malinterprete… Con la niebla y demás, y estando mi oficina justo enfrente, me preguntaba si no podría usted conseguirme una tarifa especial para alojarme aquí. Solo por esta noche. Está fuera de mis posibilidades normalmente, pero qué le vamos a hacer…

Ella me examinó con sus glaciales ojos azules y, por un instante, yo me entretuve pensando en las travesuras que debían de hacer las doncellas del Rin y las valquirias en el Valhalla. Ella pareció tomar una decisión por fin, y dijo:

—A decir verdad, tenemos una habitación de sobra al final del pasillo. La utilizaba un ejecutivo de los estudios, pero se ha marchado antes de lo previsto; hemos mantenido la reserva por precaución. Supongo que esta noche es el caso.

—La pagaré, por supuesto…

—No es necesario. —Sacó de una lujosa pitillera de plata un

largo y delgado cigarrillo de una marca que nunca había visto. Le ofrecí lumbre en cuanto se lo posó en los labios. Ella dio una calada y me dedicó una leve inclinación—. Está pagada, tanto si se usa como si no. Y además, usted trabaja para el señor Macready. ¿Solo por esta noche?

—Solo por esta noche.

—¿Algo más, señor Lennox? —Me miró con el entrecejo fruncido mientras tomaba su daiquiri, como si mi presencia constituyera un grave obstáculo para que pudiera disfrutarlo a sus anchas.

—Sí, hay algo más. ¿Hasta qué punto está usted al corriente del motivo por el que me ha contratado la productora? Me refiero a la situación del señor Macready.

—Estoy totalmente al corriente —respondió con aire inexpresivo—. Soy la ayudante personal del señor Macready. Para hacer mi trabajo debo saberlo todo: bueno, malo o regular. Él se conecta con todo el mundo a través de mí.

Estuve a punto de decirle que el actor se había conectado con mucho entusiasmo por su propia cuenta, pero lo dejé correr.

—¿Conocía usted sus..., sus gustos antes de este incidente?

—Por supuesto. —Un leve tono de desafío ahora. Y de rencor.

—¿Dónde se encontraba usted mientras Macready estaba con su amigo en la casita de campo?

—En el hotel. No este hotel..., sino uno que queda en el norte, pasado ese gran lago. Estábamos allí por el rodaje.

—¿Y Macready le dio la noche libre?

—Así es. Él estaba en el bar del hotel con Iain, tomándose una copa.

—Cuando interrogué a su jefe, me dijo que la decisión de ir a la casita de campo la tomaron de improviso.

—Eso me contó —respondió ella, clavándome su glacial mirada azul—. La familia de Iain es la propietaria de la hacienda donde estábamos rodando, y él utilizaba esa casita de vez en cuando. Iain pinta, ¿sabe? Es un artista. —Pronunció la palabra con desdén—. El señor Macready me dijo que ese joven le había propuesto ir a la casita para seguir bebiendo.

—Pero siendo como era cliente del hotel, Macready podía pedir copas después de que cerrasen el bar...

Leonora Bryson se encogió de hombros y replicó:

—No creo que tomar copas fuera lo que tenían entre ceja y ceja ninguno de los dos. ¿Qué importancia tiene eso?

—¿Ha visto las fotografías?

Un segundo de indignación; luego la tormenta pasó.

—No, señor Lennox. No las he visto.

—Yo sí. Tuve que hacerlo. Fueron tomadas con algún tipo de cámara oculta. Colocada en un hueco de la pared o algo parecido. No puedo saberlo con certeza porque la otra parte…, Iain…, no debe, según me han dicho, tener conocimiento de esta complicación. Eso significa que no puedo registrar la casita. Pero se trató sin duda de un montaje complejo. Un montaje que implica organización y planes trazados de antemano.

—Lo cual no encaja con la idea de que ellos fuesen a la casita improvisadamente… ¿Es eso lo que está diciendo?

—Exacto, pero la conclusión sería entonces que el hijo y heredero de Su Señoría, ¿se dice así?, estaba implicado en el montaje. Y eso es completamente absurdo. Él y su padre tienen tanto que perder como John Macready. Más, probablemente.

—¿Qué camino le queda a usted entonces?

—Tratar de localizar al chantajista: Paul Downey. Lo crea o no, señorita Bryson, no es nada fácil esconderse en esta ciudad. Y yo cuento con los contactos adecuados para averiguar dónde buscar.

—Entonces, ¿por qué no ha recurrido ya a sus contactos? ¿No debería seguir sufriendo misteriosos tropiezos en la niebla, en lugar de quedarse aquí sentado?

—No es tan sencillo. Esos contactos, para hablar con franqueza, son delincuentes. Si existe algún modo retorcido de ganarse un pavo, esos tipos lo han probado. En un asunto tan delicado, he de medir muy bien qué digo y a quién. —Advertí que se había terminado su daiquiri y le hice una seña al camarero—. ¿Le apetece otro?

—No. —Cuando vino el camarero, ella hizo caso omiso de mis protestas y le indicó que cargara las copas en su cuenta—. Dejaré dicho en recepción que le den la llave de la habitación.

—Muy bien, gracias. Pasaré un momento por mi oficina, si es que la encuentro en la niebla, para recoger mis maletas.

—¿Maletas? —Arqueó una ceja.

—Es que tengo algunas cosas en mi oficina.

Era una pobre respuesta, y ella captó lo precario de mi situación. Noté que volvía a examinarme la herida de la mejilla.

—Señor Lennox, espero que podamos confiar en usted. Debo decirle que yo no era partidaria de contratarlo. Por lo que nos contó el señor Fraser sobre usted, hay en su historial episodios de todos los colores. Y no me gustaría que ese vistoso colorido pueda resultar un obstáculo para que resuelva este embrollo.

—No tema. Para su información, señorita Bryson, es precisamente ese «vistoso colorido» el que puede permitirme encontrar a Downey y recuperar las fotos. ¿Puedo hacerle otra pregunta?

Ella se encogió de hombros.

—¿Qué le desagrada tan intensamente de mí?

—No le he dedicado tantos pensamientos, señor Lennox. Pero si se empeña en obtener una respuesta, le confesaré que no hay nada en particular que me desagrade de usted. Probablemente, es más cierto decir que me desagrada todo en usted.

Sonreí.

—Qué maravillosa simplicidad y qué abarcadora.

—Creo que se ha apresurado a juzgar a John. No lo considera propiamente un hombre por lo que es. Bueno, pues puedo asegurarle que es mucho más hombre de lo que usted llegará a ser nunca. Me basta con mirarlo para saber de qué calaña es: arrogante, agresivo, violento... Usted usa a las mujeres sin el menor escrúpulo. Apenas hacía unos minutos que me conocía y ya ensayó conmigo sus trucos. Los hombres como usted me dan náuseas.

—Ya, ya —murmuré apurando mi copa—. Si le pido referencias una vez terminado este trabajo, ¿le importaría omitir ese detalle?

Ella se echó a reír, pero con una risa llena de aversión.

—Y se cree muy gracioso, además. Muy listo. Bien, procure serlo lo suficiente para resolver este lío, porque me encargaré de que no cobre ni un penique más hasta que lo consiga. Buenas noches, señor Lennox. —Se volvió bruscamente y salió airada del salón-bar.

Yo me quedé allí de pie, algo escocido por la exhaustiva descripción, o ejecución, que había hecho de mi carácter.

Pero eso no me impidió mirarle el trasero mientras se alejaba.

Me traje al hotel mis maletas de la oficina, y un botones se encargó de subírmelas a la habitación. Le di una propina exagerada, como solía hacer cuando trataba con glasgowianos. Ellos charlaban y bromeaban siempre contigo, y el hecho mismo de que no lo hicieran por la propina, sino porque era su manera de ser, te impulsaba a ser más generoso.

La habitación era una versión reducida de los lujos que había contemplado en la suite de Macready, lo cual me hizo pensar, no por primera vez, que me había equivocado de oficio. Una vez solo, cerré con llave y puse la pesada cadena de seguridad. Abrí las maletas, cogí el bulto cuidadosamente envuelto y el ejemplar de *La vida futura* y los dejé encima de la cama. Retirando la camisa y el hule encerado, saqué la pesada Webley de calibre 38, de apertura vertical, y la caja de municiones. Después de cargarla, puse el seguro, volví a envolverla con el hule y la camisa y la guardé de nuevo en la maleta. Me entretuve algo más de tiempo con la obra maestra de H.G. Wells; la abrí y examiné su contenido: la parte central de las páginas estaba ahuecada y, en su interior, había billetes de cincuenta estrechamente enrollados y una bolsita con un puñado de diamantes.

Este era mi tesoro de los Nibelungos. Lo había empezado con el dinero que había ganado en Alemania, y había tenido la suerte de poder salir con él de la zona ocupada, pues la policía militar no hubiera entendido ni apreciado mi espíritu empresarial, ni mi labor pionera en la creación de vínculos comerciales con los alemanes durante la posguerra. Después, ya en Glasgow, había engrosado considerablemente mi pequeño fondo, dado que la gente para la que trabajaba no llevaba una contabilidad muy ortodoxa. Que quede entre nosotros: le habíamos aligerado significativamente el trabajo al inspector del fisco.

El repentino cambio de alojamiento no había sido el único motivo de que me trajera al hotel mi fondo de pensiones encuadernado en piel. Me preocupaba hacía tiempo la falta de seguridad que implicaba guardarlo en mi alojamiento. No podía ingresarlo en un banco sin que Hacienda se enterase; y llevarlo de aquí para allá en una maleta o dejarlo en mi oficina tampoco eran opciones viables. Sin embargo, desde que me cuidaba de la entrega de las nóminas, había abierto una cuenta en el banco comercial que administraba el dinero de aquellas, y también había alquilado una caja de seguridad. Puesto que al día siguiente debía transportar las nóminas, había decidido depositar la pistola y el dinero en la caja.

Aunque quizá recogería la pistola al terminar el trabajo.

Después de colgar los trajes, cerré con llave las dos maletas —la pistola y el dinero en una de ellas—, las guardé en el armario y volví a bajar al bar. Me pasé una hora y media fumando, bebiendo *bourbon* (bastante bueno, aunque no tanto como el que me había servido Macready), y charlando medio borracho de chorradas con el barman. Ya que el bar y el barman eran de categoría, procuré que mis chorradas de beodo también fueran de más categoría, y la verdad era que el tipo consiguió dar la impresión de escucharme con interés. Siempre había admirado profundamente las habilidades de un buen barman.

Regresé a mi habitación antes de empezar a ver doble. Me quité los pantalones y la camiseta, me lavé la cara, me tumbé sobre la lujosa colcha de algodón bordado y fumé un rato más.

Debí de quedarme dormido. Me desperté de repente y sentí esa oleada de náusea que te entra cuando sales demasiado deprisa de un sueño profundo. Incorporándome, me giré y puse los pies en el suelo. Aún no sabía qué me había despertado. Me dolía la cabeza y notaba la boca pastosa. Volví a oírlo: un golpe en la puerta. Sigiloso, pero sin timidez.

Por un instante pensé en abrir el armario y sacar la pistola de la maleta. Pero al final me decidí por la porra, que había dejado debajo de la almohada. No me explicaba cómo mi amiguito de la niebla me había seguido los pasos hasta el hotel.

—¿Quién es? —Quité la cadena y puse una mano en el picaporte, mientras sujetaba la porra con la otra.

—Soy yo. Leonora Bryson.

Abrí la puerta y ella entró. Iba en bata.

—¿Qué ocurre? —pregunté—. ¿Algún problema? ¿Ha sucedido algo?

Ella cerró la puerta y, sin sonreír, me empujó hacia el interior de la habitación. Mientras yo la contemplaba inmóvil, se desabrochó la bata y dejó que se le escurriera de los hombros. No llevaba nada debajo. El detective innato que había en mí dedujo que no íbamos a volver a analizar el caso. El cuerpo de Leonora Bryson era una obra de arte; a su lado, los esfuerzos de Miguel Ángel no pasaban de ser una chapuza. Cada parte estaba firme, impecablemente modelada. Me sorprendí contemplando sus perfectos pechos.

—No comprendo… —musité aún sin mirarla a los ojos. Tal vez debería haber dejado de estudiar tan fijamente sus pechos, pero, ya que había sido obsequiado con ellos, habría sido una grosería o una ingratitud no hacerlo: como estar en la Capilla Sixtina y negarse a levantar la vista al techo.

—No diga nada —dijo todavía sin sonreír—. No quiero que hable.

Vino hacia mí y pegó su boca a la mía, introduciéndome la lengua, con lo cual la orden de no hablar estaba de más. Me sentía perplejo, pero decidí seguir el juego. Soy así de atento.

Me tumbó en la cama y me arrancó la poca ropa que llevaba de un modo casi frenético. Había en ella algo salvaje que logró contagiarme. Era más que pasión: mientras hacíamos el amor, los ojos le ardían con algo similar al odio; me arañaba con las uñas, me tiraba del pelo, me mordía la cara y el cuello.

Fue una sesión salvaje y apasionada de sexo, pero no pude evitar sentir que no me hubieran venido mal junto a la cama un árbitro y un ejemplar del reglamento de boxeo del marqués de Queensberry. Al acabar, a falta de unas sales aromáticas y de un segundo entrenador que me diese aire con una toalla, encendí un cigarrillo para cada uno. Ella permaneció recostada un rato fumando en silencio, antes de levantarse bruscamente, ponerse la bata y salir de la habitación sin decir palabra.

No me moví de la cama ni dije nada para detenerla. Todavía aturdido y confuso, deduje que acababa de ser usado, y tenía una idea bastante clara del motivo.

Ese pensamiento me hizo sentir sucio e indigno. Por eso, probablemente, no dejé de sonreír hasta quedarme dormido.

Capítulo seis

Entrar en un banco con una pistola no deja de ser una pequeña tradición en Glasgow. Así y todo, me puso nervioso.

Tenía un acuerdo con un garaje de Charing Cross Mansions, que me proporcionaba a una tarifa reducida la furgoneta para efectuar el transporte de las nóminas todos los viernes. Recogí el vehículo temprano, me presenté en el banco antes de la hora y solicité que me dieran acceso a mi caja de seguridad.

Aunque el transporte de nóminas era sin duda un objetivo potencial para los atracadores, y aunque el propio banco había sido asaltado en más de una ocasión, a mí me constaba que las cajas de seguridad de esa entidad eran las más fiables de Glasgow. Y no se debía a que tuvieran muros más gruesos, cerraduras más sólidas o mejores medidas de seguridad; la razón, mucho más convincente, era que al menos dos de los Tres Reyes también tenían cajas de seguridad en aquel banco. Si se te ocurría desvalijarlo, la policía sería la menor de tus preocupaciones.

Dejé en la caja la pistola y el volumen de Wells relleno de billetes, y volví a subir a la planta principal para reunirme con Archie, el policía retirado al que había contratado para hacer el trabajo conmigo.

Como siempre, Archie me esperaba puntualmente charlando con el señor MacGregor, el director administrativo del banco. El expoli tenía cincuenta años, pero parecía mayor y caminaba cojeando levemente: el regalito de una caída por el tejado de una fábrica mientras perseguía a unos ladrones de plomo. Yo suponía que estos no debían de llevar el plomo encima durante la fuga.

Archie era un tipo delgado, prácticamente escuálido, y mediría más o menos un metro noventa, aunque su manera de andar encorvado le restaba al menos cuatro o cinco centímetros. Una mata rebelde de pelo negro en forma de herradura rodeaba la circunferencia de su ahuevado y pelado cráneo; tenía unos grandes ojos acuosos de spaniel y mostraba constantemente una expresión cansada y tristona. Había sido esa expresión la que me había hecho dudar al principio de si debía darle el trabajo o no, pues le confería a veces un aire perezoso e indiferente.

Me había sorprendido descubrir que tras esa máscara doliente se ocultaba un cerebro mucho más agudo de lo que cabría esperar en un poli de Glasgow, y un sentido del humor negro y lacónico. Era tan digno de confianza, además, como Jock Ferguson me había prometido. Según me explicó el propio Jock, Archie se las había arreglado siempre para dar la impresión a sus superiores de que les estaba tomando el pelo, sin que estos pudieran concretar jamás cómo lo hacía. Seguramente, me acabé de convencer para contratarlo a causa de ese detalle.

Inicialmente, él me ayudaba en el transporte de nóminas para redondear su pensión de policía y el sueldo que se sacaba como vigilante nocturno de un astillero. Pero este último puesto lo perdió porque los sindicatos se habían quejado de que acosaba a sus miembros. Era un hecho universalmente aceptado a lo largo de las orillas del Clyde que casi todo aquello que podía arramblarse —y la mayor parte se podía—, tenía muchas probabilidades de salir de los astilleros bajo el abrigo de un mecánico, o en una carretilla disimulada entre la multitud que abandonaba las instalaciones durante el cambio de turno.

Los hurtos eran un problema endémico en los astilleros. Los hogares de los obreros en Clydebank tenían fama por su ecléctica decoración: el chic propio de las viviendas suburbiales se combinaba a menudo con un salón de trasatlántico, y el esquema de colores solía basarse en un gris-acorazado. Archie había comprendido mal su misión como vigilante nocturno, impidiendo que salieran del astillero cientos de kilos de madera, pintura y accesorios de latón. La dirección no había podido perdonarle que cumpliera su deber con tan inaceptable eficiencia y lo había despedido. Desde entonces, yo procuraba pasarle todo tipo de trabajillos, incluido algún que otro papel de testigo para un divorcio. La entrega de las nóminas de los viernes era su única ocupación regular.

Como ya he dicho, cuando regresé a la planta principal del banco, mi compañero estaba hablando con MacGregor, el director administrativo que se encargaba de organizar la operación. Este era el tipo de joven chapado a la antigua que solías encontrar en los bancos: un hombre de veinticinco años que procuraba parecer de más edad. Archie se empeñaba en confundirlo con sus bromas a la menor ocasión.

Mientras mi ayudante firmaba el registro del envío, colgándole de la muñeca la porra como si fuera un bolso, me echó un vistazo con sus tristones ojos.

—Aquí hay una confusión, jefe —aseguró sin sonreír ni una pizca—. El señor MacGregor dice que el dinero tiene que ir al astillero como de costumbre, pero yo creía que usted había dicho que esta semana nos lo llevábamos a Barbados.

—No le haga caso, señor MacGregor —dije—. Le está tomando el pelo. Barbados tiene tratado de extradición. Nos lo vamos a llevar a España.

—Una suma de dinero semejante no es para bromear, señor Lennox —observó MacGregor, mirándome por encima de las gafas colocadas hacia la mitad de la nariz (otro rasgo torpemente afectado de un hombre maduro de clase media)—. ¿Telefoneará como de costumbre para confirmar la entrega?

Asentí y le indiqué a Archie que se apostara en la calle mientras yo cargaba las sacas en la furgoneta.

El trayecto, afortunadamente, transcurrió como siempre sin incidentes: yo, al volante, y Archie sentado lúgubremente con las sacas en la parte trasera. Entregamos las nóminas en la oficina del astillero, y llamé al director administrativo para confirmarle la entrega. A la vuelta, Archie se sentó delante conmigo.

—Oye, Archie, sé que la pérdida de ese puesto de vigilante ha sido un duro golpe para ti —le comenté—. El trabajo se está animando y no me vendría mal un poco de ayuda. Solo sería media jornada, al menos por el momento, pero si la cosa sigue así podría llegar a ser a tiempo completo. ¿Te interesa?

Él me miró con sus grandes ojos afligidos, e inquirió:

—¿Sería el mismo tipo de trabajo que he venido haciendo para usted últimamente?

—Sí..., casos de divorcio, vigilancia, personas desaparecidas. Mucho gastar suelas y andar de puerta en puerta.

La verdad era que cada vez utilizaba más a Archie para los casos de divorcio. Las pruebas ante un tribunal siempre sonaban mejor viniendo de un policía retirado. Además, su perpetua actitud sombría parecía añadirle gravedad a su testimonio. El arreglo me venía de perlas porque yo me ponía bastante nervioso en la tribuna de testigos, cosa que los abogados tienden a aprovechar. Me inquietaba que algún joven y brillante letrado se dedicara a cuestionar mi reputación como testigo. Y mi reputación, o al menos mi historia, era mejor dejarla tranquila.

—Humm... —Mi ayudante se arrellanó en el asiento y se frotó el mentón, pensativo—. Yo estaba sopesando la presidencia de las Industrias Químicas Imperiales..., pero supongo que podría combinar ambos trabajos. ¿Con gastos aparte, pensión y vales de comida?

—Cobrarás diez chelines la hora, más los gastos. La pensión la dejo en manos de las Industrias Químicas.

—Lo consultaré con el Consejo, desde luego —dijo colocándose los pulgares en la sisa del chaleco—, pero entretanto puede dar por hecho que mi respuesta será afirmativa.

—Bien. Tengo dos casos en marcha en los que necesito colaboración. Uno de ellos tiene que ver con Joe *Gentleman* Strachan y con el robo de la Exposición Imperio. Jock Ferguson me dijo que tú debías de estar en el cuerpo entonces...

—Sí, así es. Lo recuerdo bien. Un mal asunto. —Increíblemente, su expresión se volvió todavía más triste—. Muy mal asunto.

—¿Qué ocurrió? Quiero decir, ¿qué sabes?

—Casi todo cuanto hay que saber. Cada detalle prácticamente, como cualquier agente de Glasgow en aquella época. Nos machacaron con esa historia una y otra vez. Supongo que está informado sobre todo el asunto de la Exposición...

—Sí. Creo que fue imponente.

—En efecto. La Exposición Imperio fue un acontecimiento muy importante para Glasgow en 1938 —continuó Archie—.

«El» acontecimiento. Yo fui a ver la exposición con mi esposa. La construyeron en Bellahouston Park, pero no habría creído usted que se encontraba en mitad de Glasgow. Había torres, pabellones, representaciones de fenómenos de feria, parque de atracciones... ¡Ah, sí! Y un modelo gigante de las cataratas Victoria que medía treinta metros de ancho. Había incluso un pueblo entero de los Highlands, con su castillo, su lago y todo. Sí, un montaje sensacional. E incluso los de su tierra, los canadienses, digo, tenían un pabellón, con agentes de la Policía Montada y demás. Y también estaban esas mujeres: las llamaban «mujeres de cuello de jirafa», y todo el mundo fue a verlas. Venían de Burma y llevaban un montón de anillas alrededor del cuello: añadían una anilla cada año hasta que su cuello medía más de un palmo...

Hizo una pausa, perdido en sus recuerdos, mientras una leve melancolía cruzaba su tétrico semblante.

—Sí —afirmé—, realmente suena imponente.

—Fue justo después de la Depresión, claro está. Pensaron que sería muy beneficioso para Glasgow, aunque la verdad era que esta ciudad iba a recuperar la plena actividad de todas formas a causa de la guerra. Y no podías permitirte entrar en ninguno de los pabellones, al menos si eras un glasgowiano corriente como nosotros. Te cobraban un chelín solo por cruzar la entrada. Hasta los niños tenían que pagar seis peniques. Se suponía que todo aquello era sobre el futuro, pero a la parienta y a mí nos pareció un futuro inasequible. Había salones de té y demás, pero el restaurante Atlantic era prohibitivo para todo el mundo, excepto para los ricos de verdad. Como la mayoría de la gente, Mavis y yo nos pasamos el tiempo paseando y mirando los pabellones desde fuera. ¿Sabía que no podíamos sentarnos siquiera? Te cobraban dos peniques por una tumbona, y la entrada era válida solo por tres horas.

Llegamos a Charing Cross Mansions. Paré frente al garaje que nos alquilaba la furgoneta, justo detrás de donde había dejado el Atlantic, y escuché a Archie terminar su relato.

—El tiempo fue una verdadera mierda —dijo—. El peor verano de lluvias que se recordaba, lo cual es mucho decir en Glasgow. La Exposición quedó casi totalmente pasada por agua. Un desastre, vamos. Pero fue imponente de verdad. Decían que eso era el futuro, que así sería el mundo a la larga. Todos aquellos edificios de lujo..., como los que hay en Hollywood.

—Art déco.

—No sé. En todo caso, pese a la lluvia, la exposición recaudó una fortuna en metálico —entre las atracciones, los restaurantes, los espectáculos y demás—, y el dinero se envió a un banco del centro de la ciudad. El mismo tipo de transporte que acabamos de hacer nosotros, por así decirlo, pero en la dirección opuesta. Aquellos chicos, de todos modos, tenían un furgón reforzado: blindado, vamos. Estaba previsto que ese vehículo recogiera la recaudación de la exposición en el trayecto de vuelta por Glasgow Road desde un almacén textil de Paisley, y que se dirigiera luego al centro de la ciudad. El banco contaba con personal en el turno de noche para guardar el dinero en la caja fuerte principal, en vez de meterlo en la caja de seguridad nocturna.

—Entonces, ¿había algo más que la recaudación de la Exposición Imperio en el furgón?

—En efecto. Ahora bien, ¿cómo se enteraron los ladrones? Eso fue un misterio. El departamento de Investigación Criminal conjeturó que los tipos habían contado con ayuda o recibido información. Que tenían a alguien dentro, vamos. Pero todo el personal fue interrogado, y los de Investigación Criminal no sacaron nada en claro. El caso es que la exposición había cerrado al final de la jornada, y cuando el furgón acababa de recoger la recaudación, cayó en la emboscada de aquellos hombres armados. Cinco hombres. El conductor y el vigilante obedecieron sin rechistar; supondrían que los tipos iban en serio cuando uno de ellos le dio un buen meneo al conductor. Pero resulta que en la exposición había una oficina de policía que formaba parte de las instalaciones. A esa hora no debería haber habido nadie en ella, pero el joven agente que había estado de servicio ese día se había retrasado por algún motivo.

—¿Te refieres a Gourlay?

—Sí, Charlie Gourlay... Salía de la exposición y fue a toparse con el furgón justo mientras se producía el robo. El conductor dijo en su declaración que el más alto de los ladrones le descerrajó dos tiros sin vacilar ni un segundo. Asesinato a sangre fría.

—¿Tú te viste implicado en el caso?

—No... Yo estaba destinado en la otra punta de la ciudad. Pero claro, fue muy gordo, una auténtica bomba. El asesinato de un policía se consideraba —y se considera hoy en día— una agresión al cuerpo policial. Como le decía, nos convocaron a todos y nos informaron una y otra vez de los más mínimos detalles del robo. Se lo aseguro, la totalidad de los policías de la ciudad estaban ojo avizor por si veían a Joe Strachan. Un par de tipos que encajaban con su descripción se llevaron una buena tunda.

—¿Y la búsqueda se centró en Strachan de inmediato?

—Sí. Habían corrido rumores sobre el golpe al Comercial Bank y también sobre el robo anterior. Pero yo creo que había otra razón.

—¿Ah, sí?

—Si quiere saber mi opinión, yo diría que alguien había recibido un soplo sobre Strachan. Es que no buscábamos a nadie más.

—Pero ese hombre no tenía fama de causar víctimas, ¿verdad?

—No, no la tenía. No... —Archie se encogió de hombros y dejó la respuesta en el aire. Torció hacia abajo las comisuras de los labios y su sombría expresión pasó a ser directamente fúnebre—. No conozco todos los pormenores, claro, pues yo no era más que un agente de barrio; pero por lo que sé, Strachan no tenía antecedentes de ninguna clase. Nadie había conseguido cargarle ningún delito. Era un tipo reservado y se cuidaba de que no hubiera nada que lo pudiera incriminar, así que Dios sabe qué otros delitos había cometido. Tal vez el de Gourlay no era su primer asesinato. No sé más de este asunto. Debería hablar con alguien que hubiera estado en Investigación Criminal en aquella época. O con Willie McNab.

—¿Con el comisario McNab? —Me eché a reír—. Él me arrancaría las pelotas si supiera que estoy metido en este caso. Tengo entendido que él y Gourlay eran muy amigos.

—¿Ah, sí? —La enorme frente de Archie se arrugó—. No lo sabía. Si usted lo dice.

—¿Alguna vez te tropezaste con un tipo llamado Billy Dunbar?

—No. La verdad es que no —contestó Archie tras un momento de reflexión.

—Esta es su última dirección conocida. —Le entregué la dirección que me había proporcionado Jock Ferguson—. Es un punto de partida. ¿Puedes mirar a ver si lo localizas?

—¿O sea que ya he empezado? —Enarcó las cejas—. ¿Cuándo me entregan mi gabardina y mi revólver?

—Creo que estás confundiendo a Humphrey Bogart con John Wayne. Sí, esto ya forma parte del trabajo. Lleva la cuenta de las horas y de los gastos. A ver si puedes localizarlo. Pero procura no asustarlo. Solo quiero hablar con él, ¿de acuerdo?

—Me moveré como una pantera en la noche.

Capítulo siete

Devolví las llaves de la furgoneta y llevé a Archie a casa en el Atlantic. Regresé al hotel Central a recoger mis maletas y me detuve un momento en el vestíbulo para usar una de las cabinas telefónicas. Toda ella era de nogal, latón y cristal impoluto, y no tenía ni rastro de olor a pis. Llamé a la señora White y le dije que estaba en el hotel Central, pero que me trasladaría seguramente hoy mismo o al día siguiente. Ella pareció de verdad aliviada al oírme, y yo le pregunté si iba todo bien, cosa que me confirmó, aunque sonaba más bien cansada. Le dije que me mantendría en contacto y colgué.

Llamé a la habitación de Leonora Bryson, pero no contestaba. Tuve más suerte al probar en la suite de John Macready, porque me atendió ella directamente. Le dije que me iba a mudar y que la mantendría informada de mis progresos. También le pregunté cuáles eran los planes de su jefe para la semana siguiente, hasta que tomara su vuelo. Ella hablaba con su tono profesional de siempre, pero ninguno de los dos hizo alusión a lo ocurrido la noche anterior; ella, seguramente, porque no estaba sola; y yo, porque la situación era tan extraña que empezaba a dudar que aquello hubiera sucedido de verdad, cuestionándome si no lo habría soñado.

Después de mi estancia en el hotel Central, me armé de valor para descender al mundo real y encontré un hotel de precio razonable en Gallowgate. Era más una pensión que un hotel y tenía fuera un cartel que decía: NO SE ADMITEN PERROS, NEGROS NI IRLANDESES. Ya había visto carteles semejantes en Londres y en el sur, pero ese era el primero que veía en Glasgow. Me recibió, o más bien me cerró el paso, un tipo bajo, orondo y calvo, de actitud tremendamente hostil que dijo ser el dueño del establecimiento. Tenía un defecto del habla que parecía muy corriente en Glasgow: un ceceo que distorsionaba las fricativas y las convertía en algo parecido a las interferencias de la radio. No dejaba de ser mala pata, pues, que se llamara Simpson. O Shimpshon, como él se presentó.

Reprimí el impulso de secarme la cara con el pañuelo, o de preguntarle si no le importaría que tuviera en mi habitación a *Negro*, mi lobero irlandés, y lo seguí escaleras arriba. Simpson me preguntó cuánto tiempo pensaba quedarme y, cuando le respondí que una semana, se detuvo en la escalera y me miró, suspicaz, frunciendo su porcina frente.

—No será irlandesh, ¿verdad?

—¿Cómo? ¡Ah…, mi acento! No, no, soy canadiense. ¿Le parece bien? Aunque una vez pasé una semana en Belfast…

Mi ironía pasó de largo por su reluciente calva.

—Eshtá bien. Mientrash no shea irlandesh.

La habitación era sencilla pero limpia; había que compartir el baño con otras cuatro habitaciones y había un teléfono público en el vestíbulo. Me serviría para una semana o dos, si era necesario. Pagué tres días por anticipado; Simpson cogió el dinero sin darme las gracias y desapareció.

Mientras Archie le seguía la pista a Billy Dunbar, yo decidí dedicarme por mi parte a buscar a Paul Downey, el fotógrafo aficionado que había captado con tanto arte el lado más favorecedor de John Macready.

Me pasé la primera noche recorriendo las guaridas más conocidas de maricas en el centro de la ciudad: el Oak Café y el Royal Bar, en West Nile Street, y un par más de bares. Decidí postergar por el momento una excursión al parque Glasgow Green. En todas partes tropezaba con el recelo general. Sin duda me tomaban de inmediato por un policía con ganas de cazar homosexuales. Probablemente, me habría sentido menos ofendido si hubiesen creído que iba de ligue.

Tratando de sortear las sospechas de que era un poli, ofrecí dinero por la información, pero eso pareció empeorar aún más las cosas. No podía culparlos por cerrarse en banda. Como yo mismo le había contado a Macready, la Brigada contra el Vicio de Glasgow, así como los demás cuerpos policiales de Escocia en general, perseguían a los homos con un celo bíblico que, por sí mismo, me impulsaba a cuestionar la mentalidad subyacente. De entrada, yo nunca había comprendido por qué era ilegal la homosexualidad; si dos mayores de edad querían atacarse mutuamente con armas amigables fuera de la vista de niños y equinos, no veía por qué tenía que meterse la policía.

De todos modos, me abstuve de visitar los lavabos mientras estuve en los bares de maricas.

Noté que alguien me seguía al salir del Royal. Estaba oscuro y la niebla había vuelto a levantarse, aunque no con la densidad de antes. El momento de abrir la puerta del coche siempre constituye una ocasión ideal para una emboscada; por ese motivo, pasé de largo junto al Atlantic, apreté el paso y me metí rápidamente por una calleja que conectaba West Nile Street con Buchanan Street. En cuanto doblé la esquina, me pegué a la pared y aguardé a que me siguiera el tipo. Esta vez, tal como me había prometido a mí mismo, yo dirigiría el baile.

Vi que la figura vacilaba un instante y luego se metía por la calleja. Me abalancé de un salto y tiré de su abrigo hacia atrás y hacia abajo, sobre sus hombros y antebrazos, convirtiéndolo en una improvisada camisa de fuerza. Le di la vuelta, lo estrellé de espaldas contra la pared y le incrusté el antebrazo en la garganta, cerrándole de golpe la tráquea.

Comprendí incluso antes de mirarlo a la cara que no era el tipo con el que me había tropezado en medio de la niebla la otra mañana. Todo había resultado demasiado fácil y, además, este era demasiado canijo en comparación.

Un par de ojos aterrorizados me miraron a través de unas gafas de carey.

—Por favor..., por favor, no me haga daño —suplicó.

—Joder, señor MacGregor... —Solté en el acto al director administrativo del banco—. ¿Qué hacía siguiéndome?

—Eh..., es que lo he visto en el bar. Ya sé por qué estaba usted allí. Lo sé.

—Humm... No, no, se equivoca, señor MacGregor —dije con énfasis—. No soy esa clase de chica.

—No, ya…, desde luego, señor Lennox. Sé que estaba usted allí vigilándome. Por eso lo he seguido. Le prometo que no volveré a ese sitio. Nunca más. Era la primera vez… —Su pavor inicial se transformó en súplica—. Bueno, la segunda. Pero nada más, lo juro. Le prometo que no volveré a hacerlo. Escuche, tengo dinero. Se lo daré. Pero no se lo diga al director del banco. Sé que él lo ha contratado para vigilarme… O la policía. ¡Ay, Dios, por favor…, la policía, no!

—¿Me ha seguido por eso? —Volví a subirle el abrigo sobre los hombros.

—Lo he visto cuando ya salía. No me he percatado mientras estaba usted allí, pero he deducido que me había visto. Por favor, no lo cuente en el banco, señor Lennox…

Alcé las manos para aplacarlo.

—Calma, señor MacGregor, no he ido a ese bar a vigilarlo. No tenía idea de que usted… Y créame —añadí captando su súbito cambio de expresión—, tampoco andaba buscando diversión. Salgamos de este callejón antes de que un policía de patrulla nos tome por una pareja.

El tipo retrocedió hacia West Nile Street.

—Vamos, lo llevaré a casa —ofrecí. Era una situación de lo más embarazosa. MacGregor trabajaba para un cliente muy importante, y yo, la verdad, podría haberme pasado muy bien sin esta complicación. Pero se me estaba ocurriendo que tal vez podía sacarle partido a lo que ahora sabía del director administrativo. El individuo me dijo que vivía en Milngavie; salimos, pues, del centro de la ciudad y subimos por Maryhill Road.

—Bueno, ¿y qué hacía usted en el Royal? —me preguntó al fin, obviamente no del todo convencido de que no lo tuviera sometido a vigilancia.

—Estaba buscando a alguien —dije—. Un tipo llamado Downey.

—¿Paul?

Dejé de mirar la calzada y me volví hacia él.

—¿Lo conoce?

—Sí. Lo conocía. Bueno, tampoco muy bien. Hace semanas que no lo veo. ¿Por qué lo busca?

—Eso no puedo contárselo, señor MacGregor. Creía que había dicho que era solo la segunda vez que entraba en ese bar…

El hombre se ruborizó. Estaba claro que iba a poder exprimir la situación.

—Oiga, no me interesa su vida privada, pero se lo agradecería mucho si pudiera orientarme en la dirección adecuada. Necesito localizar a Downey sin falta.

—Él frecuentaba los establecimientos habituales: el Oak Café, el Good Companions, todos esos sitios. Pero, como le decía, no lo he visto desde hace semanas. Puede intentarlo en las saunas, de todas formas. Me parece haber oído que el amigo de Paul trabaja en uno de los baños públicos.

—¿Sabe su nombre?

—Me temo que no. A ver, espere... Creo que se llama Frank; pero no sé en qué baños trabaja. Es lo único que puedo decirle, señor Lennox. Lo lamento.

—Ya es algo para empezar. Gracias.

Estábamos atravesando una zona a campo abierto mientras nos acercábamos a Milngavie. A lo lejos —una silueta gris más oscura que el gris cenizo de la niebla—, distinguí un objeto alargado, con forma de puro, suspendido de una especie de armazón metálico. Lo había visto alguna otra vez y con más claridad. Parecía un artilugio del que podría haber descendido el gran Michael Rennie en una película de ciencia ficción, y siempre me había intrigado una barbaridad. Decidí aprovechar la ocasión, ya que tenía a mi lado a un nativo de Milngavie.

—¿Eso? Es el tren-avión de Bennie —me explicó MacGregor cuando se lo pregunté—. Lleva ahí desde antes de la guerra. Había un tramo mucho más largo del raíl del que cuelga, pero lo fueron desmantelando junto con la vía inferior para reutilizar los materiales durante la guerra.

—¿Un tren-avión?

—Sí, un tren a hélice inventado por George Bennie. Se construyó en los años veinte o treinta. Se suponía que iba a ser el transporte del futuro: viajaba a más de ciento sesenta kilómetros por hora, ¿sabe? Pero nadie apoyó el proyecto y no pasó de este tramo de prueba.

Pensé en los sueños de futuro que no llegaron a cumplirse: la Exposición Imperio de 1938, que prometía un Glasgow rutilante y limpio, lleno de edificios art déco, y disponiendo del tren-avión de Bennie que conectaría las ciudades a velocidades ultrarrápidas. Todo lo que podría haber sido... Como mi sueño durante la guerra de volver a Canadá, de montarme una vida decente... la guerra había destruido muchas cosas: ideales y visiones de futuro, además de cincuenta millones de personas.

Dejé a MacGregor frente a un chalet en Milngavie, que, según me confesó algo avergonzado, era donde vivía todavía con sus padres. Vaciló un instante antes de apearse.

—¿No contará usted nada, verdad, señor Lennox?

—Lo ocurrido esta noche queda entre usted y yo.

—Muchas gracias, señor Lennox. Estoy en deuda con usted.

«Sí, lo sé —dije al coche vacío mientras me alejaba—. Lo sé.»

A falta de la instalación generalizada de baños en el interior de los edificios, el Glasgow victoriano que había experimentado un gran aumento de población, pero no de extensión, se vio enfrentado a una grave amenaza para la salud pública. Lo de las masas malolientes no era una metáfora en aquel entonces. La reacción de la ciudad ante este problema fue la creación de una serie de baños públicos, albercas, piscinas y baños turcos que, frecuentemente, disponían de lavanderías comunales adosadas.

En el Glasgow de los años cincuenta, donde los baños de sol auténticos eran comparativamente muy escasos, podías darte incluso un baño «solar» en los baños turcos de Govanhill, Whitevale, Pollokshaws, Shettleston y Whiteinch. Una sesión de lámpara solar te costaba un par de chelines, y un masaje turco-ruso y un baño solar, cuatro chelines y seis peniques.

Los baños funcionaban de manera estrictamente segregada. Abrían de nueve de la mañana a nueve de la noche, y cada local reservaba unos días para cada sexo.

De modo extraoficial, en dos baños públicos al menos, había ciertas horas en las cuales, si tenías determinadas inclinaciones, podías encontrarte con caballeros de tu cuerda.

Me pasé dos noches recorriendo estos establecimientos, preguntando si alguien conocía a Paul Downey o sabía dónde localizarlo, o si trabajaba allí un tal Frank. Coseché en los distintos locales respuestas variadas, que iban desde la hostilidad y la suspicacia, como en los bares de maricas, hasta la más desconcertante simpatía. Pero nada que me acercara un poco más al objetivo de localizar a Downey. No encontré a nadie que admitiera siquiera que conocía su nombre.

Pese a los golpes y penurias que había tenido que soportar, Glasgow era una ciudad orgullosa. Y ese orgullo hallaba con frecuencia elocuente expresión en impresionantes ejemplos de arquitectura civil situados en los lugares más inesperados. Los baños públicos Govanhill (con suite de masajes turcos) de Calder Street constituían un ejemplo señero: un edificio majestuoso desde el exterior y un palacio eduardiano de la ablución en su interior.

Cuando pregunté a un encargado de la piscina, me dijo que tenía un compañero llamado Frank y que, precisamente, estaba trabajando de socorrista en ese momento. Me indicó que esperase en la galería de la piscina de caballeros. Ocupé uno de los asientos rojo bombero y observé al puñado de bañistas que estaban en el agua. Cada chapuzón resonaba en el aire impregnado de cloro de la gran estancia, cubierta de baldosas blancas y rematada con enormes vigas rojas. Se habría podido representar una ópera allí, y no solo por la acústica, sino porque la decoración de aquellos baños bordeaba la opulencia.

—¿Quería hablar conmigo? —Una abultada colección de músculos embutida en un polo blanco apareció de golpe a mi lado. En contraste con esos recios bíceps y esos fornidos hombros, y dejando aparte la previsible mandíbula angulosa, la cara del tipo era de rasgos finos, casi delicados. El pelo claro, cortado al cepillo por los lados, lo llevaba largo y tupido en la parte superior del cráneo, y un espeso mechón rubio tendía a caerle sobre la frente y a taparle parcialmente un ojo. Me produjo una extraña impresión, como si fuera un cruce entre la versión nazi de la virilidad aria y los encantos de Veronica Lake.

—Estoy buscando a Paul —dije, como si lo conociera.

—¿Paul…, qué?

—Ya lo sabe…, Paul Downey.

—¿Qué quiere de él?

—Hablar. Sé que usted sabe dónde está, Frank. ¿Dónde puedo encontrarlo?

Se me acercó un poco más y, entreabriendo los labios, me espetó:

—¿Por qué no lo deja en paz? ¿Acaso no le prometió él que le devolvería el dinero?

Interesante.

—Quizá podamos acordar unas facilidades de pago —aventuré—. Yo solo quiero hablar con él. Nada más.

—Lo que tenga que decirle puede hacerlo por mediación mía. Usted cobrará su dinero. Pronto. Creía que su jefe lo había aceptado.

—¿Y quién es mi jefe exactamente?

Él chico me miró un momento desconcertado y luego furioso al darse cuenta de que yo no era quien creía.

—De acuerdo. Voy a sincerarme con usted, Frank. —El tipo podía ser mariquita, pero andaba sobrado de músculos y no había necesidad de provocar una situación desagradable—. No sé de qué dinero habla, pero deduzco por lo que ha dicho que el joven Paul está en deuda con gente poco recomendable. Eso no es asunto mío. Yo estoy del lado de la oferta, no de la demanda. Me han contratado para comprarle a Paul ciertas fotografías. Supongo que sabe a qué me refiero, ¿no?

Él encogió sus gigantescos hombros.

—Escuche, Frank. Si sabe dónde está Paul, dígale que me telefonee. —Le di una tarjeta con el número de mi oficina—. Y dígale que conseguirá su dinero, pero que lo haremos a mi manera, no a la suya. No estamos dispuestos a enviar esa cantidad de dinero a un apartado de correos de Wellington Street fiándonos de su buena fe. Y será mejor que le indique también que no recibirá ni un penique si no tengo la completa seguridad de que me lo entrega todo: todas las copias y todos los negativos.

—No sé de qué me habla —aseguró el tipo, pero se quedó la tarjeta.

Frank salió de los baños Govanhill a eso de las diez y media. Permaneció plantado cinco minutos en Calder Street, mirando a uno y otro lado para cerciorarse de que no estaba esperándolo con intención de seguirlo —como así era—, y luego bajó por la calle hacia la parada del tranvía. Llevaba una gabardina barata aunque llamativa, y se había calado el sombrero hasta las cejas, pero su torso en uve de culturista era inconfundible.

Por suerte para mí, en la acera de enfrente de Calder Street había una manzana tras otra de casas de vecindad: piedra arenisca roja bajo una capa negra de hollín; y había encontrado una especie de zaguán, es decir, la entrada de un pasadizo descubierto y la escalera de un bloque de casas; me había escondido allí para observar la salida de la casa de baños. Frank parecía un tipo listo, y yo me cuestionaba si no estaría más relacionado de lo que parecía con el club de fotografía de Downey. Quiero decir, aparte de su pinta fotogénica.

Subió a un tranvía que se alejaba del centro, y yo di la vuelta a la esquina para ir a recoger el Atlantic. No había prisa: sabía hacia dónde se dirigía el tranvía y le daría alcance antes de la siguiente parada. Menos mal que lo alcancé, porque Frank se bajó sin más en la parada siguiente y cruzó la calle. Como estábamos en una prolongada curva de calles compuestas por casas de vecindad, habría llamado la atención si me hubiera detenido, de manera que seguí adelante hasta que pude hacer un cambio de sentido sin ser visto. Mientras permanecía aparcado allí, pasó otro tranvía verde y naranja del servicio municipal de Glasgow, esta vez en dirección al centro. Esperé unos momentos y doblé la esquina justo a tiempo para ver a Frank, a lo lejos, subiéndose a ese tranvía.

Era listo de verdad.

Manteniendo las distancias, lo seguí hasta que se apeó en Plantation y echó a andar hacia Kinning Park. Estacioné el coche en cuanto se convirtió en el único vehículo que circulaba por la calle, y a paso de tortuga, además, lo cual, pese a la ligera niebla, habría levantado sospechas. Seguí al individuo a pie caminando silenciosamente, pues llevaba los zapatos de ante de suela blanda, y me felicité por haber seguido el ejemplo de mi amiguito del callejón.

Frank me condujo hasta una hilera de viviendas de tres pisos y se metió en uno de los zaguanes. Corrí para acortar distancias y ver en qué piso se metía, y llegué a la boca del zaguán justo cuando se cerraba la puerta de la planta baja. Dudaba mucho que él y Downey vivieran juntos abiertamente (la actitud de Glasgow ante ese tipo de cosas hacía que la Inquisición española pareciera tolerante), pero habría apostado a que Frank quería contarle a su mejor amigo todos los detalles de mi visita a los baños.

Decidí darles algo de tiempo para el consabido «hola, cariño, ya estoy en casa» antes de llamar a la puerta.

Como había visto una cabina telefónica en la esquina, volví sobre mis pasos y llamé al abogado Fraser al número privado que me había facilitado. Le expliqué la situación.

—¿Y dice que se encuentra ahora frente a la casa? —preguntó—. ¿Seguro que Downey está ahí?

—No estoy del todo seguro, pero creo que es muy probable. Lo que necesito que me diga ahora es cómo quiere que maneje la cuestión. Si entro en el piso y Downey está allí, y si las fotografías y los negativos también están ahí, ¿quiere que le prometa el dinero y que organice un intercambio? ¿O prefiere que entable negociaciones «directas» para conseguir los negativos?

—Yo no apruebo el chantaje, señor Lennox, en cualquiera de las formas que se presente. Y desapruebo enérgicamente que alguien saque provecho de él. Me gustaría que al señor Downey, como ya le mencioné, no le quedasen dudas sobre lo seriamente que nos tomamos este asunto. Por tanto, le sugiero que maneje la cuestión usando su propia y especial iniciativa.

—Entendido, señor Fraser —respondí, y colgué. Salí de la cabina y metí la mano en el bolsillo del abrigo, simplemente para comprobar que llevaba encima mi propia y especial iniciativa.

Decidí solventar por la vía expeditiva cualquier incidente desagradable en caso de que Frank se sulfurase más de la cuenta. Al llegar a la puerta del piso, pues, ya me había pasado por la muñeca la correa de cuero de la porra.

Reconocí en el acto la cara aniñada que apareció en el umbral por la fotografía que Fraser me había mostrado. Era menudo, de complexión endeble y ojos claros; me dirigió una mirada atemorizada. Él no representaba ningún problema.

—Hola, Paul —dije jovialmente, pasando junto a él. Eché un vistazo al pasillo—. ¿Cómo va el club de la cámara fotográfica?

—¡Frank! —gritó, angustiado, hacia el interior. Enseguida apareció en el pasillo su musculoso amigo y se lanzó hacia mí. Era un tipo grandullón, desde luego; blandí mi porra y le asesté un golpe de manual en la sien.

La musculatura rebotó como si fuera de goma, primero contra una pared del estrecho pasillo y luego contra la otra, antes de desmoronarse en el suelo.

—Que duermas bien, amiguito —le deseé, mientras aterrizaba.

Paul empezó a gritar y yo le di una buena bofetada para que se callara. Lo agarré del cuello y lo empujé contra la pared.

—Hora de jugar, Paul —mascullé. Me sentía enardecido. Tenía que estarlo, porque en el fondo aborrecía lo que estaba haciendo: Paul no sabía pelear y sus ojos no reflejaban más que terror. Yo podría haberme convertido en muchas cosas, pero no sentía el menor deseo de cebarme en los débiles. Pero el trabajo era el trabajo.

—Bueno —dije lentamente con tono amenazador—. Voy a soltarte la garganta, pero tú vas a mantenerte calladito. Como si estuvieras en una biblioteca, ¿entendido?

Él asintió frenéticamente. Desesperadamente.

—Porque, si no, te acabarás despertando en la sección de fracturas y traumatismos. ¿Vamos a ser simpáticos?

Dejó escapar un «sí» estrangulado y lo solté. Frank emitía un ronco jadeo. Me agaché para examinarlo. Lo coloqué en la posición que nos habían enseñado en el ejército y el ronquido cesó. Mientras seguía agachado, le saqué mi tarjeta del bolsillo del pantalón. Procuré no pensar en que, de haber estado consciente, seguramente le habría gustado que hurgase por ahí.

—¿Está muerto? —preguntó Downey con una voz aguda y temblona.

«Bonito modo de ganarse la vida, Lennox», me dije.

—No. Se recuperará. A lo mejor no parecerá tan avispado como antes, pero, en fin, es lo que tiene el daño cerebral... Escucha. Calculo que seguirá desmayado un par de minutos como máximo. Si vuelve en sí mientras estoy aquí, tendré que mandarlo a dormir de nuevo, ¿comprendes? Lo cual podría implicar que se pase los próximos cincuenta años meándose en los pantalones y babeando sobre la camisa. Así pues, a menos que no seas un verdadero glasgowiano y que sientas debilidad por los vegetales, tienes ahora dos cosas que hacer. La primera, entregarme las fotografías, y cuando digo «las», quiero decir todas, cada fotografía, cada negativo: todo. La segunda, y esa será con diferencia la más complicada, convencerme de que tengo absolutamente todo cuanto hay que tener. Porque, si no me convences, voy a ponerme picajoso contigo y con Veronica. Y si descubro cuando me haya ido que no he salido de aquí con todo el material, os buscaré a ti y a tu amiguito. Pero la próxima vez vendré con algunos compinches y celebraremos una fiesta de verdad.

Volvió a asentir frenéticamente, y yo deduje por su expresión que haría con exactitud cuanto le había dicho.

—Están ahí dentro… —Señaló la puerta del fondo del pasillo. Lo agarré de la camisa y lo arrastré conmigo, desgarrándole la tela. Él hurgó entre las llaves que se sacó del bolsillo, y yo se las arrebaté de las manos.

—¿Cuál es?

—Esta… —dijo señalándola con un dedo tembloroso. Yo empezaba a tener un mal presentimiento. Paul Downey no parecía el tipo de persona capaz de organizar un chantaje como este. Ni tampoco su novio pese a tantos músculos.

Abrí la puerta y le dije a Downey que encendiera la luz. En cuanto pulsó el interruptor, la pequeña habitación quedó bañada en un resplandor rojo. Era un cuarto oscuro, aunque se notaba a primera vista que había sido rápidamente improvisado. Junto a la pared había una mesa con bandejas y productos de revelado, un reducido archivador de planos y un armario. También había fotos colgadas de un cordel con pinzas de tender la ropa.

—Muy bien, Paul. Dámelas.

Él abrió el armario y sacó una lata de galletas, recubierta de cuadros rojos y fotos del castillo de Edimburgo: los escoceses eran los habitantes de la única nación que yo conociera que adquirían sus propias fruslerías turísticas.

Vacié el contenido de la lata: impresiones de las fotografías que Fraser me había enseñado e incluso algunas otras, además de un sobre azul de correo aéreo lleno de tiras de acetato: los negativos. Pero las fotografías de Macready no eran el único contenido de la lata: había otras dos series de fotos, cada una de ellas acompañada de un sobre de negativos. Las esparcí sobre el tablero del archivador de planos. Una serie se centraba exclusivamente en un destacado hombre de negocios de Glasgow, al que reconocí en el acto pese a que no mostraba en las fotos precisamente su lado más favorecedor. El tipo era un miembro distinguido del cabildo de la catedral y estaba metido en obras benéficas, hecho que publicitaba a los cuatro vientos. En las imágenes en blanco y negro aparecía como una descolorida masa de carne pálida entre un chico delgado al que identifiqué como Paul Downey y otro jovenzuelo.

La otra serie me inquietó más. Nada de sexo ni de actividades ilícitas. Nada que pudiera justificar, a mi entender, el pago de un chantaje. Todas las fotografías eran simples retratos de un grupo de hombres bien vestidos en el momento de abandonar lo que parecía una casa de campo. Las imágenes habían sido tomadas desde cierta distancia y varias de ellas eran primeros planos de un hombre en particular. Esos primeros planos se habían sacado con un zoom y tenían mucho granulado, pero, según observé, se trataba de un hombre cincuentón de aire vagamente aristocrático, aunque más bien extranjero, que lucía perilla y una piel algo más oscura que la de sus compañeros, cosa que se apreciaba incluso en esas imágenes en blanco y negro.

—¿Esto es todo? —le pregunté a Downey.

Él asintió. Me aproximé un paso.

—¡Lo juro!

Miré otra vez la fotografía del hombre bien vestido, vagamente aristocrático y vagamente extranjero.

—¿De qué va esto? —pregunté—. ¿Quién es este tipo?

—No lo sé —contestó Downey. Decía la verdad; lo noté por su voz temblorosa y por su evidente temor a que yo no quedase convencido—. Me pagaron para sacar fotografías de esos hombres. Tuve que esconderme entre los arbustos. Me dijeron que fotografiara sobre todo al de la perilla. No sé de qué iba el asunto.

—¿Quién te pagó?

—Un hombre llamado Paisley. Pero yo creo que trabajaba para alguien; no sé quién. Ni tampoco sé por qué pagaría nadie lo que el tipo pagó por esas fotos.

—¿Ya las has entregado?

Downey asintió.

—¿Entonces...? —Señalé las impresiones y los negativos.

—Pensamos que podríamos sacar más. Había obviamente algo importante en estas fotos, y se nos ocurrió que quizás habría ocasión de ganarse unos pavos en el futuro.

—¿Dónde fueron tomadas? —inquirí, dejando por ahora de lado que cada vez que Downey hablaba de «nosotros», a mí me daba la sensación de que ahí no solo intervenían él y Frank.

—En la hacienda del duque. El mismo lugar donde tomamos las fotografías de Macready.

Me guardé en el bolsillo los mejores primeros planos. Downey temblaba violentamente: la conmoción estaba apoderándose de él. Para atemorizar a algunas personas, hace falta todo un campo de batalla; para otras, basta con un grito y una amenaza.

Había en un rincón una silla de madera y le ordené que se sentara. No tardé más de un minuto en echar un vistazo al resto del piso y otro minuto más en examinar al bello durmiente del pasillo. La verdad, el tipo empezaba a preocuparme un poco. Decidí que antes de largarme me aseguraría de que volvía en sí.

Entré otra vez en el cuarto oscuro con una bombilla corriente que había sacado del baño y la coloqué en lugar de la roja, inundando de resplandor el exiguo espacio. Vacié todos los cajones, estantes y compartimientos que encontré, revisando los contenidos sobre la marcha. John Macready y su aristocrático compañero de juegos no eran obviamente los únicos modelos del ramalazo artístico de Downey.

Resolví hacer un poco de trabajo desinteresado. Reuní todas las impresiones y negativos, aparte de aquellos que me habían encargado recuperar, y los puse en una bandeja de revelado esmaltada. Arrojé también las otras dos series de fotos y encendí una pequeña hoguera. Downey y su musculoso compinche ya no les sacarían más dinero a los orondos hombres de negocios de Glasgow ni a los aristócratas de aire extranjero.

—Muy bien, Paul —dije, mientras ardían las fotos y los negativos. Lo obligué a ponerse de pie—. Me voy a llevar todo lo demás y se habrá acabado la historia. Salvo que desees que vuelva, claro.

Él negó con la cabeza.

—Pero antes de marcharme, quiero saber cómo lo organizaste todo. La casita y demás. Era un montaje complicado. ¿Lo planeaste todo tú?

—Necesitaba dinero. Tengo deudas y he de pagarlas. Y ahora no puedo… —Rompió a llorar—. Me matarán.

—¿Quién? ¿Quién va a matarte?

—Debo dinero a unos usureros. Matones locales.

—¿Entonces el plan se te ocurrió a ti solo?

—No. Fue idea de Iain.

—¿Iain? ¿El que se inclinaba rendidamente ante el talento de Macready?, ¿el más encopetado de las fotos?, ¿el hijo del duque de Strathlorne?

—Sí. Nosotros habíamos sido íntimos. Bueno, durante un tiempo. Y él necesita dinero casi tan desesperadamente como yo. Conocía los gustos de Macready y se le ocurrió la idea.

—¿Por qué necesita dinero tan desesperadamente? Su familia posee la mitad del país, por el amor de Dios —dije con incredulidad—. Y además, ¿él no tiene mucho que perder, incluso más que Macready, si todo sale a la luz? El nombre de su familia...; sus relaciones...

—Iain dijo que por eso, precisamente, soltarían la pasta. El escándalo sería tan mayúsculo que su familia estaría dispuesta a pagar cualquier cosa para impedir que se divulgara. Y si llegara a divulgarse, no creo que a él le preocupara tanto. El escándalo destruiría a su padre, más que a Iain. Y él odia a su padre.

Miré a Downey. Deduje que era de familia católica irlandesa, criado en Glasgow, lo cual lo situaba en el escalón más bajo de la pirámide social. Iain, el hijo del duque, estaba, en cambio, arriba de todo. En una Gran Bretaña tan obsesionada con las clases sociales, no lograba comprender cómo habían podido llegar a ser «íntimos», según lo había expresado Paul.

—Tampoco es tan insólito —dijo, leyéndome el pensamiento—. Es un mundo distinto. Debería ver a los hombres de negocios y a los tipos encopetados que merodean por el parque Glasgow Green buscando a algún chico de los bajos fondos. Yo conocí a Iain en una fiesta en el West End.

—¿Él tiene copias de las fotografías? —pregunté, vislumbrando de pronto ante mí una tarea mucho más complicada.

—No. —Señaló con el mentón la lata que yo había dejado sobre la mesa—. Ahí está todo.

Nos interrumpió Frank, que apareció de improviso en el vano de la puerta. Tratando de fijar en mí su mirada todavía turbia, se lanzó torpemente a la carga. Me hice a un lado sin esfuerzo y le propiné un codazo en el puente de la nariz mientras pasaba disparado. El tipo se estrelló contra la mesa y, al derrumbarse, volcó la bandeja donde habían ardido las fotos y los negativos. Esta vez no quedó inconsciente; rodó sobre un lado y se llevó las manos a la nariz reventada, mientras todo el suelo se llenaba de sangre. Estaba noqueado.

Downey había empezado a temblar otra vez. Lo volví a agarrar de la camisa y lo atraje hacia mí.

—¿Han concluido aquí nuestros asuntos, Downey?

—Sí —afirmó con voz trémula—. No volverá a tener noticias mías. Se lo juro.

Lo empujé contra la pared y él contrajo la cara, consciente de que iba a recibir: simplemente para que le quedara grabado el mensaje. Cerré el puño.

—Procura que sea así —advertí. Quizá debería haberle dado unos sopapos para recalcar la idea, tal como Fraser me había solicitado con su elíptico estilo. Pero yo tenía mis límites (me sorprendió y complació comprobarlo), y lo dejé correr—. Será mejor que te ocupes de tu novia.

Nos vimos a las nueve y media en un comedor reservado del hotel Central.

Al dejar a Downey, había usado la misma cabina de la esquina para hablar con Fraser y con Leonora Bryson. Les expliqué a ambos que tenía todas las copias y los negativos y que había desmantelado el negocio de Downey y su amiguito. No mencioné por el momento mi otro descubrimiento: que Iain, el aristócrata de las fotografías, había planeado beneficiarse primero a su *partenaire* y luego beneficiarse de él. Pensé que se lo explicaría cuando nos reuniéramos, lo cual me daría tiempo para analizar lo que significaba.

John Macready llevaba un traje cruzado gris de raya diplomática, camisa blanca y corbata de seda de color borgoña, que parecía que acabasen de mandarle desde Jermyn Street. El tipo tenía estilo, había que reconocérselo. Estaba sentado fumando, pero se levantó y me estrechó la mano cuando entré. Donald Fraser y Leonora Bryson permanecieron atornillados a la tapicería de las respectivas butacas. En ese momento yo solo tenía pensamientos para el trabajo, pero no dejé de fijarme en el vestido de seda azul que lucía Leonora: tan delicado que parecía como si los gusanos de seda hubieran segregado los hilos directamente sobre su piel. Llevaba el pelo recogido en un moño y lucía en el cuello una gargantilla de cuatro filas de perlas. Siguió fumando al verme y me observó imparcialmente, o con indiferencia, o ambas cosas. No pude evitar recordar la noche de nuestro tropiezo en una de las habitaciones de arriba, y sentí el impulso de lanzarme sobre ella y arrancarle la seda azul. Pero me pareció que eso habría contravenido el protocolo de una reunión profesional.

—¿Ha tenido algún problema? —preguntó Fraser, señalando el esparadrapo de mi mejilla.

—No, no... Esto no tiene nada que ver. Todo ha discurrido tal como había previsto.

—¿Ha traído los ítems? —inquirió el abogado.

Le tendí la lata a cuadros, y respondí:

—No. He pensado que le traería unas galletas. Un recuerdo de Escocia para nuestros invitados americanos.

Él me miró sin comprender con sus ojitos brillantes de abogado. Como no tenía a mano un diccionario para mostrarle la definición de la palabra «humor», opté por hablar claro.

—Están ahí dentro —indiqué señalando la lata.

—¿Todos? —preguntó Leonora.

—Todos —afirmé.

—¿Está seguro? —inquirió Fraser.

—Completamente. Downey estaba demasiado asustado para guardarse nada, y yo he visto con mis propios ojos el montaje que tiene en su piso. Todos los negativos están ahí. Y por si acaso, he quemado todo el material fotográfico que he encontrado. —Me volví hacia el actor—. Se ha terminado la historia, señor Macready. Puede quedarse tranquilo.

—Se lo agradezco, señor Lennox. —Me dirigió una sonrisa, pero no la de cien vatios—. De veras. Si alguna vez puedo prestarle ayuda, dígamelo, por favor. Señor Fraser, ¿cree que sería posible darle al señor Lennox una pequeña bonificación? Al fin y al cabo, nos ha resuelto el problema con gran celeridad.

La pregunta pilló al abogado totalmente desprevenido. Tras unos instantes de desconcierto, metió la mano en el bolsillo de su chaqueta y sacó un suculento y abultado sobre beis.

—Sus honorarios están aquí, señor Lennox: cuatro mil libras. No está mal por unos días de trabajo. Confío en que comprenda que este pago entraña un punto de soborno. No puede usted hablar de esto con nadie.

—Obviamente.

—Y se lo pagamos en metálico. No hace falta que conste en ningún registro. Dudo mucho que el inspector del fisco creyera que son las ganancias de menos de una semana de trabajo.

—Así no tendré que convencerlo —dije alzando el sobre antes de deslizármelo en el bolsillo interior de la chaqueta: cerca de mi corazón, donde el dinero solía encontrar un refugio natural—. Y no se preocupe por una bonificación, señor Macready... Esto es más que suficiente.

En efecto, era la cantidad más alta que había ganado por un único trabajo. Y el triple de lo que me había sacado durante todo el año anterior.

Macready se levantó para estrecharme otra vez la mano. La reunión había concluido.

—Hay una cosa más —le dije sin ponerme de pie.

—¡Ah!

—Tal como comenté con la señorita Bryson, a mí no me acababan de convencer las circunstancias en que fueron tomadas estas fotos, dado que su visita a la casa de campo de Iain fue una decisión improvisada. Cuando le pregunté a usted si podía conjeturar cómo habían sido tomadas las fotografías, o dónde podría haberse ocultado el fotógrafo, usted me respondió que eso era un misterio. Su hipótesis era que las habían sacado a través de una ventana.

—Sí...

—La calidad y nitidez de las imágenes me inclinaron a pensar que las habían tomado desde el interior de la casita. Y así fue. Había un falso espejo. Provisto de la cámara, el fotógrafo estaba escondido detrás, en la habitación contigua.

Macready prendió un cigarrillo y dio una calada antes de responder.

—¿Pretende decir que Iain, o alguien relacionado con la casita o con la hacienda, estaba implicado en el asunto?

—Según Downey, sí. Fue el propio Iain. Él lo organizó todo para sacar un dinero que necesita por algo que no puede contarle a papá, el duque. Alguien está presionando seriamente a Downey para cobrarse una deuda, y tal vez Iain se halla bajo la misma presión. Él supuso que usted pagaría cualquier cosa para impedir que las fotos cayeran en las manos erróneas. Es decir, en las manos de cualquiera que no fuese usted mismo.

—¿Tiene pruebas de todo esto? —preguntó Fraser.

—Downey me lo ha confesado. Y créame, ese chico no tiene el cerebro ni las pelotas para urdir solo una cosa así. Ahora bien, yo no puedo darle una buena tunda al hijo de un lord del reino; pero si quieren que hable con Iain, lo haré. —Di unos golpecitos a mi bolsillo—. Disponen de cierto crédito conmigo.

—¿Qué opina, señor Macready? —preguntó Fraser. Advertí que el actor americano estaba sumido en profundos pensamientos. No debía de ser agradable darse cuenta de que te habían tendido una trampa y utilizado con toda deliberación.

—¿Cuál es su consejo, señor Fraser? —dijo finalmente con cierto cansancio.

Fraser puso esa cara que suelen poner los abogados para hacerte saber que están reflexionando y no hay que interrumpirlos, puesto que reflexionan con la tarifa máxima por minuto.

—Yo sugiero que lo dejemos correr, al menos por el momento, señor Macready. Tenemos las fotografías y los negativos, que ahora pueden ser convenientemente destruidos. Con ello debería concluir el problema. Y dado el estatus y la influencia del padre de Iain, creo que no vale la pena complicarse más.

—¿Mejor no removerlo?

—Yo me inclinaría por esa opinión —insistió Fraser—. De momento, al menos. ¿Podemos recurrir con toda libertad a sus servicios, señor Lennox, si cambiamos de parecer al respecto?

—Por supuesto, ya se lo he dicho.

—Deseo hacerme eco, señor Lennox, de las palabras del señor Macready. Ha manejado usted el caso con la máxima celeridad y eficiencia. Espero poder contar con sus servicios en el futuro para otros asuntos.

—Será un placer —dije meneando la cabeza, y me las arreglé para no añadir «pomposo gilipollas». Me parece conveniente no insultar a quienes te entregan grandes sumas de dinero.

Leonora Bryson también me estrechó la mano con la calidez de un enterrador. Era sin duda una dama contradictoria.

Capítulo ocho

Me sentía satisfecho de mí mismo. Con el caso Macready cerrado y con más dinero quemándome en el bolsillo del que podía amasar en toda su vida un trabajador medio, tenía motivos sobrados para estar satisfecho.

Ahora podía dedicarme por entero al encargo de Isa y Violet de averiguar quién les enviaba su dividendo anual. El hecho de que el dinero llegara siempre —con un día o dos de diferencia— en el aniversario del robo de la Exposición Imperio, parecía proclamar a gritos que debía de tratarse de su paterfamilias, desaparecido hacía tanto tiempo.

La policía, no obstante, estaba absolutamente persuadida de que los huesos dragados en el Clyde pertenecían a Joe *Gentleman*. Durante los días siguientes, mientras Archie continuaba comprobando tenazmente una dirección tras otra para localizar a Billy Dunbar, yo anduve por ahí preguntando. No esperaba encontrar nada muy importante, pero el mundo del hampa constituía en Glasgow una comunidad estrechamente entrelazada. Como un pueblo de ladrones.

Yo era un gran lector. Me pasaba mucho tiempo leyendo para entender cómo funcionaba el mundo; más que nada porque mi participación en él solo había servido hasta ahora para confundirme. De la lectura llegas a sacar muchas ideas: algunas buenas, otras malas, y un montón de ellas directamente estúpidas.

Una vez había leído que los físicos creen que el simple acto de observar partículas minúsculas modifica, de hecho, el comportamiento de estas. El efecto observador, lo llamaban. Decidí aplicar ese principio del efecto observador a las clases criminales de Glasgow, es decir, plantear las preguntas adecuadas —o equivocadas, daba igual— en los sitios adecuados, y comprobar si empezaban a pasar cosas.

Como había hecho desde nuestro breve tropiezo en la niebla, me mantuve alerta por si aparecía el tipo que me había asaltado con una pistola. No tenía la sensación de que me siguiera nadie, pero, claro, tampoco la había tenido Frank cuando yo había ido tras él hasta su piso. Si sabías lo que te hacías, no era difícil desplazarse sin ser visto. Y me daba la impresión de que aquel individuo sabía muy bien lo que se hacía.

Ingresé en mi cuenta bancaria unos centenares de libras del dinero que Fraser me había pagado, pero el resto lo guardé en la caja de seguridad. Me sentía estupefacto ante mi repentina fortuna, tal como me había sentido ante la repentina pasión amorosa (si bien un tanto homicida) de Leonora Bryson. Entre una cosa y otra, tenía más de ocho mil libras ahorradas; más que suficiente para comprarme una casa al contado, o cuatro casas en Glasgow. Ya no tenía ningún motivo para no regresar a mi país. Podía ingresar todo el dinero en un banco y transferirlo a Canadá antes de que el fisco británico pudiera olérselo siquiera.

Pero aún no me sentía preparado. Algo había pasado conmigo durante la guerra, y seguía sin gustarme la persona en la que me había convertido. En casa, la gente estaría esperando el regreso del chico criado a orillas del Kennebecasis: el joven entusiasta e idealista de ojos vivarachos que se había puesto al servicio del Imperio. Pero lo que iban a encontrarse era a un tipo como yo: el cínico Lennox de posguerra a quien le pagaban para andar repartiendo sopapos a unos maricas muertos de miedo. Y eso cuando tenía un buen día.

Jock Ferguson me había dejado un recado en la pensión para que lo llamara y, cuando lo telefoneé, me explicó que había investigado al marido de Violet, Robert McKnight, el tipo que había ejercido de chófer cuando las gemelas vinieron a verme.

—Es vendedor de coches —me informó Ferguson—. Sin antecedentes conocidos.

—¿Qué clase de vendedor? —le pregunté, como si hubiera

una gran variedad—. Quiero decir…, ¿cacharros desvencijados o Bentleys para caballeros?

—Trabaja en el garaje Mitchell and Laird, en Cowcaddens. Un negocio legal. Venden automóviles Ford nuevos o casi nuevos, pero no sé si son concesionarios oficiales o no. Y tienen un gran número de coches usados en depósito, aunque parece material de calidad.

—Comprendo —dije recordando el Ford Zephyr nuevecito que había aparcado aquel día frente a mi oficina—. ¿O sea que está limpio?

—Bueno… Hay un dato interesante. Pese a su nombre, el garaje Mitchell and Laird pertenece a una sociedad mercantil cuyo presidente resulta ser un tal William Sneddon.

Ahí estaba —de nuevo— lo que más temía: uno de los Tres Reyes implicado en mi investigación. Ya iban dos si contábamos la presencia de Michael Murphy en la lista que me habían pasado las gemelas con respecto a los socios de su padre.

—Pero tú ya sabes que, en el fondo, eso no significa nada actualmente —prosiguió Ferguson—. Sneddon sigue siendo un criminal, y nosotros andamos todavía detrás del muy cabronazo, pero lo cierto es que se ha reformado. Ahora tiene tantos negocios legales como delictivos. El garaje Mitchell and Laird resulta ser uno de los legales. Y ahí es donde trabaja ese sujeto.

—Ya. Y casualmente ese sujeto está casado con la hija de uno de los criminales más legendarios de Glasgow. Dime Jock, ¿hubo alguna relación entre Willie Sneddon y Joe Strachan?

—No, que yo sepa. Sneddon salió a escena mucho después. Martillo Murphy en cambio…, creo que estuvo muy unido a Strachan durante una época.

—Sí, me lo habían dicho —musité lúgubremente—. Gracias, Jock.

Archie vino a verme justo antes del almuerzo, cosa que tomé como una insinuación. Lo invité a una empanada y una pinta en el Horseshoe. Él se bebió la pinta en cuestión de segundos —sus pobladas cejas bailaban a cada trago—, y luego se volvió hacia mí con una expresión dolorida en su alargado rostro. Me costó un par de segundos comprender que me estaba sonriendo.

—Soy como esos policías montados de su tierra, jefe —dijo—. Yo siempre doy con el tipo.

—¿Quieres decir, Billy Dunbar?

—El mismo. He averiguado su paradero. —Hurgó en los bolsillos de la gabardina, sacó varios trozos de papel, un pañuelo arrugado y un par de billetes de autobús, y lo dejó todo en el exiguo espacio que teníamos delante en la barra. Finalmente, encontró lo que estaba buscando, y sus cejas volvieron a reivindicar su independencia dentro de aquel afligido rostro.

»Sí…, eso es. Aquí es donde vive ahora. Ha cambiado tres veces de dirección. Según deduzco, actualmente es un hombre honrado; lo ha sido desde su última condena. De ahí tanta mudanza. No es fácil dejar atrás un pasado como el suyo.

—Dímelo a mí —dije, más para mi coleto que para él. Miré la dirección: un sitio en Stirlingshire—. ¿Se ha marchado de Glasgow?

—Ya sabe qué sucede cuando uno de esos idiotas decide reformarse. Es como dejar la botella; la mayoría de ellos vuelven a caer, pero si quieres continuar sobrio, has de mantenerte alejado del pub. Yo diría que Dunbar necesitaba apartarse de toda la gente que conocía su pasado.

—Buen trabajo, Archie. —El rostro de mi ayudante permaneció impasible, pero sus cejas parecían complacidas—. ¿Quieres acompañarme hasta allí? Cobrando las horas, claro.

—De acuerdo. Pero me preocupa el efecto de todo ese aire fresco en mi salud.

—Te prometo que mantendremos cerradas las ventanillas y fumaremos todo el camino. ¿Hace?

Archie asintió tristemente y confirmó:

—Estaré a las nueve en la oficina.

Martillo Murphy, como ya he mencionado, no se había ganado su apodo porque fuera un manitas consumado. Bueno, sí lo era, y especialmente habilidoso con el martillo, pero no para poner unos estantes en la pared, sino más bien para machacarle y hacerle papilla los sesos a un rival.

En conjunto, Martillo Murphy había sido, de los Tres Reyes, el que yo me había esforzado más en evitar, tal como evitaba las empanadas de carne a menos que estuviera seguro de su procedencia: Murphy poseía una planta procesadora de carne en las afueras de Glasgow, y corría el rumor —bueno, era más que un rumor— de que había pasado a algunos de sus rivales por la picadora. Como suena. También se daba por sabido que él les hacía a Jonny Cohen y Willie Sneddon el favor de prestarles ese mismo servicio cuando lo requerían.

Estaba visto que me había mezclado con una pandilla encantadora.

Yo había procurado no pensar mucho en esa planta procesadora, pero cuando empezaron a contar que un par de tipos que habían irritado especialmente a Murphy habían sido pasados por la picadora (hasta ahí, ninguna novedad), todavía vivos y conscientes, mis ganas de relacionarme con él disminuyeron de modo tan drástico como mi apetito de salchichas.

En fin, ya se hacen una idea: Martillo Murphy era sin lugar a dudas el más violento, voluble y vengativo de los Tres Reyes que gobernaban el hampa de Glasgow y, en definitiva, un personaje que se debía evitar en lo posible.

Todo el asunto de Joe *Gentleman* Strachan había adquirido para mí un regusto desagradable en cuanto había surgido el nombre de Murphy. Strachan tenía, por lo visto, esa clase de personalidad escindida: por un lado, existía una imagen suya como si fuera prácticamente un «*gentleman* criminal», una especie de Raffles glasgowiano, salvando las distancias; es decir, una especie de «caballero ladrón» ficticio —un negativo deliberado de Sherlock Holmes—, que fue una creación de E.W. Hornung. Y por otro lado, estaba su imagen de gánster frío y despiadado, capaz de asesinar con toda crueldad.

La presencia de Murphy en la lista de cómplices de Strachan me confirmaba más bien esto último. Ahora habría sido el momento ideal para escurrir el bulto. Habría podido cobrar lo suficiente para cubrir gastos y decirles a las gemelas que su padre estaba muerto, y que todas las pistas para averiguar quién les mandaba el dinero eran también una vía muerta. A fin de cuentas, acababa de caerme del cielo el dinero del caso Macready, que había resultado absurdamente lucrativo, y mi instinto me decía a gritos que dejara correr el asunto Strachan, que disfrutara tranquilamente de las calles de la ciudad sin tener que bailar un pasodoble en la niebla con un bailarín aventajado. Por desgracia, mi oído debía de haberse deteriorado, y por mucho que mi instinto gritase, parecía que yo no lo oía.

Así pues, hice al fin la llamada que llevaba más de una semana postergando. Tras hablar con uno de sus secuaces, me pasaron con Murphy. La voz que sonó al otro lado de la línea tenía un pronunciado acento de Glasgow y resultaba más abrasiva que un papel de lija.

La conversación fue breve y concisa, por así decirlo. Yo no sabía que «no me jodas» podía utilizarse como respuesta ante cualquier pregunta o afirmación, e incluso cuando hacías una pausa para respirar. Fue solo al mencionar a Joe *Gentleman* Strachan y decir que estaba investigando sobre la aparición de sus restos cuando conseguí picar la curiosidad de Murphy.

—¿Conoces el club Black Cat? —preguntó.

—Lo conozco.

—Estate allí en media hora. Y no me jodas retrasándote.

Colgó antes de que yo pudiera echar un vistazo a mi agenda. Conocía el club Black Cat, claro. Era cliente habitual. Un socio con carné, como quien dice. Y ese era un local donde convenía llevar un carné —o una orden judicial— para entrar.

Había descubierto el Black Cat poco después de mi llegada a Glasgow. Estaba en el piso superior de un edificio anodino de piedra arenisca situado en el extremo oeste de Sauchiehall Street, pasado el museo de arte Kelvingrove, allí donde la numeración de la calle alcanzaba los millares. Gran Bretaña estaba plagada de clubs cuyos nombres venían a ser sinónimos más o menos disimulados de la palabra *pussy*.[3] Todos se parecían. La decoración aspiraba (inútilmente) a ser glamurosa y sofisticada, y el bar estaba lleno de orondos hombres de negocios inquietos ante la eventualidad de que la policía hiciera una redada, y su nombre acabara apareciendo en los periódicos. Y no faltaban, naturalmente, las que constituían el motivo de

3. El club se llama «Gato Negro». Y *pussy*, en efecto, significa «gatito», pero también «coño». *(N. del T.)*

que dichos caballeros no salieran corriendo para salvar la vida o la reputación, a saber: las chicas de alterne, vestidas con un falso estilo hollywoodense, de escotes impresionantes para compensar su acento de Glasgow.

El secreto del negocio se centraba en que las chicas animaban a los caballeros a relajarse y a aplacar sus nervios emborrachándose con cócteles de precio desorbitado y medida roñosa. Lo más curioso era que los clientes de estos clubs perdían la cartera con una frecuencia que desafiaba las leyes de la estadística. Pero si alguno lo bastante idiota se atrevía a insinuar que se la habían robado, acababa en la calle, de bruces sobre el asfalto. La mayoría de ellos se quedaban calladitos, pensando en la mejor manera de responder cuando sus esposas les preguntaran en casa: «¿Cuándo fue la última vez que viste la cartera, cariño?».

Habría tres o cuatro clubs semejantes en Glasgow, y no me cabía duda de que el Black Cat había empezado siendo exactamente así. Pero a veces se producía una curiosa evolución en este tipo de locales. En este concretamente, se habría iniciado su metamorfosis al contratar por pura casualidad a un pianista, un grupo musical o una cantante que estaban muy por encima del artista estándar de prostíbulo. Mi hipótesis es que habría corrido la voz y que los clientes debían de haber empezado a acudir para escuchar la música más que para probar los muelles de una cama barata con una rolliza chica. Y cuando aumentaron los beneficios y disminuyeron las redadas de la policía y los sobornos consiguientes, la dirección del local optó por contratar más y mejores números de jazz.

Seguía habiendo chicas de alterne, por supuesto, pero se limitaban a servir bebidas que, aunque todavía caras, no eran abusivas, y cualquier trato que mantuvieran con los clientes lo llevaban a cabo con discreción y por cuenta propia. Yo mismo había tenido algún que otro escarceo con un par de empleadas, pero en mi caso no habían sido de carácter comercial.

Cuando llegué a la modesta puerta verde con un gato negro pintado por encima de la mirilla, el portero, de hombros enormes, me reconoció y me saludó con un gesto seco. Ese simple gesto constituía toda una hazaña, puesto que, al menos por lo que yo apreciaba, el tipo no tenía cuello propiamente hablando, y su apepinada cabeza, adornada con un copete estilo *Teddy boy*, parecía fundirse directamente con la masa muscular de los hombros.

Subí y me vi envuelto en una densa atmósfera azulada de humo. Había bastante ajetreo en el club, en el que pululaba el surtido habitual de tipos afanosamente inconformistas con barba de chivo y jersey de cuello alto, que trataban de seguir el estilo de vida Beat sobre el que se habían informado en las revistas de arte y literatura. Pero el caso era que ellos no vivían en San Francisco, ni en Manhattan, sino en Glasgow. También se veían algunos de los usuales sospechosos de traje impecable y mirada acerada, esa clase de mirada que te decía que, aunque no los reconocieras, era mejor no tropezarte con ellos y derramarles la copa encima. Y seguía habiendo hombres de negocios también, aunque de un tipo distinto. Estos escuchaban la música con tanto fervor como los chicos Beat, sumidos en profundos pensamientos acerca de lo que deberían haber sido en lugar de lo que eran.

No vayan a entenderme mal: la decoración y la atmósfera seguían reflejando el concepto de chic cosmopolita que podía tener un pintor o un decorador de Glasgow, y el ambiente era tan solo un poco menos falso y cutre que el del típico antro de chicas de alterne a palo seco; pero la música y las luces amortiguadas elevaban el tono mucho más de lo que habría podido esperarse, y le conferían al local un aire peculiar que no habría subsistido bajo la cruda luz del día.

Martha, una de las chicas con las que había jugado en su día a «veamos si tienes cosquillas», estaba trabajando en la barra. Era de un estilo a lo Gene Tierney de estatura media, pelo oscuro, ojos verdes y un impresionante repertorio. Intercambiamos unas frases, y luego me dijo que Murphy me estaba esperando en un reservado de la parte trasera. Frunció el entrecejo al decírmelo, como haría cualquiera ante la mera idea de que Martillo Murphy te estuviera esperando. También me preguntó si quería salir cuando terminara su turno. Yo le respondí que no podía esa noche, aunque la verdad es que sí podía. Me desconcerté al sorprenderme pensando en Fiona White. Empezaba a preocuparme que si me involucraba más profundamente con ella, acabara pillando un grave acceso de fidelidad.

En el reservado de la parte trasera había un traje Savile Row embutido de músculos y violencia latente. Me sorprendió que estuviera solo; no se debía a que Michael *Martillo* Murphy fuese un tipo que necesitara protección, pero, normalmente, tenía a mano un par de gorilas psicópatas para alardear.

—Hola, señor Murphy —saludé—. Gracias por aceptar…

—Cierra la puta puerta…

La cerré y me senté frente a él.

—¿Ese jodido Strachan está muerto o no, joder?

No parecía muy dispuesto a ampliar su vocabulario. Era un hombre de baja estatura, pero en todos los demás sentidos proyectaba una presencia de gigantesca malevolencia. Todavía lucía el mismo bigote a lo Ronald Colman que la vez anterior, y llevaba el pelo impecablemente cortado y peinado. Pero ahí terminaban todas las concesiones a Hollywood. Murphy era un cabronazo feísimo, de eso no cabía duda; el único hombre que había conocido en mi vida cuya cara parecía un arma letal. Se había roto la nariz tantas veces que esta había abandonado toda idea de simetría e incluso del lugar que debía ocupar en aquel rostro. Y sus ojitos se hallaban incrustados profundamente en esos pliegues acolchados que salen cuando te lías a puñetazos con excesiva frecuencia. El tipo era pura violencia: la exudaba por todos los poros. Y conseguía que te sintieras amenazado hasta permaneciendo inmóvil.

—No lo sé —dije—. Y es la verdad. Hay tanta gente convencida de que sobrevivió al robo de la Exposición Imperio, como gente que cree que esos huesos del fondo del Clyde eran suyos.

—¿Quién cojones te paga para averiguarlo?

—Vamos, señor Murphy. Usted ya sabe que no puedo decírselo. Conoce mi postura respecto al secreto profesional.

—Sí, supongo… Y te respeto por ello, Lennox. De veras, joder. Y quiero ahorrarte la jodida vergüenza de traicionar la confianza que algún hijo de puta haya puesto en ti. Pero…, se me ocurre una idea. ¿Qué tal si les digo a dos de los chicos que te machaquen las putas rótulas y te las envíen a la puta mierda, para que no puedas mantener esa postura del secreto profesional, ni ninguna otra jodida postura de los cojones? —Hizo una pausa para reflexionar con aire sarcástico, y luego esgrimió un dedo—. Te digo más, para que mantengas tu puto honor de una pieza, te machacaremos también los tobillos y los codos de los cojones.

—Isa y Violet, las hijas gemelas de Strachan. Son ellas las que me han contratado. —No me sentí avergonzado ni por un instante por doblegarme tan deprisa. Mi padre siempre me decía que había que encontrar algo que se te diera bien y hacer carrera con ello. En el caso de Murphy, decir que se le daban muy bien las amenazas violentas habría sido como decir que Rembrandt era bastante bueno dibujando.

—¿Para qué cojones lo quieren saber?

—Lo único que desean averiguar es si su padre está muerto o no. —Lo dejé ahí, saltándome lo del dividendo que recibían en cada aniversario del robo de la Exposición Imperio. Murphy era un fuera de serie en agresión y violencia, y sin duda poseía una astucia animal, pero tampoco era una lumbrera, y yo aposté a que aceptaría mi media verdad.

Estaba a punto de responderme cuando se abrió la puerta de golpe. Supuse que serían los gorilas y noté un picor en las articulaciones. Pero no. Quien entró fue un tipo de pelo oscuro y barbilla partida a lo Cary Grant, casi tan absurdamente apuesto como John Macready. Lo reconocí en el acto.

—Hola, Jonny —dije levantándome, y le di la mano—. ¿Cómo va todo?

—Bien, Lennox —dijo Jonny Cohen *el Guapo* mientras entraba y se sentaba junto a (pero no cerca de) Martillo Murphy—. Todo bien. ¿Y tú?

—No puedo quejarme —respondí tratando de no manifestar el alivio que sentía por su llegada. A Murphy no parecía haberle sorprendido, y supuse que habían quedado previamente. Pero me dio la sensación de que Cohen había llegado demasiado pronto, y entonces lo vi todo claro: Murphy tenía planeado amenazarme y arrancarme a golpes, si hacía falta, todo lo que pudiera antes de que llegase Jonny. Pero él sabía que este y yo teníamos una relación más estrecha, aunque no supiera el motivo. Pero yo no entendía por qué Murphy lo había convocado tan precipitadamente.

—¿Puedo invitarte a una copa? —preguntó Cohen.

—No estamos alternando, qué joder —explotó Murphy—.

Olvídate ahora de la jodida copa y centrémonos en el puto negocio.

—¿Negocio? —pregunté—. Yo solo he venido a preguntarle por su relación con Joe *Gentleman* Strachan.

—Son negocios, Lennox —aclaró Cohen—. Joe Strachan arroja todavía una larga sombra sobre Glasgow. Michael, aquí presente, me ha llamado para decirme que querías información sobre ese ladrón.

«Michael...» No tenía ni idea de que se estuvieran volviendo tan íntimos. De los otros dos Reyes, Cohen siempre había parecido decantarse por Willie Sneddon, provocando a menudo que Murphy estuviera a punto de reabrir la guerra de bandas a la que había puesto fin el pacto de los Tres Reyes. Y ahora resultaba que el católico y el judío estaban a partir un piñón.

—No acabo de pillarlo —dije. Y era cierto—. ¿A usted qué más le da, Jonny?

—Escucha. Michael, yo y Willie Sneddon hemos dirigido el cotarro en esta ciudad desde el final de la guerra. Tuvimos nuestras diferencias, como sabes, pero no ha habido ningún problema entre nosotros desde 1948. Y esa paz ha sido muy provechosa para todos.

—Sí —afirmó Murphy con un bufido desdeñoso—. Más provechosa para el puto Willie Sneddon que para ninguno de nosotros dos.

Y entonces lo comprendí todo: Jonny Cohen le lanzó una mirada de advertencia a su nuevo amigo íntimo, como si acabara de contravenir un acuerdo al que habían llegado antes de reunirse conmigo. Ahora entendía a qué venía ese fingido compadreo entre ellos: Willie Sneddon estaba ganando la partida, como hacía siempre, y Cohen procuraba mantener bajo control el resentimiento de Murphy. Pero la situación ahora era mucho más peligrosa, porque Sneddon, el Rey de Reyes, la piedra angular de todo el montaje, estaba liberándose y pasándose a los negocios legales. Y si hay algo que aborrece la mente criminal es el vacío.

—Bueno, como te decía —prosiguió Cohen—. A los tres nos ha ido bien. Las cosas, en conjunto, han salido a pedir de boca. Pero durante todos estos años ninguno de nosotros ha dejado de mirar ni un minuto a su espalda para comprobar si Strachan reaparecía de nuevo.

—Tú querías que te contara cosas de Joe Strachan —soltó Murphy con otro bufido. O quizás era su modo de sonreír—. Pues te las voy a contar, joder. Cada uno de nosotros tiene sus trucos para mantener a todo el mundo tieso como un palo. Tú eres muy amigo de ese puto mono de Sneddon…, el cabronazo del cortapernos.

—¿Te refieres a Deditos McBride? Yo no diría que seamos tan amigos…

—Bueno, él corta dedos de pies y manos. Jonny, aquí presente, tiene a Moose Margolis, que te fríe las pelotas si hace falta. Y yo… —Murphy reflexionó un momento—. Bueno, yo me tengo a mí mismo. A lo que voy es a que todos hacemos un gran alarde para tener a la gente cagada de miedo. Para mantener a la jodida tropa en fila. —Se echó hacia delante, apoyando los codos en las rodillas, y me clavó aquellos penetrantes ojitos—. Bueno, Joe Strachan no hacía nada parecido: ni alardes ni exhibición de músculos. Ahora bien, si lo ofendías incluso sin pretenderlo, estabas bien jodido. Él no hacía una montaña del asunto, pero enseguida te enterabas de que el tipo que le había cabreado había desaparecido de la puta faz de la tierra. Sin alardes, como digo. En silencio. Y eso, amigo mío, era lo más espeluznante de todo.

Jonny Cohen retomó el hilo del relato:

—Todo lo llevaba con discreción: cada trabajo en el que estaba metido, cada uno de sus hombres, a dónde iba el dinero, cuál era el siguiente paso… Nadie sabía nada. Él fue anterior a mi época, Lennox, pero desde el primer golpe que di en mi vida, desde que tuve mi primera oportunidad, lo supe todo sobre Joe *Gentleman* Strachan y su ejército de fantasmas.

—Joder, Jonny —dije—. Se está usted poniendo poético con los años.

—No, en serio, los llamaban así: los fantasmas de Strachan.

—Y solo se conocía el nombre de uno —intervino Murphy—. Si es que aquello podía llamarse un nombre…

—¿El Chaval? —pregunté.

Murphy asintió.

—Has oído hablar de él, ¿eh? Lo llamaban «el Chaval»

porque parecía que estuviera de aprendiz con Strachan. No había nada que ese pequeño hijo de puta no fuera capaz de hacer por Joe. Y era como si este lo estuviera formando para que ocupase su lugar.

—¿Sabe qué aspecto tenía ese «Chaval»? ¿O tiene alguna pista de cuál era su verdadero nombre, o de dónde procedía?

—No —contestó Murphy—. Había un tipo, hace mucho... Que me jodan si me acuerdo de su nombre. No importa. El pobre cabrón empezó a chismorrear una noche en el pub, diciendo que había estado a punto de sacarse un trabajo con Joe Strachan, y luego se puso a largar de aquel pequeño hijo de puta maligno al que llamaban entre ellos el Chaval. Así fue como supo de él todo el mundo. Si aquel pringado no hubiera estado borracho, ni eso habríamos sabido.

—A ver si lo adivino. Ese tipo que se fue de la lengua..., ¿desapareció?

—De la puta faz de la tierra —afirmó Murphy.

—El cuerpo nunca apareció —añadió Cohen—. La cuestión, Lennox, es que cuando pescaron esos huesos en el río, sentimos por primera vez en muchos años que ya no debíamos seguir mirando a nuestra espalda por si aparecía Strachan. Pero si ahora resulta que los huesos no eran suyos, entonces Dios sabe dónde anda y qué tiene planeado...

Reflexioné un momento en lo que me habían dicho, y comenté:

—Pero todo eso ocurrió hace veinte años, Jonny. ¿No creerá en serio que va a volver ahora? Si asomara la nariz por Glasgow, acabaría con una soga al cuello antes de un mes.

—Olvidas al «Chaval» de Strachan —replicó Jonny—. Su heredero en apariencia. Si en algo era un maestro Joe, era en planear por anticipado y en esperar el momento propicio.

—Sigo sin entenderlo.

—¡Es muy simple, joder! —exclamó Murphy—. Tú estás investigando el asunto para esas chicas que, por cierto, tienen vete a saber cuántos medio hermanos y hermanas esparcidos por todo el país de los cojones. En fin, tú hazles el trabajo. Por nosotros, perfecto, joder, fantástico. Pero nosotros te pagaremos mil pavos cada uno si nos consigues un nombre, una dirección o incluso una puta foto del Chaval. Tú tráenos algo que nos ponga sobre la buena pista, y nosotros nos encargaremos del resto. Y tú serás dos mil pavos más rico.

—¿Y Willie Sneddon no entra en el juego?

—¿Quieres saber una cosa, joder? Sneddon es el que siempre ha tenido más que perder. Pero ahora le importa una mierda. Está demasiado ocupado tratando de convertirse en el hombre del mes de la Cámara del puto Comercio.

Se me ocurrió que si en alguna parte iba a existir una «Cámara del puto Comercio» sería en Glasgow.

—A mí me da igual localizar ya de paso a ese tipo, sea quien sea, pero realmente no creo que vaya a acercarme siquiera a averiguar su identidad… —Me interrumpí de golpe.

—¿Qué ocurre? —preguntó Cohen.

—No, nada. Pero resulta que a la mañana siguiente de empezar a preguntar por ahí sobre Strachan, tuve un breve tropiezo en medio de la niebla con un tipo duro armado con una pistola de calibre treinta y ocho. Y era bueno. Profesional. Quería asustarme para que dejase de investigar sobre la desaparición de Strachan.

—¿Y por qué no podría ser el Chaval?

—Demasiado joven. Vamos, podría ser. Pero eso implicaría que solo tenía diecisiete o dieciocho años en la época de los robos. Demasiado novato. Sobre todo para ejercer de matón.

—Cuando yo tenía dieciocho años era capaz de pegarle un tajo a cualquiera que se interpusiera en mi camino —aseveró Murphy con un orgullo evidente.

—No lo dudo —dije—. Pero no sé…, no acaba de convencerme.

—¿Dices que ese tipo te buscó para meterte miedo y obligarte a dejar el asunto Strachan? —preguntó Cohen.

Reflexioné un momento. Había una incongruencia en la edad, pero yo no había podido echarle al tipo una buena mirada. Tal vez era cinco años mayor. O tres. Bastaría con eso.

—¿Saben qué? —dije—. Si resulta que es el Chaval, se lo pondré en bandeja de plata con sumo placer. —Y añadí, para dejar las cosas claras—. Pero a pesar de todo, aceptaré esos dos mil pavos.

Capítulo nueve

Decir que Glasgow era una ciudad de contrastes sería como afirmar que el Polo Norte tiene un clima gélido. Allí donde mirases, todo parecía contradictorio consigo mismo y con lo demás. Se trataba de una ciudad industrial bulliciosa, densamente poblada, contaminada, ruidosa y chillona. Por el contrario, si te desplazabas tan solo quince minutos en cualquier dirección, te encontrabas en mitad de una vasta extensión desierta de páramos, colinas y cañadas. Era una ciudad definida por sus habitantes, y estos a su vez estaban definidos por la ciudad; y no obstante, en cuanto te alejabas un poco, esa misma breve distancia favorecía que la identidad glasgowiana diera paso a otra forma de ser escocés. En la dirección que tomamos Archie y yo, aquella se convertía progresivamente en la identidad de los Highlands.

La hacienda en la que trabajaba Billy Dunbar era tan remota como espectacular, y abarcaba montañas, pastos y algún que otro lago con salmones. A mí me gustaba salir de la ciudad y zambullirme en ese tipo de paisaje siempre que podía, y con frecuencia había subido con el coche y bordeado el Loch Lomond, deteniéndome en algún salón de té de las orillas del lago. Yo tenía también mi lado contemplativo… cuando no estaba espiando a esposas adúlteras, repartiendo sopapos o relacionándome con gánsteres.

Mientras conducía, recordé mi encuentro con Jonny Cohen *el Guapo* y Martillo Murphy. Antes de marcharme, le había preguntado a este último sobre su años de juventud, cuando trabajaba con Joe *Gentleman* Strachan. No había sido capaz de contarme gran cosa, y si hubiera omitido las palabras «jodido», «puto» y «cojones» con todos sus derivados, habría tardado todavía menos en responderme. Pero la imagen que yo había sacado era la de un Joe Strachan que Murphy había sido (y seguía siendo) incapaz de comprender: como si aquel hubiera existido en un plano completamente distinto del mundo criminal. Murphy había trabajado para Strachan varias veces, pero esos trabajos tenían ramificaciones que él desconocía totalmente. Algo así como pintar una esquina de un cuadro sin que te permitieran ver la tela completa. Bueno, esta analogía es mía, desde luego. Murphy lo había expresado diciendo que era como «si te mantuvieran en la jodida oscuridad y no tuvieras ni puta idea de qué cojones estaba ocurriendo en todo el asunto de mierda».

Tuvimos que parar unas cuantas veces en gasolineras y estafetas de correos para encontrar el camino hacia las oficinas de la hacienda. El señor Dunbar, según nos explicó la solterona vestida de *tweed* que nos encontramos en la oficina, era el subjefe del guardabosque. Escrutándonos con esa intensa suspicacia que únicamente surge tras una larga existencia de estricta virginidad, nos preguntó cuál era la naturaleza del asunto que queríamos tratar con el señor Dunbar. Yo decidí para mis adentros bautizarla como Miss Marple.

Le dije que éramos agentes de seguros y que traíamos unos documentos que el señor Dunbar debía firmar. Qué clase de seguro podríamos haberle vendido a un guardabosque era una cuestión que ya me superaba (como no fuese un seguro contra las heridas ocasionadas en la caza del faisán); pero ella pareció satisfecha con la explicación y nos dijo que Dunbar no estaba de servicio ese día, aunque podíamos encontrarlo en la casita de campo que ocupaba en la hacienda, para llegar a la cual nos dio precisas indicaciones.

Yo di gracias de que no lloviera, porque, como Miss Marple nos había dicho, la casita de Dunbar se encontraba en lo alto de un sendero y tuvimos que subir a pata. En otros tiempos, cada metro cuadrado de Escocia había estado cubierto con un manto impenetrable de árboles: el gran bosque de Caledonia. En algún momento de ese pasado, mucho antes de que la historia de Escocia diera un brillante giro y se internara en la oscura Edad Media, el bosque fue talado, quemado y saqueado para obtener leña y materiales de construcción o, simplemente, para ampliar los pastos. Les había costado un par de milenios, pero los antiguos escoceses habían logrado despojar la mayor parte del paisaje de Escocia y convertirla en una ciénaga de turba. Ahora, como el doctor Johnson había dicho en una de sus ocurrencias, un árbol en Escocia era tan raro como un caballo en Venecia. A decir verdad, el sentido del humor ha evolucionado mucho desde el siglo XVIII.

Pese a los esfuerzos de los trogloditas preglasgowianos, la hacienda por la que caminábamos estaba salpicada de espesos grupos de árboles variados, y bajo nuestros pies crujía una hojarasca moteada de rojo y anaranjado por el sol otoñal. En fin, era exactamente el tipo de escena escocesa que encontrabas en las latas de galletas como la que yo le había arrebatado a Paul Downey.

Llegamos a la casa tras unos diez minutos de caminata. Era pequeña, toda ella de piedra, con un pulcro jardín delante y un corral de cerdos a un lado. En un rincón humeaba un montón de hojas otoñales rastrilladas.

Un hombre bajo y fornido de unos cincuenta y tantos años salió a la puerta cuando nos acercamos. Llevaba una chaqueta marrón oscuro de un *tweed* tan basto que parecía tejido con zarzas, y una gorra del mismo género a cuadros que no acababa de casar con la chaqueta. Sobre el brazo sostenía una escopeta abierta. Tess la de los D'Urberville[4] no salió tras él, como yo esperaba.

El achaparrado hombre se detuvo al vernos y nos observó con recelo mientras nos acercábamos.

—¿Puedo ayudarlos? —Pese al paisaje y al bucólico atuendo del individuo, todavía persistía en él un fuerte acento de Glasgow.

—Hola, señor Dunbar —lo saludé—. Hemos venido a hablar con usted de Joe *Gentleman* Strachan.

Se quedó petrificado un momento al impactarle en la mente aquel nombre de otra vida. Echó un vistazo atrás, como para asegurarse de que no había nadie en el umbral de la casa.

—¿Es de la policía?

—No.

—Ya lo veo —dijo repasándome de pies a cabeza—. Viste con demasiado lujo para serlo. Su amigo, por otra parte…

4. Personaje central femenino de la novela del mismo nombre de Thomas Hardy, publicada en 1891 y considerada una importante obra de la literatura inglesa. *(N. del T.)*.

—Me compré este traje en Paisley's, en el muelle Broomielaw, por si quiere saberlo. —Una vez más, las cejas de Archie se independizaron de aquel inexpresivo rostro para manifestar dolida indignación, mientras se echaba un vistazo al amorfo abrigo y al traje demasiado holgado que llevaba debajo.

—Un lugar precioso, señor Dunbar —dije del modo más encantador que pude—. ¿De quién son estas tierras?

—Esta es una de las haciendas del duque de Strathlorne —dijo con irritación—. Si no es usted policía...

—¡El duque de Strathlorne! —exclamé. Me habría gustado saber si había alguna parte de Escocia que no fuera suya.

—Si no es de la policía —insistió Dunbar—, ¿a qué viene la pregunta? ¿Trabaja para uno de los Tres Reyes?

—No, señor Dunbar —contesté manteniendo el tono amigable. Mi jovialidad se debía en parte a su modo de sujetar la escopeta todavía abierta sobre el brazo—. Aunque le he echado una mano al señor Sneddon en algunas ocasiones. Usted lo conocía, ¿verdad?

—Sí, conozco a Willie. No tiene nada de malo Willie Sneddon. Le van las cosas muy bien. Él me consiguió este puesto.

—¿De veras? —dije sin mucho interés. Aunque sí me interesaba porque Willie Sneddon había afirmado no conocer el paradero de Dunbar.

—Sí... El último ayudante del guardabosque se largó sin más. Sin avisar siquiera. Willie se enteró y me pasó el dato.

—Un gesto amable de su parte, sin duda. Al señor Sneddon le gusta cuidar de su gente, como yo mismo sé —afirmé—. Por cierto, me llamo Lennox. Y este es Archie McClelland. Somos investigadores. Solo queríamos hacerle unas cuantas preguntas sobre Joe Strachan.

—No sé una puta mierda de Joe Strachan. Han hecho un largo camino para no enterarse de una mierda.

—Solo queremos charlar un poco, Billy. En aquel entonces, usted era un tipo muy espabilado en su propio estilo. Quizá sepa algo que pueda ayudarnos.

—Ayudarlos... ¿para qué?

—Oiga, ¿no podríamos...? —Señalé la casita con un gesto.

—No. Mi esposa está dentro. No tengo una puta mierda que contar. Váyanse a la mierda.

Opté por no intentar corregirle la gramática ni el vocabulario. No es buena idea con alguien que lleva una escopeta de dos cañones.

—¿Sabía que han encontrado los restos de Joe Strachan?

Ahora, pensé, sí había tocado un nervio sensible. Dunbar pareció sorprendido, luego algo confuso y, finalmente, regresó a su recelosa hostilidad. Todo un poco exagerado quizá.

—No, no lo sabía. Y me importa un carajo.

—¿No lo leyó en el periódico? —preguntó Archie.

—¡Ah, o sea que habla...! No. No leí una puta mierda.

Otra vez me contuve para no afearle su vocabulario.

—Lo sacó una draga del fondo del Clyde —expliqué—. Estiman que llevaba allí desde 1938.

Dunbar sonrió con suficiencia, con astuta suficiencia, y dijo:

—¿Ah, sí?, ¿eso creen? Bueno, de puta madre. Y ahora, si no les importa, tengo trabajo.

—Creía que tenía el día libre —insinué.

El hombre dio un paso hacia mí, y me espetó:

—Ya me estoy hartando. Yo no tengo nada que ver con toda esa mierda desde que cumplí mi condena en Barlinnie. Dice usted que Joe Strachan está muerto. Estupendo, está muerto. No había oído pronunciar su nombre desde hace diez años, y no quiero verme involucrado en lo que estén tramando.

—Lo único que queremos es encontrar información sobre Joe Strachan —aclaré—. Tampoco hay para tanto. No pretendemos resolver el crimen del siglo, ni recuperar el dinero robado, ni saldar cuentas. Trabajamos para las hijas de Strachan, que quieren llegar al fondo de lo ocurrido a su padre, nada más.

—Pues tendrán que buscar por otro lado —dijo—. Escuche, pasé diez años en Barlinnie: diez años duros de cojones, recibiendo palizas con cualquier excusa, esquivando a los viejos maricones, rehuyendo a los psicópatas y haciendo un esfuerzo para no convertirme en uno de ellos. Tenía veintiún años cuando entré. Perdí los mejores años de mi vida y tuve claro desde el primer día que no quería volver allí jamás, y decidí reformarme. Salí en 1937, y solo llevaba un par de meses fuera cuando los polis me trincaron y me dieron una tunda de cojones, porque pensaban que estaba metido en el golpe de la Exposición. Resultado: la nariz y la mandíbula partidas, varias costillas fracturadas y cuatro dedos de la mano derecha rotos. —Bajó la vista a la mano con la que sujetaba la escopeta, para examinar aquella herida cicatrizada hacía mucho tiempo—. Me la pisoteó uno de los polis. No me ha vuelto a funcionar bien desde entonces. Yo les dije que no sabía una puta mierda; y es lo mismo que le estoy diciendo ahora.

—¿Por qué se ensañaron con usted? —preguntó Archie.

—Había un policía muerto. Con eso les bastaba. Arrestaron a todos los que estaban en su lista de sospechosos. El hijo de puta que me pisó la mano era amigo del poli muerto.

—¿McNab? —dije disparando a voleo.

—Sí… —Dunbar me miró sorprendido—. Willie McNab. Después se convirtió en un pez gordo del departamento de Investigación Criminal. El otro motivo de que se ensañaran conmigo era el golpe por el que cumplí diez años… Ellos sospechaban que lo había planeado Joe Strachan, pero no pudieron demostrarlo.

—¿Y lo había planeado?

Dunbar me miró como si hubiese dicho una estupidez.

—Si Joe Strachan hubiera planeado ese golpe, no me habrían pescado en la vida.

—¿Usted trabajó con Strachan? —Él volvió a mirarme de aquel modo—. Está bien, ¿lo conocía?

—Claro que lo conocía. No muy bien, pero sabía de él. Strachan estaba empezando a hacerse famoso en los años veinte. Incluso en aquel entonces los polis se morían de ganas de pillarlo. Muchos grandes golpes se los achacaban a él. No solo robos, sino fraudes, chantajes, allanamientos… Pero nunca conseguían demostrarlo.

—Pero si abarcaba tantas…, tantas actividades, debía de tener un equipo fijo.

—Sí, puede ser. Pero nadie sabía quiénes eran. Ese fue el otro motivo de que la policía se cebase conmigo. O sea, precisamente, porque no me había metido en líos desde que había salido de la cárcel. La teoría de los polis era que Strachan escogía a tipos sin antecedentes penales; o que, si estaban fichados, les exigía que solo trabajaran para él y que no se implicaran en follones y mantuvieran la boca cerrada entre un trabajo y otro. La policía no consiguió recuperar ni un puto penique de los robos de la Triple Corona, ¿lo sabía? No lograron rastrear ni un billete. Quiere decir que Strachan tendría planeado con mucha anterioridad un sistema para distribuir y lavar el dinero. Pero le estoy contando lo que sabe cualquiera. Ya se lo he dicho: no sé una puta mierda. Podría haberse ahorrado el cupón.

Dunbar se refería al cupón de gasolina que habría costado el viaje desde Glasgow. De hecho, el racionamiento de gasolina había terminado hacía cinco años, pero la expresión había perdurado en el lenguaje coloquial.

—De acuerdo —dije resignadamente—. Gracias por su ayuda, de todas formas. —Le di una tarjeta—. Este es el número de mi oficina. Por si se le ocurre algo.

—No cuente con ello.

—Está bien —dije con hastío—. Espero que haya comprendido, señor Dunbar, que no pretendíamos involucrarlo ni nada parecido. Lo único que nosotros queremos, sencillamente, es aclararle a la familia si el cuerpo encontrado en el Clyde es el de su padre. Nada más. Disculpe si lo hemos molestado. —Le tendí un billete de cinco libras—. Esto es por su tiempo. Le habría pagado más si hubiera podido ayudarnos.

Me alcé levemente el sombrero y me di media vuelta, dejando al individuo con los ojos fijos en el billete que tenía en la mano. Archie me siguió con aire decepcionado, lo cual tampoco significaba gran cosa en su caso.

—Sanseacabó —sentenció.

—No del todo. Tiene algo que contarnos. Algo que arde en deseos de contarnos. Y creo saber qué es, pero quiero oírlo de sus labios. Por eso le he dejado mi número.

—¡Aguarde!

—¿Sí, señor Dunbar?

—Estaba diciéndole la verdad. Yo no tuve nada que ver con el robo de la Exposición ni con ningún otro trabajo de Strachan. Y no he visto a ese hombre desde que me metieron en la cárcel.

—¿Pero...?

—Tengo una información que le costará veinticinco libras.

—Eso dependerá de lo que sea —dije, pero eché a andar hacia él y a sacarme aparatosamente la cartera del bolsillo.

—Es sobre el cuerpo que había en el fondo del Clyde.

—¿Puede decirme quién era?

—No. Pero puedo decirle quién no era.

Capítulo diez

Aunque de mala gana, Dunbar aceptó mi petición de que su esposa nos preparase una buena taza de té y de que nos sentáramos para analizar la información que poseía. Dado que el tipo no era obviamente un ídolo de las féminas y, a juzgar por la frugalidad de la casita, no tenía dónde caerse muerto, yo me imaginaba una esposa poco agraciada.

Me quedaba corto. La señora Dunbar, que nos recibió con una mirada hostil y un gruñido cuando nos presentamos nosotros mismos, habría requerido un equipo con los mejores maquilladores y cirujanos plásticos de Hollywood para situarla al menos en los confines del reino de las mujeres poco agraciadas. La suya era una fealdad de la que, normalmente, uno se compadecía, pero mi breve exposición a su personalidad me libró de esa obligación cristiana. Ahora comprendía por qué Dunbar se había resistido tanto a dejarnos entrar. Me prometí a mí mismo traer una guadaña y un escudo la próxima vez que viniera de visita.

—Bueno, señor Dunbar —dije, una vez que su esposa salió de la habitación. Era evidente que no íbamos a conseguir una taza de té—. ¿Qué tiene que contarme?

—Primero el dinero.

—No, Billy. Le pagaré después. Ya sé que va a contarme que no era Joe *Gentleman* el que estaba al fondo del Clyde. Lo he deducido por su modo de reaccionar cuando le he hablado de los restos hallados. Por tanto, no tiene usted gran cosa con la que negociar, aparte de explicarme cómo lo sabe. Pero le prometo que no quedará descontento. Así pues..., desembuche.

—Yo me presenté voluntario en el ejército al estallar la guerra, pero no me admitieron: mi edad y mis antecedentes jugaron en contra. De modo que terminé trabajando aquí, en esta finca, para el duque. Con tantos hombres combatiendo en el frente, andaba corto de personal y habría admitido a cualquiera.

—Lo comprendo —admití—. La maldita guerra, obligándolo a apañárselas con solo tres mayordomos, ha de haberle dejado una cicatriz imborrable.

—No hable así de Su Excelencia. Él también puso de su parte en la guerra. Y ha sido muy bueno conmigo. Si no hubiera encontrado este sitio, seguramente no habría tenido más remedio que volver a robar.

—De acuerdo, Billy, no se acalore. Cuénteme su historia.

—Bueno, durante la guerra el duque casi nunca estaba aquí. Él era uno de los comandantes principales de la Guardia Local Escocesa. Y me metió a mí también. En la Guardia Local, digo.

—Fantástico. ¿Para que pudiera vigilar estaciones de ferrocarril y ese tipo de cosas?

—Bueno, no. —Se le nubló la expresión, como si realmente no quisiera entrar en lo que se disponía a contar—. ¿Usted sirvió en la guerra?

—Sí. Primera División Canadiense. Capitán.

—Primera Canadiense, ¿eh? Ustedes las pasaron canutas, ya lo creo. Me imagino lo que pensará de la Guardia Local. Un puto chiste. Hombres viejos armados con escobas, en vez de rifles, y chicos no aptos para el servicio vigilando bibliotecas y sacristías, ¿verdad?

—No. De hecho, no pienso eso en absoluto.

—Bueno, por primera vez en mi vida, mi historial criminal jugó a mi favor, en lugar de hacerlo contra mí. El duque me convocó en la mansión y me entrevistó allí junto con otros tres oficiales. Me dijeron que mis especiales habilidades podían ser útiles.

—¿En la Guardia Local? —inquirí tratando de disimular mi incredulidad.

—En las Unidades Auxiliares.

Aquella revelación me dejó totalmente pasmado. Volví a evaluar a Dunbar. Era un tipo lo bastante duro, no cabía duda, y tampoco resultaba tan increíble lo que decía.

—¿Qué son las Unidades Auxiliares? —preguntó Archie.

—Oficialmente eran miembros de la Guardia Local —expliqué—. Sobre todo en lugares como este, donde hay muchos hombres que están acostumbrados a trabajar al aire libre y conocen bien el terreno. Pero ellos tenían un entrenamiento y unos deberes especiales, ¿no es así, Billy?

—Cierto. Nos llamaban Auxiliares. O *scallywags*.[5] Como ha dicho el señor Lennox, oficialmente formábamos parte de la Guardia Local de Escocia, en concreto del batallón Dos Cero Uno.

—Pero yo creía que todos los *scallywags* estaban destinados en la costa sur de Inglaterra —dije.

—Sí, la mayoría, pero había algunos de ellos en todos los rincones del país. Nosotros formábamos una unidad especial aquí. Verá: los Highlands estaban tan desiertos que las autoridades temían que los putos alemanes lanzaran un montón de agentes y paracaidistas para hacerlo todo mierda aquí arriba, mientras la invasión tenía lugar en otra parte. Una especie de batalla de Arnhem, pero al revés.

—Las Unidades Auxiliares eran todo un plan para enfrentarse a una invasión alemana que nunca se produjo —le expliqué a Archie—. Olvídate de todo aquello que te viene a la cabeza cuando piensas en la Guardia Local. Esos tipos eran asesinos y saboteadores con un entrenamiento de alto nivel, aunque tú jamás lo hubieras adivinado, pues se trataba de granjeros, médicos, maestros, carteros... y guardabosques. Si se hubiera producido la invasión y hubiera acabado convirtiéndose en una ocupación, los *scallywags* habrían tenido que matar a cualquier persona que pudiera serles de utilidad a los nazis.

—Aún hay armas y explosivos escondidos —añadió Dunbar—. Nosotros debíamos provocar todo el puto caos que pudiéramos. Si la invasión se producía, nos distribuirían las raciones de siete semanas. Las autoridades estimaban que después de dos semanas de acción estaríamos todos muertos.

5. Término peyorativo acuñado durante la Guerra de Secesión americana. Puede traducirse aproximadamente como «rufianes» o «bribones». *(N. del T.)*

—Todo esto es muy interesante, Billy —intervine—. Pero ¿qué tiene que ver con Joe *Gentleman* Strachan?

—A eso iba. Nos enviaron a Lochailort, que queda muy arriba en la costa oeste, en medio de la puta nada. Era allí donde recibían entrenamiento todas las unidades especiales. Imagínese ese pueblucho de mierda de los Highlands lleno de carros blindados Beaverette y con puestos de ametralladoras por todas partes. Nos entrenaban en la base naval. No tiene ni puta idea de las cosas que nos enseñaban. Cómo cortar gaznates de manera que los cabrones se derrumbaran sin un ruido, o cómo preparar bombas caseras y minas incendiarias.

—¿Qué minas son esas? —preguntó Archie.

—Una bomba incendiaria improvisada del carajo. Barriles de veinticinco o cincuenta litros de petróleo enterrados o escondidos, provistos de un detonador adosado. Algunos barriles llegaban a los doscientos cincuenta litros, para tanques y vehículos blindados. Lo incendian todo y mandan a todo bicho viviente a tomar por culo. Yo vi durante la instrucción cómo morían quemados tres de los nuestros al estallar accidentalmente uno de esos artefactos. Bueno, el caso es que recibimos todo ese adiestramiento. Combate cuerpo a cuerpo. *Defendu*... ¿lo conoce?

—*Defendu*..., ¿el sistema Fairbairn? Sí, he oído hablar de eso —respondí—. En el ejército canadiense practicábamos *Arwrology*, que venía a ser prácticamente lo mismo.

—Sí. El *Defendu* lo inventó el mismo tipo que diseñó el cuchillo comando de doble filo. Pero si eras de Glasgow no necesitabas aprender *Defendu*, nosotros ya teníamos el *fuck-you*.

Se rió de su propio chiste. Pero yo puse cara de impaciencia.

—En fin, pasamos allí seis semanas de entrenamiento intensivo y, posteriormente, fuimos otras seis. En la base había jefazos de todas las unidades secretas que pueda usted imaginarse. Nosotros estábamos a las órdenes del jefe de Operaciones Especiales, pero había jefes de comandos, de las fuerzas especiales aéreas, de las unidades de asalto de la Marina y de otros cuerpos de los que jamás había oído hablar. Fue durante nuestro segundo período en Lochailort cuando vi a aquel comandante hablando con un grupo de oficiales. Uno de los oficiales con los que estaba charlando era Su Excelencia, que tenía el grado de coronel. Ese comandante que le digo era uno de los nuestros..., de Operaciones Especiales. Y los demás, incluida Su Excelencia, estaban relacionados con la instrucción de los *scallywags*.

—¿Era Joe Strachan?

A Dunbar pareció sorprenderle que me hubiera anticipado.

—He averiguado bastante sobre Strachan —dije para explicarme—. ¿Cree que era auténtico? Quiero decir, un verdadero oficial. ¿No se estaba haciendo pasar por comandante?

—Usted estuvo en el ejército y sabe cómo son las bases especiales en los temas de seguridad. No, no se estaba haciendo pasar por un oficial. Si Joe Strachan llevaba en aquel campamento un uniforme de comandante del ejército británico, quiere decir que era comandante del ejército británico.

—Venga ya... —Archie soltó un bufido—. ¿Un matón de Glasgow, comandante del ejército? Yo creía que habías de ser un oficial y un caballero, en lugar de un oficial y un chulo de mierda...

Alcé una mano para silenciarlo. Él se interrumpió, pero sus cejas siguieron protestando unos segundos más.

—¿No podría haberse confundido? —le pregunté a Billy Dunbar.

—Tal vez. Pero le eché un buen vistazo al muy cabrón. Lo miré y lo remiré a base de bien. Bueno, se supone que cualquiera puede tener un doble, ¿no? Acuérdese del mariscal Monty. En fin..., si aquel tipo no era Joe *Gentleman* era su puto hermano gemelo.

—No quiero hacerme el gracioso —intervino Archie—, pero a lo mejor sí lo era. Usted dice que las hijas de Strachan son gemelas, y lo de los gemelos es cosa de familia...

—No —dijo Dunbar, tajante—. Joe Strachan podía haberse convertido en un hombre misterioso, pero nació en Gorbals y allí, cuando vives apretujado en una casa de vecindad con cuatro familias en cada piso de mierda, no hay misterio ni secreto que valga. Strachan tenía dos hermanas y un hermano, pero ningún gemelo. Se lo estoy diciendo, joder. Vi a Joe *Gentleman* Strachan en carne y hueso, más feo que nunca y con galones de comandante, pavoneándose con un grupo de jefazos.

—¿Cuándo fue eso?

—En 1942. En verano.

—¿Se lo ha contado a alguien?

Dunbar me miró desdeñosamente y contestó:

—¿Después de la paliza que me arrearon en una celda policial, porque creían que había una mínima probabilidad de que yo supiera algo o conociera a alguien que pudiera conducirlos a otro que tuviera más información sobre Strachan? Ni hablar. Mantuve la boca cerraba. Nadie lo sabe. Hasta ahora.

Mira por dónde. Después de todo, Joe *Gentleman* no había dormido el oscuro y profundo sueño. Lo cual, claro, no significaba que todavía estuviera vivo. Si había formado parte de la unidad de Operaciones Especiales, podría estar durmiendo el oscuro sueño en el fondo de un canal de Holanda o de un río de Francia. Aun así, la posibilidad misma —Joe Strachan, oficial del cuerpo de Operaciones Especiales— no tenía ninguna lógica.

Billy Dunbar nos había dicho ya cuanto tenía que decirnos, y la charla intrascendente, incluso entreverada de tacos, no era su fuerte precisamente; había llegado la hora de marcharse. Cuando ya me levantaba, me vino una idea no sé de dónde; quizá simplemente del fondo de mi cerebro, donde a lo mejor había ido tomando forma lentamente durante la conversación. De hecho, era más una imagen que una idea. Por alguna razón, se me representó en la mente la fotografía que le había requisado a Paul Downey.

—¿Suele estar en casa por las noches, Billy? —pregunté—. Tengo una foto que me gustaría mostrarle. En vista de lo que acaba de contarme, me parece bastante probable que sea la única fotografía que existe de Joe Strachan. ¿Puedo volver otro día para enseñársela?

—Sí..., supongo —contestó Dunbar de mala gana—. Aunque suelo ir al pub en mi noche libre.

—No volveré hasta dentro de un día o dos. Pero será solo cosa de unos minutos, Billy. Y le aseguro que lo compensaré. ¡Ah! Una cosa más antes de irme; y esto no tiene nada que ver con Strachan, pero me inspira curiosidad por algo ocurrido hace poco. ¿Conoce a Iain, el hijo del duque?

—Sí, ya lo creo.

—¿Qué tal es?

—Un mierdecilla. Nada que ver con su padre. Absolutamente nada. Un puto gandul.

—¿Y?

—¿Y qué?

—Vamos, Billy, los dos sabemos que es un invertido.

—Escuche, yo no voy a decir nada que pueda perjudicar a su padre. Dios sabe que Su Excelencia tiene ya bastantes problemas para que se los cree ese pequeño cabrón. La basura que anda buscando no la encontrará aquí.

—Muy bien, Billy, pero cuénteme lo que pueda. Lo crea o no, estoy tratando de proteger, y no de perjudicar, el buen nombre de la familia.

—Iain es tan distinto de su padre que a veces se pregunta uno si Su Excelencia será realmente su padre. No se parecen, ni se comportan igual, ni tienen los mismos valores.

—Con todos los respetos, Billy, usted no es más que un guardabosque…, ¿cómo sabe todo esto?

—Todo el mundo lo sabe. Aquí todo el mundo lo sabe todo sobre los demás. Cuando trabajas para una familia como esta, en un sitio como este, no hay putos secretos que valgan.

—Iain tiene una casita en la hacienda, ¿no es así?

—Sí. Él lo llama su estudio, el muy gilipollas. Se cree que es un puto Picasso o algo parecido.

—¿Y recibe visitas allí?

—Sí. —El hombre me miró con complicidad—. Vaya si recibe…

—¿Alguna vez ha visto rondar por la casita a alguien extraño?

—Está de cachondeo, ¿no? Diga más bien cuándo no he visto rondar a alguien extraño por allí. Aquello está siempre lleno de excéntricos y bichos raros. El círculo artístico, los llama Iain. Artístico…, los cojones.

—No, no. Me refería a alguien aparte de esa tropa. Usted ha visto lo suyo, Billy, sabe distinguir. Hablo de esa clase de gente que tiene aspecto de traer problemas.

—No creo haber visto a nadie. ¿Por qué?

—El hijo del duque se metió en un pequeño lío, simplemente. He procurado resolverlo por el bien de su padre, por así decirlo.

—¡Ah! Eso es otra cosa, joder… Si puedo hacer algo para echar una mano, no tiene más que decírmelo.

—Gracias, Billy. Lo tendré presente. Pero parece que el asunto ya está arreglado.

Me levanté de la mesa. Saqué la billetera y separé veinticinco libras. Veía cómo se le iluminaban los ojos, pero seguí contando hasta llegar a cincuenta, consciente de que era el doble de lo que él esperaba, y las dejé sobre la mesa.

«Reparte la riqueza, Lennox —pensé—. Reparte la riqueza.»

—¿Sabe?, es posible que le acaben de dar gato por liebre —dijo Archie amablemente, cuando regresábamos a Glasgow—. Vamos a ver: si yo le cuento una sarta de chorradas, si le digo que vi una vez a Adolf Hitler en una casa de apuestas de Niddrie, ¿me dará cincuenta pavos?

—No, porque obviamente es falso. Hitler preferiría entregarse a los mismísimos israelíes antes que vivir en Niddrie. Yo me he fijado en la expresión que ponía Dunbar cuando le he contado lo del cuerpo encontrado en el Clyde, y me he dado cuenta de que no creía que fuese el de Strachan.

—¿O sea que de veras cree que Strachan se codea con la *crème de la crème* y se ha convertido en un oficial del ejército? «Bueno, Strachan, muchacho, pelillos a la mar. Olvidemos ese desagradable incidente del poli que asesinaste, y el hecho de que fueras un desertor en la Primera Guerra Mundial, y vamos a tomarnos una taza de té y a dar un bocado en el comedor de oficiales.»

—Déjate de sarcasmos conmigo, Archie. Ya sé que es absurdo, pero yo creo que Dunbar vio lo que dice que vio.

—Mire, jefe, no pretendo decirle cómo ha de hacer su trabajo…

—¡Dios nos libre, Archie!

—… pero usted prácticamente le ha pasado los billetes por la cara. Él ha sentido que tenía que contarle algo. Y esa historia disparatada de Strachan convertido en oficial ha sido lo primero que se le ha ocurrido.

—No, Archie. Lo primero que se le hubiera ocurrido habría

sido que vio al individuo en cuestión en esa casa de apuestas de Niddrie donde tú viste a Hitler, o en una calle de Edimburgo, o en una estación de tren en Dundee. Lo que me induce a creer que dice la verdad es, precisamente, lo increíble que resulta su historia. Dunbar ha sido interrogado por la policía tantas veces en su vida que sabe de sobra que si tienes que soltar una mentira, ha de ser sencilla y creíble. Tú lo sabes muy bien.

—¿Y a dónde nos lleva eso? ¿Cómo seguimos ahora?

—Bueno, hay algunos nombres de la lista de Isa y Violet que quiero que compruebes. Mira bien a quién preguntas y dónde, Archie. Entretanto, yo voy a tener que hacer un par de visitas que he venido aplazando.

Me reuní a tomar el té con Fiona White en Cranston's. Ocupamos una mesa en el salón modernista y pedimos té y sándwiches de salmón. Ella llevaba un elegante conjunto que no le había visto antes y un sombrero que parecía nuevo. También advertí que lucía un tono de carmín más intenso y más maquillaje que ninguna otra vez. Me sentí halagado por el esfuerzo.

—¿Qué tal su nuevo alojamiento? —preguntó con cierta rigidez.

—Tremendamente exclusivo —respondí—. He de cuidarme a todas horas de no ladrar, de no hablar con acento irlandés y de no broncearme demasiado.

Ella puso cara de perplejidad. Una preciosa cara perpleja.

—No está mal —dije—. Me servirá por el momento. Me cobija de la lluvia. Salvo si me aproximo al casero cuando está hablando.

—Ya... A nuestra casa no se ha acercado nadie. Ningún sospechoso, quiero decir. He visto que el policía del barrio está ojo avizor, pero la verdad es que no ha habido ningún motivo de inquietud.

—Me alegra saberlo. Lamento las molestias que todo esto le ha causado, señora White.

—Fiona... —dijo con una voz queda que se quebró levemente mientras lo decía. Carraspeó. Se ruborizó—. No tiene que llamarme señora White. Llámeme Fiona.

—En ese caso, usted no tiene que llamarme señor Lennox.

—¿Cómo debo llamarlo, entonces?

—Lennox. Como todo el mundo. Lamento las molestias, Fiona.

—No es ninguna molestia. Pero las niñas lo han echado de menos en casa.

—¿Solo las niñas?

Por un segundo, capté un destello de la actitud gélida y desafiante a la que me tenía acostumbrado. Pero enseguida se esfumó.

—No, no solo las niñas. ¿Por qué no vuelve a ocupar sus habitaciones? No creo que haya ningún peligro.

—Usted no vio al tipo que me asaltó. Hay algo en todo este asunto Strachan que no acabo de comprender. Pero empiezo a tener algunas ideas. Y esas ideas me dicen que hay implicada gente extremadamente peligrosa. No quiero ponerla en peligro ni a usted ni a las niñas.

—Escuche, Lennox. He estado reflexionando las palabras que me dijo sobre sus sentimientos. Lo siento si le parecí un poco… indiferente. Dije las cosas que dije porque las pensaba. O al menos, las pensaba cuando las dije. Es que…, no sé…, es que yo no soy como las mujeres a las que usted está acostumbrado. No soy una mujer experimentada con los hombres, ni sofisticada en ningún sentido. Cuando me casé con Robert, creí que ya estaba todo definido. Vi mi vida entera ante mí. Vi cómo sería. Estaba convencida de que era esa la vida que quería entonces. Luego, cuando lo mataron en la guerra, no fue solo perderlo a él: me perdí a mí misma. A lo que yo había decidido que quería ser.

—Sé que no va a creerlo, Fiona, pero entiendo perfectamente qué quiere decir. Muchos de nosotros perdimos el rumbo durante la guerra; nos convertimos en unas personas que no sabíamos que podíamos ser. Que no queríamos ser. Pero esas fueron las cartas que nos tocaron. Lo único que podemos hacer es sacarles todo el partido posible. No hay nada que pueda devolverle a su marido; ni nada que pueda borrar las cosas que yo hice en la guerra. Pero podemos intentar seguir adelante y tratar de encontrar un poco de felicidad.

—Creo que debería usted volver a casa. —Ella bajó la vista

y la fijó en el mantel—. No puedo prometerle nada, ni decirle que las cosas cambiarán. Pero me gustaría que volviera.

—Yo también lo deseo, Fiona, pero no puedo. Todavía no. He estropeado muchas cosas en mi vida, pero que me parta un rayo si estropeo esto también. Volveré cuando esté seguro de que no voy a llevar conmigo un montón de problemas.

—Pero, por lo que sabemos, el hombre que lo atacó aún cree que vive usted en casa. Si acaso, corremos más peligro al no estar usted allí.

—Es que no es uno solo. Son tipos muy hábiles, ya deben de saber que no estoy en su casa. Solo espero que no me hayan seguido los pasos hasta la pensión.

—La policía...

—No puede ayudarme. Al menos, oficialmente. Y creo que ya le he exprimido la última gota de buena voluntad a Jock Ferguson. Mire, pronto acabará todo y yo podré regresar. —Puse una mano sobre la suya y noté que se tensaba, como si fuera a retirarla, pero luego se aflojó—. Entonces hablaremos.

Volví a mi oficina para rematar algunos asuntos antes de regresar a mi alojamiento temporal. Cuando ya me disponía a recoger el abrigo del colgador, alguien abrió bruscamente la puerta del despacho sin llamar. Me giré en redondo y se me encogió el corazón. Comprendí de repente que el hecho de no concebir otra compañía peor que la de Martillo Murphy no hacía más que poner de relieve los límites de mi imaginación.

El hombre que se me había plantado delante medía un metro ochenta y andaba por los cincuenta y tantos. Tenía unos hombros anchos y una cara cruel, brutal. Como siempre que me lo había tropezado, iba vestido con toda pulcritud y sin la menor creatividad: todo de *tweed*. De entrada, decidió liberar de peso sus gruesos zapatos sin pedir permiso. Esperar a que lo invitaran a tomar asiento, igual que llamar antes de entrar, era algo que el comisario en jefe Willie McNab no hacía nunca.

Me pareció que lo mejor sería sentarme yo también. Prefería tener algo tangible, como un escritorio (o un continente), entre el comisario y yo. Eché un vistazo a la puerta, esperando que algún fornido *highlander*, enfundado en un traje confeccionado en serie, entrara siguiendo a McNab: uno de los privilegios del rango jerárquico era que no podías vapulear con tus propias manos a los sospechosos. Me sorprendí mucho, pero no entró nadie.

—¿A qué debo este gran...? —le pregunté a McNab.

—Sabes muy bien por qué he venido, o sea que no me toques los cojones.

—A ver, comisario, solo para tener las cosas claras: ¿por qué no me explica de qué se trata?

—Has estado metiendo las narices en el asunto Strachan. Ya deberías saber a estas alturas que yo sé todo lo que pasa en esta ciudad, y si son cosas de especial interés para mí, me entero todavía más deprisa. ¿Qué has descubierto?

—Nada de interés para la policía.

—¿Para quién estás trabajando?

—Lo lamento. Secreto profesional.

—¡Ah, sí! Secreto profesional. —Asintió sabiamente, como saboreando el concepto—. ¿Sabes en qué se parecen el secreto profesional y tus putas muelas?

—Estoy seguro de que lo explicará.

Él alzó su metro ochenta e, inclinándose por encima del escritorio, acercó su rostro al mío y me espetó:

—El secreto profesional se parece a tus putas muelas en que podemos arrancártelo a puñetazos en una celda de Saint Andrew's Square.

Me pareció interesante que el comisario y Martillo Murphy, aunque ocupasen lados opuestos en la frontera de la justicia, contemplaran del mismo modo mi ética profesional.

—¿Sabe una cosa, McNab? No lo creo. Hace un año o dos podría haber hecho eso y salirse con la suya, pero yo ya no juego en ese terreno. Soy un hombre respetable.

—¿En serio?

—En serio. Y no es esa la única razón de que no crea que vaya a hacerlo. Usted se ha presentado aquí por su cuenta y sin un motivo justificado para detenerme. Por consiguiente, ¿por qué no me explica la causa de su visita? Estoy seguro de que tiene que ver con Strachan, pero husmeo algo raro en el ambiente.

Pese al aplomo con que pronuncié estas palabras, me sorprendió ver que el comisario me hacía caso y volvía a sentarse. Sacó un paquete de Navy Cut y encendió un cigarrillo. Tras un momento de vacilación, me ofreció uno.

—No, gracias —dije, más que nada porque me dejó atónito el gesto, no por otra cosa—. Me gustaría conservar la voz mañana por la mañana. ¿Qué quiere, comisario?

Él se quitó el flexible sombrero y lo arrojó sobre la mesa.

—Lennox, tú y yo hemos tenido nuestras diferencias. Tú no me caes bien y yo no te caigo bien. Pero he observado que cada vez que he intentado sacarte información, tú te has arriesgado a ganarte una paliza o unos días en una celda mandándome a la mierda. Supongo que tienes tu propio código ético, sin importar lo jodidas que estén las cosas. Ya sabes que desenterré la basura de tu época en Alemania durante la posguerra. Ese traficante alemán del mercado negro que apareció muerto en el puerto de Hamburgo, por ejemplo; el que, según las sospechas de la policía militar, era tu socio...

—¿A dónde quiere ir a parar con esta semblanza?

—Me importa un carajo lo que ocurriera en Hamburgo, pero sí me importan los acontecimientos de Glasgow. Joseph Strachan asesinó a Charlie Gourlay. Le disparó a sangre fría, y yo quiero ver a ese hijo de puta colgado de una soga.

—Pero está muerto, comisario. Oficial, legalmente muerto.

—Tú te crees esa versión de mierda tan poco como yo. No era Joe el que estaba en el fondo del Clyde. No puedo demostrarlo, pero estoy seguro. Él era demasiado listo para dejarse atrapar, y demasiado listo para acabar asesinado por uno de los suyos.

—Entonces, ¿de quién eran los huesos encontrados?

—No lo sé. Pero de Strachan no, te lo aseguro. Escucha, Lennox, llevo como policía en esta ciudad casi treinta años. Me las he visto con algunos de los cabrones más brutales y despiadados que han contaminado este mundo con su presencia; le he puesto la soga al cuello a una docena de hombres: desde pederastas hasta asesinos profesionales, psicópatas o navajeros de barrio, y me he enfrentado a todos los monstruos y malvados que puedas imaginar. Pero Joe Strachan sobresale entre todos ellos y no admite comparación.

—¿De veras? —Decidí hacerme el tonto—. A juzgar por todas las chorradas que se escuchan sobre Joe *Gentleman* y por el modo que tienen de idolatrarlo los malhechores de Glasgow, cualquiera diría que fue una especie de héroe legendario.

—¿Sabías que no tenemos ni una sola fotografía suya en nuestros archivos? ¿Ni tampoco sus huellas dactilares? Lo interrogaron una docena de veces, pero nunca fue detenido, y menos aún acusado. ¿Y sabes por qué lo seguíamos llevando a comisaría? Los criminales de Glasgow no eran en aquel entonces muy despiertos ni muy hábiles, que digamos. El principio básico era darle golpes a todo aquello que se pusiera por delante hasta que cayera tintineando el dinero. La mayoría de los delitos con los que nos enfrentábamos eran obra de pandillas de navajeros o de ladrones de poca monta que acababan detenidos porque no tenían el cerebro necesario para planear a derechas un robo. Pero las cosas han cambiado. Ahora tenemos a esos amigos tuyos, los llamados Tres Reyes. Los criminales se han organizado. ¿Y sabes quién empezó ese proceso? ¿Quién les dio la idea? Joe Strachan. Pero él era mucho, muchísimo mejor que ellos. No pretendía controlarlo todo, ni obligaba a cada banda a que le pagasen a cambio de protección como hacen Sneddon, Cohen y Murphy. Strachan sopesaba los riesgos y los beneficios. Él solo apostaba por el premio gordo, por los grandes botines. Y escogía únicamente a los mejores para cada trabajo.

—Todo eso ya lo sé.

—¿Ah, sí? Bueno, pero seguramente no sabrás que algunos hombres se fueron de la lengua: un puñado de hampones descontentos y cabreados porque Strachan no los había escogido. Uno de ellos era informador nuestro. Bien. Pues todos acabaron muertos. Presumiblemente, quiero decir. Porque no apareció ningún cuerpo. Se esfumaron sin dejar rastro.

—¿Strachan los liquidó?

—Se encargó su matón. Alguien sin antecedentes. Nunca averiguamos su nombre. Lo único que le sacamos a nuestro informador fue que ese matón era un tipo joven, un protegido de Joe. Él lo llamaba «el Chaval». Su aprendiz. Tal vez era joven, pero ponía firmes a todos los que trabajaban para Strachan. Como te digo, era un asesino frío y profesional. Por lo poco que sabemos, Joe lo trataba como a un hijo.

—Martillo Murphy trabajó una temporada para él. —Yo seguía haciéndome el tonto.

McNab se echó a reír y replicó:

—Ni hablar. Murphy estaba montando su pequeño imperio con sus hermanos. Trabajaron con Strachan, pero no por mucho tiempo. Yo deduzco que Joe comprendió la clase de psicópata que era Murphy y dejó de recurrir a él porque lo consideraba inestable. Es decir, poco fiable. Si algo exigía Strachan a sus subordinados era fiabilidad. —McNab hizo una pausa para dar una larga calada a su cigarrillo—. ¿Quién te ha contratado para investigar este asunto, Lennox?

—Vamos, comisario…, ya sabe que no se lo voy a decir.

—Te convendría.

—¿Para qué?, ¿para ahorrarme una paliza?

—No. Mira, Lennox, a veces hay que olvidar el pasado y dejar de lado los sentimientos personales. A veces dos personas que jamás lo habrían creído posible han de trabajar juntas.

—¿Qué me propone?

—Sé que has recurrido repetidamente al inspector Ferguson para obtener información. Ese es un grifo que yo podría cerrar de modo permanente. Aunque por ahora no voy a hacer nada. Tampoco voy a ordenar que te siga un agente las veinticuatro horas del día, para que controle cada uno de tus movimientos e interrogue a cada cliente con el que veamos que contactas.

—Un gesto amable de su parte, comisario. Deduzco que debe esperar una compensación a cambio.

—Voy a jubilarme en un par de años, Lennox. Me he comprado una casa en Helensburgh, y mi esposa y yo nos mudaremos allí, lejos de la ciudad, en cuanto abandone mi puesto. Quiero disfrutar de un retiro tranquilo. Pero no voy a quedarme a mis anchas si sé que Joseph Strachan sigue por ahí, dándose la gran vida, sin pagar por el asesinato de Charlie Gourlay.

—Entonces, ¿por qué no aceptar sencillamente que era Strachan quien estaba en el fondo del Clyde?

—Porque sé que no lo era. Y como ya te he dicho, estoy seguro de que tú también lo sabes.

Aquella conversación era sorprendente. Y estaba a punto de

serlo todavía más. McNab sacó un sobre del bolsillo y lo arrojó sobre la mesa.

—Hay cuatrocientas libras ahí, Lennox. Es casi exactamente lo que gana un agente de policía de Glasgow en un año.

Cogí el sobre, más que nada para convencerme a mí mismo de que no era una alucinación.

—¿Quiere contratarme? ¿O es de los fondos reservados de la policía? —pregunté, incrédulo. ¿Por qué de repente estaba todo el mundo tan deseoso de entregarme fajos de billetes?

—No es dinero de los informadores. Es mío; no es del cuerpo. Y sí, quiero contratarte. Me he pasado casi veinte años tratando de llevar a Strachan ante la justicia. Por mucho que deteste reconocerlo, necesito a alguien como tú: alguien que no sea un inspector de policía y que pueda obtener información que a mí me es imposible conseguir.

Dejé el sobre otra vez encima de la mesa.

—No puedo.

—¿O más bien no quieres? Escucha, Lennox. Ayúdame y yo me encargaré de que siga habiendo puertas abiertas para ti en la policía de Glasgow mucho después de que me retire.

—De acuerdo. Lo ayudaré. Pero podría producirse un conflicto de intereses.

—¿Quieres decir con quienquiera que te haya contratado?

—Algo así. —Suspiré. La cosa era complicada y confusa. Estaba manteniendo una conversación que jamás habría imaginado que mantendría con McNab—. Está bien. Me contrataron las hijas de Strachan para confirmar si era él o no el hombre que fue dragado en el río.

—No veo dónde está el conflicto de intereses. Tú puedes darles esa información y orientarme a mí en la dirección correcta. Me consta que hay muchos asuntos turbios en tu historia, pero también me consta que eres el tipo de persona que no se quedaría de brazos cruzados, permitiendo que alguien saliera impune de un asesinato, fuese el de un policía o no.

—Sería un error sobrestimar mi nobleza, McNab. Pero por lo que he oído sobre Strachan, sí, no me importaría verlo entre rejas. A pesar de todo, tenemos objetivos distintos, comisario.

—Dame algún dato, Lennox.

Hice de nuevo una pausa, debatiéndome interiormente sobre mi posición en aquel asunto.

—De acuerdo. Como le decía, estoy investigando la desaparición de Strachan por cuenta de sus hijas. Acababa de hacer un par de averiguaciones preliminares, asomando apenas la cabeza como quien dice, cuando un tipo va y me asalta en un callejón cegado por la niebla y me insta a dejarlo correr. Ahora bien, ese tipo se las sabía todas. Sin bromas. No actuaba como un matón callejero, sino más bien como un comando. Lo cual me hace pensar lo siguiente: si Strachan está muerto, ¿por qué viene nada menos que un profesional a aconsejarme que deje la investigación?

El ancho rostro de McNab se iluminó con alguna asociación. Obviamente, estaba contándole lo que quería escuchar. Opté por no explicarle que mi compañero de baile me había clavado una pistola en la espalda.

—Luego..., y no me pregunte de dónde lo he sacado, porque no se lo voy a contar..., luego me encuentro con el relato de un testigo que jura haber visto a Strachan durante la guerra. En el verano de 1942, para ser exactos.

McNab reaccionó como si lo hubiera atravesado una descarga eléctrica.

—¡Lo sabía! ¡Lo sabía, joder! ¿Dónde?

—No se acalore demasiado... —Procuré imprimir un tono cauteloso a mis palabras—. Como el resto de la historia no parece muy lógico, escuche hasta el final. Ese testigo, que en general me inspira confianza, me dijo que vio a Strachan con uniforme de comandante en Lochailort. Él cree que estaba metido en la instrucción de las Unidades Auxiliares.

Noté cómo se disipaba la corriente eléctrica.

—No podía ser Strachan —opinó.

—Eso pensé yo de entrada, pero no hay que descartarlo del todo. Hice averiguaciones sobre la hoja de servicios nada gloriosa de Strachan en la Primera Guerra Mundial. Al parecer, se escabulló una y otra vez sin permiso, utilizando uniformes de oficiales. Aunque resulte embarazoso admitirlo, es un hecho que se le daba muy bien hacerse pasar por oficial. Usted ya debe de saber que, seguramente, se hizo pasar por un caballero de clase alta para llevar a cabo el reconocimiento de los escenarios de sus grandes robos. Así pues, que haya sido visto con uniforme de oficial no es tan sorprendente.

—Pero has dicho que estaba en Lochailort. Es imposible que nadie, ni siquiera él, pudiera haberse colado allí sin los documentos necesarios y sin que todos los demás supieran bien quién era y a qué unidad pertenecía.

—En ese punto fue donde me quedé atascado. Y ahí es donde podríamos efectuar un pequeño intercambio. Yo no puedo acceder a ese tipo de información, pero usted sí.

—No sé, Lennox. La información que el cuerpo de policía puede obtener de los militares es limitada. Sobre todo tratándose de una base como Lochailort, todavía sujeta a la ley de Secretos Oficiales.

—Usted tiene más posibilidades que yo.

—¿Y qué saco a cambio?

—Una llamada. Si descubro que Strachan está vivo y averiguo dónde se esconde, introduciré un par de peniques en un teléfono público. Probablemente no lo creerá, pero ya he advertido a mis clientes que si lo encontrara vivo, me vería obligado a cumplir con mi deber cívico.

—Tú asegúrate de que nadie tenga facilidades para escapar. O nuestra nueva campechanía flaqueará. —Con un gesto deliberadamente ceremonioso, usó dos dedos para empujar el sobre por encima de la mesa hacia mí. Yo lo aparté.

—Como he dicho, McNab, es mi deber. Quédese su dinero.

Él guardó silencio, como evaluándome; luego se encogió de hombros, se metió el sobre en el bolsillo y se puso de pie.

—¿Puedo usar tu teléfono? —preguntó, aunque ya le había dado la vuelta al aparato y alzado el auricular. Marcó un número—. Aquí el comisario McNab —dijo al cabo de un momento—. Me retiro ya. ¿Alguna novedad antes de que vuelva a casa?

Suspiró mientras escuchaba; a continuación sacó la libreta del abrigo y tomó unas notas.

—No hay descanso para los malvados, me imagino —comenté cuando ya había colgado el aparato.

—He de marcharme. Ha habido un asesinato. Un mariposón en Govanhill…

Capítulo once

Cuando McNab se fue, traté sin éxito de ponerme en contacto con Jock Ferguson. Estaba de servicio, me informó al teléfono el sargento de recepción, pero había salido a atender un aviso.

Claro que podía tratarse de una casualidad, me dije, intentando convencerme a mí mismo. Pero ¿cuantos «mariposones», como McNab los había llamado, podía haber en Govanhill? Y como los autobuses del Servicio Municipal de Glasgow, las casualidades solían venir de tres en tres. Tal vez Jock Ferguson había salido para atender otro caso, pero yo no dejaba de contemplar la escena que se proyectaba en mi mente: Jock de pie ante un cadáver, recordando de golpe (seguramente, justo al llegar McNab) que el nombre del finado resultaba ser uno de los que yo le había pedido que comprobara.

Decidí coger el toro por los cuernos y dirigirme a la vivienda de Govanhill. Durante el trayecto tendría que pensar deprisa cómo iba a explicar mi interés en el caso sin implicar a las estrellas de Hollywood ni a los miembros menores de la realeza. Acababa de ponerme el sombrero y el abrigo, pero me detuve para estudiar la situación. Claro: aquel piso no era de Paul Downey; era el nombre de Frank, el musculoso socorrista de la piscina, el que figuraba en el registro de inquilinos. Quizás era él quien había sido asesinado. En ese caso, disponía de cierto tiempo antes de que los pies-planos hallaran el rastro que los llevaría a Downey. Pero, por pedestres que fueran, los de Investigación Criminal acabarían estableciendo la conexión, y Jock Ferguson también.

Por una vez agradecí que hubiera niebla; se había presentado en tromba. Por ese motivo, decidí tomar el metro hasta Kinning Park, y el camino restante lo hice a pie. Me asomé a un extremo de la calle, pero la niebla era muy espesa para distinguir el otro extremo y ver si había o no coches de policía aparcados delante. Pasé de largo esa calle, me metí por la siguiente, paralela a la de Frank, y caminé casi hasta el final, cortando por un pasaje de las casas de vecindad, y me colé en el patio trasero común.

El patio era un inmenso rectángulo bordeado de viviendas por los cuatro costados, y salpicado de pequeños y achaparrados lavaderos, cubos metálicos y montones de basura. Las secciones de patio de cada bloque se hallaban delimitadas con barandillas bajas; la mayoría de ellas, rotas.

Era uno de esos lugares donde la peste negra habría hecho gustosamente acto de presencia.

Dicho patio daba a la trasera de las hileras de viviendas de ambas calles, así como a los bloques que quedaban en uno y otro extremo, cerrando el larguísimo rectángulo. La niebla atenuaba la luz de cada ventana, convirtiéndola en un impreciso resplandor en la penumbra, y no se vislumbraba ni el extremo más alejado del patio. Mientras cruzaba el vasto espacio, pisando las barandas derribadas o saltándolas, me sentí muy poco expuesto. El aire estaba impregnado de un fétido hedor, y los adoquines se notaban viscosos, por lo que debía concentrarme para no resbalar. Un ruido repentino me detuvo cuando me encontraba hacia la mitad del patio; me quedé inmóvil un momento, pero enseguida advertí que era una rata correteando entre los cubos de basura. Seguí adelante. Si había calculado bien, tenía que estar justo detrás de la vivienda hasta la cual había seguido a Frank. Agucé el oído, pero no oí voces cerca. Supuse que el patio trasero de la casa estaba desierto, pero no quería arriesgarme a tropezar con un poli echando una meada o fumando un pitillo.

Al acercarme más, habría jurado que el aire se tornaba más denso y que adquiría un tufo a quemado.

Cuando distinguí con más claridad las viviendas, me desvié y fui a situarme junto a la casa contigua a la de Frank. El olor acre se intensificó. Más allá, detrás del piso del socorrista, vislumbré una serie de bultos negros esparcidos por el suelo. Y oí voces.

Muchas voces. Me deslicé con sigilo hasta alcanzar el primer bulto: un sillón chamuscado y ennegrecido, todavía caliente pese a que lo habían rociado con agua para apagar las llamas.

Retrocedí hasta la casa contigua y crucé sin ruido el pasaje cubierto de azulejos que desembocaba en la calle. Pegando la espalda a los azulejos, me acerqué a la boca del pasaje y asomé la cabeza para echar un vistazo. La retiré en el acto: había un poli a tres metros, apostado junto al zaguán de la vivienda de Frank. Solo había podido echar una mirada fugaz, pero había entrevisto un camión de bomberos rojo estacionado delante, cuya dotación estaba charlando y fumando en la acera. También había atisbado varios Wolseley negros de policía al final de la calle.

Así que era esto. El asesinato por el que habían convocado a McNab con urgencia era el de Frank o el de Paul Downey. Fantástico. Me pregunté cuánto tardaría Jock en atar cabos. Después, el miembro de la pareja que hubiera sobrevivido podía contarle a la policía que yo los había zurrado a los dos y amenazado con volver acompañado de mis compinches para montar una fiesta de verdad. Y si me tomaban las huellas dactilares, encontrarían en el piso un montón que coincidían con las mías.

Solo media hora antes, McNab me había hecho depositario de sus confidencias, cosa en principio tan verosímil como que Dwight y Nikita montaran una fiesta-pijama juntos; y ahora no pasaría más de un día antes de que ordenara detenerme. Buena jugada, Lennox.

Lo que más me desconcertaba era la presencia de los bomberos y el mobiliario arrojado en el patio trasero. Lo bueno del caso era que si se había producido un incendio en el piso, cabía la posibilidad de que no pudieran recoger mis huellas.

Oí voces y deduje que alguien había salido del zaguán de la otra casa. Una de ellas era la de McNab. Estaba dándole instrucciones a un subordinado, pero nada de lo que dijo me permitió deducir cuál de mis dos amiguitos había fallecido y cómo había encontrado la muerte. Decidí largarme antes de añadir un elemento más a las pruebas circunstanciales que existían contra mí. Me apresuré a cruzar en silencio el pasaje y salí de nuevo al patio. Esta vez lo atravesé en línea recta, deseoso de alejarme cuanto antes del escenario del crimen. La niebla parecía haberse vuelto más densa, y advertí mientras avanzaba que había perdido la orientación. Estaba en mitad del patio y no veía ninguna de las paredes, pero seguí adelante, pensando que si caminaba recto conseguiría alcanzar el lado opuesto.

Lo que conseguí fue toparme con una colección de cubos de basura y volcar uno. La tapa tintineó sobre los adoquines, y el ruido reverberó por el patio, aunque no tan estrepitosamente como había temido, sin duda amortiguado por el manto de niebla. Permanecí inmóvil un momento. Ni voces, ni ladridos de perros, ni silbatos de policía. Proseguí caminando a ciegas por la niebla y, finalmente, arribé a la orilla de arenisca ennegrecida de las viviendas de enfrente. No veía ningún pasaje que diera a la calle, pero sabía que si me deslizaba por detrás de los edificios acabaría encontrando uno. El único problema era que tenía que caminar junto a las ventanas de los pisos de la planta baja. De nuevo caminé con el máximo sigilo, agachándome cada vez que pasaba junto a una ventana iluminada.

Fue una ventana a oscuras la que causó mi perdición.

Oí un ruido de lucha: alguien jadeaba y gruñía. Durante un instante no logré situar de dónde procedía; enseguida descubrí que el sonido se colaba por un orificio de la resquebrajada ventana. Me incorporé y, a través del mugriento cristal, atisbé en la penumbra del interior. Se trataba de la típica cocina-sala de estar de ese tipo de vivienda, y la única luz procedía de la puerta abierta del fogón, que servía para calentar y cocinar. El resplandor trazaba la silueta de una mujer inmensa agachada sobre la mesa de madera, con los codos apoyados encima. Era tremendamente obesa y estaba desnuda de cintura para arriba. Las enormes lunas blancuzcas de los pechos y las carnes flácidas de los brazos le oscilaban temblorosamente con cada embestida del flaco hombrecillo que tenía detrás. El tipo era casi calvo, salvo por unas hebras negras pegadas al cráneo, y lucía un bigote rectangular a lo Groucho Marx que se le retorcía bajo la afilada nariz a cada envión apasionado.

Era la misma situación que cuando ves sin querer en público a una persona que se siente indispuesta y acaba vomitando en mitad de la calle. No deseas verlo, pero por mucho que te repugne, una vez que has mirado, ya no puedes apartar los ojos. Me quedé totalmente paralizado.

El hombrecillo y su esposa procuraban a todas luces no armar mucho alboroto, seguramente porque había niños durmiendo en la otra habitación del piso, pero ella gemía:

—¡Ay, mi macho...! ¡Ay, mi machote...!

Me metí un puño en la boca y mordí con fuerza, pero mis hombros se sacudían de modo incontrolable.

—¡Ay, Rab..., tú eres mi machote...!

«Muévete, Lennox —me dije—. Muévete, por el amor de Dios.»

Entonces, en un arrebato de pasión, el esmirriado hombrecillo soltó:

—¡Senga! ¡Ay, Senga!

Pese al peligro que entrañaba mi situación, algo en mi interior se impuso al instinto de supervivencia y al puño que tenía metido en la boca, y la carcajada que había tratado de reprimir amenazó con explotar. Un sonido agudo y estrangulado salió incontenible de mi garganta.

Fue lo bastante fuerte como para que lo oyera la oronda mujer. Alzando la vista, me vio en la ventana, soltó un chillido y se tapó con los brazos los descomunales senos, en un ridículo esfuerzo por ocultar su desnudez. El hombrecillo me vio también y, desacoplándose, se lanzó hacia la ventana, por suerte subiéndose los tirantes de los pantalones.

—¡Pervertido! —gritó con una vocecilla estridente—. ¡Pervertido de mierda! ¡Mirón! ¡Mirón asqueroso!

Eché a correr junto al edificio con la esperanza de encontrar de una vez el pasaje de salida. Rab el machote, entretanto, había abierto la ventana y llamaba a voz en cuello a la policía.

Buena jugada, Lennox.

Oí gritos y un silbido, así como el estrépito de más cubos volcados. Al otro lado del patio, vi la luz de varias linternas que trataban en vano de atravesar la niebla. Seguí adelante a todo correr, confiando en no tropezar con nada más en esas tinieblas. No me preocupaban gran cosa los polis que se movían a tientas a mi espalda, pero si alguien tenía el suficiente cerebro para evaluar la situación y mandaba un coche alrededor de la manzana, incluso a la velocidad que obligaba la niebla cerrada, podían atraparme cuando saliera a la calle paralela.

Encontré al fin el pasaje, me apresuré a cruzarlo y llegué

a la calle. Supuse que a esas horas de la noche y con tanta niebla habría pocos coches circulando, y salí directamente a la calzada. Encontré los rieles del tranvía y eché a correr, procurando concentrarme en el reducido campo de visión del que disponía y manteniéndome en el centro de los rieles. Llegué a una curva. Un letrero que advertía: CUIDADO CON EL TRANVÍA. ESTRECHAMIENTO, que discerní de soslayo, me indicó que había salido de la travesía lateral y había llegado a la avenida principal. Seguían sin sonar las campanillas de ningún Wolseley de la policía. Y ahora ya sería inútil buscarme en medio de la niebla.

Corrí otros cien metros, bajé el ritmo a un simple trote, caminé un trecho y me detuve al fin, agachándome con las manos en las rodillas para recuperar el aliento. Cuando me repuse, me erguí y permanecí inmóvil, aguzando el oído. Nada.

El único problema era que no tenía ni idea de dónde estaba. Súbitamente, una silueta enorme surgida de la niebla se alzó ante mí: un monstruo con dos brasas ardientes por ojos que avanzaba traqueteando hacía mí. Me eché a un lado, perdí el equilibro y, al caer, rodé rápidamente para apartarme del camino del tranvía, que pasó atronando junto a mí. El conductor me soltó una obscenidad por la ventanilla, pero no accionó el freno para comprobar si me encontraba bien.

El tranvía desapareció de nuevo, tragado por la niebla. Me levanté, me sacudí la ropa y recogí mi magullado sombrero.

—Joder —mascullé. Mientras encontraba a tientas la acera, recordé de golpe a Senga y al machote, y estallé en carcajadas.

Esta vez la niebla era persistente. Había continuado presente toda la noche y cegaba las ventanas del cuarto de mi pensión cuando me desperté a la mañana siguiente. Los efectos de mi revolcón en la calle se sumaban vigorosamente a las magulladuras ya en retroceso que había sufrido en la pelea del callejón. Me fui temprano a la oficina, tomando otra vez el tranvía; no quería arriesgarme a conducir en aquellas condiciones.

En cuanto llegué, llamé a Leonora Bryson al hotel Central, pero me dijeron que ella y el señor Macready se encontraban en Edimburgo para hacer unas entrevistas. Tuve más suerte con

Fraser, el abogado; le dije que debíamos vernos con urgencia. Puesto que por algún motivo, él se empeñó en que no fuera en su oficina, le propuse la Estación Central al cabo de media hora.

Aunque yo solo debía cruzar la calle, Fraser se las arregló para llegar antes. Hay una especie de protocolo a la hora de sentarse en los cafés de las estaciones: si solo tomas una taza de café, tiene que ser fumando un cigarrillo y debes encorvarte sobre la taza y poner una expresión sombría, como si el tren que estás esperando fuera a llevarte a tu último destino. Fraser infringía esa lúgubre normativa. Estaba sentado muy erguido, vuelto hacia la explanada de la estación, con sus ojitos alerta. Me vio venir y retiró el maletín de la silla contigua. Pedí un café en el mostrador al camarero más melancólico del universo, llevé la taza a la mesa y me senté junto al abogado.

—Este no es el sitio ideal para hablar de lo que quiero hablar —dije echando una ojeada a los clientes que tal vez podían oírnos.

—Yo creía que nuestro acuerdo relativo a esas fotografías ya había concluido, señor Lennox.

—Lo mismo creía yo. El otro día recibí una visita de la policía, pues estamos «colaborando» en otro caso. A mi contacto, mientras se hallaba en mi oficina, se le escapó que debía ocuparse de un asesinato en Govanhill.

—Yo no diría que sea algo particularmente extraño ni digno de mención... —Fraser frunció el entrecejo.

—Tal vez. Pero ese asesinato se ha producido en la dirección en donde recuperé las fotografías.

El abogado se quedó consternado un momento; luego se inclinó y bajó la voz al mismo nivel en el que yo había estado hablando.

—¿Se trata de Paul Downey?

—No lo sé. El piso lo tenía alquilado su amigo, Frank. Seguramente, sabré hoy mismo cuál de los dos está muerto.

—Dios mío. —Fraser reflexionó un momento y, acto seguido, dijo con complicidad—. ¿Hay algo, cualquier cosa, que pueda relacionarnos a nosotros y al asunto Macready con esa dirección?

—Supongo que hoy mismo conoceré la identidad del fallecido, pues estoy esperando a que la policía me llame. Yo le pregunté a uno de mis contactos en el departamento si sabía algo de Paul Downey. Si este ha sido el asesinado, querrán saber por qué estaba yo haciendo averiguaciones.

—¡Pero usted no puede contárselo, señor Lennox! —Recorrió el café con la vista y bajó de nuevo la voz—. Ya sabe lo delicado que es todo esto. He de decirle que considero una gran imprudencia de su parte que le preguntase a la policía por Downey.

—Era un riesgo calculado, señor Fraser. Y el cálculo no contemplaba que ese chico o su novio apareciera muerto. En cuanto a las explicaciones que habré de darle a la policía, procuraré dejar a Macready al margen. Pero la policía suele mirar con muy malos ojos un asesinato, y mi cuello es alérgico al cáñamo; por eso, si llegamos a la hora de la verdad, tendremos que sincerarnos con ellos…

—Después de todo lo que hemos pasado, señor Lennox, sería de lo más lamentable. Mucho me temo que nosotros habríamos de negar que usted hubiera trabajado para nosotros. Al fin y al cabo, le pagamos en metálico. —Los ojitos se le volvieron gélidos tras las gafas—. Y puedo asegurarle que todas las fotografías y los negativos han sido destruidos. No habría ninguna prueba que respaldara su afirmación de que nosotros lo contratamos.

Sonreí y repliqué:

—Bueno, confiemos en que las cosas no lleguen a ese punto, porque en ese caso yo tendría que desembucharlo todo; incluido el hecho de que cuando averigüé el paradero de Paul Downey, solo le facilité la dirección a dos personas: a usted y a Leonora Bryson. Entonces todo se reduciría a comprobar quién tiene más probabilidades de ser creído por la policía. Y a mí me respalda todo un historial con ellos. —Me abstuve de añadir que ese largo historial quizá pudiera volverse contra mí—. Y por supuesto, usted debería jugársela, confiando en que yo no me haya quedado un par de negativos como medida de seguridad por si se presentaba una situación espinosa como esta. A todo lo cual hay que añadir que se necesitan muchas pelotas para mentirle a la policía en una investigación de asesinato. Y sin ánimo de ofender, no creo que usted las tenga.

—Está bien, confiemos, como usted dice, en que la situación

no llegue a tanto. —Si había logrado inquietar a Fraser, el tipo lo disimulaba muy bien—. Y no veo por qué tendría que complicarse. Quiero decir, todo esto no pasa de ser una coincidencia. Una desgraciada coincidencia, sin duda, pero coincidencia al fin. Seamos sinceros: el mundo en que se mueve esa gente puede ser muy turbio y peligroso. No me sorprendería si al final resulta que uno de ellos asesinó al otro en el curso de una disputa.

—Puede ser. Pero si algo he observado acerca de las coincidencias, es que tienen la desagradable costumbre de regresar y morderte en el culo.

—Entonces, ¿qué propone que hagamos?

—Por ahora, mantenernos a la espera. Como le he comentado, sabré más a lo largo del día. Entretanto, en vez de amenazarnos con echarnos mutuamente a los leones, propongo que tratemos de pensar modos de limitar los daños si la policía llega a hacernos preguntas.

—¿Alguna idea, señor Lennox?

Hice una pausa para dar un sorbo de la taza que había estado acunando en mis manos y lo lamenté en el acto. Me pregunté si aquel brebaje no habría salido de la misma cubeta de la draga que los misteriosos huesos del Clyde.

—La policía no es muy avispada, como sabe, pero tienen tanta experiencia en escuchar mentiras que las detectan a kilómetros. Nuestra mejor estrategia es contarles la verdad, aunque no toda la verdad. Los estudios quieren preservar el buen nombre del señor Macready, ¿no? Bueno, sugiero que le contemos a la policía todo lo ocurrido, incluido lo relativo a las fotografías, pero diciendo que fue con una mujer con quien lo sorprendieron en flagrante delito. Si se produce alguna filtración, no hará más que realzar su fama de mujeriego.

—¿Y si quieren conocer la identidad de esa dama?

—Entonces diremos que únicamente Macready la conoce, y que ni a nosotros nos la ha revelado. Pero si lo presionan, puede decir que el actor le insinuó que era la esposa de alguien muy importante. Ustedes, los británicos, son tan respetuosos con las altas esferas que quizá sirva para que la policía renuncie a hurgar más. Entretanto, el actor habrá tomado el lunes un avión hacia Estados Unidos. La policía de Glasgow no va a solicitar la extradición para exigirle un nombre, y además, es única para aplicarle a todo el principio de la navaja de Occam: siempre buscan la explicación más sencilla; básicamente, porque suele ser la más fácil. Confío en que no pongan demasiado ahínco en investigar mi papel en el caso.

Fraser consideró mis palabras, asintiendo lentamente.

—Sí..., sí, tiene lógica. Secundaré su idea. Pero he de plantearle una pregunta, señor Lennox, y estoy seguro de que comprenderá por qué he de formularla...

—La respuesta es no —dije anticipándome—. Yo hice lo que usted me pidió con muchos circunloquios, y le metí el miedo en el cuerpo a Downey. Reconozco que le dejé un cardenal o dos a su amiguito, pero no fui más creativo que eso al interpretar sus instrucciones. Cuando me marché, tanto Frank como Downey estaban vivitos y coleando.

Al salir de la estación, la niebla había perdido espesor y se había convertido en una neblina granulosa que le confería a Glasgow una pátina monocroma (lo cual no era tan difícil tampoco), en lugar de oscurecerla. Crucé Gordon Street y subí la escalera de mi oficina. Había cerrado con llave y casi me esperaba ver a Jock Ferguson, o incluso a McNab, aguardando en el rellano. Pero como no había nadie, abrí la puerta y entré.

Y repentinamente, me encontré de nuevo en la guerra.

La velocidad del pensamiento me parece la más imposible de cuantificar: más rápida que la velocidad del sonido, incluso que la velocidad de la luz, aunque Albert diga lo contrario. En todo caso, lo que me sucedió al cruzar el umbral de mi oficina me trasladó al instante a un lugar bien conocido donde matabas sin pensar o perdías tu propia vida.

Él me estaba acechando detrás de la puerta y, cuando entré, me rodeó con un brazo por detrás y me hundió los dedos en un ojo y en la mejilla, tirando de mí de lado y hacia abajo. Si no me hubieran enseñado los mismos pasos de baile, ese habría sido sin duda mi final. Sin pensarlo siquiera, supe que un cuchillo se me acercaba a la garganta, y le di al tipo en el antebrazo con el canto de la mano. El golpe tuvo la fuerza suficiente como para detener la hoja, pero poco más. Di un paso de lado hacia el cuchillo, contrariamente a lo que el instinto habría dictado, y le atrapé el brazo entre mi hombro y la pared. Él todavía me agarraba la cara con la mano y me buscaba la órbita del ojo con el pulgar. Lancé hacia atrás mi otra mano, donde sostenía aún las llaves, y le golpeé en la ingle.

El individuo sofocó un grito y aflojó la tenaza de los dedos sobre mi rostro. Le agarré la mano con la que sujetaba el cuchillo y la empujé violentamente contra la pared. Mi cerebro registró la forma de la hoja: la silueta alargada y delgada, letal pero hermosa de un Fairbairn-Sykes. Estaba metido en un aprieto; en un grave aprieto. Solo uno de nosotros saldría vivo de esta. Él siguió aferrando el cuchillo, y yo le mantuve el brazo inmovilizado contra la pared con la mano izquierda mientras le aporreaba la cara con el codo derecho: cinco, seis veces en un par de segundos. Pude vérsela lo suficiente para distinguirle una fea cicatriz en la frente y reconocerlo como el tipo que me había asaltado en el callejón. Pero esta vez no habría charla.

Le había partido la nariz y tenía el rostro ensangrentado, pero él no parecía inmutarse. Era algo que siempre me resultaba difícil hacer entender a quienes no habían experimentado ese tipo de combate: cuesta mucho sentir el dolor. La conmoción y la descarga masiva de adrenalina bloquean la sensibilidad hasta que todo ha terminado. Solo entonces te duele.

Yo sabía que debía ocuparme ante todo del cuchillo. Le lancé un golpe a la muñeca con mi llave Yale, la única arma de que disponía, pero mi atacante me clavó la rodilla en la zona lumbar y me empujó hacia delante. Era fuerte, el cabrón, y a causa del golpe, le solté la muñeca. Me volví para hacerle frente. El tipo sujetaba el cuchillo en horizontal, como mandan los cánones. Me lanzó un viaje. No pretendía clavarme la hoja, como habría hecho un matón callejero. Buscaba una muerte rápida: un tajo en el muslo, en el cuello o el antebrazo, que me seccionara la arteria femoral, la braquial o la carótida. Luego ya solo tienes que mantener las distancias y observar cómo se desangra tu oponente en cuestión de segundos. Técnica de manual.

Rodé por encima de mi mesa. Ahora, cada vez que venía a por mí, yo me movía alrededor manteniendo siempre el escritorio entre ambos, como si jugáramos al pilla-pilla. Noté algo húmedo en los dedos y, al bajar la vista, vi que tenía el dorso de la mano y la manga de la camisa cubiertas de sangre. Me había alcanzado, pero en el lado equivocado del brazo. Necesitaba un arma con urgencia. Para entonces, ya habíamos dado una vuelta entera al escritorio; él estaba ahora detrás, donde yo me sentaba normalmente. Lo único que acerté a agarrar fue el perchero que tenía a mi espalda. Lo sujeté ante mí y lo esgrimí como un gladiador reciario armado con un tridente. Él trató de rodear el escritorio, y yo le lancé a la cara la base del perchero, que vibró al chocar con el hueso. Al tipo se le había cerrado prácticamente un ojo debido a la inflamación como consecuencia de uno de mis codazos, y comprendí que tenía la visión seriamente afectada. Le lancé otro viaje, esta vez golpeándole en mitad del pecho con todas mis fuerzas. Al retroceder, se le enganchó una pierna en mi butaca y cayó de espaldas sobre la ventana, haciendo trizas el cristal. Arremetí de nuevo, empujándolo por el hueco. Él soltó el cuchillo y se agarró del marco de la ventana con ambas manos para no caer al vacío.

Me miró a los ojos. Una mirada que significaba: «Me rindo».

Yo mantuve la presión del perchero sobre su pecho.

—Muy bien —dije—. ¿Para quién trabajas?

—Olvídalo, Lennox. Llama a la policía, y acabemos de una vez esta historia.

Igual que yo, estaba tratando de recuperar el aliento y, en esta ocasión, no hacía el menor intento de simular el acento de Glasgow. Hablaba un inglés perfectamente modulado, con una pronunciación impecable. Me pregunté si la BBC no tendría una unidad de comandos de locutores de élite.

—¿Qué? ¿No piensas responder?

Lo empujé otra vez. Los dedos ensangrentados de una mano le resbalaron del marco. Se revolvió para ganar asidero.

—Muy bien, Comando Joe. Solo voy a preguntártelo una vez más. ¿Quién te ha enviado? ¿Tal vez Joe Strachan? ¿Dónde está?

Él se echó a reír tan efusivamente como se lo permitía su estado. De la destrozada nariz surgió una burbuja de sangre.

—¿O si no, qué? ¿Vas a matarme a sangre fría?

—Algo así. Dime…, ¿dónde está Joe Strachan?

—¿De veras crees que vas a sacarme algo? No voy a contarte nada, Lennox; ni tú ni nadie me obligará a hablar.

—No conoces a Deditos McBride. Es un socio mío, y debe su nombre a una forma peculiar de hacer la manicura. Por tanto, empieza a hablar antes de que lo llame y se presente aquí con su cortapernos.

Una sonrisa desagradable le dilató el ensangrentado rostro.

—¿Sabes, Lennox? No creo que estés en condiciones de llamar a nadie. No puedes hacer nada. En la India tenían un dicho: «El que monta en un tigre corre el riesgo de no poder bajarse jamás». Tú no puedes llegar a mi cuchillo sin soltar primero el perchero; y si sueltas el perchero, yo cogeré antes el cuchillo. Pase lo que pase, nos queda todavía otro asalto.

—No me venciste la otra vez —dije—, y tenías de tu lado el factor sorpresa.

—Pero estás sangrando, Lennox. Nada que no pueda remendarse, pero te vas debilitando por momentos. Dudo que seas capaz siquiera de mantenerme a raya mucho tiempo con este chisme. Lo único que puedes hacer es seguir ahí plantado, pedir socorro a gritos y confiar en que aparezca alguien.

—¿Sabes?, tienes toda la razón. Es un auténtico rompecabezas. Pero fíjate, se me ocurre una solución.

—¿Ah, sí? —Aún mantenía una sonrisa arrogante—. ¿Cuál es?

—Que tú pidas socorro a gritos…, mientras bajas volando.

Empujé con toda la energía que me quedaba. Su sonrisa se disipó en el acto y el ojo no inflamado se le abrió desmesuradamente en la sanguinolenta máscara del rostro, mientras forcejeaba para no perder asidero. Volví a empujar y sus ensangrentados dedos resbalaron del marco de la ventana. Gritando, cayó al vacío por el hueco.

Oí un rechinar de neumáticos y el chillido de una mujer. Me acerqué a la ventana y me asomé a Gordon Street. El tipo yacía destrozado en el techo gravemente abollado de un taxi.

No dejaba de ser un sistema, pensé mientras retrocedía para llamar a la policía, de parar un taxi. Más efectivo que un silbido.

Capítulo doce

Como empujar a alguien por la ventana de un tercer piso contraviene, por lo visto, una ordenanza municipal del Ayuntamiento de Glasgow, pasé gran parte de los dos días siguientes en compañía de la policía.

La primera noche dormí en el hospital Western General, acompañado de un muchacho de azul montando guardia a mi lado. Para protegerme, me dijo Jock Ferguson de modo nada tranquilizador.

Pese a que yo podía andar perfectamente, me confinaron en una cama, aunque no en la sala general, sino en una habitación para mí solo. Deduje que la policía lo había exigido.

Me encontraba en buenas manos. Si alguna vez han de recibir un navajazo, mi consejo es que procuren que sea en Glasgow. Los hospitales de la ciudad poseen una experiencia incomparable en la sutura de heridas de cuchillo, navaja y filo de botella. Incluso me enteré de que habían ingresado a un tipo con múltiples cortes de machete. Con qué fin habría de manejar un glasgowiano un machete era algo que se me escapaba; yo estaba seguro de no haberme tropezado con ningún trecho de selva o jungla durante todos mis años en la ciudad.

La herida del brazo era profunda. Un médico que parecía de doce años y se ponía colorado cada vez que lo llamaba «hijo» me explicó que habían tenido que coser músculo y no solo piel. Debía hacerme a la idea de que podía quedarme algún nervio dañado, añadió, como si todo hubiera sido por una estúpida imprudencia mía.

Hice una declaración formal ante Jock Ferguson, en presencia de mi uniformado ángel de la guarda. Siguiendo fielmente el consejo que le había dado a Fraser, le conté a la policía la verdad, es decir, la secuencia real de los hechos, describiendo la lucha a muerte que habíamos mantenido y el desenlace final cuando el tipo había caído por la ventana. Aunque omití mencionar algunos detalles: por ejemplo, que había necesitado darle unos cuantos golpes para empujarlo por el hueco, o que habíamos charlado un rato antes de que él tomara el taxi.

Se me encogió el corazón cuando se nos unió McNab, arrastrando una silla por el suelo de baldosas esterilizadas. Un inspector de aire convenientemente arisco permaneció tras él, en la puerta, con un maletín en la mano. No tener que cargar con tus cosas era sin duda otro de los privilegios de la jerarquía.

El comisario en jefe leyó la declaración que le había dictado a Ferguson y firmado a continuación.

—Lo raro es —dijo apartándose el ala del sombrero de los ojos— que tenemos testigos que afirman que cayeron cristales a la calle minutos antes de que la víctima se desplomara al vacío.

No me gustaba esa palabra: víctima.

—Puede ser, comisario. Estábamos destrozándolo todo.

—Y había huellas ensangrentadas en el marco de la ventana, como si la víctima hubiera tratado de agarrarse para no caer.

Otra vez esa palabra.

—Se agarró del marco al caer. De hecho, fue entonces cuando soltó el cuchillo. Pero tenía las manos demasiado ensangrentadas para poder sujetarse: por eso se fue abajo.

—Hummm. —McNab le hizo un gesto al inspector que tenía detrás, quien le entregó un rollo de tela blanca. El comisario lo desenrolló y me mostró el cuchillo. Tenía una etiqueta de prueba clasificada. Y un poco de sangre. Mía. Algunas motas de sangre habían manchado la tela.

—¿Es este el cuchillo?

—Sí, es este.

Ahora que la adrenalina de la pelea ya había abandonado mi cuerpo, despojándome de toda energía, la visión de la hoja que me había abierto las carnes me provocó náuseas.

—¡Ajá...! —exclamó McNab, pensativo—. Un cuchillo de comando, ¿no?

—Un cuchillo de combate Fairbairn-Sykes, sí. Un arma estándar de comando. Las fuerzas especiales canadienses iban armadas con una versión similar, el UVE 42 Stiletto. Una versión inferior. —Señalé el cuchillo y otra vez sentí cómo se me revolvían las tripas—. Eso que tiene ahí es el mejor cuchillo de combate del mundo para pelear cuerpo a cuerpo. Y el tipo que me atacó era un experto. ¿Quién era, en todo caso?

Jock le lanzó al comisario una mirada que este no devolvió.

—No lo sabemos. De momento.

—Déjeme adivinarlo: ¿no tenía identificación?

Jock Ferguson negó con la cabeza, y especificó:

—Ni identificación, ni permiso de conducir, ni etiquetas en la ropa que indicaran de dónde procedía... Tampoco llevaba tarjetas, cartas, talonario...

—¿Alguna idea? —preguntó McNab.

—No era de aquí, eso seguro. Simuló serlo al principio, pero era inglés. Un oficial. Escuche, yo estaba luchando para salvar mi vida. Era o él o yo. ¿Van a acusarme por su muerte?

—Has matado a un hombre, Lennox. Es algo muy grave.

—He matado a muchos, comisario. Aunque entonces no era tan grave, en absoluto.

—Bueno, hemos de presentar un informe al fiscal y tú permanecerás bajo apercibimiento. Las pruebas parecen indicar que fue en defensa propia, tal como dices. Pero da por descontado que el asunto será analizado con lupa. Una cosa es que haya una víctima en una reyerta con una pandilla de navajeros, y otra muy distinta arrojar a un tipo bien vestido con aspecto de oficial a una parada de taxis de Gordon Street. ¿Sabes que la prensa se ha cebado en la historia?

—Me lo imagino. ¿Cómo piensan presentar públicamente el lado «misterioso» del personaje?

—No haremos tal cosa. Hemos dicho simplemente que el fallecido todavía no ha sido identificado. —El comisario se volvió hacia el inspector que se hallaba en la puerta—. ¿Por qué no vas a tomarte un café a la cantina, Robertson? Cinco minutos.

Cuando salió el hombre, dejándome con McNab y Ferguson, me incorporé en la cama. Que un policía como el comisario quisiera reducir el número de testigos durante un interrogatorio era algo que excitaba mi lado más suspicaz.

—Escucha, Lennox —dijo McNab—. Sé que no te gusta mi manera de hacer las cosas, y tú sabes qué pienso de tu relación con los llamados «Tres Reyes». Pero esta es la ciudad más dura que hay sobre la faz de la Tierra, y hay que ser duro para trabajar aquí como policía. Ahora bien, todo este asunto en el que estás metido va más allá de mis entendederas. Y no me gusta nada que las cosas que ocurren dentro de los límites de la ciudad superen los límites de mi comprensión. Porque eso atrae sobre nosotros una atención que no deseo.

—¿Como, por ejemplo...?

—La de la División Especial de Seguridad. —Fue Jock Ferguson el que respondió—. Todo cuanto has relatado sobre nuestro misterioso hombre muerto suena a comandos o fuerzas especiales. Incluso se ha sugerido que podría tratarse de un miembro de los servicios de inteligencia.

—¿Ahora los servicios de inteligencia británicos se dedican a intentar asesinar a leales súbditos de Su Majestad? Lo dudo. Y si fuera así, lo habrían llevado a cabo con más discreción.

—Bueno, el intento ha sido lo bastante profesional como para que parezca propio de un «especialista» —terció McNab—. Con lo cual la División Especial de Seguridad está metiendo los pies en mi terreno. Y eso no me gusta nada.

—Pero supongo que les habrá explicado que sabemos cuál es la relación: Joe *Gentleman* Strachan. Primero ese tipo intentó asustarme para que abandonara el caso, y luego trató de eliminarme de una vez para siempre. Todo esto ya no tiene que ver con el robo de la Exposición Imperio..., sino con lo que haya sucedido después del robo. Es decir, durante la guerra.

—Yo todavía no me acabo de tragar esa historia de que Strachan fuese un oficial —opinó McNab—. Y Dios sabe que, personalmente, prefiero creer que no eran suyos los restos encontrados en el fondo del Clyde. Pero es que no tiene sentido... Era un criminal fugitivo, buscado por el asesinato de un policía.

—Todo eso es verdad. Sin embargo, Isa y Violet parecen convencidas de que su padre fue un héroe de guerra pese a que los archivos oficiales indican que fue un desertor, un especialista en hacerse pasar por diferentes oficiales del ejército y en falsificar libros de pagas. Pero corren rumores de que se salvó de enfrentarse a un pelotón de fusilamiento aceptando formar parte de patrullas de reconocimiento de alto riesgo. Al parecer, además, mantenía un contacto regular con un tipo de su época en el ejército llamado Henry Williamson, quien no parece tener ninguna relación con el mundo criminal de Glasgow.

—¿A dónde quieres ir a parar? —preguntó el comisario.

—No lo sé, la verdad. Pero hay algo que me huele mal en todo este asunto. Hay que reconocerlo: desde el final de la guerra, hemos visto más de una vez en los titulares de los periódicos la expresión «con precisión militar» para describir un robo. Si de algo sirvió el servicio militar obligatorio fue para proporcionarle a cualquier malhechor una disciplina y un entrenamiento que lo convertía en un individuo muy eficiente a la hora de perpetrar un atraco.

—A ver, un momento... —dijo Ferguson, riéndose—. La semana pasada tuvo lugar un atraco a un comerciante de diamantes en Argyle Arcades: un único hombre con una pistola de juguete. Lo acabamos atrapando porque el tipo creyó que el joyero había activado un cerrojo automático en la puerta. Lo que pasó, en realidad, fue que el muy idiota se empeñaba en tirar de la puerta, en vez de empujar. Y ello pese a que había una gran placa de latón con la palabra EMPUJE grabada. Te aseguro, Lennox, que todavía no estamos desbordados por una legión de criminales magistrales y de atracadores con mañas de comando.

—Muy bien —acepté—. Pero tú ya me entiendes, Jock. Es decir, supongamos que Strachan era un adelantado en este sentido..., supongamos que salió de la Primera Guerra Mundial con habilidades y contactos que podrían haberlo ayudado a perpetrar robos y otros delitos más eficientes y mejor planeados.

—Lo cual desembocó en los robos de las Tres Coronas y culminó en el de la Exposición Imperio, ¿no es eso? —preguntó McNab.

—Bueno, ahí hay otra cuestión. ¿Y si resulta que el golpe de la Exposición Imperio no era un fin, sino un medio para alcanzar un fin?

—No te sigo.

—¿Y si Strachan tenía preparado un golpe aún más grande y mejor planeado? Escuche, así es como nosotros lo hemos visto siempre: él organiza tres grandes robos seguidos con el objetivo de convertirse en el único Rey de Glasgow; pero resulta que muere un policía y las cosas se le ponen demasiado feas, así que toma el dinero, pone los pies en polvorosa y desaparece para siempre, ¿de acuerdo? Luego un amasijo de huesos con sus ropas y una pitillera que lleva su monograma son izados desde el fondo del Clyde, y todo el relato se modifica. Ahora suponemos (es la versión que ustedes estaban armando) una disputa entre ladrones: uno de los cómplices de Strachan, o tal vez todos, se da cuenta de que ese jefe al que hasta ahora se le ha considerado un genio les ha puesto a todos una soga al cuello. Por ello, ese cómplice, o la banda entera, mata a Strachan, se queda con su parte y arroja el cuerpo al río.

—Es lo lógico —dijo McNab a la defensiva.

A los policías pensar les resulta muy arduo, y no soportan que venga alguien a destrozar el fruto de sus esfuerzos.

—Sin duda lo es —afirmé—. Y quizá todavía podría resultar cierto. Pero tenemos a un testigo que jura que era Strachan el hombre al que vio en 1942, en Lochailort, con uniforme de comandante.

—Y una mierda —exclamó Jock Ferguson—. Yo sigo creyendo que es un disparate.

—Bueno, supongamos por un momento que no lo es. Digamos que ese individuo era Strachan y que estaba allí, con todas las acreditaciones, como comandante del ejército. ¿Cómo podría haber llegado a suceder tal cosa?

—Imposible —aseguró McNab.

—Siga el juego, comisario. Tomemos la presencia de Joe *Gentleman* allí como un hecho. ¿Cómo habría podido conseguirlo?

—Bueeeno... —Ferguson prolongó la palabra, pensativo—. Sabemos que tenía experiencia en hacerse pasar por oficial..., y que se le daba muy bien.

—Lo cual significa que es perfectamente concebible que fuera visto con uniforme de comandante...

—Pero Lochailort era una de las bases militares más seguras de todo el país. Habría hecho falta algo más que un uniforme, un acento distinguido y un aire de autoridad para entrar allí.

—Exacto.

—Y ahí es donde se desmorona la teoría —dijo Ferguson.

—Volvamos a los robos de la Triple Corona. ¿Y si no eran más que, como les he dicho, un medio para lograr un fin? Según he podido averiguar, Strachan desaparecía a veces durante meses. Como borrado del mapa. ¿Y si se hubiera pasado esos meses, o incluso años, creándose una identidad distinta en otra parte? O quizá más de una. ¿Y si su plan hubiera sido utilizar los beneficios de los robos de la Triple Corona para financiar otra cosa, en otra parte?

—¿Como qué? —preguntó McNab.

—Acaso una vida diferente en otro lugar, revestida del nivel que él creía merecer. A lo mejor pensaba reinvertir las ganancias en otro golpe: un golpe todavía más grande que el de la Exposición Imperio: un tren correo, un botín de lingotes de oro, las jodidas joyas de la Corona, no sé. Pero entonces surgen dos inconvenientes. Uno: las cosas no salen según lo previsto en el robo de la Exposición Imperio, y un policía muere; si el plan de Strachan era usar el dinero para convertirse en el Rey del Crimen de Glasgow, el saldo es un completo fracaso. Dos: Hitler invade Polonia y todo queda patas arriba. El país entero se pone en pie de guerra y dar un gran golpe se vuelve entonces diez veces más difícil. Pero yo sospecho que ocurre algo más. No estoy seguro de qué, pero tengo la impresión de que quizá la comedia de Strachan como oficial formaba parte de la nueva identidad que se había creado, y que la ficción y la realidad se entremezclaron de algún modo, y él acabó atrapado sin quererlo en una unidad militar de verdad.

—¿Has oído hablar de Frankie *Patrañas* Wilson? —inquirió McNab con desgana. Al decirle que no, continuó diciendo—: El inspector Ferguson se lo ha tropezado alguna que otra vez, ¿no, Jock? Es un pequeño hijo de puta compulsivo. Un ladrón compulsivo y un mentiroso compulsivo. Lo llamamos Frankie *Patrañas* porque no es capaz de atenerse a una explicación sencilla. Cuando intenta zafarse a base de mentiras de una acusación, no cesa de enredarse con sus propias mentiras y de inventar otras nuevas todavía más estrafalarias para cubrirse. En un abrir y cerrar de ojos, la primera mentira para explicar por qué lleva una palanqueta en el bolsillo se convierte en una gran epopeya con todo un elenco de personajes que podría arruinar a la mismísima Metro Goldwyn Mayer. Pero tú no tienes más remedio que seguir escuchando, porque es realmente entretenido. Debo decírtelo, Lennox: ni a Frankie *Patrañas* se le ocurriría una historia tan absurda como la que tú propones.

—Puede que tenga razón. —Me encogí de hombros—. Pero aquí no estamos hablando de un malhechor cualquiera de Glasgow. Y no me negará que no era un matón corriente el que me asaltó en mi oficina. —Meneé la cabeza con irritación mientras se me iban ocurriendo otras ideas—. ¿Por qué no hay fotos de Strachan por ninguna parte? Se lo repito: él llevaba planeando su desaparición desde hacía mucho tiempo. Esto no es ninguna patraña, comisario. Es una nueva versión de la historia.

Cuando McNab se marchó, me fumé un par de cigarrillos con Jock Ferguson y continuamos hablando un rato más del asunto. Nos interrumpió el médico, que me dio permiso para irme a casa. Archie me estaba esperando en la planta baja y le estrechó la mano a Ferguson cuando bajamos.

—Cuida de él —le dijo el policía, arreglándoselas para que sonara como una orden.

—Lo mantendré alejado de las ventanas —contestó Archie, cariacontecido.

Me despedí de Ferguson preguntándole, tan despreocupadamente como pude, por un asunto que para mi gran alivio no había salido todavía a colación.

—Por cierto, Jock, ¿de qué se trataba ese asesinato de la otra noche? En Govanhill, creo que dijo McNab.

Había formulado la pregunta en plan informal, pero sonó más bien torpe.

—¿Por qué lo preguntas? —dijo, aunque tampoco con más suspicacia de lo normal.

—Pura curiosidad.

—Creemos que se trató de un crimen entre maricas. Mataron a un socorrista de piscina llamado Frank Gibson, bien conocido, por lo visto, en esos ambientes.

—¿Cómo lo mataron?

Jock me miró con recelo.

—Es por curiosidad, ya te lo he dicho.

—Morbosa curiosidad la tuya. Le cortaron el pescuezo. Desde detrás. El asesino incendió luego el apartamento. La casa entera estuvo a punto de prender en llamas con todos sus inquilinos dentro. ¿Por qué demonios tuvo que incendiar el piso después de cometer el crimen?

Me encogí de hombros para indicar que ya había satisfecho mi curiosidad, mientras recordaba los muebles quemados que habían sacado al patio trasero. La respuesta, pensé, era obvia: el fuego borra todas las pruebas. Recordé también todos los demás sobres llenos de negativos. A saber con cuánta gente más habían usado Downey y Gibson el mismo truco. ¿Y dónde estaría Downey ahora?

El asunto que tenía entre manos requería discreción. Era cuestión de pasar desapercibido. Pero despedir a mi invitado por la ventana me había situado en la primera página del *Bulletin*, del *Daily Herald*, del *Daily Record* y del *Evening Citizen*. El *Glasgow Herald* me relegó a la página cuatro, pero el *Bulletin* publicaba una foto del edificio de mi oficina, destacándose la ventana tapiada con tablones e incluyendo una flecha que indicaba la ruta seguida por mi invitado hasta la calle: por si los lectores de este periódico no estaban familiarizados con los efectos de la gravedad.

Archie tenía todos los periódicos en su coche cuando vino a recogerme. El coche de mi ayudante era, más o menos, como podía esperarse de él; o sea, un fúnebre Morris 8 negro, de 1947, en el cual parecía que su dueño tenía que doblarse sobre sí mismo como un cortaplumas. No hablamos mucho mientras circulábamos por la ciudad y bajábamos hacia Gallowgate. Súbitamente, tomé plena conciencia de que había matado a un hombre; de que había acabado, no por primera vez, con la existencia de un ser humano. Me dije que tampoco había tenido muchas opciones. Pero la verdad era que sí había tenido alguna.

Archie percibió con claridad que yo no estaba de humor

para charlar, y nos dirigimos en silencio a mi alojamiento provisional. Antes de que llamáramos siquiera, se abrió la puerta y nos recibió con hosquedad el señor Simpson. La actitud de mi casero había pasado de ser recelosa a directamente hostil.

—He leído toda esha bashura en los periódicosh. Gente que sale volando por la ventana. Aquí tenemos ventanash, ¿shabe? Usted es eshe Lennoshsh, ¿cierto?

—En efecto —dije, y observé mis maletas, ya preparadas, en un rincón del vestíbulo—. Pero no he cometido ningún crimen. Fui la víctima de un ataque, no el agresor. Sus ventanas se encuentran a salvo.

—No quiero problemash. Tendrá que marcharshe.

—¿Serviría de algo que le dijera que me pareció que el tipo tenía acento irlandés? —pregunté con socarronería.

Al ver que no contestaba, pasé junto a él para recoger mi equipaje. Él retrocedió instintivamente y yo le guiñé un ojo.

—Buenos días —lo saludé con el mejor acento irlandés que supe.

—¿A dónde vamos ahora, jefe? —preguntó Archie cuando volvimos a subir al coche. Su voz sonaba apagada como siempre, pero había una leve chispa en sus grandes ojos perrunos.

—A Great Western Road —indiqué—. Pero paremos en alguna cabina por el camino, para que pueda avisar a mi casera.

El mundo había girado sobre su eje unas cuantas veces desde la última vez que había pasado la noche en mis habitaciones, pero albergaba la esperanza de retomar las cosas donde las había dejado; más concretamente, donde las había dejado en mi conversación con Fiona White en el salón de té. Pero las cosas habían seguido su curso sin mí.

El teléfono comunicaba y no puede avisarla de que iba de camino. Cuando llegamos a la casa, vi dos coches aparcados delante que no reconocía. El primero era un Humber gris oscuro; no tenía distintivos policiales, y el conductor y el pasajero iban de civil, pero no habría cantado más aunque lo hubieran intentado. Por primera vez me sentía complacido al ver un coche de policía frente a mi casa. Jock Ferguson, o tal vez el propio McNab, debían de haber dado la orden. El segundo coche era un Jowett Javelin PE negro, de tres o cuatro años de antigüedad. Demasiado llamativo para la policía.

Mientras yacía en la cama del hospital, había imaginado con detalle la escena de mi regreso a casa: Fiona White mostraría una agitación contenida al verme llegar. Habría leído las noticias sobre la defenestración de Gordon Street, pero sería evidente que se alegraba de verme: de verme de una pieza. Una sonrisita nerviosa bailaría en sus labios, y yo sentiría el impulso casi incontrolable de sellarla con un beso. Pero lo que haría sería dejar que se afanara en la cocina y que nos preparase un té a Archie y a mí. Y en cuanto nos quedáramos solos, retomaríamos la rutina de siempre y nos dejaríamos llevar lentamente hacia otro tipo de relación tal vez: la que ambos quisiéramos que se estableciera entre nosotros.

Pero en cuanto Fiona White abrió la puerta, noté que mi repentino e inesperado regreso la perturbaba. De entrada, pareció sorprendida e incómoda, y casi titubeó antes de hacernos pasar a Archie y a mí.

No estaba sola. Había un hombre en el salón.

El tipo me desagradó en cuanto le puse los ojos encima. La razón principal fue que durante una fracción de segundo creí reconocerlo; aunque enseguida caí en la cuenta de que no podía ser la persona por la que lo había tomado, porque esa persona estaba muerta. La cara no era la misma, claro está, aunque presentaba un fuerte parecido familiar con el retrato que había en la repisa de la chimenea: el retrato de un oficial de la Marina muerto hacía muchos años.

—Usted debe de ser el inquilino —dijo levantándose, pero sin la menor sonrisa, cuando entramos en la sala. En la mesita había un servicio de té para dos con galletas. El hombre estaba bronceado e iba con ropa demasiado ligera para Glasgow. Tenía un aire inequívoco de recién llegado del extranjero.

—Y usted debe de ser el cuñado —respondí secamente.

—Lo hemos estado leyendo todo sobre sus..., sus aventuras. He de decirle que no me complace que se aloje usted en casa de Fiona. ¿Sabe que me abordó un policía cuando llegué aquí?

—¿Ah, sí? Bueno, verá, les han ordenado que den el alto a cualquiera que ofrezca una pinta sospechosa o poco de fiar. Y, realmente, no entiendo qué tendrá usted que ver en mi acuerdo con la señora White.

—Bueno, siendo como es mi cuñada, y puesto que mi hermano ya no está entre nosotros, me siento obligado a cuidar del bienestar de ella y de las niñas.

—¡Ah, claro! ¿Y le ha costado diez años desarrollar ese sentimiento?

—He estado fuera; en el extranjero. Trabajaba en la India. Pero ahora que estoy de vuelta, me parece justo que sepa que las cosas podrían cambiar en esta casa.

—¡Ah, claro! —repetí—. ¿Calza usted el mismo número de zapatillas que su hermano?

Pareció acusar el golpe, pero yo sabía que él no tenía arrestos para llevar la cosa más lejos.

—Creo que ya es más que suficiente por parte de ambos —terció Fiona—. James, soy muy capaz de organizar mis propios asuntos. Señor Lennox, ha pasado usted una terrible experiencia. Estoy segura de que desea descansar. Prepararé algo para cenar hacia las seis. Si quiere unirse a nosotros...

La miré en silencio un minuto.

—Claro —dije al fin—. Será un placer.

Le hice una seña a Archie, y subimos a mis habitaciones. Yo estaba cansado y cabreado, y me moría de ganas de borrarle la mueca desdeñosa de un puñetazo al hijo de puta de abajo. Pero entretanto tenía asuntos más importantes que atender.

—Me parece que su casera habrá de comprar una mesa más grande —musitó Archie.

—¿De qué estás hablando, Archie?

—Si es que los dos han de hacerse un hueco...

—¡Ah, sí! Muy gracioso.

—¿Se encuentra bien, jefe? Puedo quedarme si quiere.

—No, Archie, ya está bien. Saldré más tarde con el coche para ver a Billy Dunbar y enseñarle esa foto, pero eso puedo hacerlo solo. Tómate la noche libre.

Me tendí en la cama, dolorido, y me puse a fumar. Al cabo de una hora más o menos, oí voces y el ruido de la puerta principal. Me acerqué a la ventana y vi que James White iba a recoger el Javelin. Se volvió hacia Fiona, agitando la mano, y luego levantó la vista y miró mi ventana con toda deliberación.

Le devolví la mirada con la misma deliberación. Todo su aspecto, los aires de clase media y aquel parecido con el oficial de la Marina fallecido tanto tiempo atrás, me provocaba un mal presentimiento. Traté de visualizar el futuro de Fiona White y, por mucho que me esforcé, no logré verme en él.

Me lavé y me cambié: traje, camisa, ropa interior, todo. Era una cosa que nunca había entendido de los hospitales: siempre salías con olor a ácido fénico, pero siempre te sentías sucio. Bajé a las seis y compartí una cena compuesta de pescado, guisantes y patatas con Fiona y sus hijas. Traté de darles toda la conversación que pude, pero la verdad era que aún me sentía conmocionado por lo ocurrido en mi oficina. Fiona frunció el entrecejo al verme tomar unas pastillas que me habían recetado; el vendaje del brazo no quedaba a la vista, porque lo tenía bajo la manga de la camisa, por lo cual ella no podía saber si había resultado herido ni hasta qué punto. La otra cosa que me atormentó durante la cena fue la inesperada aparición del hermano del marino muerto, cuya engreída presencia todavía parecía flotar en el ambiente.

Al terminar, ayudé a Fiona a llevar los platos a la cocina, pero ella me ordenó que me sentara. Las niñas se pusieron a ver la televisión; yo cerré la puerta de la cocina.

—¿Se siente molesta con todo esto, Fiona? —pregunté—. Comprendo que le habrá supuesto una conmoción enterarse de lo ocurrido.

Ella dejó de fregar el plato que tenía en las manos y se apoyó en el borde del fregadero, dándome la espalda y mirando por la ventana el jardín del patio trasero.

—Ese hombre... ¿Usted lo mató? ¿O fue un accidente?

Iba a decir que ambas cosas en cierto modo, pero lo exasperante de aquella mujer era que sacaba toda la honestidad y la sinceridad que había en mí.

—Sí, lo maté. Pero fue en defensa propia. Me tendió una emboscada en mi oficina e intentó cortarme el cuello. Era el mismo tipo que me había asaltado en la niebla.

Ella se dio la vuelta.

—Entonces, ¿cree que es seguro para usted volver a alojarse aquí? —Pronunció la frase de tal modo que sonaba más como una afirmación que como una pregunta.

—No se puede asegurar al cien por cien. No creo ni por un momento que ese hombre estuviera actuando por cuenta propia. Pero tampoco creo que quien esté detrás del ataque vaya a arriesgarse a ejecutar otra vez una maniobra tan…, tan visible. De todos modos, parece que ahora contamos con una protección policial muy seria. Desde luego sigo decidido a no ponerla a usted y a las niñas en peligro. Puedo buscarme otro alojamiento de forma provisional…

—No… —musitó ella. Aunque lo dijo como si tuviera que pensarlo y sin ningún énfasis.

—Las cosas no van a ser siempre así, Fiona. Ahora todo se ha complicado. Yo creía que ya había dejado atrás este tipo de situaciones. Me temo que estaba equivocado.

—No tiene por qué darme explicaciones. Pero usted sabe que yo no puedo formar parte de ese mundo. No puedo arrastrar a las niñas a ese mundo.

—Por supuesto que no. Yo también estoy tratando de apartarme de él. Las cosas mejorarán, como digo.

—Lo sé. —Y sonrió.

Pero ambos sabíamos que mi destino estaba sellado.

Había salido del hospital todavía dentro de los horarios bancarios, y en el camino de regreso a casa le había pedido a Archie que parase un momento en el banco. La noticia de mis aventuras ya había llegado allí, obviamente, y, cuando entré en la oficina, la reacción no fue muy distinta de la que habría provocado un pistolero al llegar a una cantina del Lejano Oeste. MacGregor en persona atendió mi solicitud para acceder a la caja de seguridad. Estaba muy locuaz, aunque nervioso, como si se hubiera propuesto evitar a toda costa la palabra «ventana», o la menor alusión a «tomar un taxi». Yo me alegraba de tenerlo a mi merced; de lo contrario, me temía que ya habría perdido mi puesto para el traslado de las nóminas. De todos modos, mi conocimiento de su sórdida vida privada me serviría de poco si el consejo de administración del banco decidía librarse de mí.

Claro que, por otro lado, quizá les gustara la idea de que su dinero fuese custodiado por un tipo capaz de matar.

MacGregor me había dejado solo ante mi caja de seguridad;

yo había sacado la Webley y me la había guardado en la pretina del pantalón. No ignoraba que si McNab descubría que andaba por la ciudad con un arma no registrada, el deshielo en nuestras relaciones resultaría ser solo una falsa primavera. Pero si intentaban matarme otra vez, quería tener a mano algo más contundente que un perchero. Cuando hube regresado a casa, y después de la desagradable conversación con James White, había dejado la Webley debajo de la almohada.

Eran las ocho y media cuando me puse otra vez la chaqueta y el sombrero, y bajé al vestíbulo. Hablé por teléfono con Isa y quedé en reunirme con ella y Violet al día siguiente.

Llamé a la puerta de las White y le encargué a Elspeth que le dijera a su madre que pasaría fuera toda la velada. Cuando me alejé con el coche, me reconfortó comprobar que el Humber gris oscuro permanecía en su sitio frente a la casa, en lugar de seguirme a mí. Aunque supuse que mi salida no pasaría desapercibida y sería comunicada por radio.

Antes de tomar hacia el norte y salir de la ciudad, me detuve en una cabina y llamé a Murphy.

—¿Se ha enterado de lo ocurrido? —pregunté.

—¿Lo de que arrojaste a ese cabronazo por la puta ventana? Creo que sí ha llegado a mis oídos. ¿No se suponía que ibas a ser discreto, joder? Bueno, ¿quién era?

—El mismo tipo del que les hablé a Jonny Cohen y a usted. El que me asaltó en la niebla.

—¿Y qué pretendes decirme?, ¿que quieres tu puto dinero?

—No. Tal vez, pero no creo. No estoy nada seguro de que ese fuera el famoso «Chaval» de Strachan. A menos que Joe *Gentleman* lo hubiera enviado a clases de dicción. Era inglés.

—¿Ah, sí? Un motivo cojonudo para tirarlo por la ventana.

—Escuche, señor Murphy, ¿podría explicarle todo esto a Jonny Cohen? Tengo que investigar otra pista, y quizá nos revele si Strachan está vivo. Voy a intentar averiguar también si ese tipo era el Chaval o no.

Concluida la llamada, salí de Glasgow. El cielo estaba pesado y gris, pero resultaba agradable dejar atrás la ciudad y verse rodeado de campo abierto. Supuse que no habría nadie en las oficinas de la hacienda a aquellas horas, lo que me permitiría eludir otro encuentro con aquella reprimida Miss Marple forrada de *tweed*. Mas cuando llegué a la hacienda, me encontré la reja cerrada y asegurada con un candado.

Revisé el esquemático mapa mental que tenía de la zona y seguí adelante por la estrecha franja de carretera, flanqueando el alto muro de piedra que marcaba el límite de la hacienda. Finalmente, encontré una senda que llevaba a una entrada en desuso tapiada con ladrillo. Al menos, el Atlantic quedaba fuera de la carretera y razonablemente oculto. Decidí escalar el muro, aunque fuera arriesgando mis mocasines de ante y mi traje de pata de gallo. Me dejé caer al otro lado sobre un mantillo de ramas y hojas secas. Frente a mí había una espesa masa de arbustos de hoja perenne que la luz del atardecer no lograba penetrar. A pesar de todo, calculé que si caminaba en línea recta y me las arreglaba para no romperme un tobillo, acabaría saliendo al camino que iba de las oficinas a la casita de Dunbar.

La verdad es que no me gustó nada el paseo por el bosque. Me sorprendí a mí mismo escuchando con el corazón en la boca todos los crujidos, los murmullos y el canto de los pájaros. No había nada que temer en este momento, desde luego, pero yo había dado muchos otros paseos por bosques similares, y en aquel entonces había amenazas más letales que simples ardillas y conejos acechando entre el follaje.

Diez minutos más tarde, fui a dar justamente a donde había supuesto, aunque me costó un minuto situar con exactitud en qué punto del camino me encontraba. Miré alrededor y distinguí en la cuneta una piedra alargada cuya forma recordaba a un gato durmiendo hecho un ovillo. En todo caso, era lo bastante inconfundible para reconocerla. La desplacé de manera que sobresaliera en el camino. Así, a la vuelta, solo tendría que localizar la piedra, torcer a la izquierda y dirigirme en línea recta hacia el muro.

Empezaba a oscurecer, y más aún aquí, bajo la sombra de los árboles. No sabía muy bien por qué, pero me saqué la Webley de la cintura, abrí la recámara y comprobé que el tambor estuviera completamente cargado antes de volver a cerrarlo y de guardarme la pistola. También me aseguré de que llevaba la fotografía en el bolsillo interior de la chaqueta.

Tardé otros quince minutos en llegar a la casita. No había luces ni el menor signo de vida; deduje, pues, que se me había acabado la suerte y que no había nadie. De todos modos me acerqué a la puerta y llamé, pero no hubo respuesta. Permanecí un momento allí intentando decidir si debía dejar la foto con una nota, pidiéndole a Dunbar que me llamara en caso de que reconociera al hombre que aparecía en ella. Resolví no hacerlo. Era la única copia de la fotografía y debía manejarla con tiento: al fin y al cabo, podía servir para relacionarme con el piso incendiado y con un marica muerto.

Solté una maldición por haber hecho todo el camino hasta allí para nada y di media vuelta. Antes de emprender la retirada, me acerqué a una de las ventanas de la casita, ahuequé las manos sobre el cristal para evitar reflejos y atisbé el interior. Me vino a la memoria la última ocasión en la que había echado un vistazo por una ventana y me eché a reír, confiando en no sorprender a Dunbar en flagrante delito con su feísima esposa.

Dejé de reírme en seco.

Me saqué la Webley de la cintura y regresé a la puerta. No estaba cerrada con llave. La abrí del todo de un empujón y recorrí la habitación con la vista mientras entraba, dispuesto a disparar a todo lo que se moviera. Estaba vacía, dejando aparte lo que había visto por la ventana. Fui a la cocina; también vacía. Volví a la habitación principal.

Empezaba a resultar difícil distinguir algo en la creciente oscuridad, pero no me atreví a pulsar el interruptor. No podía ser visto en semejante lugar y situación, y di gracias al cielo por haber aparcado el coche donde nadie pudiera verlo.

Billy Dunbar yacía en el suelo frente al sofá. Le habían rebanado el pescuezo, y la herida permanecía abierta como la sonrisa desmesurada de un payaso. Debajo de la cabeza, percibí a la tenue claridad un cerco rojo oscuro en la alfombra. Su esposa yacía al otro lado de la habitación. La misma historia.

Le puse a Dunbar el dorso de la mano en la frente: fría como un témpano. Llevaba muerto al menos una hora.

Me quedé en silencio en medio de la habitación sin tocar nada, aguzando el oído por si oía venir a alguien por el camino, mientras trataba de pensar qué significaba todo aquello y qué se suponía que debía hacer ahora.

Pensé en avisar a la policía, pero estaba fuera de Glasgow y me costaría explicar mi compleja implicación en el caso a algún pueblerino de uniforme que ya tendría bastantes problemas para comprender las cosas más básicas. Como, por ejemplo, que no era buena idea casarse entre primos hermanos.

Ignoraba cuáles eran los hábitos sociales de los guardabosques, pero decidí poner tierra de por medio cuanto antes por si a alguien de la hacienda se le ocurría pasarse para tomar una copa o intercambiar trucos de belleza con la señora Dunbar.

Retrocedí hacia la puerta, saqué el pañuelo y froté la manija, lo único que había tocado, hasta dejarla bien limpia. Observé el camino. No había nadie. Por si las moscas, le di también un buen repaso a la ventana por la que había atisbado.

Me metí de nuevo la pistola en la pretina y corrí cuesta abajo por donde había venido. Tras unos doscientos metros, reduje la marcha a un trote ligero. Se estaba haciendo oscuro de verdad y podía tropezar fácilmente. Identifiqué el lugar: el camino describía ahora una brusca curva a la derecha y luego ya me quedaría algo menos de un kilómetro hasta el «gato de piedra».

Ya había recorrido la curva entera cuando los vi: un grupo de tres hombres. El que iba en medio se giró, me vio y les dijo algo a los otros dos. Comprendí en el acto que estaba metido en un buen aprieto. En vez de venir a por mí subiendo por la cuesta, los otros dos hombres salieron rápidamente del camino y se metieron por el lindero del bosque, uno por cada lado. El hombre que se había quedado permaneció inmóvil, observándome, mientras introducía la mano en su oscuro abrigo corto. Corrí a ponerme a cubierto en el bosque de mi izquierda, procurando adentrarme todo lo posible en la espesura antes de que el tipo que se había metido por allí pudiera superarme por el flanco. Armaba un ruido tremendo al huir, pero la distancia y una buena cobertura eran los factores clave en esta fase si pretendía obtener ventaja. Había tirado hacia la izquierda porque el coche estaba en esa dirección. Si me hubiera metido hacia la derecha, habría quedado a merced de aquellos tipos mucho más tiempo.

Ahora corría a ciegas, y las probabilidades de enredarme el pie con una raíz o de tropezarme con una piedra en la oscuridad eran muy elevadas. Me detuve en seco y me quedé inmóvil, aguzando los sentidos. No oía nada. Pero yo sabía que los tres individuos debían de estar ya en este lado del bosque. Ahora todo consistiría en rebasarme por el flanco para intentar acorralarme. Ellos deducirían que tenía el coche en algún punto de la carretera y que me dirigiría al muro de la hacienda. Escuché un poco más. Todavía nada.

No sabía muy bien por qué, pero en cuanto había visto a los tres hombres en el camino había tenido la certeza de que eran los asesinos de Dunbar. Era, una vez más, algo aprendido en la guerra, algo que no podía analizar ni explicar: sencillamente, aprendías a percibir si las figuras que vislumbrabas a lo lejos eran combatientes o civiles, aunque fuesen figuras muy vagas vistas a gran distancia. Era el instinto del depredador que reconoce a otro depredador.

Y esos tipos habían sido depredadores, seguro.

Pero por encima de todo había percibido algo singular en el hombre de en medio. Era mayor que los otros, y de mi estatura. Y había detectado algún detalle en su actitud, pese a la distancia, que me inducía a pensar que se trataba de una especie de aristócrata extranjero.

Estaba convencido de que tenía su fotografía en el bolsillo.

Me saqué el revólver de la cintura, me acuclillé y aguardé. Eran buenos, sin duda, pero no tanto. Oí a uno de ellos a la izquierda, un poco más adelante. Andaba en silencio, pero incluso el avance más sigiloso podía detectarse de noche en un bosque. Calculé que estaba a unos cincuenta metros. Supuse que su compinche se encontraría al otro lado a la misma distancia. Su jefe, me imaginé, esperaría a que se hubieran internado un buen trecho en el bosque y se pondría en marcha para ocupar el centro. Una triangulación de manual. Anduve tan encorvado y silencioso como pude, y avancé unos cuantos metros hacia mi derecha. Como había una depresión no muy pronunciada en el terreno, formada entre una masa de raíces, me fue posible gatear por debajo del nivel del suelo.

Hacia la derecha sonó un ruido y, repentinamente, tres haces de luz rasgaron la oscuridad. Sus linternas convergieron en el mismo punto y un cervatillo salió disparado y se perdió en la espesura. Las linternas se apagaron, pero habían estado encendidas el tiempo suficiente para que me hiciera una idea de sus posiciones. No me había equivocado sobre su estrategia. Los tipos eran buenos. Profesionales. Mi principal problema era que el punto de donde procedía la luz a mi espalda indicaba que el jefe venía directamente hacia mí.

La escasa claridad me hizo sentir nostalgia de las reyertas en la niebla de Glasgow. Retrocedí muy lentamente, tratando de encontrar un sitio mejor donde esconderme. Recogí una piedra y la arrojé con todas mis fuerzas en la oscuridad. No llegó tan lejos como yo deseaba porque se estrelló contra un tronco. Las linternas volvieron a encenderse y se concentraron en un punto situado a diez metros. Al no encontrar al ciervo rojo escocés o al silvestre gilipollas canadiense que ellos esperaban, empezaron a hacer un barrido con las linternas; el haz de una de ellas pasó justo por encima de mí. Si no hubiera estado metido en aquella depresión del terreno, seguro que me habrían localizado. Los dos tipos de los flancos mantuvieron las linternas encendidas y en constante movimiento, obligándome a seguir agachado, pero el que iba detrás apagó la suya. Deduje que se había puesto en marcha. En mi dirección.

Retrocedí con sigilo todavía más. Al fin, encontré lo que andaba buscando: un árbol abatido que había desarrollado a la intemperie una maraña de gruesas raíces, de zarcillos fibrosos y grumos de tierra: una cortina ideal para ocultarme. Al otro lado había una gruesa rama caída, del diámetro de un tronco pequeño. Olvidadas todas las precauciones para preservar mis zapatos de ante y mi traje de pata de gallo, me deslicé detrás del amasijo de raíces y me acuclillé. Retiré en silencio el martillo de la Webley. Una vez más estaba en un sitio donde no quería estar. Pero si había que decidir entre acabar mi vida o la de otro, procuraría que fuese la del otro. El haz de una linterna pasó de nuevo por encima de mi cabeza. Me agazapé todavía más. Saqué un poco de tierra de una raíz y me tizné la cara, por si la luz llegaba a darme de lleno.

No oí al tipo hasta que lo tuve casi encima. Había ido avanzando casi en completo silencio, mucho más sigilosamente que los otros dos. Se detuvo de golpe en lo alto del talud, apenas a un metro de mi cabeza; tan cerca que ni siquiera podía girarme para apuntarle. Si me movía, tendría que dispararle. Y si él encendía la linterna, me vería a través de la maraña de raíces. Contuve la respiración. Aquello era una locura: ya había matado a un hombre y, seguramente, debería matar a otros tres si quería salir con vida.

El tipo siguió adelante. Pero tan silenciosamente que me era imposible saber hasta qué punto se había alejado. Permanecí inmóvil. Ahora los tres se encontraban detrás de mí, cerrándome el paso hacia el muro de la hacienda y hacia el coche. Pero por la misma regla de tres, el trayecto hacia el camino estaba despejado. Di media vuelta lentamente en mi escondite y me incorporé para atisbar. Volví a agacharme en el acto porque el tipo se hallaba de espaldas a solo unos metros. Me asomé apenas por encima del talud y lo observé mientras se colocaba de lado. La oscuridad era tan densa que no podía verlo bien, pero tuve una vez más la impresión de que estaba mirando al hombre cuya fotografía llevaba en el bolsillo.

Estaba mirando a Joe *Gentleman* Strachan. No me cabía duda.

Capítulo trece

Esperé cinco minutos, una vez que el hombre hubo desaparecido en la oscuridad, antes de empezar a retroceder hacia el camino. Era una cuestión de tiempo que los tres individuos volvieran sobre sus pasos y avanzaran de nuevo en mi dirección.

En cuanto llegué al camino, eché a correr en la negrura, desafiando una vez más el riesgo de tropezarme. Reduje la marcha cuando creía que ya me acercaba al lugar que había marcado con el «gato de piedra», pero todo resultaba distinto en medio de aquella oscuridad cerrada. Me limité simplemente a andar y advertí entonces que debía de haberme pasado de largo. Giré en redondo, soltando una maldición por el tiempo perdido. Si mis perseguidores habían deducido que yo había regresado al camino, podían darme alcance en cualquier momento.

La encontré. Aunque tenía un aspecto diferente en las tinieblas y ya no me recordaba a un felino, la reconocí por la posición en que la había colocado. Volví a adentrarme en el bosque en una línea recta perpendicular al camino, como había planeado en un principio. Esta vez sí tenía que preocuparme de algo más que de las ardillas y los conejos. Avancé a un ritmo regular, aunque lento y sigiloso, flexionando las rodillas para encorvarme y sujetando la pistola en ristre.

El mismo trecho que a la ida había cubierto en diez minutos, me llevó a la vuelta una buena media hora. Por fin, encontré el muro y reconocí el mantillo de hojas y ramas sobre el que había aterrizado; lo cual quería decir que mi coche estaba justo detrás. Cuando ya me disponía a trepar, me frené: esos tipos eran buenos. Muy buenos. ¿Y si habían supuesto que yo debía de haber llegado allí en coche, y uno de ellos había salido a explorar la carretera que bordeaba la hacienda? Ciertamente, era mucha carretera que cubrir, pero ellos sabían que no podía haber aparcado muy lejos de la casita de Dunbar.

Cabía la posibilidad de que trepara el muro y cayera directamente en una emboscada.

Me desplacé unos diez metros más allá, guardé la Webley y me encaramé lo más silenciosamente que pude. Miré desde arriba a ver si vislumbraba el coche, pero al parecer había escogido demasiado bien el escondrijo y quedaba oculto entre los arbustos. Me dejé caer hasta el suelo y volví a sacarme la pistola de la pretina. Al acercarme, distinguí la parte trasera del Atlantic. Me detuve. No me había equivocado. Había una figura de espaldas, junto al coche, observando aquella porción del muro. Tardé unos instantes en asegurarme de que el que vigilaba estaba solo. Supuse que los otros dos hombres aún estarían buscándome por el bosque. Percibí que era más joven, y también más bajo y delgado, que el hombre mayor al que había entrevisto en la oscuridad. Tenía algo en la mano. No era una pistola. Al principio me pareció que era un cuchillo grande, pero al acercarme lentamente, observé que se trataba de una porra como las que usaba la policía. Ellos no se esperaban que estuviera armado, y yo no me había percatado de mi ventaja. A pesar de ello, decidí no correr riesgos. Le di la vuelta a la pistola y, sujetándola como un martillo, me situé detrás del gorila apostado junto al vehículo.

Le di un fuerte golpe en la coronilla y otros dos mientras caía, que ya estaban de más. El tipo se había quedado tieso, pero toda la tensión y la adrenalina de la persecución en el bosque se adueñaron ahora de mí. Lo puse boca arriba y le arreglé la cara a base de bien. Creo que solo le di tres o cuatro veces, y tampoco con todas mis fuerzas, pero la tunda le costó unos cuantos dientes y el sentido del olfato. Quería que los otros viesen lo que ocurría cuando salías a cazar un Lennox, pero no te cobrabas la pieza.

Le registré los bolsillos y cogí todo lo que llevaba sin entretenerme en mirarlo; simplemente, me lo guardé en los bolsillos de la chaqueta. En cuanto terminé, me subí al coche. Me temblaban las manos y las piernas. Siempre me pasaba lo mismo. No era canguelo, sino la adrenalina, la testosterona y todo lo que demonios te fluyera por la sangre en estos casos. Y nunca me atacaba en el momento, sino después.

Me pasaba ahora, me había pasado en la pelea en mi oficina y lo había experimentado regularmente en la guerra.

Al fin encontré la ranura de encendido con la llave y me alejé de allí.

Llegué a mi alojamiento hacia las nueve y media. El Javelin volvía a estar aparcado delante. Habría podido entrar y subir a mis habitaciones, o haber jugado a «quién está aquí de más» en la sala de estar de Fiona, pero no me quedaba paciencia para eso. Había observado a menudo que, una vez que había abierto las compuertas, como acababa de hacer con aquel matón, me costaba muy poco llegar otra vez a las manos. Y la verdad era que tenía muchas ganas de darle un buen repaso a aquel mierdecilla engreído... Mejor dejarlo correr.

Seguí por Byers Road y tomé Sauchiehall Street. Algo me reconcomía por dentro mientras conducía. Quizá la auténtica razón por la que no había entrado en casa y defendido mi posición era que sabía, en el fondo, que a Fiona le iría mejor con James White. Hermano de su marido muerto, insípido pero fiable...; el tipo de hombre formal que yo nunca llegaría a ser. Tal vez la cosa era incluso más sencilla. Tal vez yo no era un buen partido para Fiona. Ni para nadie.

Mi amiguito sin cuello me saludó en la puerta del club con el mismo gesto seco de siempre. Esta vez no tenía ninguna reunión con Martillo Murphy: había ido al Black Cat a remojarme el gaznate y me instalé de inmediato en la barra. Lo curioso del buen jazz es que ralentiza el ritmo de tus tragos. De espaldas a la barra, con los codos apoyados al estilo vaquero, escuché al trío que estaba interpretando con suavidad una pieza barroca, extrayendo su esencia matemática y tocándola con su propio ritmo. Cuando terminaron, me volví otra vez hacia la barra y le di sin querer un codazo al tipo que tenía a mi lado.

—¿Por qué no miras lo que haces? —protestó alzando su

copa con muchos aspavientos, como si yo le hubiera derramado una parte, cosa que no había hecho. Era un grandullón, y se notaba que ya llevaba unas cuantas encima, pero me di cuenta a primera vista de que pelear no era lo suyo.

—Ha sido sin querer, amigo —dije—. No ha pasado nada.

—Le has derramado la bebida... —Uno de sus compinches decidió meter baza, aunque mirando por encima del hombro—. Deberías pagarle otra. Y era un malta.

—No, no la he derramado. Y ha sido sin querer, como le he dicho.

—¿Me estás llamando mentiroso? —El grandullón, envalentonado por el apoyo de su amigo, me plantó cara, aunque todavía sujetando la copa. Suspiré, dejé el mío y lo encaré.

—Mira, yo no te he derramado la bebida, ha sido un accidente. Pero fíjate... —Le di una palmada en la mano, y el contenido entero de la copa se le derramó sobre la camisa y la chaqueta, y le salpicó un poco en la cara—. Ahora sí se ha derramado —dije, como explicándole aritmética a un niño de cinco años—. Y esto sí ha sido queriendo. Y sí, te digo que eres un mentiroso. Y que tu madre es una puta repugnante que dejaba que los marineros le dieran por el culo. Y a ti también, por cierto... —Me incliné sonriendo y me dirigí a su amigo, como si no quisiera ofenderlo dejándolo al margen—. Y ahora, maricas de mierda, si sois lo bastante hombres, cosa que dudo, para no tragaros la ofensa, con mucho gusto os mandaré a los dos al hospital. Y creedme, habéis escogido muy mal la noche.

Los glasgowianos tienen una tez muy pálida, pero yo habría jurado que ambos se pusieron todavía más blancos.

—¿Algún problema, caballeros?

Sin Cuello, el portero, estaba a mi lado. El timbre de detrás de la barra, supuse.

—No creo —respondí jovialmente—. Estos dos caballeros y yo vamos a salir a dar un paseo, ¿no es así?

—Escucha, nosotros no queremos problemas... —El grandullón parecía asustado. Al portero le tenía sin cuidado lo que sucediera entre nosotros si lo ventilábamos fuera.

—Lennox... —Noté que una mano se posaba suavemente en mi hombro y me llegó una oleada de perfume. Me di media vuelta. Era Martha, exhibiendo una sonrisita nerviosa—. Tranquilo, Lennox, ¿vale? ¿Por qué no te sientas allí y te tomas una copa a cuenta de la casa? Estos chicos no querían ofenderte.

Los dos tipos se habían vuelto hacia la barra, con esa actitud de «ni lo mires siquiera a ese psicópata». Sin Cuello se apartó y dejó que Martha me acompañara a la mesa. Noté que ella le hacía una seña al camarero, y enseguida llegaron nuestras copas.

Me senté. Estuve un rato mirando con aire amenazador a los tipos de la barra, pero al final el jazz me fue empapando los huesos y disolviendo la tensión de los músculos.

—Has de vigilar ese mal genio, Lennox —me aconsejó Martha—. Podría acabar creándote problemas.

—No sería la primera vez —contesté arrellanándome en mi silla. Dejé de mirar a los de la barra, más que nada porque parecía que estuviesen rompiendo todas las leyes de probabilidades: no echaban ni un vistazo a la zona de la sala donde yo estaba. Y cuando volví a alzar los ojos, ya se habían largado—. Además, yo no andaba buscando bronca. Esos tipos me han provocado.

—Pero tu manera de tratar a la gente..., y de perder el control... No es normal, Lennox.

—¿Te parece que estoy para que me encierren en el loquero, Martha?

—Yo no he dicho eso. Solo creo que deberías tomarte las cosas con más calma. O un día alguien acabará herido. Gravemente.

—No llegará la cosa a tanto —rezongué procurando ocultar en algún rincón de mi cerebro la imagen del matón que había dejado en aquella carretera secundaria con bastantes menos dientes y toda una vida por delante respirando por la boca. Sonreí a Martha. Era guapa y, a pesar de su trabajo, una buena chica. Había algo en ella, en la configuración de la cara, en sus prominentes pómulos, que me recordaba vagamente a Fiona White—. Basta de charla deprimente —determiné—. Tomemos otra copa.

Acompañé a Martha a su casa. Lo cual era todo un cumplido, dada la cantidad de *bourbon* que había ingerido. Durante buena parte del trayecto me desconcertó la cantidad de carriles dobles que había de golpe en Glasgow, pero me las arreglé para resolver el problema manteniendo un ojo cerrado. Martha también llevaba unas cuantas encima, pero yo la había superado con creces. Cuando llegamos a su casa, me preparó un poco de ese café instantáneo que había que mezclar con agua hirviendo. Sabía a rayos, pero empezó a hacerme efecto.

El piso de Martha estaba en un edificio bastante nuevo, con tiendas en la planta baja y apartamentos encima. Nosotros solo habíamos bailado el tango en mi coche; era, pues, la primera vez que entraba en su casa y me sorprendió el gusto con el que estaba puesta. Los muebles eran de ese tipo modernista que provenía de Dinamarca, y en las paredes tenía algunos carteles impresionistas con marcos baratos. Había una pequeña estantería llena de novelas de un club del libro y un ejemplar de *Vogue* de hacía dos meses sobre la mesita de café, tanto para lucir como para hojear, supuse. Todo lo cual parecía hablar a gritos de alguien que trataba de salir del agujero donde se había atascado. En conjunto, el aire reluciente, de buen gusto y alegre del piso acabó deprimiéndome del todo.

Charlamos un rato y tomé más café, pero el alcohol que tenía encima enturbiaba mi percepción visual, y Martha empezó a parecerse cada vez más a Fiona White. Pasé a la acción, tal como ambos preveíamos, y experimenté una falta de resistencia que habría avergonzado a un general italiano. Acabamos los dos en el suelo, con su vestido hecho en gurruño alrededor de la cintura. Lo que vino a continuación fue más bien feo, casi brutal, y yo me frené cuando percibí un brillo de temor en sus ojos. Actué con más delicadeza y la besé, pero cuando cerraba los ojos seguía siendo Fiona White, en vez de Martha, la mujer que tenía debajo.

Después, fumamos en silencio. Me disculpé por si había sido demasiado brusco y le pregunté si podríamos volver a vernos.

—Me gustaría —dijo ella, y yo percibí decepcionado que lo decía en serio.

Eran casi las diez, a la mañana siguiente, cuando llegué con Archie a la casa de Violet, en Milngavie, para reunirme con las gemelas. Había decidido no hacerlo en mi oficina porque pensé que la ventana tapiada tras mi escritorio habría resultado tal vez un tanto desconcertante para mis clientes: un recordatorio, de hecho, de que había añadido una nueva salida opcional del despacho.

También había otro motivo: cuando me había pasado por la oficina a primera hora para recoger algunas cosas, me había tropezado con un reportero del *Bulletin* merodeando junto al edificio. Por suerte, no lo acompañaba ningún fotógrafo y era corto de entendederas. Me había preguntado a bocajarro si era Lennox, y yo, con un fuerte acento de Glasgow, había contestado que no. Solo cuando le dije que pertenecía a la Corporación Municipal de Transporte y que estaba allí para averiguar si había taxis recogiendo pasaje en puntos no autorizados, había dejado de asentir maquinalmente y me había mirado con recelo.

Archie y yo subimos a mi Austin Atlantic y nos dirigimos a Milngavie. Por el camino, reparé otra vez en la silueta con forma de puro del tren-avión de Bennie, instalado a lo lejos en medio del campo y suspendido sobre una serie de cobertizos, como un decorado abandonado de ciencia ficción.

Puse a mi ayudante al corriente de las últimas novedades, incluida mi sospecha de que el hombre de la fotografía era el mismísimo Joe *Gentleman* y de que él estaba detrás del intento de liquidarme en mi oficina. Archie me preguntó cómo me había ido con Billy Dunbar, y yo le respondí que al final no había podido ir a verlo. No sabía bien por qué le mentía; quizá porque él, a fin de cuentas, era un poli retirado. Haber tropezado con un doble asesinato y no denunciarlo, o haberle machacado la cara a un gánster con una pistola no registrada, eran cosas que uno no le explicaba espontáneamente a un policía, retirado o no.

Violet McKnight vivía en un chalé de los años treinta, con la consabida buhardilla reformada y el consabido recuadro de jardín impecablemente acicalado en la parte delantera. Milngavie era el barrio residencial de la clase media del quiero y no puedo: una gran extensión de chalés idénticos dispuestos con la misma imaginación que los planteles de vegetales de un huerto.

Observé que el Ford Zephyr, todavía reluciente, estaba aparcado en el sendero de acceso y, cuando llamamos al timbre, abrió la puerta Robert McKnight, el marido de Violet. Nos recibió con una sonrisa de vendedor de coches, aunque pareció vacilar al ver que no había ido solo. McKnight era más bajo de lo que había supuesto, pero tenía unos hombros tan macizos como había apreciado desde mi oficina. Su rostro era amplio y apuesto, aunque le habían partido la nariz en algún momento y no se la habían arreglado con la debida profesionalidad, dejándosela algo torcida hacia la derecha. El efecto era desconcertante: incluso cuando te miraba de frente, tenías la sensación de que se había girado un poco.

Nos hizo pasar a la sala de estar, o al salón-*living*, como debían llamarlo seguramente en Milngavie. Todo era nuevo e inmaculado, en el nuevo estilo danés. Me deprimió un poco caer en la cuenta de que estaba contemplando la clase de ambiente que Martha había intentado reproducir en su minúsculo piso de alquiler con un presupuesto mucho más reducido.

Isa y Violet estaban sentadas en el sofá. Advertí que se sentaban casi pegadas la una a la otra, como si el contacto físico entre ellas fuese esencial para sentirse cómodas. Presenté a Archie como el socio que había estado trabajando en el caso conmigo, y las gemelas nos invitaron a tomar asiento.

—Nos hemos enterado de todo...

—... por los periódicos —dijeron.

—Algo terrible...

—Realmente terrible...

—Díganos, señor Lennox...

—... ¿tuvo algo que ver con sus pesquisas sobre papá?

Sonreí y arrojé mi sombrero sobre la mesa.

—Me temo que sí. Y debo decirles que «papá» quizás haya tenido que ver más que un poco.

—¿Quiere decir...?

—¿... que papá está vivo?

—Es la información que me han facilitado. O al menos, que seguía vivo en 1942, según un testigo. El único, a decir verdad. Pero además de las afirmaciones de ese único testigo, está el hecho de que ese caballero que dio el salto del ángel desde mi oficina había tratado previamente de asustarme para que no continuara investigando sobre la desaparición de su padre; y como no logró asustarme, intentó retirarme para siempre del caso. Lo cual significa que, definitivamente, Joe Strachan y yo no estamos del mismo lado. Si sigo trabajando para ustedes, podría producirse un conflicto de intereses y resultar perjudicial para mi salud.

Por una vez, Isa y Violet no dijeron nada; se limitaron a permanecer en un silencio idéntico.

—Entonces, ¿de veras cree que Joe sigue vivo? —me preguntó Robert McKnight. La sonrisa de vendedor de coches se le había borrado de los labios, cediendo su lugar a una expresión ceñuda igualmente falsa.

—Eso parece. Y por ello quería hablar con ustedes dos. Como decía, he investigado el caso hasta donde me ha sido posible. Hasta donde estoy dispuesto a llegar.

—Lo comprendemos perfectamente... —dijo Violet.

—... dado lo que ha ocurrido...

—... pero queremos estar seguras...

—... de que papá está vivo.

—La única manera de asegurarse sería encontrarlo —determiné.

—Es lo que queremos decir...

—... ¿podría encontrarlo para que podamos hablar con él?

—En pocas palabras, no. Estoy convencido de que si llegara a encontrar a su padre, no viviría lo suficiente para venir a contárselo. Y si saliera vivo, debería decírselo a la policía.

Las dos abrieron la boca para protestar. Alcé la mano.

—Escuchen, señoras. Les dije desde el comienzo que si descubría que su padre estaba vivo, y averiguaba dónde estaba, no podría ocultarle a la policía esa información. Ahora la policía está volcada sobre el asunto, y no quiero que este acabe salpicándome. Si por ahora ellos me preguntan si conozco el paradero de Joe Strachan, puedo decirles con toda sinceridad que no. Y que no sé con absoluta certeza si de verdad está vivo. Si quieren mi consejo, creo que deberíamos dejarlo así.

—Pero nosotras queremos hablar con él... —protestaron las gemelas simultáneamente.

—Afrontemos las cosas, señoras. Él les ha venido enviando anualmente ese dinero desde hace dieciocho años. Si hubiera deseado ponerse en contacto con ustedes, ya lo habría hecho hace tiempo. Si quieren mi opinión, y lamento ser tan brusco, ese dinero es fruto de la culpabilidad. Creo que su padre había planeado de antemano desaparecer, abandonándolas a ustedes y a su madre, con independencia de que un policía resultara muerto o no durante el robo de la Exposición Imperio. Creo que ahora vive bajo una identidad completamente distinta en otra parte del país, o del mundo: una identidad que, seguramente, ya estaba formando antes de que ustedes nacieran. El único motivo de que haya dejado sentir su presencia aquí en Glasgow es que yo he metido las narices donde no debía.

—¿Qué debemos hacer, pues?

—Aceptar que su padre está vivo, pero que no se halla en condiciones de ponerse en contacto con ustedes; seguir aceptando el dinero y procurar pasar inadvertidas. Ese es mi consejo y el consejo que voy a seguir yo mismo. Por cierto, creo que la seguridad de ustedes también podría correr peligro.

Las gemelas me miraron indignadas.

—¡Nuestro padre…

—… jamás nos haría ningún daño!

—Tal vez no. Pero creo que es posible que se haya mezclado con gente muy peligrosa. Más organizada, con mejores recursos y mayor capacidad destructiva que una banda criminal. Y se protegen unos a otros, como he descubierto a mi costa.

—¿Qué clase de gente? —preguntó Robert.

—Militares. No, ni eso… Más bien grupos de guerrilla en la sombra que fueron creados antes de la guerra y durante esta. Tenían que sabotear a los invasores nazis y ese tipo de cosas, pero muchos de dichos grupos estaban dispuestos a enfrentarse con los comunistas si la guerra hubiera tomado semejante giro.

—Eso no parece propio de nuestro padre… —opinó Isa.

—No, en absoluto parece propio de él… —añadió Violet.

—Él no tenía inclinaciones políticas.

—Pero ustedes dijeron que había sido una especie de héroe militar en la Primera Guerra Mundial, ¿no es cierto?

—Lo fue…

—Le dieron medallas…

—Cruzó las líneas enemigas y todo.

—Pero también estuvo a punto de ser fusilado por desertor, ¿no es así?

—Eso son mentiras…

—Mentiras… —repitió Violet.

—Escuchen, señoras —dije con toda la delicadeza posible—, es fácil, muy fácil, convertir a alguien en una figura heroica cuando no está presente. Mucho de lo que he oído sobre su padre, y todo lo que he experimentado, me lleva a creer que era, o es, un hombre totalmente despiadado. No creo que hiciera nunca nada que no fuera en su propio interés. Lo lamento, Isa y Violet, pero voy a tener que abandonar este caso. Y yo, en su lugar, haría lo mismo. Esto es un caballo regalado, y a ustedes no les conviene mirarle el dentado.

—¿Podríamos hablar con el testigo que ha encontrado?

—Sería muy difícil de organizar —dije sin añadir que haría falta contratar a un médium—. Me temo que se ha mudado de modo permanente.

Y a continuación pasé a la apoteosis final.

—Hay algo más… —Me metí la mano en el bolsillo de la chaqueta y saqué la foto—. Sé que no es una buena fotografía, y él, naturalmente, habrá envejecido desde la última vez que ustedes lo vieron, pero… ¿podrían identificar a este hombre?

Sentí una ligera corriente eléctrica mientras colocaba la foto en la mesa ante las gemelas. Observé sus caras atentamente para captar el momento crucial cuando cayeran en la cuenta de que estaban mirando al padre que habían visto por última vez a los ocho años.

—¡Ay, cielos… —dijo Isa.

—… claro que lo reconocemos…!

—… incluso después de todos estos años…

Intercambié una mirada con Archie. Yo debía de mostrar una expresión engreída. Sentía orgullo de mí mismo y pensaba que me sobraban motivos para sentirlo.

—Sí…, es el señor Williamson, ya lo creo —afirmó Violet.

Mi engreimiento llegó bruscamente a su fin.

—¿Cómo…? —exclamé—. ¿Qué ha dicho?

—Nos ha preguntado si lo reconocíamos… —dijo Isa.

—Y lo reconocemos… —secundó Violet.

—Es Henry Williamson, el amigo de nuestro padre.

Cogí la fotografía y la miré. Henry Williamson. El amigo no delincuente de Joe *Gentleman*. Su supuesto compinche de la Primera Guerra Mundial.

—¿Están seguras?

—Completamente.

Volví a meterme la foto en el bolsillo.

Las gemelas pasaron un par de minutos intentando convencerme para que las ayudara a ponerse en contacto con su padre, pero yo no cedí y ellas se dieron por vencidas con asombrosa buena disposición. Les dije que me quedaría la mitad de lo que me habían pagado y les tendí un sobre con el resto. Ellas se negaron, asegurando que sentían que me habían hecho correr un gran riesgo y sufrir una terrible experiencia, e insistieron en que me lo quedase todo. Discutimos un poco más, pero ellas se mantuvieron firmes y yo…, no tanto. Cuando salí por la puerta, todavía llevaba encima su dinero.

Robert McKnight nos acompañó hasta el coche.

—Por cierto, señor Lennox —dijo—. Creo que tiene usted razón. No dejo de decirles a las chicas que no escarben más en toda esta mierda. Como ha dicho usted, si Joe quisiera ponerse en contacto con ellas, añadiría una nota al dinero. Ya sé que no están satisfechas ahora, pero yo quiero darle las gracias por todo lo que ha hecho usted. Cuando reflexionen, se alegrarán por saber al menos que su padre sigue vivo. —Los ojos se le iluminaron cuando vio mi coche—. ¿Es suyo el Atlantic?

—Sí.

—Oiga, Lennox. Sin trucos de vendedor: me gustaría hacer algo para agradecerle sus servicios y las molestias que se ha tomado. Yo puedo ofrecerle una permuta realmente ventajosa…, o tal vez una venta directa…, y conseguirle algo mejor.

—Muy amable, Robert, pero ya estoy contento con el Atlantic.

—Quizá lo esté, pero con todos esos faros extraños y demás… Le aseguro que le haría un favor. No me refiero a las gangas de costumbre: un verdadero favor. Lo hablaría con el jefe y estoy seguro de que no habría problema. Escuche, tengo justo lo que necesita: un Wolseley 4/44 Saloon azul marino de un año de antigüedad. Prácticamente sin kilómetros. Como nuevo.

—Como le digo, ya estoy contento con el Atlantic.

Él me puso una mano en el brazo para detenerme. Yo bajé la vista a la mano, pero no la retiró.

—Escuche, es una gran oportunidad, no lo engaño. El Wolseley cuesta ochocientos. Concretamente ochocientos cuarenta y cuatro libras, cinco chelines y diez peniques. Yo me quedaría el Atlantic y se lo dejaría por doscientos cincuenta pavos.

—Pero ¿por qué iba a dejármelo tan barato? —La oferta era absurda, a menos que el Wolseley tuviera algún problema o que los vendedores de coches hubieran desarrollado de pronto una pasión por generar pérdidas. O por comprar conciencias.

—Para mostrarle mi gratitud, como le digo. Las chicas..., todos nosotros nos..., nos quedamos consternados cuando nos enteramos de que ese tipo había tratado de matarlo. Considérelo una bonificación. Ya lo he hablado con mi jefe. No hay ninguna pega. —Me tendió una tarjeta con la dirección y el teléfono del garaje—. ¿Por qué no se pasa por ahí y lo examina por sí mismo? Le pondré el cartel de «reservado» hasta que venga a verlo.

Eché un vistazo a la tarjeta, volví a mirar a McKnight: un rostro desprovisto de astucia, inexpresivo. Y sin embargo, el tipo se las arreglaba para parecer falso. Me pregunté cuál sería el jefe —el encargado del garaje o Willie Sneddon— que le había autorizado la oferta sin ver siquiera en qué condiciones estaba mi Austin Atlantic.

—¿Qué me ofrecería por un Morris 8 de 1947? —preguntó Archie. McKnight volvió a exhibir su sonrisa de vendedor.

—¿Por qué no lo trae al garaje y vemos qué puedo ofrecerle?

Archie se encogió de hombros. Los tres sabíamos perfectamente que a él no le darían un trato como el que acababan de brindarme a mí. A nadie se lo brindarían. No acababa de entender por qué me habían escogido para semejante muestra de gratitud. De hecho, la generosidad de los demás empezaba a inquietarme; y cuanto más me inquietaba, más me repetía a mí mismo el consejo que les había dado a las gemelas: a caballo regalado no le mires el dentado. Pero lo cierto era que yo podía comprarme el Wolseley diez veces si quería, sin necesidad de aceptar el trato de McKnight, porque había ganado mucho dinero y muy deprisa localizando a Paul Downey y sus fotografías. El dinero más fácil que había ganado en mi vida.

Y eso me inquietaba casi en la misma medida que la oferta de McKnight.

Volví a dejar a Archie en su casa. Me preguntó si quería entrar a tomar una taza de té, pero le dije que tenía cosas que hacer. La verdad era que tenía que recoger algunas piezas de mi vida personal, por así llamarla. Y también debía mantener una conversación con mis nuevos compinches de Saint Andrew's Square.

Cuando Archie ya estaba a punto de bajarse, lo detuve. Saqué el sobre del bolsillo, conté cien libras en billetes de veinte y se las di. Como de costumbre, mantuvo aquella inalterable expresión dolorida y la mandíbula flácida y desfondada; en cambio, me dio la impresión de que las cejas se le iban de vacaciones a algún sitio en lo alto de su calva mollera.

—¿Esto qué es?

—Una bonificación. Me has sido de gran ayuda, Archie. Sin ti no habría encontrado a Billy Dunbar.

Los músculos del rostro se le contrajeron como si sufriera descargas eléctricas intermitentes en las mejillas. Trataba de sonreír, comprendí.

—Gracias, jefe.

—No hay de qué.

Antes de dirigirme a la jefatura de policía de Glasgow, pasé por delante de mi alojamiento.

El Jowett Javelin no estaba.

Me sorprendió lo fácil que era reunirse con el comisario en jefe Willie McNab sin una cita previa. Este me dejó en un despacho vacío mientras iba a buscar a Jock Ferguson. Todavía me sorprendió más que el comisario se hubiera preocupado de que una joven y atractiva agente (cosa que yo siempre había considerado una contradicción en los términos) trajera una bandeja con tres tazas, una jarra de leche y una enorme tetera de aluminio. A mí me pirraban las mujeres de uniforme, de manera que me espabilé para sacarle el nombre y un número de teléfono donde localizarla antes de que McNab regresara.

Era una escena con ribetes surrealistas: McNab, Jock Ferguson y yo charlando como un grupo de viejas en torno a unas tazas de té y unas galletas digestivas. Yo fui el que más habló. Les conté casi todo lo que sabía, saltándome los detalles de mi excursión por el bosque. Les dije que había ido a ver a Billy Dunbar en compañía de Archie: un testigo fiable de que Billy y su esposa estaban vivitos y coleando cuando nos marchamos.

Una cosa que me había temido era que plantearan mi posible relación con la muerte de Frank Gibson, el musculoso *innamorato* de Paul Downey, pero o bien Jock no había establecido la conexión entre Downey y Gibson, o bien había olvidado que yo le había pedido que investigase a alguien con ese nombre.

Puse la fotografía sobre la mesa.

—Habría jurado que al final iba a resultar que este tipo era Joe *Gentleman* Strachan. Pero no lo es. Es un conocido suyo. Un amigo llamado Henry Williamson. Por lo que me han dicho, no es un criminal. Pero estoy seguro de que ese individuo que se cayó por mi ventana trabajaba para él.

Señalé la foto con el dedo. Confié en distraerlos con ese gesto enfático para que no me preguntasen por qué motivo exactamente sospechaba que él era el cerebro del ataque. McNab observó la fotografía y frunció el entrecejo. Lo cual me dio mala espina. Esa clase de sensación que te entra cuando el marido de la mujer con la que estás haciendo travesuras se queda mirando la mancha de pintalabios que tienes en el cuello de la camisa.

McNab cogió el teléfono de la mesa y dio unos golpecitos en la horquilla antes de suspirar y salir del despacho sin decir palabra. Ferguson me miró, encogiéndose de hombros.

McNab reapareció, se sentó y siguió mirando la foto.

—¿Qué sucede, comisario? —preguntó Jock.

—Le he dicho a Jimmy Duncan que suba del archivo y se

sume a la reunión. Ahora trabaja a tiempo parcial como funcionario, pero estuvo en el cuerpo hasta hace tres años. Ya era un veterano cuando yo entré como aprendiz. No hay una sola cara en Glasgow a la que no pueda ponerle nombre.

Permanecimos cinco minutos en silencio. Entonces entró un hombre corpulento en mangas de camisa, luciendo unas feas gafas de carey de la seguridad social y una mata de pelo canoso. Frisaría los sesenta, pero tenía pinta de ser un tipo con el que no convenía meterse.

—¿Qué hay, Willie? —preguntó el agente jubilado y reconvertido en funcionario, como si el comisario en jefe siguiera siendo todavía un aprendiz.

—No tenemos ninguna fotografía de Joseph Strachan archivada, ¿verdad? Pero tú lo viste cara a cara si no me equivoco.

—Sí, Willie, pero eso fue hace ya treinta años y no lo vi mucho rato. No hablé con él ni nada parecido...

McNab le pasó la fotografía.

—¿Es este Joseph Strachan? ¿O podría ser Strachan en la actualidad?

Duncan contempló la fotografía largamente.

—No lo sé, Willie... La verdad, no sé qué decir. No es que sea muy buena fotografía, y la gente cambia mucho al cabo de tantos años.

—Me han dicho que la persona de la fotografía se llama Henry Williamson —intervine—. ¿Le suena de algo ese nombre?

Duncan me miró como si yo hablara albanés; McNab le hizo un gesto de asentimiento, indicándole que podía responder.

—No... —Meneó la cabeza pensativamente—. La verdad es que no. Al menos, nada relacionado con el archivo.

—¿Qué quiere decir?

—Bueno, había un Henry Williamson que tenía relación con nosotros justo al comenzar la guerra. Estaba en la Guardia Local. —Miró de nuevo la foto—. Pero tampoco podría afirmar que sea él. A este también lo vi en una ocasión, de pasada, porque tuve que llevar en coche al comisario en jefe Harrison a Edimburgo, para asistir a una conferencia sobre la Guardia Local. Era allí en Craigiehall, ya sabe, el cuartel general del ejército.

—¿La Guardia Local, dice? —inquirió Jock Ferguson sin levantar la vista de su taza de té. Me di cuenta de que quería disimular la pregunta bajo un velo de informalidad. Confié en que McNab no se hubiera percatado tan claramente como yo.

—Sí, eso es —corroboró Duncan—. Como he dicho, el comisario en jefe Harrison era el enlace del cuerpo con la Guardia Local. Naturalmente, entonces él era solo inspector.

Ferguson me lanzó una mirada significativa, apenas sin expresión, pero transparente para mí. Cuando me habían asaltado aquella mañana en la niebla, las únicas personas que conocían mi interés por Strachan eran Willie Sneddon, quien difícilmente se lo habría contado a nadie, y los policías entre los cuales Jock Ferguson había preguntado de modo informal.

Y uno de ellos, tal como este me había explicado, había sido el comisario en jefe Edward Harrison.

Capítulo catorce

Cuando me estaba yendo de casa por la mañana, me tropecé con Fiona White, que salía justo entonces por su puerta de la planta baja. Me dio toda la impresión de que había estado esperando a que sonaran mis pasos en la escalera para salir.

Fue una breve y triste conversación. Yo todavía me sentía confuso a causa de la repentina aparición del hermano o sustituto de su marido muerto, o lo que demonios fuera. Ella trataba por su parte de formular algo que aún no había pensado detenidamente; un mensaje tranquilizador, supongo, pero la verdad es que estábamos los dos en un mar de dudas. A fin de cuentas, todo entre nosotros había transcurrido hasta entonces sin palabras, dejando aparte mi soliloquio del año anterior. Y eso, más que ninguna otra cosa, había contribuido a encorsetar lo que hubiera entre ambos. Fiona me dijo que «James» estaba preocupado por el bienestar de las niñas, siendo como era su tío. Y ya no hubo mucho más que hablar. Yo le dije que, realmente, no era asunto mío, lo cual, advertí, la hirió.

Así fue como concluyó nuestro breve intercambio al pie de la escalera. Salí en busca de mi Atlantic, sintiéndome fatal. Siempre era una buena manera de empezar el día.

Llegué a la oficina justo para abrirles la puerta al carpintero y al vidriero, que tardaron casi la mañana entera en reemplazar la ventana. No me habían permitido repararla hasta entonces, pero una vez que la policía hubo sacado todas las fotos y huellas necesarias, me habían dado el visto bueno para quitar los tablones y poner cristales nuevos. Durante el resto del día, la oficina apestó a masilla, a resina y al hedor extrañamente persistente a transpiración de los operarios.

Saqué un cuaderno de notas y calculé rápidamente cuál era mi balance con todo el dinero que había ganado (ninguna parte del cual llegaría a conocimiento del fisco). Era un montón. Un montón enorme. El caso Macready me lo habían pagado de un modo absurdamente exagerado. Me irritaba, por el contrario, que la manía de la gente de pagarme sumas desmesuradas de dinero libre de impuestos despertara el lado suspicaz de mi carácter. Me irritaba enormemente. Pero así era.

Oficialmente, yo ya estaba fuera de los casos Macready y Strachan. Había logrado evitar por muy poco caer en un profundo sueño en una tumba improvisada en medio del bosque, y ahora tenía más que suficiente para hacer lo que quisiera con mi vida. «Ahora, Lennox —me repetía—, es el momento de dejar las cosas como están.»

Al parecer, estaba tan sordo al diálogo interior como a mi propio instinto.

Al enterarme a través de Donald Fraser de que Macready y compañía abandonaban la ciudad y regresaban en avión a Estados Unidos al día siguiente, telefoneé a Leonora Bryson y le pregunté si podíamos quedar para tomar un café.

—No veo para qué —respondió—. Sucediera lo que sucediera entre nosotros, no quiero que vaya a creer que significó algo.

—Ah, créame, amiga mía, ese punto ya me lo dejó bien claro. Pero esto es un asunto profesional. Un pequeño epílogo a mi investigación, por así decirlo.

Noté por su tono que no sabía bien qué hacer; por fin, accedió a reunirse conmigo. Pero en mi oficina.

Se presentó un cuarto de hora tarde. Llevaba un conjunto menos serio que de costumbre, que le ceñía la figura. Supuse que todos los hombres con los que se había cruzado en el corto trayecto desde el hotel Central llevarían ahora un collarín para las cervicales. En lugar de sombrero, se había puesto un pañuelo de seda estampada.

—Bueno, señor Lennox, ¿qué le ronda por la cabeza? —Se

esforzó para imprimirle una impresionante dosis de aburrimiento a la pregunta. Hubiera tenido que echarle una ojeada al reloj para recalcar el efecto, pero no lo hizo.

—Más bien por mi conciencia, a decir verdad. Verá, conozco a una mujer, Martha. Una buena chica, aunque no la he tratado bien.

—¿Se supone que debo sorprenderme? ¿O interesarme?

—¡Ah, sí! Creo que debería interesarse. La he tratado mal porque la he usado como sustituta de otra persona. Otra persona que me importa, pero con la cual, para ser franco, sé que nunca podré estar. Usted me ha dicho por teléfono que lo ocurrido entre nosotros no significó nada. Pues sí. Significaba mucho. He de decirte, cariño, que había en ello mucha agresividad.

Leonora Bryson se puso de pie.

—No tengo por qué seguir escuchándolo. Siempre he sabido que no era un caballero, pero esto…

—Ahórrate la indignación, Leonora, y siéntate. O tal vez le sugiera a la policía que te impida subir mañana a ese avión.

Ella no dijo nada. Todavía desafiante, todavía de pie.

—Mi modo de estar con Martha, comprendí…, era exactamente igual que tu modo de estar conmigo. Lo lamento, Leonora. De veras… No puedo imaginarme qué debe de suponer estar tan enamorado de una persona a la que ves todos los días, pero con la que no podrás mantener jamás ningún tipo de relación.

—No sé de qué me está hablando. —Pero volvió a sentarse.

—Estás totalmente, rematadamente, locamente enamorada de John Macready. Dios sabe que cualquier hombre del mundo debería dar gracias de rodillas por el hecho de que una mujer como tú lo adorase. Pero reconozcámoslo: el señor Macready se pone de rodillas por motivos muy, muy distintos. Todo ese arsenal imponente que posees queda malgastado por completo en su caso. Él no tiene ojos para ti, ni es consciente de que harías cualquier cosa para protegerlo.

—Es usted un hombre mezquino, Lennox. Un hombre sórdido, venenoso y mezquino.

—Bueno. No soy la persona más indicada para defender mis cualidades. Pero no me gusta que maten a nadie que no se lo merece. Frank Gibson, por ejemplo. Te equivocaste de víctima, ¿no es así? No sé quién trabaja aquí para ti, pero tú lo llamaste inmediatamente después de que yo te telefonease desde delante del piso de Gibson. No te fiabas de que me hubiera apoderado absolutamente de todo. Podría haber habido otro cuarto oscuro en alguna parte, más negativos, más impresiones de las fotografías. Y tú no permitirías que nadie le hiciera daño al hombre al que amas. Líbrate del chantajista..., y te librarás del chantaje. Pero cuanto tu gente llegó a la casa, solo estaba Frank. Deduzco que Paul Downey puso pies en polvorosa en cuanto salí de allí. Y me imagino que tu gente ha estado siguiéndole el rastro desde entonces.

—¿Qué quiere, Lennox? —dijo fríamente—. ¿Sexo? ¿Más dinero?

—Tengo dinero de sobra, muchas gracias. Y aunque yo mismo no puedo creer lo que estoy diciendo, voy a pasar del sexo. Seguramente es lo mejor, de todos modos, al menos hasta que el hospital monte un pabellón poscoital en urgencias. En fin, no te apures. No puedo demostrar nada. La policía podría quizá, con el tiempo, pero yo te guardaré el secreto.

Ella se esforzó en no demostrar su alivio.

—¿Qué quiere de mí, entonces?

—Tres cosas. No me imagino a una mujer impresionante como tú recorriendo los bajos fondos de Glasgow en busca de unos asesinos profesionales. Así pues, quiero saber quién se ocupó del seguimiento y del crimen por encargo tuyo.

Ella guardó silencio.

—La segunda cosa que quiero saber es si han encontrado a Downey y, en tal caso, si todavía sigue transformando oxígeno en dióxido de carbono. Si todavía sigue vivo, quiero saber dónde está, o al menos averiguar por dónde seguir buscando.

—¿Y la tercera?

—La tercera es la más personal, y quiero una respuesta sincera. ¿El tipo que abandonó mi oficina por esta ventana obedecía tus instrucciones? ¿Le pagaste para que me matara?

—No.

—Tendría su lógica. ¿Cómo ibas a saber que yo no me iría de la lengua sobre John Macready? ¿O si me había metido en el bolsillo un par de negativos de recuerdo? Al fin y al cabo, sé hasta qué punto está dispuesta la productora a aflojar la pasta para proteger el buen nombre de su estrella.

—Lo pensé, pero no. La única cosa que sabíamos todos sobre usted, por sórdidamente que se haya comportado en otros aspectos, es que no engañaría a un cliente. Por consiguiente..., lo que haya ocurrido aquí no tiene que ver conmigo.

—Está bien... Te creo. ¿Qué me dices de mis otras preguntas? ¿Cómo conseguiste a los matones a sueldo?

—A través de Fraser, el abogado.

—¿Fraser? —No pude dejar de traslucir mi sorpresa. Hasta entonces había hecho muy bien mi papel de detective omnisciente. Aunque la verdad era que, al empezar, no estaba seguro en absoluto de que fuese a sacar nada.

—Conoce gente —comentó ella—. De la época de la guerra.

—Pero si Fraser estuvo en la Guardia... —La frase se me quedó a medias en los labios. Me entraron ganas de tirarme a mí mismo por la ventana por lo estúpido que había sido—. ¿Y Downey está muerto?

—No.

—¿Sabes dónde está?

Ella no respondió. Se inclinó sobre el escritorio y se acercó el teléfono. Mientras lo hacía, pude observar la turgencia de sus pechos por el escote de la blusa de seda. Llegué a la conclusión de que me precipitaba al rechazar ciertas ofertas y de que una breve visita al departamento de urgencias no habría estado tan mal.

Ella habló sucintamente por teléfono y anotó algo en el papel secante de mi escritorio. Sus últimas palabras fueron para ordenar a los matones que cancelaran la operación.

—Lo han localizado en esta dirección —indicó—. No le ocurrirá nada. Pero si ese hombre intenta alguna vez vender cualquier foto de John, le prometo, Lennox, que haré una llamada desde el otro lado del Atlántico y daré a mis contactos dos nombres.

Me levanté, rodeé el escritorio y, colocándome a su lado, leí la dirección. Era en Bridgeton. Pobre desgraciado.

Agarré del brazo a Leonora, la puse de pie y la empujé por la oficina hasta acorralarla contra la pared.

—Yo no pego a ninguna mujer, Leonora. Una de esas rarezas mías —le espeté—. Pero si vuelves a amenazarme, no importa cuántos continentes haya de atravesar: iré a buscarte y te abofetearé hasta dejarte inconsciente. Y después, le entregaré a la policía todos los indicios que tengo, a ver si pueden colgarte algún delito. ¿Lo has entendido?

Ella asintió, aunque sus ojos no reflejaban ningún miedo. Era una mala bestia, no cabía duda. Le solté el brazo.

—Y permíteme que te lo deje bien claro: si me entero de que le sucede algo, cualquier cosa, a Paul Downey, iré a la policía y les contaré todo cuanto sé. Tal vez no sea suficiente para que presenten una acusación, pero se armará un escándalo mayúsculo, y todo lo que tanto te has esforzado en evitar que salga a la luz ocupará todas las portadas.

Me aparté. Me sentía mal por mi rudeza, pero yo reaccionaba violentamente cuando me amenazaban. Y además, dada mi experiencia con Leonora, ella lo consideraría seguramente como una especie de juego preliminar.

—Otro pequeño consejo, señorita Bryson: cuando subas mañana a ese avión, te recomiendo que te asegures de que el billete es solo de ida y de que nunca más vuelves a poner los pies en suelo británico. ¿Lo has entendido?

Ella se irguió antes de responder. Estaba tratando de recuperar su dignidad, aunque la verdad es que no la había perdido en ningún momento.

—Se ha expresado con mucha claridad, Lennox. Pero no se preocupe. No tengo la menor intención de volver a pisar este país de mierda.

—Una cosa más —dije cuando ya se iba—. Ni una palabra a Fraser. No quiero que llegue a sus oídos que estoy al corriente de vuestro pequeño arreglo.

Ella se volvió al llegar a la puerta, asintió secamente y desapareció.

Me senté y contemplé por la ventana la oscura piedra y la intrincada estructura de hierro de la Estación Central, mientras reflexionaba en lo que acababa de suceder y en la información que había obtenido. La guerra había concluido hacía más de diez años, pero todavía se cernía en el horizonte, arrojando su sombra en todos los órdenes de la vida. A mí, incluso cuando Jock Ferguson le había preguntado al viejo policía retirado sobre Harrison, se me había olvidado que Fraser había estado en la Guardia Local.

Estaba sopesando qué hacer a continuación cuando alguien entró en mi oficina. Igual que McNab, sin llamar. Consideré la posibilidad de poner un cartel.

—Hola, Jock —lo saludé—. En ti estaba pensando.

Él entró y se sentó frente a mí. Noté que había reparado en la dirección escrita en el papel secante y que la examinaba con aire abstraído antes de arrojar encima su sombrero flexible.

—Aquí tienes la fotografía —dijo dándome un sobre. Después de la conversación con él y McNab, les había dejado la foto de Joe Strachan o Henry Williamson, o quien demonios fuera, con la condición de que me la devolvieran cuando hubieran sacado una copia. Había sido un alivio que no me hubieran presionado demasiado para averiguar cómo la había conseguido.

—¿Tienes algo sobre el tipo que sale ahí? —pregunté.

—No. Continúa siendo un misterio. Pero tengo una buena noticia, y quiero que sepas que no se la he comunicado aún al comisario McNab: creo que he localizado a alguien que quizá sea capaz de arrojar un poco de luz en el asunto.

—Ah..., ¿quién?

—Stewart Provan.

—Espera..., me suena ese nombre. —Revolví en el cajón y encontré la hoja que me habían enviado las gemelas con los nombres de la nota encontrada detrás de un mueble de su casa. Ahí estaba: el cuarto de la lista—. ¿Cómo lo has encontrado?

—Pura casualidad. Ahora vive bajo otro nombre: Stewart Reid. Se lo cambió legalmente. Pero cuando son exconvictos nos notifican los cambios de nombre y residencia. Me ha pasado el nombre el viejo Jimmy Duncan, a quien conociste el otro día. Le dije que quería localizar a cualquier persona sospechosa de haber trabajado con Joe Strachan, y él pensó en Stewart Provan; y de ahí llegamos a Stewart Reid.

—¿Algún delito desde los años treinta?

—Ninguno. Como Billy Dunbar, se ha reformado.

Asentí. Me abstuve de añadir que podía garantizarle que Dunbar nunca volvería a quebrantar la ley.

—¿Tienes una dirección? —pregunté.

Ferguson asintió con indulgencia y me dio un pedazo de papel con los datos de Provan.

—Te lo agradezco, Jock.

—Que no se entere McNab de que te he pasado la información. Por cierto, ¿qué sucede entre vosotros dos? Casi parece como si estuvieras en nómina. No lo estás, ¿verdad? Quiero decir, ¿no te estará pagando de los fondos reservados?

—No seas idiota, Jock. Digamos que el comisario ha llegado a apreciar mejor mis cualidades. Bueno, ¿qué opinas de esa conexión con la Guardia Local? ¿De veras crees que ese comisario en jefe Harrison le dio el soplo al tipo que vino a por mí?

—Lo ignoro, Lennox, pero tú sabes bien que las coincidencias son difíciles de creer. No obstante, me cuesta aceptar que un oficial de alto rango de la policía de Glasgow pueda estar implicado abiertamente en una locura semejante.

Alcé exageradamente una ceja (Archie habría estado orgulloso de mí).

—No todos aceptamos sobornos ni somos corruptos —dijo Jock a la defensiva.

—No todos; estoy seguro. En fin, gracias por la información, Jock. —Me puse de pie. Quería que se largase. No tenía ni idea de cuánto tiempo permanecería el aterrorizado Paul Downey en la dirección que Leonora Bryson me había dado.

—No hay de qué. —Noté por su tono que estaba algo molesto.

—Perdona, Jock..., pero tengo un asunto que atender. Y es urgente.

Bajamos y salimos a la calle juntos. Yo doblé la esquina para recoger el Atlantic y me dirigí a Bridgeton. Una vez allí, pasé tres o cuatro veces frente a la dirección indicada, rodeando las manzanas adyacentes para cerciorarme de que no había ni rastro de los matones que Bryson había puesto sobre la pista de Paul Downey. Era necesario que ocultara a Downey antes de ocuparme de Fraser.

De entrada, se me presentaba un problema: la dirección correspondía a un bloque de viviendas que no pasaba de ser un pobre tugurio, igual que los edificios de alrededor. No podía dejar el Atlantic por allí cerca. Básicamente, porque, en tal caso, poco quedaría de él cuando volviera; pero también porque cantaría demasiado en ese barrio, y entonces tendría tantas probabilidades de sorprender a Downey como si me acercara con una bandera y un tambor. Me alejé más o menos un kilómetro hasta una estación de tren, dejé el Atlantic en el aparcamiento y volví a pie al bloque de viviendas. Los números eran difíciles de distinguir, y no quería llamar a ninguna puerta y preguntar si conocían al chico. De cualquier modo, ya me parecía oír el tam-tam de la jungla mientras caminaba frente al edificio.

Podría haber montado guardia allí fuera, sin duda, pero quizás habrían pasado horas antes de que Downey, asustado como estaba, se aventurase a salir. O tal vez ya se había mudado. Me quedé en la esquina, fumando y observando a los niños descalzos que botaban barcos de papel en la iridiscente y aceitosa superficie de los charcos de lluvia.

Cuando ya me iba a arriesgar a llamar a alguna puerta, vi a Downey al fondo de la calle, cargado con una bolsa de papel marrón de comestibles. Él no me había visto, y yo me oculté tras la esquina y esperé a que llegara a mi altura.

Me compadecía del tipo, la verdad. Cuando dobló la esquina, puso la misma cara de espanto que si hubiera ido a caer en las garras de la Parca, que era lo que yo venía a representar para él. Dio un brinco, dispuesto a salir corriendo, pero yo lo agarré del brazo y lo empujé contra la pared, mientras él dejaba caer la bolsa de comestibles sobre los adoquines.

—¡Usted lo mató! —gritó—. ¡Mató a Frank! ¡Y va a matarme a mí!

Los niños que estaban en la cuneta interrumpieron sus juegos para mirarnos. Con curiosidad, pero sin alarma. No era la primera vez que veían algo parecido.

—Deja de gritar, Paul —le pedí con calma—, o tendré que zurrarte, y no he venido para eso. No voy hacerte daño ni le hice nada a Frank. —Fruncí el entrecejo—. Bueno... sí, le di unos golpes, pero no fui yo quien lo mató. Ni tengo nada que ver con quienes lo hicieron. ¿Lo entiendes?

Él asintió furiosamente, pero como si quisiera decir «estoy demasiado cagado para escuchar».

—Paul... —dije armándome de paciencia—. A ver si lo entiendes: no he venido para hacerte daño. Lo creas o no, quiero ayudarte y asegurarme de que sigas a salvo. ¿Comprendes?

Volvió a asentir, pero esta vez sí había captado el mensaje. Ahora su expresión se tiñó de recelo. Lo solté.

—Quiero ayudarte, Paul..., poner fin a todo este embrollo y arreglar las cosas, y que así ya no tengas que seguir huyendo. Pero primero he de hablar contigo para comprender mejor qué sucede. ¿Podemos subir a tu casa?

—Estoy viviendo con un amigo. No podemos hablar allí. —Su tono y su mirada seguían llenos de recelo.

—Está bien. —Recogí la bolsa y se la puse en las manos—. Tengo el coche en la estación. Charlemos mientras caminamos...

Le había dado la bolsa de comestibles para que le estorbara la huida, o al menos para que me pusiera a mí sobre aviso si la arrojaba de repente con intención de salir a escape. Pero mientras caminábamos, escuchó todo cuanto yo le iba diciendo; entre otras cosas, que mi única misión había sido recuperar las fotografías y los negativos de John Macready. Le mentí al decirle que sospechaba que Frank había sido asesinado por gente que trabajaba o bien para Macready, o bien para el duque, deseoso de proteger a su hijo. Yo sabía perfectamente, desde luego, que habían sido Leonora Bryson y el abogado Fraser quienes habían urdido el crimen.

Llegamos a donde estaba el coche y le dije que subiera. Él obedeció, aunque tras echar una mirada angustiada alrededor. Yo mismo eché un vistazo rápido y subí también. Downey, menudo y flaco, permanecía abrazado a su bolsa de comestibles, más parecido a un niño que a un hombre.

—¿Por qué te metiste en todo este asunto, Paul? —le pregunté—. Tú no estás hecho para esto.

—La idea en principio fue de Frank. Luego a Iain se le ocurrió el plan para desplumar a Macready. No se me pasó por la cabeza que fuesen a matar a nadie. Nunca imaginé que Frank...

Se interrumpió y se echó a llorar. Desvié la vista, incómodo, y miré por la ventanilla. Traté de no irritarme con él por haberme hecho sentir de aquella manera. Dejó de llorar al cabo de un rato.

—Escucha, Paul. Yo no creo tampoco que todo esto se deba únicamente a las fotos de Macready. Creo que acabaste teniendo en tus manos algo de gran valor y muy peligroso, pero no sabías el valor ni el peligro que entrañaba. —Metí la mano en la chaqueta, saqué el sobre que Ferguson me acababa de devolver y le tendí a Downey la fotografía.

—¿Recuerdas esto? —le pregunté—. Yo pienso que tu vida corre más peligro por esta fotografía que por todo el asunto Macready. Creo que se trata de alguien que ha hecho grandes esfuerzos para que ni su imagen ni ningún dato suyo quedaran registrados en ninguna parte.

—¿Quién es? —preguntó Downey.

—Estoy completamente convencido de que es un hombre llamado Joe Strachan, aunque parece que todo el mundo quiere que crea que no lo es. Todos pretenden hacerme creer que es un tipo llamado Henry Williamson, pero yo tampoco estoy seguro de que el tal Williamson haya existido. Lo que no acabo de entender es por qué me ha mentido la gente que me ha mentido. —Recordé la reacción de las gemelas, o más bien su falta de reacción, cuando les había mostrado la fotografía.

—El nombre no me dice nada —explicó Downey—. No sé nada de ese personaje, salvo que me dieron su descripción y me dijeron que intentara sacarle una foto.

—¿Te refieres al tipo que te contrató? ¿Ese tal Paisley?

—Sí.

—¿Cómo dio contigo?

Downey pareció asustarse. O asustarse todavía más.

—Es que no se lo he contado todo —musitó, como si esperase que fuera a golpearlo.

—Está bien, Paul. Puedes contármelo ahora.

—El señor Paisley apareció mientras estábamos montando la cámara en esa casita de campo. Ya sabe, tal como Iain nos había pedido para que pudiéramos sacar fotos de él y Macready. No sé cómo, pero ese hombre estaba enterado de nuestros planes. Nos dijo que se lo contaría a la policía si no lo obedecíamos. También me dijo concretamente a mí que estaba al corriente de mis deudas en las apuestas, y que sabía a quién le debía el dinero. Me aseguró que él podía solucionarlo todo y que saldaría la deuda con ese usurero para que no me persiguiera más.

—Parecía muy bien informado.

—Lo sabía todo. También dijo que siguiéramos adelante

con nuestro plan y que, al final, podríamos quedarnos con todo lo que sacáramos en lugar de tener que dárselo al usurero.

—¿No quiso sacar tajada? Quiero decir, un porcentaje.

Downey se echó a reír y respondió:

—Eso habría sido simple calderilla para él, por lo que vi. El tipo llegó en un Bentley enorme y llevaba ropa muy cara.

—¿Iba solo?

—Sí.

—¿Y aceptasteis su propuesta? ¿Así como así?

—Sí. Pese a la ropa y el coche, se notaba que era un hombre al que no convenía cabrear. Parecía duro. Y peligroso. Tenía una cicatriz en la mejilla, como de un navajazo.

—¿En la derecha o en la izquierda?

Downey reflexionó un momento y aseguró:

—En la derecha. Había otro motivo para que no nos resistiéramos: parecía un dinero fácil. Ya estábamos en la hacienda, de todos modos, y el señor Paisley dijo que el hombre al que debía fotografiar se presentaría uno de aquellos días.

—¿Y lo único que habías de hacer era fotografiarlo?

—Sí, nada más. Lo mejor que pudiera. El señor Paisley nos dijo que nos pagaría bien, pero que si se lo contábamos a alguien, acabaríamos muertos. ¿Cree que fue él quien mató a Frank?

—¿Con franqueza? No, no lo creo. Dime, Paul, ¿cabe la posibilidad de que ese hombre al que fotografiaste te viera?, ¿que supiera que le habías sacado una foto?

—No. Al menos, no lo creo.

—No, yo tampoco, pensándolo bien —murmuré mientras recordaba lo difícil que me había resultado, incluso con años de formación militar y de experiencia en combate, darle el esquinazo en el bosque al tipo y a sus matones.

—¿Y ahora, qué? —preguntó el chico.

—Has de ocultarte una temporada, pero en el sitio donde estás, no. La gente que te busca ahora no tardará en localizarte. Voy a sacarte de la ciudad. Te encontraremos un escondrijo en alguna parte. Pero tú quédate escondido, ¿está claro?

—Muy claro.

Largs se hallaba en un angosto trecho de la costa, apretujado entre el mar y un gran macizo rocoso conocido como Haylie Brae, que se alzaba vertiginosamente a su espalda. Hacía un día sombrío y la lluvia había empezado a caer en abundancia, confiriéndole a todo distintos matices de un gris lustroso.

Antes de recorrer el trayecto por la costa Ayrshire hasta Largs, no había hecho ninguna llamada ni le había pedido consejo a nadie. Tampoco a Archie. No tenía ni idea de por qué me había decantado por Largs, lo cual era bueno: nadie podría reconstruir una secuencia lógica que lo llevara a ese lugar escogido a voleo. Aunque suponía que alguna lógica existía en mi elección. Había pensado que un sitio de vacaciones de la costa sería ideal para encontrar un alojamiento anónimo para unas noches, y se me había ocurrido que lo mejor sería buscar en una de las muchas pensiones del paseo marítimo. Lo único que me preocupaba era que las caseras de las pensiones de Largs mostraban una disciplina y una observancia tan estrictas de las normas que, a su lado, el sargento mayor de una prisión militar habría parecido tolerante. Y el hecho de que dos hombres reservaran una habitación fuera de temporada, especialmente si uno de ellos era Downey, podría despertar las sospechas de la policía.

Después de la guerra, los británicos habían retomado con nuevos bríos la costumbre de salir de vacaciones en caravana, costumbre que ya había empezado a cobrar popularidad en los años treinta. En la actualidad, había cámpines a lo largo de todos los centros de verano de la costa, o en las haciendas de los Highlands, donde los turistas podían disfrutar la experiencia de contemplar la lluvia todos bien apiñados, en vez de quedarse todos apiñados en casa mirando la lluvia por la ventana. En cierto modo, lo entendía. Los viajes al extranjero que muchos se habían visto obligados a realizar en la década anterior habían mitigado las ansias de ver mundo del pueblo británico.

Se me ocurrió la idea mientras nos acercábamos a Largs por la estrecha carretera de la costa. Entre esta localidad y Skelmorlie había un extenso terreno, reconvertido en un campin y flanqueado por la pared del acantilado. Un sendero conducía a una cabaña provista de un cartel que indicaba que aquello era la «oficina de recepción». La mitad del terreno que quedaba más lejos se hallaba ocupada por una docena de cubos idénticos de dos toneladas dispuestos en fila ante el mar, donde resaltaba el macizo gris de la isla de Arran. En la otra mitad del terreno, junto a la serie de caravanas idénticas, había un gran espacio ocupado por dos de esos vehículos, de mayor tamaño, reforzados con tablones. Supuse que una parte del campin era para los veraneantes que traían su propia caravana, mientras que en la otra parte cabía la posibilidad de alquilarlas. Detrás de la cabaña de «recepción» se alzaba una casa de campo bastante grande de arenisca rojiza.

Le dije a Downey que esperase en el coche, mientras yo iba a la oficina del campin. No había nadie dentro, pero un letrero colocado por encima de una gruesa campanilla, de las que usaban los pregoneros de antaño, me informó: SI NO HAY NADIE, NO QUIERE DECIR NADA; CÓJAME Y LLAME.

Así lo hice.

Al cabo de un minuto, una mujer de poco más de treinta años salió de la casa, apresurándose tanto como se lo permitían su ceñida falta de tubo y sus altos tacones. Tenía el pelo castaño claro, ojos de un gris claro y una sonrisa que me reveló que podía convertirme en su invitado especial. Eso facilitaba las cosas; me dediqué a coquetear con ella mientras hacía la reserva. Le expliqué que la caravana estaría ocupada la mayor parte del tiempo por mi joven amigo, que había estado enfermo y necesitaba respirar el aire puro del mar para recuperarse.

—Viene mucha gente así de Glasgow —me confesó asintiendo gravemente, pero sin apartar los ojos de los míos—. Entonces, ¿usted no se alojará en la caravana, señor Watson? —preguntó leyendo el nombre falso que yo había anotado en el registro—. Me llamo Ethel Davidson, por cierto.

—No lo tenía planeado. —Exageré mi sonrisa de lobo feroz mientras le estrechaba una mano flácida—. Pero quizá debería vigilar un poco a mi amigo.

—Nosotros cuidaremos de él. Yo estoy aquí siempre y mi marido también cuando no está trabajando. Trabaja por las noches —me explicó, solícita.

—No es necesario que se preocupe mucho por mi amigo. Trae un montón de libros y desea tanto disfrutar de la soledad como de la brisa marina. Por eso he elegido su campin. Este es un sitio precioso —dije mientras contemplaba el mar por la ventana, justo cuando pasaba por la carretera un camión de cerveza.

Le pagué el alquiler de una semana por anticipado, lo cual la dejó encantada.

—Si su amigo quiere quedarse más tiempo, no hay ningún problema en esta época del año. O si quisiera una caravana para usted, podríamos hacerle un precio combinado especial...

Sonreí y dije que no sería necesario, pero que vendría a verlo regularmente. Por las tardes, lo más probable.

Después de enseñarme dónde estaban los baños comunes y los lavaderos, me acompañó a la caravana. Era como las demás: la mitad superior de color crema, y la inferior, negra; los costados planos y el morro y la parte trasera redondeados. El interior estaba limpio y todavía olía a nuevo. Había un asiento en forma de herradura en un extremo, y me mostró cómo se desplegaba en una cama. Con gusto la habría animado a mostrarme algo más, pero Downey estaba esperando en el coche y yo tenía un montón de cosas que hacer.

Una vez que tuve al chico instalado, fui en coche a Largs y le compré provisiones, así como media docena de libros baratos en rústica. Advirtiéndole que no pusiera los pies más allá de la cabaña de los baños, le dije que iría a verlo regularmente y lo dejé allí.

Llamé a la oficina de Willie Sneddon desde la central de correos de Skelmorlie, pero me dijeron que había salido y que no volvería en todo el día. Probé en su casa, pero su esposa me explicó que no regresaría hasta la noche. Le dije quién era y que trataría de localizar a su marido más tarde. Pensé en recorrer algunos de sus negocios para ver si lo encontraba, pero decidí dejarlo por el momento.

Tenía otro asunto pendiente.

La dirección que Jock Ferguson me había pasado estaba en Torrance, un pueblecito insulso al norte de Glasgow, que quedaba a un par de horas de Largs. Stewart Provan vivía en uno de esos sólidos chalés de piedra que tanto abundaban en las pequeñas poblaciones de Escocia: claros exponentes de que sus dueños tenían una posición desahogada, pero carecían de imaginación o de ambición. La arquitectura de la mediocridad, por así decir. Supuse que, en el caso de Provan, hablaba más bien del deseo de vivir en el anonimato.

Me abrió él mismo la puerta. Parecía tener poco más de cincuenta años, pero yo ya había calculado que andaría al menos por los sesenta. Llevaba pantalones de franela, camisa a cuadros y una chaqueta de punto azul marino: el uniforme de la clase media baja británica. Pero la cara no acababa de encajar: no exhibía cicatrices, ni la nariz rota ni orejas de luchador, sino esa complexión dura y enjuta que te decía sin más que no convenía tocarle los cojones. Me pareció percibir que, al verme en el umbral, se le hundían un poco los hombros y ponía cara de resignación. Tuve la sensación de que mi aparición no constituía una sorpresa, y que no era la primera vez que lo experimentaba.

—¿Qué hay? —preguntó echando una mirada más allá de mí, a lo largo del sendero y al lugar donde había aparcado el coche en la calle, como si quisiera ver quién me acompañaba.

—¿Señor Provan? Me gustaría hablar un momento con usted si no tiene inconveniente.

—¿Aquí mismo? O bien… —Señaló el coche.

—Aquí está bien, señor Provan. —Intenté deducir por quién me tomaba: alguien capaz de llevárselo en un coche, aunque no se tratara de la policía, desde luego.

Decidí aprovechar la oportunidad, y dije:

—Veo que sabe para qué vengo.

—Lo sé. Lo estaba esperando desde que sacaron los huesos del río. Será mejor que pase.

Se apartó, hundiendo los hombros todavía un poco más, y yo pasé junto a él y entré.

Recibí un golpe tan violento que salí disparado hasta la mitad del vestíbulo, donde caí de bruces después de llevarme por delante el paragüero, cuyo contenido rodó por el suelo.

Por la explosión de dolor, deduje que me había dado una patada en la parte baja de la espalda. En un instante lo tuve encima, inmovilizándome en el suelo con la rodilla, presionando justo en el punto de la columna donde me había golpeado. Me pasó el antebrazo por debajo y me aplicó una llave de estrangulamiento en la garganta. Me quedé sin aire en el acto. Sabía que solo disponía de unos segundos antes de que se apagaran las luces. Le busqué la mano, le agarré el meñique y tiré hacia delante con fuerza. Sentí que se lo había dislocado, pero él sabía que apenas me quedaban unos segundos y no hizo ni caso. Le retorcí brutalmente el dedo en círculo, y esta vez le resultó imposible desentenderse del dolor. Aflojó justo lo suficiente para que yo girase los hombros y le hiciera perder el equilibrio. Lo estrellé contra la pared: una vez, otra, y logré zafarme lo bastante para incorporarme sobre una rodilla. Mi mano tropezó con un sólido bastón que había caído del paragüero; lo cogí y lancé un golpe a ciegas que dio en el blanco. Me revolví y lo golpeé de nuevo, esta vez en un lado del cráneo. El bastón no pesaba lo suficiente para noquearlo, pero con otro par de garrotazos lo dejé aturdido y pude ponerme de pie.

Me saqué la Webley de la pretina del pantalón y le apunté. Estaba desplomado en el suelo, medio apoyado en la pared, y levantó la vista con una expresión extraña. Una especie de resignado y desdeñoso desafío. Esa mirada me lo dijo todo: él creía que había ido a ejecutarlo.

—¿Su esposa? —pregunté. Sabía que no había nadie más en la casa, o habrían venido corriendo con el alboroto.

—Murió. Hace siete años.

—¿Está solo?

Asintiendo, masculló:

—Acabe de una vez.

—Usted cree que me ha enviado Joe Strachan, ¿verdad?

—Los fantasmas no pueden enviar matones, ¿no? —Se rio con una risa ronca y amarga—. Creía que lo haría él mismo. Como con los demás. Siempre supe que era él. Siempre lo supe.

—Yo no soy el que usted cree.

Él frunció el entrecejo al ver que yo volvía a poner el martillo de la Webley en su sitio, y me la guardaba en la cintura. Se notaba que no tenía claro cómo reaccionar; yo mantuve la mano apoyada en la culata de la pistola.

—¿Quién es usted entonces?

—Un pringado. Un pringado al que contrataron para aclarar la verdad sobre Joe Strachan. Aunque yo creo que quizá tan solo me contrataron para enturbiar las aguas. En todo caso, no he venido a matarlo ni a darle un paseo en el maletero de mi coche. Y no soy policía. De modo que..., ¿podemos relajarnos un poco?

Él asintió, pero yo dejé la mano sobre la pistola. Me estaba dando cuenta de que había tenido mucha suerte.

—Bonita casa. Le habrá costado lo suyo. Deduzco que la pagaría con el dinero del robo de la Exposición Imperio...

Provan se limpió la sangre de la nariz y se rio otra vez con amargura. Supuse que no sabía reírse de otra manera.

—Yo no saqué un penique de ese robo. Ni uno.

—Pero ¿estaba en el equipo?

—¿Quién coño es usted?

—Lennox. Ya se lo he dicho, un investigador privado. Me contrataron las hijas de Strachan para averiguar qué le había ocurrido a su padre.

—¿Hijas? ¿Qué hijas?

—¿Qué quiere decir?

—Joe *Gentleman* era un gran mujeriego. Hay bastardos suyos por todas partes.

—Ellas son legítimas. Son sus hijas gemelas.

Provan me estudió, como sopesando si era verdad lo que estaba diciendo. Luego preguntó:

—¿Me puedo levantar?

—Claro. Pero basta de truquitos. Yo no soy una amenaza para usted y me gustaría que la cosa fuera mutua.

—De acuerdo. ¿Se encuentra bien? —preguntó señalándome la mano. Bajé la vista: tenía el dorso ensangrentado. Supuse que con la refriega se me habían soltado un par de puntos de la herida de cuchillo. Pensé que, realmente, tendría que considerar un cambio de profesión. A lo mejor Bobby McKnight me podía conseguir un puesto de vendedor de coches.

—Sobreviviré. Dicho sea de paso, esta herida fue un regalo de un tipo con mañas de comando que me enviaron para disuadirme de seguir con mis pesquisas. Era a ese tipo, supongo, al que usted estaba esperando.

—Venga a la cocina —indicó Provan, abriendo la marcha—. Me parece que no nos vendría mal una copa.

Dando por supuesto que ya sería la hora adecuada para empinar el codo, asentí y lo seguí hasta la cocina. Provan cogió de un estante dos vasos que parecían más indicados para tomar leche que whisky. Me dijo que me sentara a la mesa. No cabía duda, aquella era la cocina de un viudo: espartana, pero con tristes vestigios de una antigua presencia femenina.

—¿Malta de mezcla? —me preguntó abriendo un armario.

—Tal como me siento, el alcohol metílico me serviría. —Me sujeté el brazo herido con la mano buena. Habría de volver al hospital. Cuando alcé la vista, tenía delante los negros ojos de una escopeta de cañones recortados. El tipo debía de haberla conservado como recuerdo de su vida pasada. Siempre estaba bien tener un oficio al que volver en ocasiones señaladas.

—Muy bien, Lennox, coloque las manos planas sobre la mesa. —Provan hablaba con tono autoritario, pero sin pasión—. No hay motivo para que nadie sufra ningún daño, pero no quiero que se le ocurra alguna idea, como llevarme a la policía o entregarme a Strachan, si es que realmente sigue vivo.

—¿Todavía me va a servir ese whisky?

El hombre sonrió, pero la sonrisa le quedaba extraña en la cara, como si le faltara práctica. Siguió apuntándome con la escopeta, pero sirvió dos medidas enormes con la mano libre.

—Creo que es usted de fiar —dijo tras echar un buen trago sin pestañear siquiera. Lo cual era notable, porque el primer sorbo que yo había dado de aquel whisky barato me había crispado todos los músculos del cuerpo—. He leído cosas sobre usted en los periódicos. ¿Era ese el tipo del que hablaba?, ¿el que se lanzó en picado desde su ventana?

—Ese era. Y si no hubiera sido él, habría sido yo. El tipo no se andaba con miramientos. Escuche… —Me eché hacia delante y él recolocó el cañón. Hice un gesto para tranquilizarlo—. Calma. Como usted dice, no hace falta que nadie sufra ningún daño. Pero se lo advierto: usted necesita ayuda. Yo no puedo obligarlo a contármelo todo, ni puedo demostrarle que no le explicaré a la policía lo que me cuente; pero le aseguro que no lo haré. Cuantas más cosas sepa yo, más probabilidades tendré de ponerle fin a esta historia.

Otra risa amarga.

—No tiene ninguna probabilidad, Lennox. Estuvo de suerte con ese individuo. No será tan afortunado la próxima vez. Ni lo seré yo a la primera oportunidad.

—Entonces, ¿qué piensa hacer?

—No lo sé. Mi primera idea fue huir. Huir y esconderme. Pedirle a mi abogado que vendiera la casa. Después me dije que era absurdo huir. Ellos me encontrarían. Decidí quedarme en mi sitio y aceptar lo que viniera. Pero cuando ha aparecido usted, ha sido como si el instinto de supervivencia se apoderase de mí...

—Sí. Lo he notado. ¿Puedo fumar?

—Sí, pero muévase despacio. Este trasto tiene el gatillo muy flojo y no quiero tener que pintar otra vez la cocina.

Capté el mensaje. Saqué lentamente mi paquete de Players del bolsillo de la chaqueta y le ofrecí uno. Él lo rechazó.

—Cuénteme —dije tras encender el cigarrillo y cerrar el mechero con un chasquido—. Cuéntemelo todo, empezando por el robo.

—¿Por qué habría de contárselo?

—Porque me ayudará, y ayudarme a mí tal vez le sea de ayuda a usted. Todo esto se ha acabado convirtiendo para mí en un asunto muy personal, y quiero encargarme de que Strachan —suponiendo que sea él quien está detrás de esto— se lleva al fin su merecido. Y si él se lleva su merecido, usted no..., ¿entiende?

—Lo entiendo. ¿Qué quiere saber?

—Ha hablado de los otros..., ¿qué otros? ¿Y qué les sucedió?

—Johnny Bentley, Ronnie McCoy y Mike Murphy. Ellos eran los otros miembros del grupo. Llevamos a cabo juntos los robos de la Triple Corona.

—¿Cómo? ¿Martillo Murphy formaba parte de la banda?

—No, no. Era otro Michael Murphy. Martillo Murphy no tenía el cerebro ni la astucia que Joe *Gentleman* nos exigía.

—Entiendo. —Había tenido que soportar la desagradable compañía de Murphy para nada—. Bueno, ¿qué les sucedió?

—Todos muertos. Uno a uno fueron cayendo a lo largo de los años. Bentley murió en un accidente de tráfico y McCoy fue arrollado por un coche que se dio a la fuga. Murphy desapareció la noche del reparto; apostaría a que también está muerto.

—O sea que nadie estiró la pata tranquilamente mientras dormía, ¿me está diciendo eso?

—La policía no pudo establecer ninguna conexión entre sus muertes porque ignoraba que formasen parte de la Banda de la Exposición, como los periódicos nos llamaban. Y de todos modos, quienquiera que lo hiciera se lo tomó con calma: pasaron cinco años entre las muertes de Bentley y McCoy, y seis entre la de McCoy y la de Murphy. Solo quedaba yo.

—Entonces, ¿cree que fue Joe Strachan quien los mató?

—Tampoco necesariamente. Ni siquiera sé si está vivo. Había otro miembro en el grupo, ¿sabe?

—El Chaval.

—¿Ha oído hablar de él? —Parecía sorprendido de verdad.

—Sé todo cuanto puede saberse de él, que no es mucho.

—Bueno, si no es Strachan, tiene que ser el Chaval el que mató a los muchachos.

Provan ya había vaciado el vaso de unos tragos para entonces, pero el whisky no parecía haberle hecho ningún efecto.

—Supongo que será mejor que empiece con lo que ocurrió en el robo de la Exposición Imperio…

Capítulo quince

Al parecer, íbamos a adentrarnos en un largo relato, y a mí no me gusta que me apunten con un arma. Es un prejuicio basado en la costumbre que tienen esos artilugios de dispararse incluso cuando quien los sujeta no pretende hacer fuego. Durante la guerra, había visto a demasiados hombres muertos o heridos por disparos de su propio bando, simplemente porque alguien había olvidado poner el seguro o se había dedicado a blandir su arma sin el debido cuidado. Le transmití mi prejuicio a Provan, recordándole que él se había mostrado reacio a volver a pintar la cocina, y accedió a bajar la escopeta, siempre que yo mantuviera las manos a la vista. Se sentó a la mesa frente a mí y empezó a relatarme sus recuerdos.

—Se acuerda de la Exposición Imperio, ¿verdad? —me preguntó.

—Fue antes de mi época. Yo no vine a Glasgow hasta que me desmovilizaron. Pero creo que fue algo espectacular.

—Sí, ya lo creo. Invirtieron dinero a toneladas. Era como si quisieran demostrar algo. Qué cosa exactamente, no lo sé. A lo mejor se trataba de que Glasgow las había pasado tan negras durante la Depresión que les pareció que debían convencernos de que no todo estaba jodido, al fin y al cabo, y de que no íbamos a pasarnos el resto de nuestra vida en la miseria. Además, en el 38, todo el mundo sabía —bueno, todo el mundo menos Neville Chamberlain— que Hitler seguiría removiendo la mierda hasta que se desbordara y provocara otro gran conflicto como la Primera Guerra Mundial. Todas esas sandeces sobre la gloria del Imperio británico… Yo diría que querían engatusarnos: hacernos creer que todo iba a mejorar y que, al mismo tiempo, nada cambiaría; que siempre tendríamos colonias y dominios, y que Glasgow seguiría en el centro de ese Imperio.

»En cualquier caso, levantaron todo aquel mundo postizo en Bellahouston Park. La mayor parte de este te recordaba la película de H.G. Wells, *La vida futura*, y el resto se parecía al puto musical *Brigadoon* o a una patochada parecida: una romántica Escocia con su lago, su castillo y su aldea de los Highlands. Bueno, el caso es que, desde los comienzos, Joe Strachan se lo había leído todo sobre el tema mientras lo estaban proyectando. Calculó que habría miles de libras cada semana en salarios para los trabajadores, y todavía más procedentes de las recaudaciones en metálico de las taquillas. Esta era su gran cualidad, el don especial que tenía: siempre averiguaba dónde se encontraba el dinero de verdad, los grandes ingresos. Nadie tenía un ojo tan certero para eso. Nos reunió a todos y nos explicó detenidamente el plan de la Triple Corona.

—Es decir, usted, el tal Murphy, Bentley, McCoy y el Chaval. ¿Cómo se llamaba en realidad?

—No sé. Nunca supe su nombre, ni nunca le vi la cara. Y cuando me pregunta ahora si Murphy, Bentley y McCoy estaban allí, yo sé que sí estaban, pero entonces no tenía ni puta idea. Ninguno de nosotros sabía nada de los demás. Todos habíamos visto a Strachan, y él conocía nuestras caras, claro está, ya que nos había reclutado, pero en cambio evitaba que nos viéramos unos a otros cuando nos reuníamos. Nos convocaba en el viejo tren-avión de Bennie, en Milngavie, ¿sabe?

—¿Por qué allí?

—Era un sitio abandonado, pero que todos podíamos localizar. Además, yo creo que a Strachan le gustaba echarle a todo un poco de teatro. Si tenía alguna particularidad que se volvía contra él era esa manera suya de alardear. Bueno, el caso es que había un edificio abandonado que, en su momento, formaba parte de la estación original. Hizo que nos presentáramos allí con quince minutos de intervalo entre uno y otro, y en la puerta nos esperaba un tipo con un pasamontañas puesto.

—¿El Chaval?

—Sí. Así fue como nos lo presentó Strachan después. El tipo estaba armado y nos dio un pasamontañas a cada uno para que nos lo pusiéramos antes de entrar.

—O sea que él sí les vio la cara.

—Sí. Pero nosotros nunca le vimos la suya ni tampoco nos vimos unos a otros. Strachan dijo que así ninguno de nosotros podría identificar a los otros miembros de la banda, salvo a él, si la policía lo pillaba. Y quedó bien claro que, fuera cual fuese la prisión donde estuviéramos encerrados, si lo llegábamos a delatar no duraríamos ni un mes.

»El caso es que nos reunimos allí, todos con pasamontañas y llamándonos unos a otros con el nombre de un animal: yo era Zorro y los demás, Lobo, Oso y Tigre. Una sarta de chorradas, pero así llevaba las cosas Strachan. Como si estuvieras en el puto ejército. Y tampoco podías quejarte, porque funcionaba. Él se puso entonces a explicar con detalle lo que íbamos a hacer. Tenía planeados cuatro pequeños golpes, que no eran más que ejercicios de entrenamiento, y también un modo de recaudar fondos para los grandes robos. Lo único que nos dijo por el momento de esos grandes robos fue que los dos primeros serían del tipo habitual, aunque a mucha mayor escala de lo que se había visto jamás. El tercero, en cambio, iba a ser algo tan distinto, tan insólito, que las víctimas no entenderían qué había pasado, y la policía no sabría ni por dónde empezar a buscar. ¡Ah! Había una cosa que sí sabíamos de los demás: que nadie tenía ningún antecedente grave que pudiera convertirlo en sospechoso.

—¿Les dijo entonces que se trataría de la Exposición Imperio?

—No. Yo tenía la sensación de que los primeros cuatro trabajos eran algo más que un entrenamiento o un sistema de recaudación. Creo que nos estaba probando para ver cómo funcionábamos en equipo y si podía fiarse de nosotros. Solo después de esa etapa nos explicó los detalles de la Triple Corona. Pero había muchas cosas raras. Nos reuníamos siempre en el tren-avión de Bennie y, como ya le he dicho, cada uno de nosotros tenía que presentarse a una hora distinta para que no nos viéramos sin el pasamontañas. Yo no entendía cómo podríamos seguir así siempre. Incluso en los golpes de prueba, íbamos enmascarados en la trasera de una furgoneta. Estábamos advertidos: el que se quitara el pasamontañas y dejara que los demás le vieran la cara, sería liquidado allí mismo de un tiro. Y si conocías a Joe *Gentleman* Strachan, sabías que iba en serio. Fue entonces cuando empecé a comprender la verdadera razón de los pasamontañas, los nombres cifrados y la prohibición de vernos unos a otros... Strachan y el Chaval se conocían: eran uña y carne. Los demás éramos útiles si obedecíamos, pero si hubiéramos hablado entre nosotros, tal vez podríamos jugársela. Divide y vencerás, qué joder. En eso consistía la cosa.

»Pero nosotros estábamos muy contentos. Cada uno nos llevamos una buena tajada de los primeros golpes, y todos habíamos comprobado que los planes de Strachan salían mejor que los de ningún otro jefe que hubiéramos conocido. Y sabíamos que si concluíamos con éxito la Triple Corona, nunca más tendríamos que trabajar. Pero como digo, era todo muy raro. Durante tres meses, tuvimos que reunirnos todos los martes por la noche, y Strachan nos llevaba al puto bosque y nos obligaba a hacer un montón de ejercicios y prácticas de combate. Como en el ejército, ya digo. La cuestión es que una noche nos sorprendió un guardabosque; obviamente, supuso que éramos cazadores furtivos. El tipo se nos acercó apuntándonos con una escopeta, pero Strachan se lo cameló con toda su palabrería de oficial del ejército y, en un periquete, el infeliz se había doblegado y lo llamaba «señor». El Chaval, por el contrario, había salido a explorar y, mientras ellos continuaban charlando, se aproximó por detrás en completo silencio y le rebanó al guardabosque el pescuezo. En un parpadeo. Sin dejar de andar.

—Ya veo —dije, y recordé a otro guardabosque que había acabado hacía poco con la garganta rajada—. ¿Y el cuerpo?

—Nos lo llevamos en la furgoneta. Lo que pasó después no lo sé; Strachan y el Chaval se desharían de él, supongo. Pero en el trayecto de vuelta, Strachan desnudó el cadáver del guardabosque y dejó su escopeta y toda la ropa que no estaba manchada de sangre junto a un río de corriente muy rápida. Yo le dije que era absurdo, porque nadie se creería que el tipo había ido a darse un chapuzón a medianoche en un río tan peligroso. «En todo caso, le dije, esto no es como el mar. Cualquiera que se ahogue en el río acabará apareciendo corriente abajo.»

»Y Strachan va y me suelta que eso no importaba; que cuanto menos lógica fuera la desaparición de aquel hombre, más misteriosa parecería. «A la gente del campo le encantan los misterios —me dice—, y se inventarán toda clase de historias: que el tipo se fugó con una mujer o un cuento por el estilo. A nadie se le ocurrirá que fue asesinado simplemente porque sorprendió a una banda en medio del bosque.»

»Después de aquello, la cosas se pusieron más tensas. A mí y a los muchachos nos había parecido espeluznante la manera que había tenido el Chaval de cargarse al tipo a sangre fría. Y se me ocurrió pensar que a lo mejor el botín de los grandes golpes se lo repartirían ellos dos, y que los demás acabaríamos durmiendo en el fondo del Clyde.

—¿Y qué hizo? —pregunté.

—A eso voy —replicó Provan con impaciencia—. Así pues, damos los dos primeros grandes golpes, y todo sale según lo previsto. Pero nadie habla de repartir las ganancias. Nos explican que hay que esperar hasta después del robo de la Exposición Imperio. «Entonces —dice Strachan—, recibiremos todo lo que nos toca.»

»Pero, mira por dónde, uno de los muchachos me pasa una nota para que nos veamos en un pub de Maryhill tal día y a tal hora. Strachan es un hijo de puta tan retorcido que yo me temo que sea una trampa para poner a prueba nuestra lealtad o la seguridad del montaje, o vaya a saber qué. Pero acudo a la cita. Me planto en medio del pub como un puto idiota, porque no tengo ni idea de cómo es el otro, y él no tiene ni idea de cómo soy yo. Cuando ya estoy a punto de largarme, se me acerca un tipo y me pregunta si soy el señor Zorro. Yo digo que sí y él afirma que es el señor Oso. Bueno, resulta que es Johnnie Bentley. Me explica también que les dio la misma nota al señor Lobo y al señor Tigre, pero que no sabe si ha llegado ninguno de los dos.

»Media hora más tarde nos acercamos a un parroquiano que está solo en una mesa tomando una pinta de cerveza. En efecto, es Mike Murphy. Ronnie McCoy nos ve a los tres juntos y deduce que hemos de ser sus compañeros de zoológico. Salimos del pub y nos pasamos dos horas sentados en la parada del autobús analizándolo todo. Resulta que los otros piensan lo mismo que yo, o sea, que Strachan y el Chaval nos la van a jugar.

—Y ustedes deciden jugársela a ellos, ¿no?

—En ese mismo momento, no, pero volvemos a reunirnos cuatro o cinco veces más. Teníamos que andarnos con ojo porque no había manera de saber si Strachan encargaba al Chaval que nos siguiera. Dios sabe que no habríamos podido reconocerlo al muy cabrón. En todo caso, quedamos en que después del robo de la Exposición Imperio nos ocuparemos de los dos. El problema es que no tenemos ni idea de dónde ni cuándo se supone que vamos a reunirnos para repartir el dinero, aunque sospechamos que será en el tren-avión de Bennie. Decidimos que sea cual sea la hora que Strachan diga, nos presentaremos armados quince minutos antes.

»En principio, acordamos que si comprobamos que nos llevamos lo que nos corresponde, como Strachan nos prometió, dejaremos la cosa como está. Pero también coincidimos en que hemos de verle la cara al Chaval, para saber de quién hemos de cuidarnos las espaldas en adelante. Pero entonces Johnnie Bentley menciona la historia del guardabosque y dice que es imposible que Strachan o su mono enmascarado vayan a dejarnos pasar por alto impunemente que los hayamos sorprendido y encañonado. Al final llegamos a la conclusión de que hemos de matarlos. Eso era todo un paso. Nosotros no habíamos matado a nadie, a diferencia de ellos dos, y aquello sería un asesinato. Y por un asesinato te cuelgan. Pero, en fin, todo eso dejó de importar después de lo que hizo Strachan durante el robo.

—¿El policía?

Provan asintió.

—Strachan solo nos cuenta todos los detalles el mismo día del golpe de la Exposición Imperio. Pero no hay nada improvisado. No sé bien cómo, pero ha sido capaz de entrenarnos y prepararnos para el trabajo por partes. Como si fuese un rompecabezas. Y todo acaba encajando cuando nos explica cómo lo vamos a hacer. El hijo de puta era bueno, he de reconocérselo. Si no hubiera sido un malhechor, habría resultado un buen general.

Opté por no contarle a Provan que, supuestamente, Strachan había sido visto durante la guerra con uniforme de oficial.

—La única pega es que el tipo nos dice el mismo día del robo que después de la operación nos separaremos y que hemos de pasar desapercibidos una semana; al cabo de ese tiempo, nos reuniremos en el tren-avión. Así pues, nosotros cuatro nos instalamos en la trasera de la furgoneta, con los pasamontañas puestos y las armas en la mano, pero no podemos arreglar una cita para estudiar nuestro próximo paso, porque tenemos al Chaval sentado a nuestro lado. Llegamos a la Exposición Imperio, en Bellahouston, justo cuando están cerrando. Es un sábado por la noche; el recinto no abre al día siguiente, y el vehículo blindado va a recoger todo el taquillaje de la semana. Pasamos por la entrada que queda enfrente del Ibrox Stadium. Strachan va al volante y le dice al guardia que lleva un paquete urgente para la metalúrgica Colville's Steel, que tiene pabellón propio. Se produce un pequeño altercado, y nosotros oímos cómo nuestro jefe le dice al guardia que le parece muy bien si no quiere dejarlo entrar, que a él se la trae floja, pero que necesita una nota firmada con su nombre porque los de Colville's Steel se pondrán como locos cuando se enteren. El guardia es un vejete con gafas de culo de botella y, aunque lo está mirando directamente a la cara, no será capaz después de dar una descripción.

»Incluso esa parte la tiene Strachan planeada hasta el último detalle: si hemos entrado por ahí es porque él sabe quién está de servicio en ese acceso y cuándo. Dios sabrá cómo, pero el muy cabrón lo sabía. Entramos, pues, y avanzamos por el paseo principal. No puedo explicarle lo raro que era todo..., todos esos edificios, fuentes y torres futuristas. Era como dar un golpe en el Antiguo Egipto de los cojones, o en el planeta Marte. Bueno, el caso es que ahora ya no hay nadie, salvo los empleados, y también ellos empiezan a marcharse. Doblamos por la avenida que va al restaurante y al parque de atracciones, y aparcamos a la sombra del Palacio de la Ingeniería, desde donde tenemos una vista despejada del paseo principal. Apagamos las luces y aguardamos. Strachan se pone el pasamontañas como todos nosotros y, justo a la hora, el furgón blindado de seguridad aparece por el paseo principal y se dirige a la oficina bancaria del recinto.

»Esperamos hasta que efectúa la recogida y se pone en marcha. Entonces Strachan arranca y le cierra el paso; nosotros saltamos fuera y rodeamos el vehículo. Los guardias de seguridad del furgón se llevan un buen susto, pero no parecen muy preocupados, porque están en un vehículo blindado, hasta que Strachan les muestra que tiene una granada en cada mano y les dice que salgan o las tirará debajo de la carrocería. Ellos saben que el furgón no está blindado por debajo y que, aunque la explosión no los mate, perderán las piernas o las pelotas, o ambas cosas. Se apean. El Chaval le pega una paliza al conductor, deprisa pero a conciencia, para demostrar que vamos en serio, y el otro tipo nos abre el cofre del tesoro. En cincuenta segundos hemos abierto el blindado y transportado las sacas a nuestra furgoneta, tal como nuestro jefe había calculado.

»Y entonces aparece ese poli. No es más que un crío vistiendo un uniforme que le queda grande, pero viene corriendo hacia nosotros con la porra en la mano. O sea... Yo llevo una escopeta de cañones recortados, Murphy otra igual, Johnnie Bentley empuña un rifle Lee-Enfield y Strachan y el Chaval, un revólver del ejército cada uno. Y ese chico se nos acerca corriendo esgrimiendo un pedazo de madera de cuarenta centímetros. Strachan le dispara: un solo tiro, justo en la frente. Sin avisar. Sin gritarle al poli que se detenga. A la puta mierda. Luego se vuelve hacia nosotros como si nada y nos dice que subamos a la furgoneta.

»Obedecemos, pero vemos que Strachan y el Chaval se van hacia los guardias de seguridad del blindado, que hemos dejado en el suelo despatarrados, y les dicen que van a tener que matarlos por lo que han visto. Les apuntan a la cabeza. Es pura comedia, pero los guardias se lo creen, y nosotros, sentados en la trasera de la furgoneta, también lo creemos, por el asesinato que acabamos de presenciar. Strachan les dice entonces que les perdonará la vida, pero que si se entera de que le han dado algún dato útil a la policía, recibirán una visita. Diez minutos más tarde, hemos abandonado la furgoneta y transportado el dinero al maletero del coche de Strachan, y él nos va dejando, uno a uno, en distintos puntos de la ciudad. Yo voy a parar a Gallowgate. Me meto el pasamontañas en el bolsillo y me quedo allí un momento totalmente aturdido, preguntándome si de verdad ha ocurrido lo que ha ocurrido.

—¿Qué hizo entonces?

—Lo único que me vino a la cabeza y que iba completamente en contra de las órdenes de Strachan de pasar desapercibidos: me fui al pub donde Johnnie Bentley había organizado nuestro primer encuentro, con la esperanza de que a los demás se les ocurriese la misma idea.

—¿Y fue así?

—Sí. Si hubiera entrado un poli nos habría calado a la primera. Los cuatro allí, más pálidos que la leche, cuchicheando entre nosotros y con todo el aspecto de tener ya una cita con el verdugo. Hablamos a las claras. Realmente, aquella situación lo cambiaba todo. Strachan nos había puesto una soga al cuello, y la única manera de ahorrarnos el viaje por la trampilla en Duke Street era delatarlo. Todos sabíamos, eso sí, que él habría sacado la misma conclusión, por lo cual no teníamos alternativa. O bien íbamos directos a la jefatura de policía y desembuchábamos lo sucedido, con lo que nos evitaríamos la horca, pero nos pasaríamos treinta años cada uno en Barlinnie, o bien matábamos a Strachan y al psicópata del Chaval.

—No había alternativa, pues.

—No. Por consiguiente, cuando llega el día de la reunión, en vez de presentarnos a intervalos como siempre, vamos juntos al tren-avión una hora antes de lo acordado. No llevamos encima las armas que habíamos usado en el atraco, porque se suponía que Strachan iba a arrojarlas al Clyde después de separarnos, pero Johnnie se trae una Luger que conserva de la Primera Guerra Mundial, y yo tengo mi propia escopeta de cañones recortados. Strachan se presenta media hora después, y lo atrapamos sin ninguna dificultad. Pero resulta que no trae el dinero. Lo tenemos encañonado y el muy hijo de puta se ríe de nosotros. Nos dice que sabía que intentaríamos jugársela y que ha escondido el dinero en un sitio que solo él conoce. Estamos en un punto muerto. Johnnie le dice que lo torturará, que le volará las pelotas de una en una, pero Strachan sabe que nosotros no somos de la misma pasta que él. Él sí podría hacer algo semejante; nosotros, no. Estamos jodidos. No podemos matarlo, porque nunca encontraríamos el dinero, y además, todos somos un poco remilgados ante la idea de cometer un asesinato, y él lo sabe. El cabronazo lo sabe todo.

»Y mientras estamos allí, gritando y discutiendo, porque ninguno sabe qué hacer a continuación, caemos en la cuenta de que el Chaval aparecerá de un momento a otro. Johnnie, que más o menos ha tomado el mando, me envía fuera con la escopeta para esperar su llegada. Ahora ya no sentimos los mismos escrúpulos. Todos sabemos que el aprendiz es incluso más peligroso que el maestro, no sé si me entiende, y yo me dispongo a volarle la cabeza al hijo de puta si es que se presenta. Me quedo fuera sin saber qué cojones está pasando en el hangar; empieza a oscurecer y en esa zona no hay luces. Estoy de pie en la oscuridad, con el tren-avión de Bennie por encima de mi cabeza y cuatro cartuchos en la escopeta.

»Veo una figura que se acerca por la carretera principal. No pasa de ser una silueta, aunque noto por su complexión que es el Chaval. Pero he de esperar hasta que esté muy cerca. Una escopeta de cañones recortados no sirve de una mierda si no es a bocajarro. Todavía está demasiado lejos cuando se arma un alboroto del demonio dentro del hangar. Suenan un montón de disparos; Johnnie y Ronnie salen corriendo y me dicen a gritos que huya. Johnnie grita: «Está muerto, está muerto, joder», pero yo no sé si habla de Strachan o de Mike Murphy. El Chaval echa a correr también, y yo lo persigo; disparo un cañón y luego el otro, aunque solo para asustarlo, porque es imposible que consiga darle, pero supongo que va desarmado y no quiero que el hijo de puta venga a por mí.

»¿Fin de la historia? Cuatro hombres se dan a la fuga en direcciones opuestas para no volver a encontrarse jamás, sin un puto penique del robo en los bolsillos. Tres de ellos habrán de seguir huyendo. ¿Quién ha quedado muerto en el hangar del tren-avión? Podría ser Joe Strachan; podría ser Mike Murphy, o podrían ser los dos. Lo único que sé es que años más tarde leo que, primero, Johnnie Bentley y, después, Ronnie McCoy mueren en trágicos accidentes.

—¿Nunca volvió a verlos?

—No. Todos desaparecimos. Yo incluso usé un nombre falso una temporada, pero llegó un momento en que pensé que ya estaba a salvo; además, conocí a mi esposa y tenía que casarme con mi nombre legal. Nunca tuve noticias de los otros, ni me dediqué a buscarlos; por ello, me he quedado sin saber si era Strachan o Mike quien había muerto.

—Pero el cuerpo… —aventuré—. La policía debió de encontrar un cuerpo…

—No, que yo sepa. Y créame que estuve atento. Miraba todos los días todos los periódicos.

Nos quedamos un momento callados.

—¿Y de dónde sacó el dinero para todo esto? —Hice un gesto vago abarcando la casa.

—Di algunos golpes por mi cuenta. Un par en Glasgow y unos pocos en Edimburgo. Había aprendido mucho de Joe *Gentleman*, y decidí que mis trabajos serían a lo grande. Él siempre decía que implica el mismo riesgo robar cincuenta pavos que cincuenta mil. Cuando tuve lo suficiente, lo dejé. Me reformé. Incluso conseguí un empleo para salvar las apariencias y, de hecho, las cosas me fueron bien.

—Aquella noche, cuando el Chaval se acercaba al hangar del tren-avión, no llevaría el pasamontañas, ¿verdad? ¿No pudo echarle un vistazo?

—No. O no lo bastante para reconocerlo después. Como digo, estaba todo más oscuro que el culo de un negro, y él no se acercó lo suficiente. Pero era joven. Más joven de lo que creía, y mucho más que yo.

Di algún otro sorbo de *whisky*, pero decidí no apurarlo. No quería volver a ver carriles dobles por las calles de Glasgow.

—¿Qué piensa hacer ahora? —pregunté.

—Créame, Lennox, admito sugerencias.

—¿Tiene coche?

—Sí, en el garaje.

—Entonces le sugiero que haga la maleta ahora mismo, que suba al coche y arranque. Cierre la casa, vacíe la cuenta bancaria y arranque. Hacia el sur. A Inglaterra. No me diga dónde, usted lárguese. Y le sugiero que se quede allí unas semanas, o hasta que se entere de que todo ha terminado. —Le di una tarjeta—. Llámeme todos los lunes a las diez de la mañana. Yo le diré cómo está la cosa. Identifíquese al llamar como señor French y si oye otra voz que no sea la mía, cuelgue. ¿Entendido?

Asintió, aunque con una expresión extraña. No era recelosa, sino más bien confusa.

—¿Por qué me ayuda? —preguntó.

—Es la semana de la Buena Obra y yo soy un *boy scout*... No lo sé. Creo que usted ya ha recibido bastante castigo por su implicación en el golpe. No sacó nada y se ha pasado los últimos dieciocho años mirando si lo atacan por la espalda. Y tanto si es Strachan como el Chaval, o cualquier otro, quien está detrás de todo este embrollo, ha conseguido que yo me lo tome de un modo muy personal, como le he dicho antes.

—Bueno. Se agradece. Lamento… —Señaló con la barbilla mi mano manchada de sangre.

—No importa. No me acabo de sentir a mis anchas si no estoy sangrando o magullado. En todo caso, esto es un recuerdo de mi tropiezo con aquel limpiacristales estilo comando. —Indiqué con un gesto el fregadero—. ¿Le importa que me lave?

—Para nada. Tengo un botiquín de primeros auxilios, si quiere.

Me quité la chaqueta y me enrollé las mangas de la camisa; la derecha estaba empapada de sangre. Me retiré el vendaje con cuidado y vi que se me habían soltado dos puntos, como había supuesto, y que la herida se abría ligeramente por un extremo. Tomé una gasa y una venda limpias del botiquín que Provan me ofrecía con el entrecejo fruncido y me remendé lo mejor que pude.

Mientras me lavaba, el hombre se preparó un par de bolsas de viaje. Salió conmigo, cerró con llave y me estrechó la mano.

—Gracias de nuevo, Lennox.

—No me las dé aún. Como le he dicho, no se detenga hasta que sea el único con acento escocés, y aún siga un poco más.

—Así lo haré. —Me saludó con la mano y se dirigió a un garaje de madera pintado de verde.

Me senté un momento en el Atlantic y consideré cual debía ser mi próximo paso. Sabía a quién debía visitar; lo sabía desde hacía un tiempo. E intuía que si no iba a verlo, sería él quien vendría a visitarme a mí. Y luego estaba Fraser, el abogado, con quien tenía una cuenta pendiente. Pero antes que nada decidí ir al departamento de urgencias para que me volvieran a coser la herida. Después iría a ver a un rotulista y me cambiaría el letrero de la puerta de mi oficina para que pusiera: «Lennox, investigador privado remendado».

Juraría que el coche entero se movió de sitio. La explosión sacudió el Atlantic, y yo sentí la misma parálisis estupefacta que me afectaba durante la guerra cada vez que estallaba una bomba o una granada un poquito demasiado cerca. Y como atestiguaban las cicatrices de mi rostro, habían estallado efectivamente demasiado cerca. Me agaché, abrazándome las rodillas, y una lluvia de madera verde cayó repiqueteando sobre el coche. Cuando amainó, me volví y miré por la ventanilla resquebrajada. El garaje había desaparecido, así como una buena parte del coche de Provan. Y Provan, claro. Me pareció distinguir una forma humana ardiendo con el resto del coche.

Mi instinto tomó el mando: arranqué, tomé la primera travesía y abandoné aquella calle, antes de que los vecinos que ya salían de sus casas identificaran mi coche, o peor aún, mi número de matrícula.

Iba soltando maldiciones mientras conducía. Todavía no sabía a quién maldecía, pero lo hacía profusa y ruidosamente. Una vez en campo abierto, paré en la cuneta de la carretera y examiné los daños sufridos por mi coche. Poca cosa, aparte del cristal del conductor. Quité los fragmentos de madera verde que habían quedado en el techo y sobre el capó, y me alejé a toda velocidad.

Hacia Glasgow.

En el departamento de urgencias del hospital Western me tuvieron cuatro horas esperando hasta que un médico se dignó atenderme. El tipo no dejó de suspirar y chasquear la lengua hasta que lo miré con un aire lo bastante amenazador como para que cambiara de actitud. Entonces entre él y una atractiva enfermera me remendaron de nuevo. Yo le sonreía a la enfermera mientras el médico trabajaba. Es una de las paradojas de ser un hombre, o quizá de ser un Lennox: puedes estar molido y sangrando; puedes acabar de ver cómo alguien vuela por los aires y arde hasta morir; puedes tener a los criminales más peligrosos del mundo pisándote los talones, pero pese a ello todavía te molestas en tirarles los tejos a las enfermeras guapas. Como el viaje suicida de desove del salmón salvaje, era una de las maravillas de la naturaleza.

Llamé a Fraser desde un teléfono público del hospital.

—Tenemos que hablar —le dije con firmeza.

—En cierto modo estaba esperando su llamada, señor Lennox. Coincido con usted: hemos de hablar. Confío en que podamos resolver las cosas entre nosotros.

—Entonces comprenderá que preferiría reunirme en un

lugar público. Por ejemplo, en el ferri vehicular Finnieston, mañana por la mañana. El primer viaje parte a la seis y media, si no es demasiado temprano para un abogado.

—Allí estaré. Y le llevaré una pequeña bonificación, señor Lennox, como gesto de buena voluntad. No creo que debamos remover las aguas más de lo necesario.

Me cuestioné si Fraser pretendía hacer un juego de palabras sobre el ferri, pero llegué a la conclusión de que esa clase de humor era totalmente ajeno a su talante. Colgué sin más.

Fui a la cafetería del hospital y me tomé un café, más que nada para tragarme los antibióticos que me habían dado con el fin de prevenir una infección. Noté que me temblaba la mano al sujetar la taza. La imagen de la silueta de Provan ardiendo se me presentaba una y otra vez.

Cuando me serené un poco, fui hacia el aparcamiento. Había dos hombres aguardando junto al Atlantic. Uno era un *Teddy boy* enjuto con pinta de duro. El otro, sentado en el guardabarros, me hizo temer seriamente por la suspensión del coche. Se incorporó cuando me acerqué, y el Atlantic dio un bote.

Los conocía a los dos.

—Hola, señor Lennox —dijo el gigantón con una voz de barítono que bordeaba el extremo inferior del espectro auditivo humano—. Nos han *solin... cita... do* que le *propror... cione... mos* un medio de transporte para ir a ver al señor Sneddon.

—Casi me lo estaba esperando, Deditos —dije—. Veo que vienes acompañado. Hola, Singer.

El aludido me hizo una leve inclinación de cabeza. No podía hacer otra cosa. Pensé en decirle: «Veo que me castigas con tu silencio», pero yo nunca bromeaba acerca de su minusvalía, aunque no sabía bien por qué.

Aparte de ser mudo, Singer también era el asesino más cruel y malvado con el que pudiera uno tropezarse. Pero yo estaba en deuda con él: me había salvado una vez la vida y él sentía al parecer cierto respeto por mí, igual que Deditos. Este me caía bien. Era un fanático de la autosuperación y trabajaba incansablemente para mejorar su vocabulario, básicamente mediante el estudio del *Reader's Digest*. Lo gracioso era que, pese a ello, se las arreglaba para hablar el inglés, su lengua materna, como si fuera un idioma extranjero.

Esa imagen entrañable de Deditos era la que yo trataba de mantener en el primer plano de mis pensamientos mientras el tipo me acompañaba a la parte trasera del Jaguar que habían aparcado detrás del Atlantic. La imagen alternativa era la de un torturador psicópata que te arrancaba los dedos de los pies, uno a uno, mientras recitaba: «Este tenía hambre, este compró un huevito y este pícaro gordito...».

Me volví hacia el Atlantic. Había dejado la pistola en el maletero antes de entrar en urgencias.

—¿Tiene que recoger algo, señor Lennox? —preguntó Deditos.

—No... —dije, pensativo. Habría de jugar aquella mano con las cartas que me habían tocado—. No, no pasa nada, Deditos.

Singer conducía y el gigantón se había sentado detrás a mi lado, lo cual significaba que yo estaba apretujado en el rincón.

—¿Continúas trabajando mucho para el señor Sneddon, Deditos? —pregunté en tono familiar.

—No, *au cogn... traire* —contestó él—. Es una expresión francesa para decir al contrario, por cierto... No, el señor Sneddon está *in... mier.. so* actualmente en un proceso de *diversi... feca... ción* comercial. Pero me va encontrando otras tareas que hacer y sigo en nómina con el salario completo.

—Magnífico —dije, y confié en que este paseo cayera también bajo la categoría de «otras tareas». Miré por la ventanilla. Nos dirigíamos a los muelles. Quizás a la oficina corporativa de Sneddon, lo cual sería buena señal. Pero giramos una y otra vez, y pronto nos vimos rodeados por las negras moles de los almacenes del muelle. No era tan buena señal.

Deditos se quedó callado y dejó de sonreír. Lo cual era aún peor. Nos detuvimos frente a un almacén, y Singer se apeó, abrió las puertas y metió el coche en el interior. Estaba oscuro allí dentro, y tardé unos instantes en adaptarme a la penumbra. Deditos bajó, dio la vuelta hasta mi lado y me sacó del coche tirándome del brazo. Me condujo a la fuerza junto a los cubículos desocupados de las oficinas, cruzamos unas puertas de doble hoja y accedimos al inmenso espacio de la nave principal. Estaba completamente vacía, dejando aparte las pesadas cadenas que colgaban del techo como lianas de la jungla, y una única silla tubular de acero situada en medio de aquel espacio.

Willie Sneddon, vestido como siempre con un traje impecable y con un abrigo de pelo de camello echado sobre los hombros, se hallaba sentado en la silla. Le hizo un gesto a Deditos, y una locomotora me golpeó en los riñones.

—Lo lamento, señor Lennox —dijo McBride con toda sinceridad, mientras yo vomitaba el desayuno. Y toda la bilis también. Me bailaban puntos amarillos ante los ojos, y solo era vagamente consciente de que me arrastraban por el suelo y me ceñían las muñecas con algo duro y frío. De repente noté que me izaban y que mis pies abandonaban el suelo. Tardé unos momentos en advertir que estaba colgado de uno de los cabrestantes cuyas cadenas había visto colgando del techo. Noté que un hilo de sangre me resbalaba por el brazo hasta el hombro. «Otra vez los puntos», pensé. Quizá sería mejor que la próxima vez me pusieran una cremallera.

Desprendiéndose de su abrigo de pelo de camello, Sneddon se puso de pie y se me acercó.

—Este es exactamente —dijo con irritación— el tipo de cosas que he estado tratando de dejar atrás.

—Si puedo hacer algo para ayudarlo a dejarlo del todo —mascullé—, no tiene más que decírmelo.

—Y este es el tipo de chiste —contestó con hastío— que te convierte en un hinchapelotas.

Le hizo una seña a alguien situado a mi espalda, probablemente Deditos, y otra locomotora me golpeó en la parte blanda de la espalda. Era Deditos, sin duda.

—Te he dado un montón de trabajo todos estos años, Lennox. Ya sé que te crees demasiado bueno para seguir trabajando para mí, para Cohen o Murphy, pero esa pequeña oficina de mierda que llevas... jamás habría despegado de no ser por nosotros. Y yo siempre te he tratado bien, ¿no es así?

—En general, sí —respondí procurando concentrarme en su rostro y olvidar el dolor de los brazos—. Pero debo decir que el presente *tête-à-tête* está poniendo en tensión tanto nuestras relaciones profesionales como las articulaciones de mis brazos. ¿Por qué..., por qué no vamos al grano?

—Muy bien —dijo Sneddon—. ¿Sabes por qué estás aquí?

—Yo simplemente estoy intentando llegar al fondo del

asunto Strachan. Y sé que usted está más implicado de lo que ha reconocido. Sé quién es usted. Es decir, quién era...

Sneddon volvió a mirar más allá de mi campo visual y señaló la puerta con el mentón.

—Sal y espérame fuera con Singer, Deditos.

—De acuerdo —dijo el gigantón a mi espalda con un tono algo afligido—. Lo lamento, señor Lennox...

—No te preocupes, Deditos —dije respirando con breves inspiraciones—. Ya sé que esto no es más que una cuestión profesional.

—Muy bien..., ilumíname —exigió Sneddon, una vez que nos quedamos a solas.

—No puedo probar nada..., y tiene que entender que yo no pretendo probar nada de todo esto. Lo único que quiero es saber quién ha estado tratando de matarme y por qué.

—Adelante...

Gruñí un poco primero. Las articulaciones de los hombros me dolían de mala manera y todavía sentía náuseas por los golpes de Deditos. Su falta de entusiasmo ante la idea de zurrarme no se había transmitido a sus puños.

—Volvamos al robo de la Exposición Imperio en 1938 —dije—. Fue el mayor atraco de la historia de Glasgow. Uno de los tres grandes robos: cada uno de ellos, un récord por sí mismo en su género. Ahora estoy completamente seguro de que fue Joe *Gentleman* quien los organizó todos. Él y su banda de compinches anónimos. Pero aquel policía murió y todo se fue al cuerno. Los cuatro integrantes de la banda se acojonaron. Pero Strachan y ese aprendiz suyo, el llamado «Chaval», siguieron con su plan. Por lo que he podido averiguar, era el Chaval quien se encargaba de hacerle el trabajo sucio a Strachan, pero su identidad, como la de sus compañeros, se mantuvo siempre bien oculta.

—Al grano, Lennox.

—Supongamos que fue Strachan quien disparó. Matar a ese poli les puso a todos una soga al cuello. Por lo visto, se produjo una discusión. Antes de morir, Stewart Provan me contó que la banda se separó después del golpe y quedó en reunirse una semana más tarde en el hangar del tren-avión de Bennie. Provan y los demás llegan a la conclusión de que Strachan y el

Chaval van a traicionarlos, por lo que ellos también se disponen a cometer traición. Los ánimos están exaltados a causa del asesinato del policía y acaba produciéndose un tiroteo. Strachan, o un miembro de la banda, muere. Yo siempre he apostado por Strachan, porque los huesos que sacaron del río son de un hombre de estatura elevada. Así que él termina durmiendo un oscuro y profundo sueño en el fondo del Clyde, y nadie llega a saber dónde está el dinero. Pero algo no encaja, porque la esposa y las hijas gemelas de Strachan reciben mil pavos por cabeza cada año en el aniversario del robo de la Exposición Imperio. Con lo cual deduzco que alguien se quedó con el dinero. El botín completo. Y que lo mantuvo a buen recaudo durante los años de la guerra.

—¿Y tú quién crees que era ese alguien? Por lo que estás diciendo, parece que yo tenía razón y que Joe *Gentleman* sobrevivió.

—No necesariamente. Uno de los miembros de la Banda de la Exposición Imperio era un hijo de puta más despiadado incluso que Strachan. Ese al que llamaban el Chaval. El tipo aguarda con paciencia. Quizá sirve en el ejército durante la guerra, sabiendo que cuando llegue la desmovilización tendrá una auténtica mina de oro en sus manos. Dinero suficiente para..., bueno, ¿qué podría hacer con una cantidad semejante? Podría establecerse en algún rincón remoto del planeta, desde luego, pero habría de vivir atemorizado y siempre vigilante; o bien podría construir un poderoso dominio que lograra que él fuese el más temido: el hombre del que han de precaverse los demás. Y eso es lo que hace. Se convierte en el jefe del crimen organizado más rico y poderoso de Glasgow. Usted es un Rey de Reyes, después de todo, ¿no es así, señor Sneddon? Siempre poseyó la crueldad y la ambición para ello, y después del robo se encontró con el capital necesario. Era usted, sí. Usted era el Chaval. Y estaba al corriente del dinero que las gemelas reciben cada año, porque se lo envía usted mismo, ¿no es así?

Sonreí. Yo era un tipo listo, no cabía duda. Lo había averiguado todo y ya solo me quedaba demostrarlo. Pero era tan listo que me había cavado yo mismo la tumba por hablar demasiado. Sneddon no llamó a Deditos. Lo haría él mismo. Nadie podía saber lo que yo sabía.

—¿Y por qué estás tan seguro? —musitó con calma.

—Yo fui a verlo para preguntarle dónde podía encontrar a Billy Dunbar. En esa conversación le conté que estaba investigando la desaparición de Joe Strachan. Al día siguiente, me asalta un tipo en un callejón lleno de niebla y me dice que deje correr todo el asunto. Las únicas personas que sospecho que me han vendido son varios miembros de la policía; nunca, ni por un segundo, se me ocurre que haya sido usted. Después localizo al tal Dunbar, y él me larga una elaborada sarta de disparates que acaso podrían ser verdad. Pero se le escapa un detalle: que usted le consiguió el puesto de guardabosque porque sabía que había quedado una plaza vacante. Lo sabía porque usted mismo la había creado con su navaja cuando aquel guardabosque tropezó con la banda mientras estaban entrenándose para el golpe de la Exposición Imperio.

Sneddon se echó a reír. Algo que nunca le había visto hacer.

—La verdad, Lennox, eres un fenómeno. Te mueres de ganas de meterte de cabeza prematuramente en una fosa, ¿no?

—Quizás encuentre un poco de paz allí. —Y no era un chiste.

—Continúa.

—Deduzco que fue usted quien mató a Strachan cuando volvió al hangar; y, probablemente, también a Mike Murphy. Luego se dedicó a dar caza a los demás, terminando hoy con la bomba en el coche de Stewart Provan. Pero volviendo a Dunbar..., usted y Billy eran viejos amigos; y como él estaba sin blanca, lo sobornó para que me contara que había visto a Strachan vestido de oficial. Usted calculaba que yo ya habría descubierto que Strachan se había hecho pasar por un oficial al final de la Primera Guerra Mundial y que era capaz de interpretar cualquier papel. Yo cometí la locura de tragarme la historia de Dunbar. Entretanto, usted había contratado a un excomando para intimidarme y, al ver que no funcionaba, le ordenó que me matara.

—Te crees muy listo, ¿verdad, Lennox?

—Justamente me estaba piropeando a mí mismo.

La voz me salía muy apagada ahora. Estaba exhausto. Y sabía que iba a morir.

—Dígame, ¿por qué les envía el dinero a las chicas, Sneddon? No puedo creer que tenga usted ninguna clase de conciencia. Y al enviarles el dinero, no deja de correr un riesgo, entonces..., ¿por qué?

Él sonrió. Eso no me gustaba. Nada de nada. Me rodeó para situarse a mi espalda. Iba a dispararme en la nuca. Levanté la vista hacia las cadenas: no podía hacer absolutamente nada. Al menos, sería rápido.

Y de golpe, me encontré en el mugriento suelo y un rollo de cadenas se desplomó sobre mí. Sneddon me había liberado al desenganchar el mecanismo, y estaba otra vez frente a mí. Se guardó la pistola en el bolsillo y se sentó en la silla. Deditos abrió bruscamente la puerta de la nave.

—¿Todo en orden, jefe? —preguntó mirándome—. He oído una especie de *caca... fonía.*

—Todo bien, Deditos. El señor Lennox y yo hemos aclarado un malentendido. Espérame fuera. Saldremos en un minuto.

—No acabo de captarlo... —dije, por una vez sin la intención de hacerme el gracioso. Me aflojé las cadenas de las muñecas.

—No, no lo captas, Lennox. Tienes razón: yo era el Chaval, desde luego. Joe Strachan me enseñó todo cuanto sé.

—¿O sea que tomó parte en los robos de las Tres Coronas?

—Hay ciertas cosas que no voy a reconocer ante nadie. Cosas que están cerradas bajo llave para siempre. Saca tus propias conclusiones. Pero escucha, Lennox: yo no maté a Strachan. Sí, soy yo quien manda el dinero a las gemelas cada año. Tú me has preguntado por qué y te lo voy a decir. Les envío el dinero porque son medio hermanas mías.

—¿Usted es hijo de Strachan?

—Lo averigüé por mi propia cuenta. No me engaño a mí mismo pensando que yo no era uno de los muchos bastardos que él engendró. Más tarde descubrí que mi madre había sido despampanante, de joven. Y Joe Strachan siempre tuvo muy buen ojo para las damas. Se enredaron, y ella quedó preñada. Pero me abandonó nada más nacer; yo fui criado en un orfanato. Allí aprendí que has de ser un cabronazo de primera, o no eres nada. Me costó una eternidad encontrar a mi madre y luego a Joe *Gentleman*. Acudí con una pistola a nuestro reencuentro entre padre e hijo, pero las cosas salieron de un modo extraño. Juro que casi se le caían las putas lágrimas cuando le dije que era su hijo. Él solo tenía a las gemelas, ¿entiendes?, y creía en todas esas chorradas de transmitir algo a la siguiente generación. Un hijo que heredase el imperio. O sea que, sí, yo era el Chaval. Pero no me llamaba así porque fuese su aprendiz, sino porque era su hijo. De modo que cuando te conté que me puse al frente de su pequeño imperio, te dije exactamente la verdad. Yo heredé el patrimonio de mi padre.

Me puse de pie, todo dolorido, frotándome las muñecas.

—Déjeme adivinarlo —dije—. Ahora me va a decir que he entendido mal todo lo demás.

—¿Cómo lo sabes?

—Bueno, todo parece encajar: usted le dice a Dunbar que me cuente esa historia de que había visto a Strachan durante la guerra..., una cortina de humo. Y además, contrata a un antiguo comando para que me dé un aviso y, al ver que no funciona, le ordena que me liquide. Pero entonces hay algo que no cuadra.

—¿Qué?

—Esa vieja cicatriz de navaja que tiene usted en la cara. Una marca distintiva, por así decirlo. Resulta que hay un marica asustadizo llamado Paul Downey, especializado en fotografía chunga. Al tipo lo han convencido para hacer un chantaje con el fin de pagar sus deudas a un usurero, cuando, de repente, aparece un caballero en un Bentley reluciente y le ofrece un sencillo trabajo, nada ilegal en apariencia, por el cual recibirá una suma exagerada de dinero. El rico caballero dice llamarse Paisley y es un hombre muy elegante, pero tiene la cicatriz de un navajazo en la mejilla derecha, exactamente igual que la suya. Por cierto, deduzco que heredó de su padre el gusto por la ropa cara. Entonces, ¿usted es el Chaval y también el «señor Paisley»?

—Eres tú quien cuenta la historia. Continúa...

—Así pues, hay dos hechos (a los que hay que sumar un tercero: que yo aún siga respirando) que contradicen mis teorías. ¿Por qué iba a pagar a alguien para que sacara fotos de un tipo que todos creemos que es Strachan si usted sabe con toda seguridad que está muerto?

Sneddon sacó una pitillera de oro y me ofreció un cigarrillo. Acepté. Me dio lumbre y encendió el suyo.

—Bueno, ¿y cuál es tu idea?

—Aún no sé por qué, pero usted necesitaba comprobar si Joe Strachan estaba muerto o no. Recibió el soplo de que este iba a asistir a una reunión en la hacienda del duque de Strathlorne. Y usted sabía que Downey también estaría allí porque el negocio de ese usurero es propiedad suya y también lo era, por tanto, la deuda que Downey tenía que pagar. Usted estaba totalmente al corriente del chantaje a John Macready.

—Era una idea disparatada. No había la menor probabilidad de que se salieran con la suya. Pero cuando me enteré de que iban a usar una casita de campo de la hacienda, me pareció que era una ocasión demasiado buena para dejarla escapar.

—Y fue usted quien le dijo a George Meldrum que me recomendara al abogado Fraser, ¿verdad?

—Sí. Sabía que tú lo resolverías en un abrir y cerrar de ojos y que te pagarían más que generosamente. Necesitaba que todo el asunto quedara resuelto antes de que alguien averiguase lo de las fotos que yo le había encargado a Downey.

—Entonces, ¿no metió a nadie más en el asunto? ¿No era usted quien estaba detrás del asesinato del novio de Downey y del incendio de su piso?

—No. No metí a nadie más. Y no me hacía falta que los matasen. Tú eras mi hombre en el caso, aunque no lo supieras. Pero entonces aparecieron las gemelas y te pusiste a investigar quién enviaba el dinero. Tú mismo te buscaste que te cayera toda esa mierda encima, Lennox. No me culpes a mí.

—No lo culpo. Pero quiero que me responda con franqueza.

—Pregunta.

—Muy bien. —Metí la mano en el bolsillo de la chaqueta y saqué la foto que le había quitado a Downey—. Entonces, por el amor de Dios y por lo más sagrado, dígame por favor, dígame…, si este hombre es su padre, Joe *Gentleman* Strachan, o no.

Sneddon dio una larga y lenta calada a su cigarrillo y sonrió maliciosamente mientras dejaba escapar el humo, saboreando mi frustración.

—Sí.

Capítulo dieciséis

—Tenías razón cuando decías que nos reunimos todos en el tren-avión de Bennie —dijo Sneddon—. Y que todo el mundo estaba muy crispado a causa del policía muerto. Se suponía que no podíamos hablar entre nosotros, ni vernos unos a otros hasta el día de la reunión. Pero los otros se habían juntado y habían planeado su pequeña jugarreta. Me imagino que a Joe y a mí nos iban a liquidar allí mismo, pero resultó que la estación Maryhill estaba atestada de policías, y yo tuve que dar un largo rodeo, con lo cual llegué con retraso.

»Debían de tener encañonado a Joe en el hangar, porque cuando ya me acercaba, oí gritos y varios disparos. Uno de aquellos cabrones me había estado esperando fuera. Yo iba a llevarme dos cartuchos en la cara, pero todavía estaba demasiado lejos. Ya que no iba armado, eché a correr. Me dispararon un par de veces, pero no se atrevieron a más. Había policías rastreando toda el área de Glasgow, y cabía la posibilidad de que un guardabosque creyera que había cazadores furtivos rondando. Me fui a casa, me armé y recluté a Billy Dunbar para que regresara allí conmigo. Cuando llegamos, ya se habían ido.

—¿Y quién estaba muerto si no era Strachan? ¿Mike Murphy?

—Verás, esa es la cuestión… Yo esperaba encontrarme el cadáver de Joe. Pero allí no estaba. Ni él ni Mike Murphy. Nadie. Aunque sí había sangre. Mucha. Alguien había dejado de respirar, de eso no cabía duda.

—Entonces, ¿usted no se llevó el dinero, después de todo?

—Sí, ya lo creo. Joe se olería que los demás iban a volverse contra nosotros. Ellos no sacaron nada de nada. Pero yo recibí una postal a través del puto servicio de correos, lo creas o no. Joe tenía pelotas. La habría enviado de camino al robo. Ya debía de saberlo entonces. La postal procedía de Glasgow, pero era una vista de Largs, ¿sabes?, allá en la costa.

Procuré reprimir un escalofrío al oír el nombre del lugar donde había dejado escondido a Paul Downey.

—La postal representaba el Lapicero —prosiguió Sneddon—. Ya lo conoces, el monumento a la batalla de Largs, para recordar la expulsión de los vikingos o algo parecido. No había nada escrito al dorso, pero yo sabía que Joe tenía un barco allí, en el puerto que hay junto al Lapicero. Lo tenía bajo un nombre supuesto para que la policía no lo descubriera ni pudiera registrarlo. Yo era la única persona, aparte de él, que conocía la existencia de ese barco y el nombre falso que había utilizado.

—Henry Williamson —aventuré.

Sneddon me miró asombrado.

—Tengo mis momentos de inspiración —expliqué.

—Bueno —prosiguió Sneddon—. Fui al barco y, en efecto, debajo de un banco de la cabina, había dos maletas repletas de dinero. Tanto dinero que me senté allí temblando. Temblando como una hoja, joder.

—¿Estaba todo?

—La mitad. Pero no la mitad del botín de la Exposición Imperio, no: la mitad de los robos de la Triple Corona. Me quedé allí sentado y lo conté todo. Me pareció que era el lugar más seguro para hacerlo.

—Un montón de dinero.

—Como tú has dicho antes, lo suficiente para cambiarte la puta vida para siempre. ¿Sabes, Lennox?, nadie ha sabido nunca lo de ese dinero. Y ahora lo sabes tú, y no sé muy bien qué he de hacer al respecto.

—Ha tenido la oportunidad hace un momento.

—Aún podría silenciarte para siempre. —Suspiró—. Pero tú no hablarás. Sabes que acabaría resultando fatal para ti. Además, todavía te consideras una especie de oficial y caballero colonial. Tú te has revolcado en la mierda igual que todos los demás, pero es como si a ti no se te pegara. Y no lo contarás porque va contra tu código ético.

—No sabía que tuviera uno —murmuré—. ¿Qué cree que ocurrió con la otra mitad?

—Entonces no tenía ni idea. Pensé que tal vez Joe lo había guardado en otro sito para reducir el riesgo, y que los otros le habían sacado el secreto torturándolo. Aunque más bien lo dudaba. Él les habría escupido en la cara y habría preferido que le pegaran un tiro. Acabé dando por supuesto que lo había guardado en un buen escondite, y que los muy cabrones no lo encontraron. Pero con el paso del tiempo, pensé que Joe podía haber sobrevivido al tiroteo del hangar: ¿no se habría llevado la otra mitad y seguiría oculto en alguna parte?

—Pero usted mató a los otros tres, ¿no? A Bentley, McCoy y Provan; a este volándolo por los aires hoy mismo.

—La verdad es que no. Me importa una mierda si me crees, pero no fui yo. Aunque quería hacerlo. Quería localizarlos uno a uno y matarlos lentamente. Pero has de recordar que nadie conocía mi identidad. Yo tenía en mis manos todo aquel dinero y empecé a levantar mi pequeño imperio. La venganza quedó en segundo plano. Nadie debía relacionarme con un robo en el que un policía había resultado muerto. No podía arriesgarme.

—Entonces, ¿fue Strachan?

—Cuando me enteré de la primera muerte y luego de la segunda, fui atando cabos. Entonces Billy Dunbar me contó que había visto a Joe durante la guerra. Y no solo entonces. Billy no te lo explicó, pero él lo vio otras dos veces después de la contienda. Ambas en la hacienda, codeándose con el duque de Strathlorne. Llegué a la conclusión de que Strachan había estado viviendo con la mitad del botín de los robos y se había creado una nueva identidad. O la había robado, podría decirse también. Cada vez que el duque tiene invitados especiales, organiza una partida de caza, y Billy sabe de antemano cuándo van a presentarse. Lo único que tuve que hacer fue avisar a Downey.

—Señor Sneddon —dije vacilando—, ¿sabe lo de Dunbar?

—¿El qué?

Le conté la segunda visita que había hecho a la hacienda para ver a Billy: cómo los había encontrado a él y a su esposa, cómo me habían perseguido por el bosque y cómo había reconocido al hombre mayor de la fotografía: Joe Strachan.

Me pareció que Sneddon se quedaba atónito ante la noticia.

—Billy era un buen tipo. Un buen amigo.

—Fue su padre quien lo mató. Su padre ha matado a mucha gente; algunos, simples inocentes que pasaban por allí.

—Escucha, Lennox. Joe Strachan es exactamente como te lo he descrito. Todo lo que te he dicho es verdad. Yo lo vi en acción, muy de cerca. Si hubiera seguido con él, habría acabado igual, o acaso peor. He hecho muchas cosas de las que no me enorgullezco; liquidar a aquel guardabosque fue una de ellas. Pero ahora estoy tratando de dejar todo eso atrás. Joe Strachan no fue un padre para mí. Me utilizó como utilizaba a todo el mundo. Como utilizó a mi madre. Por su culpa acabé en aquel puto orfanato y me pasó todo lo que me pasó allí. Si decidió dejarme ese dinero fue solo porque no quería matarme, al menos si podía evitarlo. Pero si lo hubiera creído necesario, me habría metido una bala en la cabeza como a cualquier otro. Si crees que yo pretendía encontrar a mi viejo y querido padre por sentimentalismo, te equivocas. Necesitaba averiguar si aún andaba por ahí o no, para poder dejar de mirar a mi espalda.

Asentí. Sneddon había usado la misma expresión que Provan. Justo antes de acabar flambeado en su Morris Minor.

—Entonces, ¿qué pretende decirme? —pregunté.

—Si dices o haces cualquier cosa que me relacione con el robo de la Exposición Imperio, me ocuparé de que acabes muerto ese mismo día. Aparte de eso, me importa una mierda lo que hagas. Si liquidas a Joe Strachan y puedes hacerlo sin implicarme, tienes todas mis bendiciones.

Perdí la cuenta de las veces que Deditos me pidió disculpas durante el trayecto de vuelta al aparcamiento del hospital.

—No te preocupes, Deditos. Como tú has dicho, era un asunto profesional. Nada personal —le aseguré mientras me preguntaba cómo podía entenderse que alguien te hundiera el puño en los riñones sin que la cosa adquiriese ribetes personales.

Me examiné la herida antes de abandonar el aparcamiento del hospital. Aunque los ejercicios gimnásticos en el almacén la habían hecho sangrar, los puntos parecían seguir intactos; me abstuve, pues, de volver al departamento de urgencias. No sé cómo me las habría arreglado para explicar que se me hubieran soltado otra vez en tan breve tiempo.

Regresé con el coche a mi alojamiento. El Jowett Javelin no estaba fuera, y Fiona White salió en cuanto me oyó en la puerta.

—¿Cómo está, señor Lennox? —dijo con rígida formalidad. Llevaba una blusa lila estampada, y yo percibía aquel aroma a lavanda que desprendía su cuello.

—Muy bien, señora White. ¿Y usted?

—Bien. He pensado... —Frunció el entrecejo—. Bueno, me ha parecido que debía informarle: hemos acordado que James vendrá una o dos veces por semana para sacar a las niñas de paseo. Hemos pensado que será bueno para ellas. Y con franqueza, a mí me permitirá disponer de un poco de tiempo. Al fin y al cabo, él es su tío.

—No tiene por qué justificarse ante mí, Fiona. Con tal de que usted y las niñas estén contentas. —Sonreí con cansancio. Estaba cansado de verdad. Y dolorido.

—Bien... Humm... Solo quería que supiera que eso es lo único que hay. Saqué la idea de que usted tal vez había creído que había algo más. Que había una especie de..., eh...

—Está bien, Fiona. Ya capto la idea. Gracias por tenerme en cuenta. Vale la pena que sepamos a qué atenernos. ¿Le importa si soy igualmente inequívoco?

—Por supuesto que no.

La empujé contra la pared más bruscamente de lo que pretendía. Ella se sobresaltó, o se asustó incluso, e hizo un tímido intento de apartarme cuando pegué mi boca a la suya y la besé tal como había deseado besarla desde hacía dos años. Sabía de maravilla. Ya lo creo. Y ella me devolvió el beso.

Cuando la solté, se quedó recostada contra la pared, mirándome. Pero no me abofeteó ni se puso a gritar, ni me dio aviso para que abandonara su casa.

—Como le he dicho, vale la pena que sepamos a qué atenernos, señora White. Y ahora, si me disculpa, he de subir a cambiarme. Ha sido un día muy duro y he de salir esta noche por un asunto de trabajo. Pero sepa que me encantará proseguir esta conversación tan pronto como usted lo desee.

Ella no dijo nada. La dejé allí de pie, apoyada contra la pared de la escalera, y subí a mis habitaciones a lavarme. Oí que una de las niñas la llamaba desde el interior; sonaron sus pasos y la puerta de su piso se cerró suavemente.

Me detuve en un café de camioneros en el trayecto a Largs y comí algo, que podía describirse como un bistec con la misma exactitud con la que se describía a veces a Hemingway como alta literatura. El té era tan fuerte que hubiera teñido el cuero, pero estaba caliente y me sirvió para reanimarme.

Pasé a ver a Paul Downey, que se llevó un susto de muerte cuando abrí la puerta de la caravana. Le había llevado comestibles y periódicos, y me senté y charlé un rato con él, tal como habla la gente que no tiene absolutamente nada en común.

Cuando me iba, la dueña del campamento de caravanas salió precipitadamente de la casa. Al trotar, los pechos se le bamboleaban sin trabas bajo la blusa, y yo me imaginé que se había quitado a toda prisa el sujetador y lo había escondido antes de salir detrás de un cojín.

—¡Ah, señor Watson! —dijo sin aliento—. ¿Ha venido a visitar a su amigo?

—Sí, señora Davidson. Y veo que está disfrutando mucho su estancia aquí.

—Magnífico. Me alegro. —Se me acercó aún más y me llegó una vaharada de perfume barato y exagerado—. Ya que está aquí, ¿puedo ofrecerle una taza de té?

Eché un vistazo a la casa. Sabía que si entraba no sería para tomar el té. Era una mujer atractiva, su perfume barato empezaba a hacerme efecto, y yo todavía tenía el sabor de Fiona White en los labios, y estaba aturdido, confuso, magullado a causa de todo lo sucedido, de manera que pensé, qué demonios.

—Me encantaría, señora Davidson —dije, y permití que me enlazara el brazo con el suyo y me llevara a su casa.

—Por favor —dijo con coquetería—. Llámame Ethel…

«¿Debo hacerlo? —pensé—. ¿Realmente debo hacerlo?»

Costaba creerlo, pero el ferri vehicular Finnieston no había sido diseñado por el conocido dibujante de máquinas excéntricas y tiras cómicas, William Heath Robinson. Cuando lo vi por primera vez, me pareció el artefacto de ingeniería naval más estrafalario que había visto en mi vida: un armatoste a medio camino entre el esqueleto de un vapor del Misisipi y una gigantesca jaula flotante para hámsteres. Si tenía un aspecto tan insólito, era a causa de su ingenioso diseño. Funcionaba igualmente de día o de noche, con marea alta o con marea baja (y la marea subía en esa parte del Clyde), ya que tenía una cubierta levadiza a vapor que se ajustaba a la altura exacta del muelle en que atracaba, sin que influyera el nivel del agua en ese momento.

Cuando llegué al ferri a la mañana siguiente, no había niebla en la ciudad. Pero en el río se agazapaba una neblina densa, aunque desprovista de la fuerza necesaria para alzarse sobre los diques y colarse entre las calles de la urbe. Esa neblina le confería a la descabellada estructura del ferri un aire todavía más gótico y oscuro. El mío era el único coche en la primera travesía de la jornada, y únicamente había un puñado de pasajeros de a pie. Fraser embarcó en el último momento y caminó hacia donde yo me hallaba, observando los jirones blancos que ondeaban sobre la negra superficie del Clyde.

—Una travesía más bien lúgubre, ¿no cree, señor Lennox?

—Bueno, no sé. Es mejor que cruzar el río Estigio, me imagino. Claro que usted debe de saberlo mejor que yo, ¿verdad, señor Fraser? Porque parece que ha pagado al barquero para que se lleve a más de uno a navegar por ese río mítico.

—Mire, señor Lennox, usted lo ha malinterpretado todo. Esto ha sido un mal asunto de principio a fin, y las cosas han llegado demasiado lejos. Es un caso verdaderamente infortunado.

—¿Infortunado? Usted me paga una suma disparatada de dinero, y yo guío a sus matones hasta el escondrijo de Paul Downey. Pero sus muchachos no resultan ser tan buenos como usted pensaba y acaban matando al marica equivocado.

—Usted no lo comprende... —Por una vez, Fraser no parecía imbuido de engreída seguridad—. Las cosas se han desmandado. No sé... Crees conocer a la gente, crees que sabes el terreno que pisas con ellos, o que existe incluso cierto vínculo entre vosotros. Y entonces ocurre algo y todo queda patas arriba.

—¿Se refiere a Joe Strachan?

Fraser dejó de contemplar el agua y me miró.

—Ayúdeme, Lennox. Protéjame. Yo no sabía que iba a suceder nada parecido. Leonora Bryson me preguntó si conocía a alguien que pudiera investigar la pista Downey, y yo la puse en contacto con el coronel Williamson. El trato era que si usted encontraba a Downey, los hombres de Williamson se encargarían de comprobar que había conseguido todos los negativos. Y ellos tal vez serían un poco más «contundentes» que usted a la hora de dejar las cosas claras. Yo no tenía ni idea de que la señorita Bryson les había pedido que fueran más lejos.

—Yo fui lo bastante contundente. Downey y Gibson no constituían una amenaza para usted, ni para Leonora Bryson o John Macready. La verdad es que Williamson, como usted lo llama, estaba encantado de complacer a Leonora porque él tenía sus propios motivos para querer ver muerto a Paul Downey. Quería asegurarse de que no existieran más copias de esta fotografía... —Saqué la foto que me había acompañado los últimos días—. Este es Williamson, ¿verdad?

—Cierto.

—Falso —dije—. Es Joe *Gentleman* Strachan: atracador, asesino y malvado hijo de puta de primera categoría.

—Lo sé —confesó Fraser—. El coronel Williamson me convenció para que yo lo instara a usted a dejar todos sus demás asuntos, y concentrarse en el caso Macready. No hacía falta ser un genio para deducir que lo que deseaba realmente era que dejara usted de buscar a Joe Strachan. Lo averigüé todo a partir de ahí. Al principio no podía creerlo... Conozco al coronel Williamson desde la guerra. Pero no acababa de entender cómo logró traspasar las barreras de seguridad, y hacer todo el trabajo que hizo durante la guerra, valiéndose de una falsa identidad.

—¿Y cómo resolvió el enigma?

—Si algo se me da bien, señor Lennox, es la investigación documental. Cada vida deja un rastro de documentos. Si se trata de seguir esa clase de pistas, soy como un rastreador nativo.

—A ver si lo adivino: Henry Williamson es una identidad falsa.

Fraser negó con la cabeza.

—No. Williamson era un sudafricano educado en un colegio de élite de Natal, cuyos padres habían muerto, y sin hermanos, ni ningún otro pariente lejano tanto en términos sanguíneos como geográficos. Sirvió como oficial en la Primera Guerra Mundial, y después no hay casi ningún dato durante veinte años; solamente figura como socio de varias empresas y como comprador de dos propiedades: una casa en Edimburgo y una gran hacienda rural en Borders. Luego, justo antes de romperse las hostilidades, entra de nuevo en el ejército, pero no en el mismo regimiento en el que había servido durante la Gran Guerra, sino en otro totalmente distinto.

—Déjeme que trate de adivinarlo otra vez —dije—. ¿Volvió a alistarse en 1938, más o menos en la época de los robos de la Triple Corona?

—Exactamente. Debe creerme, Lennox. Yo no tenía ni idea hasta entonces de que la persona que había conocido durante todos estos años fuese otra que el coronel Williamson.

—¿Cuándo lo conoció?

—En 1940. Primero fue destinado al castillo de Edimburgo, luego lo trasladaron al cuartel general de Craigiehall. En algún momento, entre su nuevo alistamiento y el año 1940, había sido ascendido a coronel. Lo pusieron al mando del programa de «adiestramiento especial» de las unidades escogidas de la Guardia Local. A mí me seleccionaron para dirigir una unidad, y él se convirtió en mi superior. Se lo aseguro, Lennox, no había nada en él que no pareciera auténtico. Algunos oficiales incluso recordaban haberlo visto en Francia durante la Primera Guerra Mundial. Cómo se las ingenió para que lo creyeran, no tengo ni idea. Es de las cosas que todavía no comprendo. No acierto a conciliar ese dato con su papel de impostor.

—No es tan complicado —afirmé—. Durante la Primera Guerra Mundial, Strachan desertó y se hizo pasar por oficial, igual que el famoso Percy Toplis. Según he sabido, era un tipo popular en las cantinas de oficiales. No es de extrañar que algunos lo recordaran, tanto si se hacía llamar Williamson como si no.

—Sí. Eso sí lo averigüé: entre 1918 y 1920, el auténtico Williamson debió de morir: probablemente, asesinado por su impostor, que ocupó su lugar sin solución de continuidad.

—También yo lo suponía. Después, supongo que Strachan se limitó a mantener esa identidad alternativa, sin hacerla muy visible. Aunque sus hijas me explicaron que desaparecía largos períodos. En fin, volviendo a la guerra..., ¿en qué estaban metidos exactamente usted y Strachan?

—Oficialmente, las únicas unidades de *scallywags* estaban apostadas a lo largo de la costa sur de Inglaterra, por donde todo el mundo creía que se produciría la invasión alemana. Pero se descubrió que los alemanes también podían lanzar grandes destacamentos de paracaidistas o desembarcar tropas anfibias en las partes más remotas de los Highlands y de la costa escocesa. Por esa razón, pusieron al duque de Strathlorne al mando de las unidades de operaciones especiales de la Guardia Local desplegadas en Escocia.

—Y después de la guerra, usted, Strachan y el duque siguieron manteniendo una estrecha relación en su pequeño club de las fuerzas especiales.

—Algo así. Yo me sentía muy orgulloso de lo que había hecho, Lennox. No tiene ni idea de las cosas para las que nos adiestraron. Si se hubiera producido la invasión, debíamos llevar a cabo sabotajes y asesinatos. Cualquier funcionario público de alto rango que colaborase con los ocupantes tenía que ser eliminado: políticos, alcaldes, incluso jefes de policía... Poseíamos depósitos ocultos de armas por toda Escocia y raciones suficientes para aguantar siete semanas.

—¿Y qué harían pasadas esas siete semanas?

Fraser se rio amargamente y me explicó:

—Era el mismo sistema que se aplicaba en las unidades de *scallywags* de la costa sur de Inglaterra... Nos daban raciones para siete semanas porque habían calculado que estaríamos todos muertos antes de terminar ese período.

—¿Y los depósitos de armas han sido desmantelados?

—No, todos no. Nadie, salvo los miembros de la propia unidad, sabe dónde se encuentran. Ha ocurrido lo mismo en toda

Europa. El duque está en contacto con otras organizaciones, incluida Gladio.[6]

—Ya, ya... —Ahora sí empezaba a comprender.

—El peligro sigue existiendo, Lennox. Pero en la actualidad ya no son los nazis, sino los soviéticos. Y si aquellos hicieron polvo la maquinaria bélica nazi, ¿cuánto tiempo cree que les costaría barrer toda Europa? La única defensa que tenemos es la bomba.

—Y las fuerzas secretas de retaguardia... Claro, todo se reduce a eso: usted y sus compinches de la Guardia Local siguen jugando a los soldaditos. No es solo que Strachan se esté protegiendo a sí mismo; se trata, además, de proteger al duque. Lo cual incluía ampararlo del tipo de escándalo que su hijo era capaz de provocar.

—Así es, más o menos —asintió Fraser.

—Y Strachan, o el coronel Williamson, está a cargo de la seguridad, ¿no?

—Algo parecido. Recluta a gente del ejército: comandos, paracaidistas, ese tipo de elementos. Sangre nueva.

—Ya lo creo —dije pensando en la sangre derramada por toda mi oficina y sobre el taxi estacionado abajo.

—Pero, naturalmente —continuó Fraser—, su lealtad al duque es fingida... Él todo lo hace siguiendo sus propios objetivos.

El negro y mugriento flanco del muelle y la amenazadora mole de cincuenta toneladas de la grúa Stobcross asomaron entre la neblina. El ferri estaba a punto de atracar.

Fraser se metió una mano en el abrigo. Yo hice lo mismo.

—Tranquilo, Lennox, es esto... —dijo tendiéndome un abultado sobre—. Hay mil libras en billetes de cincuenta. Quiero que se lo quede.

—¿Por qué se empeña todo el mundo en endilgarme grandes sumas de dinero? ¿Cuál es el trato? ¿Qué quiere de mí?

—Como he dicho, necesito que me proteja y deje mi nombre al margen de todo este asunto. No soy tan ingenuo como

6. Red clandestina anticomunista que operó en Italia y en otros países durante la guerra fría. *(N. del T.)*

para no saber que ahora soy un hombre marcado; por ello, voy a desaparecer una temporada. Me llevo a mi familia conmigo. Nos iremos a algún lugar fuera del país. Pero quiero regresar más adelante. Y quiero poder hacerlo con total seguridad.

—No puedo garantizárselo —repliqué, aunque me metí el sobre en el bolsillo. Eso, al menos, me lo debía el tipo—. Pero voy a intentar acabar con Strachan de un modo u otro.

El ferri atracó.

—Suba a mi coche —le ordené a Fraser—. Y le explicaré qué vamos a hacer a continuación.

Capítulo diecisiete

Tenía bastante tiempo que matar y, en vez de irme a la oficina, volví a mi alojamiento. Los visillos de la ventana se movieron cuando abrí la cancela y crucé el sendero, pero Fiona no salió a la puerta y yo subí directamente a mis habitaciones.

En mi dormitorio, abrí el cajón superior de la cómoda y guardé la Webley. Metí el brazo bajo la cama, retiré la tabla suelta y saqué una caja de balas para el arma y un pequeño estuche de cuero. Desplegué el estuche y saqué un cuchillo de caza, todavía en su funda, y un puño americano. Lo metí todo en el cajón con la pistola y las balas. Luego fui a buscar mis dos porras y las puse junto a las demás armas. Ahí se quedarían hasta la noche. Me quité la camisa y examiné el vendaje que tenía en el brazo. Estaba limpio, pero le añadiría una segunda venda por la noche, para asegurarlo bien.

Volví a la sala de estar, me senté ante mi escritorio y escribí tres cartas. Una era para Jock Ferguson, explicándole con todo detalle lo ocurrido las últimas dos semanas y contándole algunos aspectos secretos de mi variopinta carrera; otra, para Archie, dándole instrucciones para asumir mi agencia de investigador privado; la tercera era una breve nota para Fiona White. El dinero que me había dado Fraser lo metí en el sobre dirigido a Archie. En el de Fiona, puse la llave de mi caja de seguridad y una carta para MacGregor, el director administrativo del banco, donde le decía que la señora White estaba al corriente de todos los datos relativos a mis investigaciones (todos, subrayado), y que debía facilitarle el acceso a la caja de seguridad sin poner la menor traba.

Una vez cerrados los sobres, los metí en uno grande de color marrón, donde había escrito: ABRIR EN CASO DE MUERTE.

Había llevado a cabo tareas más alegres, la verdad.

Cerré el escritorio con el sobre dentro, pero no puse la llave. Luego volví al dormitorio y, tendido en la cama, me puse a fumar. Quizá fuese para tratar de distraerme con cualquier cosa y olvidarme de la noche que me esperaba, pero el caso es que me dediqué a pensar en mi país. Yo más bien evitaba hacerlo, pero ahora me permití esa licencia. Pensé en el «chico de Kennebecasis», como llamaba siempre para mis adentros al muchacho que había sido antes de la guerra: joven, idealista, dichosamente ignorante de toda la mierda que la vida puede arrojarte encima. Estúpido, seguramente. Pensé en las muertes que había causado, en las matanzas que había presenciado a lo largo de la guerra, y en cómo esa experiencia me había transformado en otra persona que no me gustaba.

En conjunto, no me sentía muy orgulloso precisamente de ese «otro» en que me había convertido durante la guerra. Tampoco me sentía demasiado orgulloso de lo que había venido haciendo desde entonces. No es que me avergonzara de mí mismo como me habría avergonzado si me hubiera convertido en un tratante de blancas que entrega a chicas vírgenes a la prostitución, o si me hubiera dedicado a vender drogas a colegiales (o a jugar al hockey con los Canadienses de Montreal). Pero sí había ido amontonando un pecado tras otro, ya lo creo.

De cualquier forma, aun con todos mis extravíos, mis pecados, mis fornicaciones, mis borracheras, mis peleas y mi manía de arrojar por la ventana a antiguos comandos, yo no pasaba de ser un bebé de pecho comparado con Joe *Gentleman* Strachan. Y aunque me considerase dotado de una inteligencia sobrada, incluso suficiente para dos personas, tampoco en ese terreno le llegaba a Strachan a la suela del zapato. Él había construido toda su carrera engañando, traicionando, seduciendo y embaucando a los demás con una destreza impresionante. Esa era una cosa que yo había aprendido sobre la vida, sobre la gente: que no todos somos iguales. Siempre estaban los manipuladores y los manipulados, los únicos y los del montón.

Incluso me pregunté si sería cierto, al fin y al cabo, que Sneddon era hijo ilegítimo de Strachan; si no sería más bien que Joe *Gentleman* lo había manipulado y lo había inducido a creer tal cosa.

Tal vez sería yo quien se metiera esta noche a ciegas en una trampa urdida por el mismo Strachan.

Sonó un golpe en la puerta.

Puesto que no había oído pasos en la escalera, saqué la Webley del cajón y la envolví con una toalla pequeña para disimularla. Abrí. Fiona White estaba en el umbral, callada e incómoda.

—Fiona..., pase, pase —dije—. Disculpe un momento. —Entré en el dormitorio, volví a meter la pistola en la cómoda y me puse otra vez la camisa. Cuando regresé, ella se encontraba en medio de la sala de estar, tan incómoda como antes.

—¿Sucede algo, Fiona? —pregunté.

—Las niñas están en el colegio... —musitó, como si yo tuviera que entender lo que aquello significaba.

Y lo entendí.

Pasamos juntos todo el día, sobre todo en la cama, hasta la hora de la vuelta de las niñas. Hacia el mediodía, preparé café y ella bajó a su piso a buscar unos fiambres para almorzar. Se reía y bromeaba de un modo que nunca le había visto, y la sensación de intimidad que ello me proporcionaba era incluso mayor que mientras habíamos practicado el sexo.

Y por una razón que no podía comprender (o quizá sí) aquello me entristeció. Tal vez fuese porque, a decir verdad, yo no esperaba ver la luz del día siguiente, o porque sabía que incluso si llegaba a verla, y más allá de lo que sintiéramos el uno por el otro, nuestros caminos seguían direcciones distintas. Pero me reí y bromeé con ella igualmente, y me lo guardé todo para mí: la tristeza, el temor, las esperanzas...

Me besó al marcharse, un beso largo, prolongado, y me sonrió de un modo que me mostraba la muchacha que había sido.

Cené más tarde con ella y las niñas: todo muy formal, como siempre, salvo alguna que otra mirada más profunda que intercambiamos cuando las niñas no se daban cuenta.

Fiona frunció el entrecejo cuando me excusé a las ocho y media.

—Un asunto del que debo ocuparme —expliqué—. Tengo que atar algunos cabos sueltos.

Recogí mis cosas en la habitación. Me sujeté el cuchillo de caza en el tobillo con una correa, me metí la Webley en el cinturón; deslicé la porra plana en el bolsillo interior de mi chaqueta; la otra, más pesada, en un bolsillo lateral, y el puño americano en el otro bolsillo.

Era lo que pasaba si llevabas una vida violenta: que te acababas destrozando todos los trajes.

Aparqué el Atlantic en el centro de la ciudad y bajé caminando al muelle. Confiaba en que, si me tropezaba con un poli, no encontrara sospechoso que llevara encima una pistola, un cuchillo, un puño americano y dos porras.

Ya empezaba a oscurecer cuando llegué al muelle Queen's. Había un vigilante nocturno que comenzaba su turno en la entrada principal, y yo pasé por el otro lado de la calle adoquinada, evitando los charcos de luz de las farolas. Había un muelle al fondo con varias pilas de cajas donde ponerse a cubierto. Llegaba con más de una hora de antelación, pero suponía que Strachan se presentaría antes de hora a su cita con Fraser para explorar el lugar. Yo estaba aplicando la misma lógica que Provan y sus compinches habían usado hacía dieciocho años. Procuré no pensar en cómo había acabado la cosa para ellos.

Strachan apareció con un Triumph Mayflower reluciente. Solamente se presentaba con diez minutos de anticipación, y me sorprendió de verdad comprobar que venía solo.

Me tenía impresionado. Ahí estaba Joe Strachan: un tipo nacido y criado en Gorbals, pero que no podía parecer más fuera de lugar en aquel muelle sombrío. No había en él nada que hablara de Glasgow. Era tan alto como yo y, cuando se bajó del coche sin abrigo, vi que iba impecablemente vestido como un hacendado. Su traje no tenía ese aspecto recio, informe y algo insípido de la típica ropa de campo británica; supuse que la chaqueta deportiva y los pantalones de franela que llevaba serían italianos o franceses, lo cual contribuía a darle ese aire de aristócrata extranjero que había percibido en la foto. Y no me cabía la menor duda de que él era el hombre de la fotografía.

Frisaría los sesenta, pero tenía el físico de un hombre veinte años más joven. No era ningún viejo.

Se había detenido al final del espigón y contemplaba cómo se deslizaba el Clyde, negro y lustroso, en la oscuridad. Mientras lo observaba, me pregunté si no estaría pensando ahora en cómo habría sido dormir realmente un sueño oscuro y profundo en el fondo del río.

Llegó un segundo coche, y tuve que agacharme detrás de las cajas para que no me iluminaran los faros. El coche aparcó en el principio del espigón, y Fraser se apeó. Pasó caminando por delante de mi escondite y, mientras iba al encuentro de Strachan, observé que lanzaba miradas nerviosas alrededor.

Desde mi rincón sumido en las sombras y el silencio, rogué para que dejara de mirar a todos lados. Le estaba mandando a su colega una señal casi tan clara como si se hubiera puesto a gritar: «¡Lennox! ¡Lennox! ¡Salga de donde esté metido!».

Llegó junto a Strachan y se estrecharon la mano: Fraser todavía actuaba rígidamente, tieso como un palo. No oía lo que decían, pero confié en que se atuviera al guion que habíamos acordado por la mañana, cuando abandonamos el ferri Finnieston. Le había indicado que dijera que yo había ido a verlo y que quería hacer un trato: estaba dispuesto a abandonar el caso, pero necesitaba garantías de que me dejarían en paz. También le había dicho que dijera que yo tenía en mi poder un dosier completo sobre Strachan, incluyendo entre otras cosas su nueva identidad y la fotografía que le había sacado Paul Downey, pero que si me ocurría cualquier cosa, dicho dosier llegaría automáticamente a manos de la policía, etcétera. Asimismo le indiqué que dejara caer por añadidura que yo disponía de un testigo ocular a buen recaudo: el testigo al que habían intentado liquidar.

Era todo un gran farol (dejando aparte que tenía a Paul Downey escondido en el campamento de caravanas de Largs), y Strachan sin duda lo notaría, pero se trataba simplemente de que Fraser tuviese algo que decir hasta que yo encontrara la ocasión de lanzarme sobre él. Sin sus matones, la jugada iba a ser mucho más fácil, aunque no carecía de peligro.

Mientras hablaban, Joe *Gentleman* miraba al suelo, concentrado, y asentía una y otra vez, como si estuviera asimilando cada palabra de Fraser. De improviso, alzó una mano para interrumpirlo. Fue al Mayflower, abrió el maletero, sacó a un hombre menudo de pelo oscuro y lo ayudó a ponerse de pie.

Paul Downey.

Estuve a punto de incorporarme, pero me contuve.

—Buenas noches, señor Lennox —gritó Strachan hacia la oscuridad, aunque no en mi dirección—. Como ve, tengo aquí a su testigo ocular. —El acento, como la ropa, no presentaba el menor vestigio de Glasgow. Clara y modulada, igual que el amigo aquel que había salido por la ventana—. Cuando le dijo al señor Fraser, aquí presente, que ordenara a mis hombres que dejaran de buscar a Downey, lo único que tuvimos que hacer fue seguirlo a usted. La verdad, señor Lennox, es que no es tan bueno como se cree. Y ahora, por favor, no se ponga pesado y salga de su escondite. Sé que está aquí.

Fue entonces cuando oí a los otros dos. Me giré y vi que uno de ellos registraba el espigón, empezando por el otro extremo y avanzando hacia el agua. Oí también a su compinche, que estaba próximo a mí aunque más atrás, cerca de donde Fraser había aparcado, moviéndose entre los montones de toneles y cajones.

Me mantuve inmóvil, pero me sentía repentinamente cabreado. Me cabreaba que me tuvieran acorralado otra vez aquellos hijos de puta. Notaba que la furia iba creciendo en mi pecho. Si tenía que morir aquí, no iba a ser el único.

—Señor Lennox..., por favor. —Suspiró y soltó a Downey, que permaneció con los hombros caídos, como suspendido por un cable invisible. Strachan se encontraba ahora entre Downey y Fraser—. ¿Conoce la Tabla de la Muerte de Fairbairn-Sykes, señor Lennox? —Hablaba en voz alta, pero sin gritar. Sabía que yo estaba en alguna parte del espigón—. Forma parte del adiestramiento de los comandos y de los agentes de las fuerzas especiales. —Metió la mano en la chaqueta y se sacó algo del cinturón. No era una pistola.

—Número uno... —Strachan puso su cuchillo Fairbairn-Sykes, el mismo modelo que había usado mi atacante, en la parte interna del brazo de Paul Downey—, ... la arteria braquial. Profundidad de corte: doce milímetros. Pérdida de conciencia, catorce segundos. Muerte, un minuto y medio.

Ahora oía cómo sollozaba Downey, veía cómo se estremecían sus hombros. Con velocidad de relámpago, Strachan desplazó el cuchillo hasta la muñeca del tipo.

—Número dos..., arteria radial. Profundidad de corte, solo seis milímetros. Efectos algo más lentos, no obstante, y blanco más reducido; yo nunca lo he utilizado. Pérdida de conciencia, treinta segundos. Muerte, dos minutos. —Hizo una pausa—. Y ahora, señor Lennox haga el favor de salir; si no, mi demostración podría volverse más explícita.

Aguanté en mi sitio. Si iba a matar a Downey, lo haría igualmente. Tenía que ingeniármelas para que saliéramos los tres vivos de allí. Oí ruido más cerca.

Joe *Gentleman* volvió a suspirar, y dijo:

—Muy bien, señor Lennox. ¿Sabe que he hecho demostraciones de estos golpes tantas veces que ni las recuerdo? Durante toda la guerra. Bueno, pasemos a las muertes rápidas de verdad. Número tres... —El cuchillo centelleó en el aire y se situó junto al cuello de Downey—. La carótida. Profundidad de corte, tres centímetros y medio. Pérdida de conciencia en solo cinco segundos. Muerte en doce segundos. ¿Señor Lennox?

El tipo de mi derecha estaba muy cerca. Me saqué la Webley del cinturón.

—Y esto nos lleva al que es mi golpe preferido... —Trazó un arco con el brazo, de nuevo tan rápidamente que Downey ni siquiera se estremeció, y la hoja del cuchillo de comando descendió para apoyarse justo detrás de su clavícula—. La subclavia. El golpe del gladiador. Profundidad del corte, seis centímetros. Pérdida de conciencia, dos segundos. Muerte, tres segundos y medio. Como digo, mi golpe favorito.

Su mano trazó otro arco y el cuchillo destelló en la oscuridad. Pero esta vez fue a parar lejos de Downey. A primera vista no parecía más que un golpecito en el hombro, pero yo vi que la hoja se había hundido en el cuerpo de Fraser y había salido en una fracción de segundo. El abogado cayó de rodillas sin emitir el menor sonido, mientras una mancha oscura empapaba su camisa blanca, y luego se desmoronó de bruces en el espigón.

—Bueno, señor Lennox. Voy a entregarle a este chico. Dejaré que salga de aquí esta noche, que siga huyendo y escondiéndose, viviendo en constante temor. Pero el precio, Lennox, ha de ser usted mismo.

Yo no le quitaba ojo al matón que registraba el otro extremo del espigón y, en ese momento, el segundo gorila emergió tras un montón de cajones justo a mi lado. Tenía la cabeza vendada y, por lo que entreví, no iba a poder hacer carrera como modelo de alta costura. Era el gorila al que le había arreglado la cara la noche de nuestra excursioncita por los bosques.

—Aquí estoy —dije en voz baja. Me levanté y le pegué un tiro entre los vendajes. Oí el chasquido de una bala que me pasaba muy cerca de la cabeza y le disparé al otro matón antes de que pudiera mejorar su puntería. La bala le dio en el vientre y el tipo se dobló sobre sí mismo, gritando y arrojando el arma.

Apunté a Strachan, pero él se puso a Downey delante, utilizándolo como escudo, y le colocó el cuchillo de comando en la garganta. Que sabía manejarlo, acababa de demostrarlo. No había temor ni pánico en sus movimientos; solo eficiencia.

Como el gorila que estaba a mi espalda seguía gritando, me acerqué y le di una patada a su pistola para dejarla fuera de su alcance. Strachan no se movió mientras yo examinaba al primer matón. Tenía las vendas de la cara empapadas de sangre. Ya había consumido todo el oxígeno que iba a consumir jamás.

Caminé hacia donde Strachan sujetaba a Downey.

—¿Estás bien, Paul? —pregunté.

—Me he mojado los pantalones —dijo entre sollozos—. Por favor, no deje que me mate, señor Lennox. No le deje, por favor.

—¿Qué ocurre, Strachan? Ha dicho antes que soltaría al chico a cambio de mí.

—El trato ya no es el mismo, señor Lennox, considerando que tiene usted esa pistola.

—Es el único trato que va a sacar. Seamos realistas, si mata a Downey, yo lo mataré a usted. Deje que se vaya y podremos hablar.

—Por hablar…, ¿quiere decir negociar?

—Si algo debería haber descubierto sobre mí a estas alturas, señor Strachan... ¿le llamo señor Strachan o Joe? ¿O coronel Williamson?

—Como mejor le parezca.

—Bueno, si algo debería haber descubierto sobre mí es que soy un pragmático. —Miré a Downey—. A ver, Paul, escúchame con mucha atención. Si el señor Strachan te suelta, quiero que salgas corriendo y que no dejes de correr. Nada de policía. No le contarás a nadie lo ocurrido aquí. Jamás. ¿Entendido?

—Sí, señor Lennox.

—Si quieres vivir sin tener que mirar siempre a tu espalda, el señor Strachan ha de convencerse de que no representas una amenaza para él. Tú olvida cuanto ha sucedido, vete lo más lejos que puedas de Glasgow y no vuelvas. ¿Entendido?

—Sí. Lo juro. —Volvió la cabeza hacia Joe *Gentleman* en la medida de lo posible—. Lo prometo, señor. De veras.

—Bueno, Strachan. ¿Qué dice?

Este soltó a Downey, que se quedó inmóvil un momento, con aire aturdido y sin saber qué hacer.

—Vete, Paul —dije tratando de eliminar la ansiedad de mi voz—. Corre. Y recuerda lo que te he dicho: no cuentes nada a nadie de lo ocurrido aquí. Ni sobre Fraser, ni sobre Strachan, ni mucho menos sobre mí.

Él asintió repetidamente, dio unos pasos vacilantes, apartándose de su captor, y echó a correr.

—Sugiero que resolvamos esto deprisa —dije, una vez que nos quedamos solos. A mi espalda, el gorila con las tripas reventadas había dejado de gritar y emitía ahora los roncos estertores que preludian el final—. Me figuro que alguien, seguramente el vigilante nocturno, puede haber oído los disparos.

—¿De veras quiere negociar? —preguntó Strachan—. Creía que era solo una estratagema. Muy bien, negociemos. Y le diré una cosa: un hombre como usted podría serme muy útil.

—Mi cometido era averiguar qué había ocurrido con usted. Me contrataron sus hijas. Por lo que veo, mi trabajo para ellas ha concluido. Y entregarlo a la policía no es asunto mío. Aunque debo decirle que me ofrecieron una bonita recompensa.

—Estoy seguro de poder compensarle esa pérdida. Compensarla con creces.

—Ya contaba con ello. —Sonreí.

—¿No podríamos dejar de lado la artillería? —Strachan señaló la Webley con la cabeza.

—¡Ah, me temo que no! Al menos todavía. No soy tan inocente.

—Claro que no, señor Lennox, sin la menor duda. Pero como usted dice, el tiempo acucia. ¿Qué quiere?

—La verdad. Nada más. Creo que cualquier relación de negocios ha de basarse en la confianza. Bueno, quiero saber cómo se las arregló para armar toda la farsa del coronel Williamson.

—Nada de farsas, señor Lennox. Henry Williamson es el hombre que soy ahora. La persona en la que me convertí. He vivido así tanto tiempo que Joe Strachan, con sus vulgares e ínfimas artimañas, es un extraño para mí.

—¿Y el verdadero Williamson?

—Murió hace mucho. Voy a explicarle una cosa. En la Primera Guerra Mundial descubrí cuál es el mayor beneficio que proporcionan la clase social y el privilegio. El mayor beneficio es que siempre hay alguien que te lo hace todo: las clases bajas. Y en una situación como la Gran Guerra, son ellos los que mueren por ti. Ahí estaba el mayor beneficio: que te mantenía lejos del peligro. A mí no me había tocado ese papel, pero podía interpretarlo.

—¿Se refiere a sus correrías haciéndose pasar por oficial?

—Empecé suplantando a otros, pero después descubrí que yo encajaba de maravilla en esos papeles. Cuando me atraparon, me convertí en un problema embarazoso para el ejército. Mi interpretación había resultado tan convincente que la mantuve durante el consejo de guerra. Los dejé realmente desconcertados. A un *cockney* de Londres, a un *scouser* de Liverpool, a un tipo con marcado acento de Glasgow era fácil ponerlos ante un pelotón de fusilamiento. Pero si te expresabas como un oficial, llevarte al paredón resultaba un espectáculo poco edificante. Ellos sabían que yo estaba interpretando, pero no acababan de ver —o de oír— lo que había detrás. Por tanto, cuando me preguntaron si tenía algo que decir antes de dictarse la sentencia, dije que no quería hundir en la deshonra a mi familia por haber sido declarado un cobarde… Como si yo no le hubiese importado un bledo a mi familia. Les pedí que, en vez de ponerme ante un pelotón de fusilamiento, me encomendaran misiones peligrosas al otro lado de las líneas. Misiones en las que, inevitablemente, acabaría muriendo en acto de servicio.

—¿Y accedieron?

—Como digo, ellos no eran capaces de ver más allá de mi actitud y mi acento. Yo les dije que prefería morir luchando por mi patria que ser fusilado como un cobarde, cosa que no era. Les ofrecí la salida que estaban buscando y me destinaron al Cuerpo de Inteligencia Móvil. Básicamente, me ordenaban que me arrastrara hasta las trincheras enemigas y sacara toda la información posible sobre el despliegue de sus fuerzas. Y eso hice. Acabaron dándome una medalla.

—¿Cómo se las arregló para sobrevivir?

—Las primeras veces cumplí con mi deber y volví con informes fidedignos. Los usaban para dirigir nuestra artillería a los puntos más estratégicos de las líneas enemigas. Fue después del primer bombardeo, en el cual nuestra artillería no solo no castigó los puntos clave que yo había señalado, sino que ni rozó las trincheras enemigas, cuando decidí que no valía la pena arriesgar mi vida para nada. Me habían estado enviando a inspeccionar con otro exdesertor, pero él pisó una mina, y quedé yo solo para recoger la información.

»El mando parecía creer que un solo hombre tenía menos probabilidades de ser descubierto que si iba acompañado. Así pues, yo salía de la trinchera, me adentraba en la oscuridad, recorría la mitad de la tierra de nadie y, cuando encontraba un cráter de bomba lo bastante profundo, me tumbaba y dormía unas horas. Luego, a la vuelta, entregaba un informe inventado. Inventado, pero basado en lo que había visto realmente en mis primeras salidas. Simplemente, cambiaba las posiciones y los números, barajaba los regimientos, etcétera.

—¿Nadie sospechaba?

—No sucedió durante mucho tiempo. Hasta que un joven capitán del cuerpo de inteligencia se dedicó a interrogarme sobre mis informes. Decía que era imposible que yo hubiera visto los distintivos de regimiento de los que informaba. Los restantes mandos estaban convencidos, pero Williamson se empeñó en venir conmigo en la siguiente incursión. Cruzamos todo el trayecto hasta las líneas alemanas siguiendo la ruta que había recorrido las primeras veces. Lo guie de parapeto en parapeto, cosa que lo convenció de que hacía el camino todas las noches. El problema fue que entonces se emperró en acompañarme en otras salidas. El muy estúpido iba a conseguir que me mataran. Pero eso me ayudó a hacerme amigo suyo, o tan amigo al menos como lo permitía el abismo de clase y rango que nos separaba. Le pregunté de dónde procedía y me explicó que era sudafricano, pero que se había educado en lo que se consideraba un colegio exclusivo en su país. Le sonsaqué un poco más y me enteré de que no le quedaba ningún pariente cercano. Era de mi misma edad y estatura, e incluso se me parecía bastante; decidí matarlo en tierra de nadie y quedarme con sus documentos y sus galones de oficial.

»Para poder utilizar su identidad después de la guerra, yo necesitaba que todo el mundo creyera que Henry Williamson seguía vivo; para conseguirlo, planeé explicar a mis mandos que había sido capturado, y no abatido. Ya lo tenía todo organizado cuando salimos a la noche siguiente y nos internamos en tierra de nadie. A medio camino, sin embargo, los alemanes lanzaron una bengala justo encima de nosotros y nos vieron. Abrieron fuego, y Williamson fue alcanzado en las piernas.

—O sea que los alemanes hicieron el trabajo por usted...

—No. En absoluto. Como yo necesitaba vivo a Williamson, lo arrastré hasta nuestras trincheras. Y mira por dónde: de repente ya no era un desertor, sino un héroe. Y en lugar de acabar con el pecho acribillado por un pelotón de fusilamiento, me encontré con un montón de medallas prendidas en el pecho. Y Williamson... —Strachan meneó la cabeza con incredulidad—, Williamson se convirtió en mi amigo íntimo.

—¿Sobrevivió a la guerra?

—En efecto. Él quería que nos mantuviéramos en contacto, y yo lo animé a hacerlo. Y un día va y se presenta sin previo aviso en Glasgow, creyendo que va a darle una gran sorpresa a su viejo compañero de armas. Yo lo encuentro todo un poco extraño. Al fin y al cabo, Williamson es un oficial y un caballero. Entonces él descubre que soy un gánster temido y conocido en toda la ciudad; y yo me entero por mi parte de que él no tiene dónde caerse muerto ni ninguna perspectiva de trabajo. Me acaba pidiendo si puedo prestarle dinero y proporcionarle algún empleo. Y eso hice. Era perfecto para timos y estafas, porque nadie sospecha de un oficial y caballero. Al final resultó que el auténtico Henry Williamson estaba corrompido hasta la médula como yo; lo único es que él utilizaba los privilegios de su clase para ocultarlo.

—A ver si lo adivino… ¿Usted lo convenció para que le enseñara modales y pudieran actuar juntos?

—Estoy impresionado Lennox…, otra vez. Eso fue exactamente lo que hice. Y mientras, yo iba recopilando todos los detalles de su vida, siempre —eso sí— con la excusa de conocer el «historial típico de un *gentleman*». Averigüé dónde había estudiado, quiénes eran sus compañeros, quiénes sus profesores, ese tipo de cosas. Lo más maravilloso era que se trataba de un sudafricano educado en Michaelhouse, en Natal, lo más parecido que tenían allí a un colegio de élite. Cosa que me proporcionaba categoría social sin los riesgos de tropezarme con «antiguos compañeros» de un colegio británico.

—¿Y entonces lo liquidó?

—Sí, lamentablemente. Pero no como usted se imagina. Yo lo había planeado, claro, pero lo cierto es que lo sorprendí robándome. Pequeñas cantidades, para empezar; y algunos objetos personales, como mi pitillera de oro favorita.

—¡Ay, Dios…! —Lo comprendí todo: el recorrido hasta el fondo del Clyde—. ¿Eran sus restos los que dragaron?

—La policía se equivocó de medio a medio con las fechas. Yo le disparé en el cuello, lo cubrí de cadenas y lo arrojé en mitad del río. Pero eso sucedió en 1929, y no en 1938. Le aseguro que me sentí bastante mal, por lo cual permití que se quedara con la pitillera, como gesto de buena voluntad, por decirlo de algún modo. Encargué otra pitillera idéntica al mismo orfebre. A decir verdad, no creí que encontrarían al viejo Henry. Y menos después de tanto tiempo. Pero el hecho de que todos creyeran que era yo no dejaba de ser una ventaja adicional. Joe Strachan está muerto, señor Lennox. Y ahora, ¿podemos retirarnos ya de este triste escenario antes de que alguien nos descubra?

—No va usted a ninguna parte, Strachan. A pesar de su acento fingido y de ese simulacro de modales refinados, no es más que un vulgar matón de Glasgow. Por mucho que se esfuerce, nunca se quitará de encima el hedor de Gorbals. Tire el cuchillo, o le pego un tiro.

—Me decepciona, señor Lennox. —El cuchillo de comando tintineó por los adoquines del espigón—. No es tan inteligente como yo creía. Dígame, ¿qué piensa hacer exactamente? No puede entregarme a la policía. Para empezar, estoy muerto, ¿recuerda? Oficialmente, he pasado dieciocho años en el fondo del Clyde. Y en segundo lugar, ¿cómo piensa explicar su implicación en la muerte de Frank Gibson, de Billy Dunbar y de estos pobres infortunados que tenemos a nuestro alrededor? No, Lennox, no le quedan opciones. Hagamos un trato. Yo sé que usted no hablará y le pagaré por su silencio y por mi tranquilidad.

Suspiré, y me sorprendió lo cansado que sonaba mi suspiro. Ambos sabíamos a dónde iba a parar aquello: no nos fiábamos nada el uno del otro. La noche empezaba a refrescar. La estela de un buque que había pasado hacía rato rompió contra el espigón. Mantuve los ojos fijos en Strachan, porque era un hombre al que no podías perder de vista, pero vislumbré más allá de él las formas oscuras y las luces de los barcos y remolcadores que se deslizaban silenciosamente por las negras aguas del Clyde. Cada viaje llega a su fin, y este había sido más duro de la cuenta y me había traído hasta aquí: hasta el extremo de un espigón glasgowiano junto con los asesinos y los asesinados.

Observé al individuo que tenía delante: debía de estar al borde de los sesenta, pero sus sesenta no eran los de la gente de Glasgow. Aquí, a esa edad eras viejo; estabas destruido por el duro trabajo y por una vida todavía más dura. La relativa juventud de Joe *Gentleman* y su buena forma física hablaban de una vida muy alejada de Glasgow. Una vida a la que deseaba regresar con toda su alma: sin manchas aparentes, sin secuelas de todo lo ocurrido. Pensé en mi propia vida aquí, en esta ciudad, y en la vida que había dejado atrás en Canadá antes de la guerra. La injusticia que entrañaba todo ello me producía náuseas. Él había comprado su segunda oportunidad con el dolor y la sangre de los demás.

—¿De manera que usted acaba largándose y ya está? —le espeté por fin—. ¿Y qué me dice del reguero de muerte y desgracia que ha dejado? ¿Se supone que voy a pasarlo todo por alto? ¿Que voy a olvidarme de los inocentes que ha matado para preservar la ficción de su falsa existencia?

—Como le he dicho, Lennox, no le queda otro remedio. Déjelo correr. Déjeme marchar. Lo convertiré en un hombre rico. Lo arreglaré por medio de Willie Sneddon.

—Él no sabe con certeza que usted está vivo. Y creo que ni tan siquiera está seguro de ser su hijo.

—Entonces ya es hora de organizar una reunión entre padre e hijo para disipar sus dudas. Usted sabe que tengo razón, que todo lo que estoy diciendo es verdad.

—No lo niego —dije asintiendo con respeto—. Cuanto ha dicho es verdad. ¿Y sabe qué es lo más cierto de todo?

—¿Qué? —Ahora sonrió, consciente de que me había doblegado con su lógica.

—Lo más cierto de todo es que usted está muerto. Para todo el mundo, usted ha dormido en el fondo del río un sueño oscuro y profundo durante dieciocho años.

—¿Qué pretende decir? —preguntó, todavía con la sonrisa engreída en la cara.

—Que esto no es un asesinato.

Le disparé en la cara. Justo en mitad de su engreída sonrisa. La segunda y la tercera bala le dieron en mitad del pecho, y la vida ya lo había abandonado antes de que se derrumbase hacia atrás y de que cayera del espigón al río.

—Que duerma bien, Joe *Gentleman* —le deseé.

Limpié la Webley con el pañuelo y la arrojé lo más lejos que pude hacia las tinieblas.

Oí el chapoteo en algún punto de las negras aguas del Clyde.

Agradecimientos

Me gustaría darles las gracias de corazón a las siguientes personas por su ayuda y su apoyo: Wendy, Jonathan y Sophie; mi editora Jane Wood; Ron Beard, Jenny Ellis, Lucy Ramsey, Robyn Karney; Marco Schneiders, Ruggero Léo, Colin Black, Chris Martin, Larry Sellyn y Elaine Dyer.

Retrato del autor: © Jonathan Russell

Craig Russell

Nació en Fife, Escocia, y ha trabajado como agente de policía, corrector de textos en una agencia de publicidad y director creativo. Es autor de *Muerte en Hamburgo, Cuento de muerte, Resurrección, El señor del Carnaval y La venganza de la valquiria,* todas ellas publicadas en **Rocaeditorial** y pertenecientes a la serie protagonizada por Jan Fabel.

En 2007, se le concedió el prestigioso premio Polizeistern (Estrella de la policía) que concede la Policía de Hamburgo y ha sido el único autor extranjero en recibir este galardón. También fue finalista del CWA Duncan Lawrie Golden Dagger, la más importante distinción del mundo para escritores de serie negra, así como el SNCF Prix Polar en Francia.

Este libro utiliza el tipo Aldus, que toma su nombre
del vanguardista impresor del Renacimiento
italiano Aldus Manutius. Hermann Zapf
diseñó el tipo Aldus para la imprenta
Stempel en 1954, como una réplica
más ligera y elegante del
popular tipo
Palatino

***

**

*

El sueño oscuro y profundo se acabó de imprimir
en un día de verano de 2013,
en los talleres gráficos de Liberdúplex, s.l.u.
Crta. BV-2249, km 7,4, Pol. Ind. Torrentfondo
Sant Llorenç d'Hortons (Barcelona)

***

**

*